Ulrich Cardell

WACHWECHSEL

ULRICH CARDELL

WACHWECHSEL

Thriller

smp

swb media publishing

Die Handlung und die handelnden Personen sind frei erfunden.
Jede Ähnlichkeit mit lebenden und bereits verstorbenen Personen ist zufällig.

Bibliografische Information der Deutschen Nationalbibliothek:
Die Deutsche Nationalbibliothek verzeichnet diese Publikation in der Deutschen Nationalbibliografie; detaillierte bibliografische Daten sind im Internet über http://dnb.d-nb.de abrufbar.

1. Auflage 2016
ISBN 978-3-946686-04-0

Lektorat: Catrin Stankov, Bernau
Titelgestaltung: swb media publishing
Titelfoto: © swb media publishing
Satz: swb media publishing
Druck, Verarbeitung: Rosch-Buch, Scheßlitz
Für den Druck des Buches wurde chlor- und säurefreies Papier verwendet.

www.swb-verlag.de

I. Kapitel

1.

Der Anruf von Ulrike Karst erreichte Brockmann am Samstagabend. Privat. Ohne jede Vorwarnung. Die Karsts gehörten zu seinem entfernten beruflichen Bekanntenkreis und ihr Anruf am Wochenende hatte an sich keine Berechtigung, die sich aus der Qualität ihrer gegenseitigen Beziehung hätte begründen lassen. Nur dass die Karsts zu den zehn reichsten Familien in Deutschland gehörten, ließ für sie selbst diesen Schritt zweifellos gerechtfertigt erscheinen - und dass ihre Tochter verschwunden war.

„Herr Brockmann, Sie müssen helfen. Wir sind völlig verzweifelt. Unser Kind ist seit drei Tagen nicht zu erreichen. Nicht telefonisch, nicht über Freunde, gar nicht! Ich bitte Sie, uns heute noch aufzusuchen. Wir können das nicht länger aushalten! Bestimmt ist ihr etwas zugestoßen. Im Übrigen kann ich nicht länger tolerieren, dass sie uns immer wieder an der Nase herumführt, so, als würden wir in ihrem Leben nicht existieren." Ulrike Karst sagte den letzten Satz in einem fordernden Ton, als wäre Brockmann für das Verschwinden ihrer Tochter mit verantwortlich.

Brockmann wusste, dass er nicht untätig bleiben konnte. Die Karsts spielten eine zu bedeutende Rolle in Deutschland.

Er rollte die Augen gen Himmel, als seine Frau Barbara ihn fragend anschaute. Da wusste sie, dass dieser Abend einen anderen Verlauf nehmen würde als geplant.

Brockmann sagte zu, binnen einer Stunde in Bad Homburg zu sein, wo die Karsts in einem schlossähnlichen Anwesen residierten.

Es war jetzt 19:30 Uhr und der Samstagabend war gelaufen.

Brockmann führte noch ein Telefonat mit seinem Stellvertreter, der am Wochenende Dienst hatte, gab ein paar knappe Anweisungen und machte sich auf den Weg ins Bundeskriminalamt, wo ein Fahrer und eine Mitarbeiterin auf ihn warten würden.

Er wollte die Strecke keinesfalls alleine fahren, weil er mittlerweile an seinen Sehqualitäten in der Dunkelheit Zweifel hatte. In einem knappen Jahr würde er die offizielle Pensionsgrenze von 60 Jahren erreichen. Da wollte er weder den Fehler machen, die Karsts auf den regulären Dienstweg zu verweisen, noch später bei Nacht mit dem Dienstwagen einen Unfall zu verursachen.

Im Übrigen wollte er eine Beamtin dabei haben, weil es um die Tochter der Karsts ging. Erfahrungsgemäß konnte eine Frau auch Dinge wahrnehmen, die ihm vielleicht entgehen würden in dem Fall Jasmin Karst, wenn es denn ein Fall würde. Und sie würde auch in den persönlichen Sachen viel eher stöbern können, ohne den Widerstand von Frau Karst zu erzeugen, als wenn er selber Anstalten dahingehend machen wollte.

2.

Die Kantonspolizei in St. Moritz empfing die Nachricht gegen 20:00 Uhr am Samstag. Etwa zu der Zeit, als Brockmann sich anschickte, in Begleitung von Kriminalrätin Augustin und einem Personenschützer, der den Dienstwagen steuerte, in Richtung Bad Homburg über die Autobahn zu fahren.

Eine nackte Frauenleiche war in Sils Maria am See gefunden worden. Durch einen reinen Zufall. Ein Hotelgast hatte seinen Hund am See frei laufen lassen. Das war an sich nicht erlaubt, denn es gab in dieser Zone des Sees seltene Vögel, die unter Schutz standen. Heute war die Missachtung des Verbots eine Hilfe. Denn ansonsten wäre die Leiche frühestens am nächsten Tag entdeckt worden.

Die Kantonspolizei hatte zügig geschaltet. Die Frauenleiche war zwar nicht bekleidet gewesen. Aber an einem Fußkettchen gab es eine Widmung: Für Sabrina.

Ein Abgleich mit den Hotelmeldungen ergab, dass in Sils Maria im Hotel Berghaus eine Sabrina Eberle gemeldet war. Sie war mit ihrer Freundin Jasmin Karst Stammgast im Hotel, blieb aber gelegentlich schon mal einige Tage fort, wenn beide Abstecher nach Italien machten oder nach Lugano. Da sie beide bekannt und zahlungskräftige Gäste waren, hatte die Direktion des Hotels keinen Grund gesehen, das Fernbleiben der beiden Frauen vom Frühstück zum Anlass einer Suchmeldung zu machen. Ganz im Gegenteil. Das renommierte Haus scheute jedes Aufsehen.

3.

Als Brockmann und Frau Augustin am Anwesen der Karsts in Bad Homburg ankamen, war es kurz vor 21:00 Uhr. Haus und Park waren hell erleuchtet. Sebastian Karst kam ihnen einige Stufen auf der Treppe des Eingangs entgegen: „Danke, dass Sie sich Zeit für uns nehmen. An diesem Samstagabend“, schob er nach. Es war ihm wohl unangenehm, dass seine Frau bei Brockmann angerufen hatte. Vielleicht dachte er auch daran, dass die Sache nach hinten losgehen könnte, wenn sich herausstellte, dass seine Tochter Jasmin wieder einmal Vater und Mutter zum Narren gehalten haben sollte, worüber gelegentlich in der Regenbogenpresse berichtet wurde.

Brockmann folgte Herrn Karst in einen der Wohnbereiche im Erdgeschoss ihres riesigen Anwesens. Nach Brockmanns Erinnerung lagen hinter den beiden geschlossenen Doppel-Schiebetüren auf der rechten und linken Seite des Raums noch weitere Räumlichkeiten, die fast das gesamte Erdgeschoss umfassten.

Den gesamten Wohnbereich schätzte er auf etwa vierhundertfünfzig Quadratmeter. Er kannte das Haus nur von einem einzigen Besuch, der allerdings schon mehr als zwei Jahre zurücklag.

Die geschlossenen Schiebetüren begrenzten den Wohnbereich jetzt auf etwa einhundertvierzig Quadratmeter. Es gab mehrere Sitzzonen.

Frau Karst hatte sich auf einem Zweisitzer vor dem großen Fenster positioniert, hob den Kopf, senkte das Taschentuch, in das sie hineingeweint hatte, und begrüßte Brockmann mit einem schwach gehauchten: „Danke für Ihren Besuch."

„Ich darf Ihnen Frau Kriminalrätin Augustin vorstellen. Sie ist eine enge Mitarbeiterin." Renate Augustin war knapp dreißig und einfach hinter Brockmann hergelaufen, während Herr Karst sie nicht wahrgenommen zu haben schien. Sie sagte nichts, beobachtete aber alles was vor ihren Augen ablief sehr genau.

Brockmann und Frau Augustin nahmen auf dem Sofa gegenüber Frau Karst Platz, nachdem Herr Karst eine entsprechende Geste zu beiden gemacht hatte. Er selbst setzte sich in einen Sessel, der in gewisser Weise wie eine Brücke am Rand zwischen beiden Sofas stand.

„Darf ich Ihnen etwas zu trinken anbieten? Vermutlich keinen Alkohol?" Karst fragte es rein rhetorisch, schien aber wohl auch erforschen zu wollen, ob doch einer von beiden nach Alkohol fragen würde. Brockmann wehrte ab: „Ein Mineralwasser wäre gut", entschied er für sich und Frau Augustin.

Kurz darauf betrat ein livrierter Bediensteter der Karsts den Raum, wie von Zauberhand herbeigerufen, und stellte je eine mittelgroße Flasche Wasser vor ihnen auf den flachen Glastisch in der Mitte zwischen den Sofas. Für Brockmann ein stilles Wasser, für Frau Augustin eine Flasche Medium. Sie wurde gefragt, ob ihr die Wahl recht sei. Brockmann nicht. Er nahm zur Kenntnis, dass Herr Karst seine Wahl von vor über zwei Jahren hatte notieren lassen. Oder hatte er sie sich sogar gemerkt? Brockmann wollte alles im Gedächtnis behalten. Er war sehr konzentriert.

„Weshalb sind Sie zu der Überzeugung gekommen, dass Ihrer Tochter etwas zugestoßen sein könnte?“ Er schaute bei seiner Frage Sebastian Karst direkt in die Augen.

Seine Frau war mit ihrer Antwort schneller: „Ich spüre es. Eine Mutter spürt, wenn ihr Kind sich in Gefahr befindet.“

Brockmann hatte etwas Anspruchsvolleres als Antwort erwartet, dafür, dass er an diesem Samstagabend nicht mit seiner Frau in den Rheingau gefahren war. Nicht diese reine Gefühlsbegründung. Deshalb sah er wieder Herrn Karst an, der aber weiterhin nicht zum Zug kam: „Sie hat den falschen Umgang. Wir haben das nicht verhindern können. Sie ist uns entglitten“, antwortete wieder Frau Karst und fing erneut an zu weinen.

Frau Augustin schwieg derweil eisern. Sie überließ Brockmann das Feld ganz allein und beschränkte sich weiter darauf, alles genau zu beobachten: die Karsts, die Einrichtung, die Beleuchtung durch einige halb gedimmte Deckenstrahler und die Lampen auf den gläsernen Beistelltischen neben den Sofas, die Palmen in einigen Ecken des Raums, den Livrierten, der sich in einer freien Ecke seitlich von ihnen und Herrn Karst postiert hatte und sich nicht mehr bewegte.

Sie schätzte die voraussichtliche Blickrichtung aus dem Fenster ein: Rechter Winkel zum Eingangsbereich, vermutlich war da immer noch ein riesiges Stück Garten, in den man blicken würde, wenn es Tag wäre und wenn nicht die dünnen Vorhänge den Blick nach draußen auf die erkennbaren Leuchtpunkte der Illumination des Gartens beschränkt hätten.

„Ich kann das Gefühl meiner Frau so nicht teilen. Aber eine gewisse Sorge hat mich auch befallen. Das muss ich zugeben. Meine Tochter Jasmin hat sich noch immer alle Tage bei mir gemeldet. Das ist nun seit drei Tagen nicht mehr der Fall. Sie wollte mit einer Freundin ins Engadin fahren. Das muss auch so geschehen sein, denn ihre Ankunft im Hotel hat sie uns noch kurz mitgeteilt. Seither ist jeder Kontakt ausgeblieben."

Dass Sebastian Karst mit diesem dünnen Statement davonkommen würde, war für Frau Augustin ausgeschlossen. Sie bemerkte auf Brockmanns Gesicht zwar noch keine Ungeduld, aber sie kannte sein Vorgehen.

„Welches Hotel in welchem Ort im Engadin?" Brockmann war nicht unfreundlich, aber er fand die Einlassungen der Karsts offenbar auch etwas merkwürdig. Wieso gab es keine klaren Aussagen über die Personen, mit denen sie zusammengetroffen oder gar gemeinsam in Urlaub gefahren war? Wieso diese schleppende Unterhaltung, wenn das einzige Kind der Karsts tatsächlich in Gefahr sein sollte? Wenn die Lage so bedrohlich sein musste, dass die Karsts den Chef des BKA am Samstagabend privat alarmierten?

Sebastian Karst war ein zielstrebiger Unternehmer. Renate Augustin wusste von ihm nur, was auch in den Zeitungen stand. Danach nahm er in wirtschaftlichen Angelegenheiten vorzugsweise den kürzesten Weg zum Ziel.

„Sils Maria. Das Berghaus. Mit einer Freundin." Karst antwortete wieder sehr knapp.

„Wie heißt diese Freundin?"

„Sabrina Eberle. Sie kennen sich noch aus der Schule." Frau Karst hatte sich wieder eingeschaltet.

Während Brockmann sich die Fakten kurz notierte, erklang zum ersten Mal Frau Augustins Stimme im Raum: „Wo ist Ihre Tochter Jasmin zur Schule gegangen?"

Frau Karst war irritiert. Vielleicht hatte sie zunächst den Eindruck, dass Brockmann seine Begleiterin nur pro forma mitgebracht hatte. Die Frage von Frau Augustin war jedenfalls so etwas wie eine Störung der bisherigen Abläufe.

Es verging ein zu langer Augenblick, bis Frau Karst antwortete: „Sie war in Montreux im Internat. Die letzten vier Jahre ihrer Schulzeit."

Dann war wieder Sendepause.

„Wo war sie vorher zur Schule gegangen und was war der Grund für die Veränderung?"

Frau Karst wand sich für einen Augenblick, um eine passende Begründung vorzubringen.

„Es gab da eine Drogensache, derentwegen sie die Schule hier in Bad Homburg verlassen musste." Sebastian Karst kam seiner Frau zuvor und brachte zugleich sein wahres Handlungsmuster ans Tageslicht. Er zögerte nicht, die Tatsachen beim Namen zu nennen. Jedenfalls wenn es ihm angezeigt erschien. Renate Augustin hatte Ähnliches über sein Vorgehen in der Geschäftswelt gelesen.

„Gab es keine Möglichkeit, sie an der Schule zu belassen?"

„Nein, die Schulleitung verlangte ihren Abgang." Jetzt hatte wieder Ulrike Karst geantwortet. Es schien, als wollte sie das, was jetzt folgen musste, selber schildern.

„Die Schulleitung glaubte damals Hinweise darauf zu haben, dass Jasmin nicht nur Drogen konsumiert, sondern dass sie anderen Mitschülern auch Drogen beschafft hatte."

Aber Sebastian Karst ließ sich das Heft nicht aus der Hand nehmen: „Sprechen wir es doch ganz deutlich aus. Ihr wurde vorgeworfen, gedealt zu haben!" Karst sah seine Frau strafend an, als hätte er erwartet, dass sie das selber formuliert hätte.

Frau Augustin war ganz konzentriert: „Von wem wurde sie mit Drogen versorgt?"

„Von irgendeinem Typ aus der Frankfurter Partyszene. Wir haben damals einen Privatdetektiv eingesetzt, der Jasmin überwacht hat. Dessen Auskunft hat uns genügt, um sie aus ihrem Umfeld gänzlich herauszulösen." Sebastian Karsts Ton war entschlossen, als würde er die Entscheidung von damals noch einmal zu treffen haben.

Frau Augustin ließ nicht locker: „Wer genau war dieser Typ, wie Sie ihn nennen. Wie war sein Name?"

„Ich weiß den Namen nicht mehr. Das Ganze liegt ja nun schon Jahre zurück." Herr Karst blockte ab und seine Frau sagte auch nichts mehr.

Brockmann fand, dass Frau Augustin ihre Sache sehr gut machte. Mit wenigen Schritten zur Mitte des Problems. Jetzt griff er wieder in das Gespräch ein: „Wenn Ihnen wirklich an Ihrer Tochter etwas liegt und wenn Sie fürchten, dass ihr etwas zugestoßen sein könnte, dann sollten Sie alle Karten auf den Tisch legen, unverzüglich, und uns die Notwendigkeit, in den Akten der Vergangenheit zu wühlen, ersparen."

„Das werden Sie ja sowieso tun", war die knappe Antwort von Sebastian Karst.

Nur war das für Brockmann die falsche Antwort: „Herr Karst, ich werde den Eindruck nicht los, dass Sie sich in einer merkwürdigen Art von Verzögerung bewegen. Wenn Sie an Ihre Tochter denken, dann kann jeder schnelle Hinweis auf Zusammenhänge hilfreich, weil zeitsparend sein. Alles andere lässt bei mir den Eindruck entstehen, dass es für Sie Gründe gibt, nicht alle Karten auf den Tisch zu legen."

Brockmann wurde erkennbar stinkig. Jedenfalls für Frau Augustin, die ihn hinreichend kannte.

Die Entscheidung fiel durch die Intervention von Ulrike Karst: „Sebastian, du musst Herrn Brockmann alle Umstände von damals offenbaren. Es hilft niemandem, die Dinge zu verschweigen."

4.

Die Kantonspolizei Graubündens war zügig am Werk. Die Polizei vor Ort hatte alles für die alarmierte Kriminalpolizei aus Chur gesichert. Die Leiche von Sabrina Eberle war noch in der Nacht vom Samstag nach Sankt Moritz ins Spital gebracht worden. Die Pathologie gab kurz nach Mitternacht einen ersten Bericht frei, der Fremdeinwirkung als wahrscheinliche Todesursache nannte. Es gab Würgemale am Hals und auf ihrem Körper Anzeichen, dass sie geschlagen worden war. Der Todeszeitpunkt war vorläufig mit Samstag zwischen 15:00 und 17:00 Uhr angegeben. Weitere Untersuchungen sollten am Sonntag erfolgen. Der Chef der Pathologie war auf einer Konferenz in Bern. Als vorläufige Quelle der Identifizierung hatte der stellvertretende Direktor des Berghotels die Leiche in Augenschein nehmen müssen: Nach seiner Bestätigung handelte es sich um Sabrina Eberle.

Noch am Abend waren Kriminalbeamte aus dem Polizeihauptquartier Graubündens in Chur nach St. Moritz gereist, um den Ort des Leichenfundes zu sichten und einer intensiveren kriminaltechnischen Untersuchung zu unterziehen.

Da die Tote als deutsche Staatsbürgerin identifiziert worden war, wurde im Übrigen die Bundespolizei in Zürich benachrichtigt, weil sie für die Kontakte zur deutschen Polizei zuständig war. Gegen 23:00 Uhr am Samstag erging eine Information an das BKA, die den Tod einer jungen Frau, die vorläufig als Sabrina Eberle identifiziert war, nach Deutschland meldete. Weitere polizeiliche Erkenntnisse wurden zunächst nicht mitgeliefert.

5.

Es war 22:30 Uhr am Samstag, als das Gemisch von Tatsachen und Vermutungen, das die Karsts zunächst erzeugt hatten, belastbaren Fakten wich: Der damals beauftragte Privatdetektiv hieß Wilhelm Hingsen, ansässig in Frankfurt, in der Kaiserstraße. Die Person, von der Jasmin den „Stoff" bezogen hatte, hieß in der Szene „Brody". Ein Mann Ende zwanzig zu der Zeit. Also vor etwas mehr als vier Jahren. Sein aktueller Aufenthalt war den Karsts nicht bekannt. Sie hatten nach eigenem Bekunden nur die zügige Entfernung ihrer Tochter aus dem Drogenmilieu zum Ziel gehabt. Das sei durch die blitzartige Umsiedlung Jasmins in das Schweizer Internat auch gelungen. Kontakte ihrer Tochter zu „Brody" habe es nach ihrer Kenntnis nicht mehr gegeben. Ihr sei auch jedweder Kontakt untersagt gewesen.

Frau Augustin verzog keine Miene bei der Schilderung der damaligen Geschehnisse. Aber sie hatte jede Menge Zweifel, ob der geschilderte Ablauf so reibungslos vonstattengegangen war. Und während Brockmann das Gespräch am Laufen hielt, schickte sie der Nachtschicht erste Hausaufgaben von ihrem Tablet-PC nach Wiesbaden: Namen und Adresse des Privatdetektivs Hingsen sowie den Spitznamen „Brody" für den Dealer. Schließlich auch die wenigen Daten von Sabrina Eberle aus Bad Homburg. Zeit war ein knapper Faktor, wenn es um Entführung gehen sollte, woran Frau Augustin vor allem dachte. Jasmin war die Tochter schwerreicher Eltern. Entführung gäbe Sinn.

Das musste nicht für Sabrina Eberle gelten. Deren Eltern waren dagegen vermutlich finanziell vergleichbar schlechter situiert.

Zwischen beiden jungen Frauen musste jedenfalls eine enge Freundschaft bestehen, die über die letzten Jahre der Trennung nicht gelitten haben konnte, wenn sie wiederholt miteinander in Urlaub fuhren. Die Schilderungen von beiden Karsts ließen an diesem Punkt allerdings Fragen offen, die Frau Augustin bei sich bietender Gelegenheit zu klären versuchen würde.

Da vorerst aber keine Entführer bekannt waren, handelte sich alles in Frau Augustins Gehirn um eine reine Spekulation. Nur entwarf sie sich gerne Szenarien, um die darin enthaltenen Ansätze mit den Fakten, die sich im Laufe von Ermittlungen ergaben, abzugleichen. Damit war sie in den fünf Jahren ihrer Zugehörigkeit zum BKA erfolgreich gewesen. Brockmann fragte Sebastian Karst gerade nach dem Privatdetektiv Hingsen: „Wie sind Sie an den Mann gekommen? War er Ihnen schon vorher bekannt?"

„Ja, ich hatte ihn schon mehrfach mit anderen Aufträgen betraut."

„Welcher Art waren diese Aufträge"

Karst zögerte. Seine Frau sagte auch nichts, sondern sah ihn nur an, so als wäre sie gespannt, wie er aus dieser Zwickmühle jetzt herauskommen würde.

Er blieb in der Antwort knapp: „Darüber möchte ich keine Auskunft geben, da es sich um vertrauliche Aufträge handelte, die meine wirtschaftlichen Interessen betrafen."

Diese Antwort wurde für Brockmann endgültig zu einer Quelle des Misstrauens: „Gibt es irgendeinen Anhaltspunkt aus Ihrer Sicht, dass wirtschaftliche Interessen hinter dem Verschwinden Ihrer Tochter verborgen sein könnten?"

„Herr Brockmann, was sollen diese Spekulationen? Sie sollten das Thema mit meiner Tochter bearbeiten und sich nicht in Vermutungen über geschäftliche Belange ergehen!" Karst war etwas härter im Ton geworden.

Das ließ Frau Augustin aufhorchen. Brockmanns Reaktion hätte sie voraussagen können: „Herr Karst, Sie sind, nach allem was ich weiß, ein erfolgreicher Kaufmann. Sie verstehen Ihre Geschäfte, wissen also sicher genau was Sie tun. Und ich bin ein erfolgreicher Kriminalist. Und deshalb sage ich Ihnen ganz offen und ganz nüchtern: Diese Antwort macht mich misstrauisch. Sowohl in der Sache als auch im Ton. Ich bin heute Abend auf Ihre Bitte hin nach Bad Homburg gekommen und Sie versuchen mich seit

Beginn unseres Gesprächs mit hinhaltenden und begrenzten Auskünften abzuspeisen, obwohl es um Ihre Tochter geht. Da stimmt irgendetwas nicht. Sehen Sie mir bitte nach, dass ich Ihnen das so unverblümt sage. Aber ich werde nicht meine Mitarbeiter in eine Nebelwelt schicken, um für Sie Nachforschungen anzustellen, wo Ihre Tochter verblieben ist, wenn Sie uns keinen reinen Wein einschenken, so dass wir verstehen, was sich hinter alledem verbirgt. Wir sind keine private Detektei sondern das Bundeskriminalamt."

Da ergab sich das für Frau Augustin Unerwartete, Herr Karst brach das Gespräch ab: „Dann bedaure ich, dass wir dem Wunsch meiner Frau folgend um Ihre Hilfe nachgesucht haben. Es war ein Irrtum. Haben Sie Dank für Ihre Bemühungen, aber ich werde die Sache mit meiner Tochter selber in die Hand nehmen."

Herr Karst erhob sich. Das Gespräch war beendet. Der Ton seiner Worte war abweisend. Die Höflichkeitsfloskeln waren reine Fassade.

Brockmann erhob sich seinerseits, war aber offenbar ganz ruhig, fast so, als hätte er mit Karsts Reaktion gerechnet.

Frau Augustin benötigte etwas mehr Zeit aufzustehen, weil sie ihren Tablet-PC erst noch verstauen musste. Dann aber war sie ebenfalls auf den Beinen. Weil etwas kleiner und von dem Glastisch vor ihr daran gehindert, seitwärts vorzutreten, musste sie hinter Brockmanns Rücken vorschauen, um Sebastian Karsts Mienenspiel genau beobachten zu können. Das war ihr wichtig. Sie wollte seine Reaktion genau einschätzen können. Aber in seinem Gesicht zeigte sich keine Regung.

„Herr Siebert wird Sie vor die Tür begleiten", waren Karsts abschließende Worte. Er deutete auf den Livrierten, der sich sofort in Richtung Ausgang bewegte.

Sie wurden ohne Handschlag verabschiedet. Brockmann nahm diese Wende im Gespräch mit völliger Gelassenheit hin, verneigte sich knapp gegenüber Frau Karst, die völlig deprimiert auf ihrem Sofa saß. Brockmann machte Frau Augustin ein Zeichen, dass er auf ihrer Seite den Ausgang ansteuern wollte, um nicht noch einmal an Herrn Karst vorbei zu müssen, und verließ mit ihr das Haus der Karsts gegen 23:00 Uhr.

6.

Die Kriminalpolizei aus Chur war nach 21:30 Uhr am Fundort der Leiche eingetroffen. Die uniformierten Polizisten aus St. Moritz hatten alles weiträumig gesichert. Das Gebiet um den Fundort war mittlerweile von Hochleistungsstrahlern hell erleuchtet, obwohl Ende August noch etwas Licht durch die untergehende Sonne gespendet wurde.

Da über den See ein kalter Nordwestwind fegte, wagte sich nur eine kleine Zahl von Neugierigen in die Nähe des abgesperrten Geländes. Der kalte Wind hatte schon den ganzen Tag eine ungemütliche Lage geschaffen, so dass zu dem Zeitpunkt, als der Hundebesitzer die Leiche Sabrina Eberles gefunden hatte, außer ihm keine Menschen auf dieser Seite des Sees zu sehen gewesen waren. Jedenfalls hatte der Mann das so zu Protokoll gegeben. Er selbst war mit seinem Hund bald nach dem Ortsausgang von Sils nach links abgebogen und hatte die Route zur linken Seeseite gewählt.

Die Kriminaltechnik ging die Spurensuche gewohnt systematisch an. Einige Beamte waren am Fundort zugange, die anderen suchten nach Transportspuren, um Hinweise darauf zu finden, auf welche Weise und aus welcher Richtung Sabrina Eberle an den Silser See gebracht worden war.

Die Spurensuche dazu ergab nichts außer einigen Reifenabdrücken, die von einem Geländewagen stammen konnten. Die Profile wurden sowohl per Gipsabdruck als auch fotografisch gesichert. Damit war das Thema Fahrzeugspuren erschöpft und die Kriminalbeamten versuchten noch etwas über den letzten Abschnitt des Transportes zu ermitteln, denn irgendwie musste die Leiche ja vom Auto ins Schilf gelangt sein. Die Abdrücke in der unmittelbaren Nähe des Fundortes schienen zu drei verschiedenen Sorten von Schuhen zu gehören: Zwei waren irgendeiner Art von Boots zuzuordnen. Verschieden von der Größe her. Der dritte Abdruck zeigte Profile eines Sportschuhs. Ansonsten gab es viele Abdrücke von Hundepfoten, die mehrfach die vorhandenen Spuren zerstört hatten. Der kleinere Abdruck der Boots konnte später dem Zeugen zugeordnet werden, so dass am Ende nur zwei Abdrücke von Belang waren. Der Sportschuh und die größeren Boots.

Oberleutnant Ueli Rütter, der die kleine Truppe von Kriminalpolizisten anführte, hatte keine großen Erwartungen an den Fundort gehabt. Er kannte sich im Engadin gut aus, denn er stammte von hier, wusste also schon vor seiner Ankunft, dass der Sand am Ufer des Sees immer auch von steinigen Abschnitten durchsetzt war, so dass dort Abdrücke nur schwer auszumachen sein würden. Am Ende erschien ihm das Ergebnis trotzdem sehr mager.

Die Stelle, an der Sabrina Eberle gelegen hatte, befand sich bereits im Schilfgürtel des Sees, also im Wasser. Unmittelbar an der Grenze zwischen Wasser und Land gab es die besten Abdrücke, aber der Hund hatte viel davon unbrauchbar gemacht. Allem Anschein nach war der Körper von Sabrina Eberle am Ende auf einer Plane ans Wasser geschleift worden. Jedenfalls deuteten die letzten zwei Meter darauf hin. So als hätte jemand die Plane alleine bis ans Wasser gezogen, weil eine zweite Person sich die Füße nicht nass machen wollte. An der Stelle, ab der die Täter vermutlich die Plane zunächst gemeinsam getragen hatten, gab es die zweitbesten Abdrücke und sie waren, gemeinsam mit den schwachen Reifenspuren, die Hauptausbeute des Abends. Ueli Rütter war unzufrieden. Er ließ die Suche gegen 23:00 Uhr abbrechen und begab sich dann noch ins Berghotel, wo der Hundebesitzer auf ihn wartete, um noch einmal vernommen zu werden.

7.

Brockmann und Frau Augustin waren sich schon während des Gesprächs unausgesprochen einig, dass die Karsts irgendetwas zu verbergen versuchten, das mit dem Wegbleiben ihrer Tochter zu tun haben könnte. Jetzt, im Auto, gab Brockmann einem speziellen ersten Aspekt seiner Eindrücke Ausdruck:

„Was immer der Grund war, mich lässt der Gedanke nicht los, dass ein so gewiefter Mann, wie Karst es zweifellos ist, es zulässt, mich zu sich zu bestellen, um mich dann wieder fortzuschicken, nachdem seine Frau über die Möglichkeit, dass der gemeinsamen Tochter irgendein Leid geschehen sein könnte, berichtet hatte. Was steckt dahinter?“

Renate Augustin gab Brockmann im Stillen recht. Der Besuch war äußerst merkwürdig verlaufen.

Als sie schon fast wieder in Wiesbaden waren, kam per SMS eine Rückmeldung an Frau Augustin zu der von ihr vor über einer Stunde verschickten Datenanfrage: Sabrina Eberles Tod wurde gemeldet. Einschließlich Todeszeitpunkt. Ohne weitere Informationen. Nur das. Aus der Schweiz. Sie sagte nur: „Das müssen Sie lesen“, und hielt Brockmann die Meldung vor die Augen.

„Das ist ja unglaublich! Die Karsts tragen uns das Thema vor und die Freundin von Jasmin Karst ist zu dem Zeitpunkt gerade schon tot.“ Brockmann nahm ihr das Smartphone aus der Hand und starrte lange auf die Meldung. Dann sagte er abrupt: „Frau Augustin, das Ganze ist Ihr Fall. Sie tragen alle Daten zusammen, derer Sie habhaft werden können. Suchen Sie die Familie der getöteten jungen Frau auf und finden Sie ansonsten heraus, wer von der Schweizer Polizei die Untersuchung vor Ort leitet. Kontaktieren Sie denjenigen und lassen Sie sich alles im Detail übermitteln, was zu dem Thema bekannt ist. Im Übrigen stoßen Sie das Thema Jasmin Karst bei den Schweizer Kollegen an. Ganz zurückhaltend. Aber die sollten dort schon mal von unserem Interesse an der jungen Frau wissen. Vielleicht können die Schweizer ganz diskret etwas zum Aufenthaltsort von Jasmin herausfinden. Wenn nötig, fahren Sie in die Schweiz, nach St. Moritz, und recherchieren vor Ort. Soweit es technischer oder logistischer Unterstützung bedarf, die den üblichen Rahmen sprengt, lassen Sie es mich wissen. Ich habe das ungute Gefühl, dass in dieser Sache noch allerlei Erlebnisse auf uns warten, die uns nicht erfreuen werden. Wir sollten uns, ganz entgegen dem Ausgang dieses merkwürdigen abendlichen Zusammentreffens, der Sache in hohem Tempo annehmen. Schon wegen der betroffenen Personen. Die Karsts sind nicht nur sehr reich. Sie haben auch die besten Verbindungen zu jedermann in der Bundesrepublik, auch in die Politik, und können sehr unangenehme Zeitgenossen sein. Wenn es in ihrem Interesse liegt, werden sie uns auch weiterhin einzusetzen versuchen. Und sei es mit politischem Druck. Seien wir also gut vorbereitet. Wir haben die Karsts heute nicht zum letzten Mal gesehen."

Sie kamen auf dem Gelände des BKA an. Brockmann verabschiedete sich bei Frau Augustin mit den Worten: „Alles in dieser Sache über meinen Tisch. Nichts ist zu banal. Ich will alles wissen. Haben wir uns verstanden, Frau Augustin?"

„Vollständig!", war die knappe Antwort von Renate Augustin. Dann trennten sich beide.

Es war bereits nach Mitternacht, als Brockmann wieder zu Hause war.

8.

Ueli Rütter traf den Zeugen Kurt Kaiser in einem separaten Raum des Berghotels, den die Hotelleitung zur Verfügung gestellt hatte. Kaiser war Österreicher, aus Wien. Er machte schon den sechsten Sommer hintereinander im Berghotel Urlaub. Er war alleinstehend. Nach eigener Auskunft geschieden. Alter: fünfundfünfzig. Seinen Hund hatte er im Hotelzimmer gelassen, weil der ja nichts aussagen könne, ließ er mit ernstem Gesicht heraus, obwohl es wohl als Scherz gemeint war.

Er schilderte den Ablauf seines Spaziergangs in bewegten Worten, ohne etwas zu berichten, was nicht schon aus dem Protokoll bekannt war. Nach der Existenz anderer Personen am See befragt, meinte er auf der Halbinsel am gegenüberliegenden Ufer ein Pärchen gesehen zu haben. Aber er glaube, es sei zu weit entfernt, als dass es etwas hätte sehen oder hören können. Das war die einzige neue Information.

Nach einer knappen halben Stunde verließ Ueli Rütter den einzigen bekannten Zeugen, sprach noch mit dem diensthabenden Hoteldirektor, um die Frage zu vertiefen, wo die andere Frau sei, mit der Sabrina Eberle zusammengewohnt hatte, und erfuhr, dass man sie im Hotel seit nunmehr dreieinhalb Tagen nicht mehr gesehen hätte. Auch sei das gemeinsam genutzte Auto verschwunden. Ein Mercedes Benz C-Klasse, mit deutscher Nummer, wohl aus Frankfurt. Genau konnte sich niemand erinnern. Da die Personalien schon von seinen uniformierten Kollegen festgestellt worden waren, warf er nur einen kurzen Blick in das Hotelzimmer der beiden Frauen und ließ es sodann wieder versiegeln. Er würde es morgen einer peniblen Prüfung unterziehen lassen.

Danach fuhr er nach St. Moritz auf die Polizeistation, um mit seinen Mitarbeitern die Ergebnisse zu besprechen und die weiteren Schritte für den nächsten Tag zu planen. Es war schon nach Mitternacht, als er dort ankam. Nach der Besprechung ließ er Jasmin Karst zur Fahndung ausschreiben und fuhr dann zu seinen Eltern nach Bever, um wenigstens ein paar Stunden Schlaf zu bekommen.

9.

Renate Augustin war am Sonntagmorgen um 09:00 Uhr wieder im Dienst. Sie hatte schlecht geschlafen. Das Erlebnis bei den Karsts, verbunden mit Brockmanns Bemerkungen über Einfluss und Gefährlichkeit dieser Leute, hatte sie unruhig träumen lassen.

Gerade als sie sich einen grünen Tee aufgegossen und an ihrem Schreibtisch wieder Platz genommen hatte, ging die Fahndung nach Jasmin Karst als Email ein. Sie sah, dass die Kriminalpolizei in Chur die Fahndung auf den Weg gebracht hatte und dass die Polizeistation in St. Moritz als weitere Anlaufstelle für zweckdienliche Meldungen angegeben war.

Sie überlegte kurz, ob die Schweizer bei den Karsts schon nach der Handynummer von Jasmin gefragt haben würden, und beschloss augenblicklich, sich mit der Schweizer Kriminalpolizei kurzzuschließen, um parallele Ermittlungen zu vermeiden. Die Träume der letzten Nacht machten sie vorsichtig. Sie wollte sich nicht in Doppelermittlungen ergehen und dabei die Konfrontation mit den Karsts in Kauf nehmen. So wählte sie die Schweizer Kollegen in Chur an, obwohl sie davon ausging, dass ein Team der Kripo vor Ort war. Sie wollte das gemeinsame Vorgehen ganz grundsätzlich abstimmen und dafür brauchte sie den Leiter der Kripo der Kantonalpolizei in Chur. Sie sah im internen Verzeichnis des BKA nach, wer die Kripo des Kantons Graubünden leitete, und rief an.

Oberstleutnant Ronelli war im Dienst. Am Sonntag. Renate Augustin war positiv überrascht. Sie benötigte nur eine Zwischenverbindung über sein Vorzimmer, um ihn zu sprechen.

„Räto Ronelli, guten Morgen Frau Kollegin. Was kann ich für Sie tun?"

„Guten Morgen, Herr Ronelli. Ich würde gerne mit Ihnen über den Fall Jasmin Karst sprechen. Auch wenn es bei Ihnen noch kein Fall sein sollte."

„Ich höre Ihnen zu, Frau Augustin."

Renate erzählte ihm in knappen Worten über ihr Wissen zu dem möglichen Verschwinden von Jasmin und dass sie gerne eine Abstimmung mit seinen Mitarbeitern organisieren würde.

Nachdem sie ihre Gründe dafür plausibel gemacht hatte, kam das Okay von Ronellis Seite ohne großes Zögern: „Wir hätten uns ohnehin mit dem BKA in den nächsten Tagen in Verbindung gesetzt. Es wird wahrscheinlich auch in Deutschland einiges zu ermitteln geben. Haben Sie im Übrigen einen Vorschlag, wer der Familie Eberle den Tod ihrer Tochter meldet?" Das war eine recht direkte Aufforderung, die Aufgabe zu übernehmen.

Renate war nicht auf den Kopf gefallen. „Wenn Sie mir noch etwas über die Details des Geschehens in St. Moritz sagen können, will ich das übernehmen." Sie brauchte unbedingt schnell Informationen über das gesicherte Wissen der Kantonalpolizei. Denn sie wollte für sich beurteilen können, ob Brockmanns Anregung an sie, eventuell selber nach St. Moritz zu fahren, realisiert werden musste. Sie hatte dazu eigentlich keine große Lust. Aber wenn sich Anhaltspunkte ergäben, die ihr Erscheinen dort erforderten, würde sie nicht zögern. Dazu war die Sache zu heiß.

Räto Ronelli gab die bisher bekannten Fakten weiter und sagte zum Abschluss, dass man heute Morgen die Unterkunft beider Frauen einer genauen Überprüfung unterziehen würde. Der Kollege, der die Untersuchung leite, hieße Ueli Rütter. Er würde ihn jetzt über das Gespräch mit Renate informieren und sie dann von ihm anrufen lassen.

Renate zögerte für eine Sekunde, weil der Vorschlag zwar folgerichtig war, aber sie dadurch in die Defensive des Abwartens gedrängt war. Darum schlug sie vor, der Kollege möge doch umgehend zurückrufen, damit sie danach zu den Eltern von Sabrina Eberle fahren könne. Sie wolle das aber nicht ohne den Kontakt mit Rütter tun, da die Eltern möglicherweise den Wunsch äußern würden, in die Schweiz zu fahren, um ihre tote Tochter nach Deutschland zurückzuholen.

Ronelli verstand Renates Anliegen sofort, sagte den umgehenden Rückruf zu und murmelte nach dem Telefonat in seinen Vollbart : „Was eine nachhaltige Person!“ Dabei grinste er leicht vor sich hin und wählte Ueli Rütter an.

Renate Augustin fertigte sich eine Check-Liste ihrer Prioritäten in einem kleinen Buch, das sie immer bei sich führte. Da stand nun als erste Aufgabe „Brockmann“, dann kam als Nächstes „Handyüberwachung Jasmin“. Danach rangierte „Eberle“.

Da sie den Anruf aus der Schweiz auf dem Display des Telefons sehen würde, wenn er einträfe, rief sie gegen 10:00 Uhr Brockmann an.

„Guten Morgen. Ich störe Sie nur ungerne an Ihrem Sonntag, will aber Ihrem Auftrag, Sie auf dem Laufenden zu halten, Folge leisten.“

Brockmann war entspannt und forderte sie auf zu berichten.

Nachdem sie ihre neuen Erkenntnisse geschildert hatte, trug sie ihm die Absicht vor, die Handynummer von Jasmin Karst zu erfragen, um sie orten zu lassen. Sie war sich sicher, dass die Kollegen in der Schweiz das Gleiche in die Wege leiten würden. Sie wollte auf jeden Fall vermeiden, dass Jasmin schon wieder in Deutschland war, während in der Schweiz noch nach ihr gesucht würde.

Brockmann stimmte allem zu, stellte aber sicher, dass Renate bei den Eberles nicht ohne eine Begleitung erscheinen sollte und entschied im Übrigen, dass er die Handynummer von Jasmin selber erfragen wollte. Ihn interessierte die Reaktion der Karsts auf die Meldung von Sabrina Eberles Tod. Würden sie an ihrer merkwürdigen Verhaltensweise des gestrigen Abends festhalten oder würde sich alles ändern?

Renate nahm die durch Brockmann entschiedene Aufteilung der nächsten Schritte hin und verabschiedete sich von ihm.

Während sie überlegte, wer als ihre Begleitung geeignet und wer überhaupt am Sonntag verfügbar war, klingelte ihr Telefon. Sie identifizierte die Schweizer Vorwahl und hob ab.

„Renate Augustin."

„Ueli Rütter hier. Mein Chef hat mich soeben angerufen und mir gesagt, dass Sie gerne etwas über unsere Leiche erfahren würden."

„Ja, das ist richtig. Und wenn Sie einverstanden sind, habe ich dann auch noch etwas für Sie."

„Ich bin einverstanden." Rütter fand Renates Stimme sympathisch und versuchte sich vorzustellen, wie sie wohl aussah. Vermutlich wie die meisten Polizistinnen, dachte er, um sich wieder auf den eigentlichen Gegenstand des Gesprächs zu konzentrieren.

Er legte die bis dahin vorliegenden Informationen offen. Erzählte ihr von den Spuren am See, die schon ausgewertet waren: Die Reifenabdrücke wiesen auf einen BMW X5 hin. Sehr wahrscheinlich neuestes Baujahr. Die Schuhabdrücke der Boots deuteten auf einen Mann von einiger Größe, vermutlich irgendetwas zwischen 1,85 und 1,90 Meter. Der andere Schuh gehörte ebenfalls einem Mann, der aber wahrscheinlich nur um 1,70 Meter groß war. Dann erzählte er noch von dem einzigen Zeugen, der aus Wien stammte, und dass die Polizei aus St. Moritz heute mit einer Flugblattaktion nach weiteren Zeugen suchte, die sich möglicherweise am anderen Ufer aufgehalten haben könnten. Die Todesursache habe sich bestätigt: Sabrina Eberle sei von ihren Mördern geschlagen und dann gewürgt worden. Schließlich sei ihr Tod eingetreten. Er sagte Mörder im Plural, weil er von den Fußspuren darauf schloss, dass es sich um mindestens zwei Täter handelte.

Renate bat darum, ihr die Untersuchungsergebnisse zu mailen. Dann fragte sie nach Jasmin Karst.

„Wir haben eine Mobilfunknummer, die dem Hotel bekannt war, weil Jasmin Karst sie für Notfälle hinterlassen hatte."

Renate notierte die Nummer und erzählte Ueli Rütter dann die knappen Fakten des Vorabends. Auch, dass ihr Chef jetzt noch einmal mit den Karsts in Kontakt treten wollte, um die Handynummer von ihnen zu erfragen.

Dagegen hatte Rütter nichts einzuwenden, weil damit ein Abgleich mit seinen Informationen zustande kommen konnte.

Renate gab ihm ihre Email-Adresse und Rütter sagte zu, ihr neue Ergebnisse schnellstmöglich zu senden. „Und Sie sprechen mit den Eltern von Sabrina Eberle?"

„Ja, dazu werde ich mich in den nächsten Minuten auf den Weg machen."

„Geben Sie mir später ein Feed-back zu Ihren Eindrücken?"

„Geht klar. Kann aber bis zum Nachmittag dauern."

„Das ist schon recht."

Renate fand seine Art gewinnend. Nach dem Gespräch wählte sie einen Kollegen aus der Wochenendbereitschaft aus, der sie nach Bad Homburg begleiten würde.

Bevor sie abfuhr, rief sie bei den Eberles an, um sicherzustellen, dass sie jemand antreffen würde. Frau Eberle hob ab, Renate sagte kurz ihren Namen, avisierte ihre baldige Ankunft und bat, auf sie zu warten.

Frau Eberle begann daraufhin übergangslos zu weinen und Renate nahm sich vor, schnell zu fahren. Es war 11:00 Uhr, als sie mit ihrem Kollegen das Gelände des BKA verließ.

10.

Brockmann erreichte Sebastian Karst etwa um diese Zeit. Er hatte bewusst noch etwas gewartet nach dem Gespräch mit Renate. Er wollte keinen Vorwand formaler Art zulassen. Aber 11:00 Uhr am Sonntag war auch für einen wichtigen, sehr reichen Geschäftsmann zumutbar, zumal, wenn es um die eigene Tochter ging.

„Ja, bitte", hörte er Karsts dunkle, reservierte Stimme.

„Guten Morgen, Herr Karst, Brockmann am Apparat. Ich habe Ihnen die traurige Mitteilung zu machen, dass die Reisepartnerin Ihrer Tochter, Sabrina Eberle, gestern tot im Silser See aufgefunden wurde. Jedenfalls ist es uns so gemeldet worden."

Brockmann stoppte nach diesem ersten Satz und lauschte auf Karsts Reaktion.

„Das ist ja schrecklich!", kam es aus dem Hörer. Zu geschäftsmäßig für Brockmanns Geschmack. Und der nachfolgende Satz bestärkte ihn noch in seiner Einschätzung. „Haben Sie das den Eltern schon mitgeteilt?"

Warum fragte Karst nicht nach seiner eigenen Tochter? „Das geschieht in diesem Augenblick. Frau Augustin ist zu den Eberles gefahren."

Karst schwieg. Dann sagte er ganz trocken: „Und war es das, was Sie mir sagen wollten, oder gibt es noch etwas anderes zu berichten?"

Brockmann blieb trotz Karsts Kaltschnäuzigkeit ganz ruhig: „In Anbetracht der genannten Tatsache bitte ich Sie, mir die Nummer des Handys Ihrer Tochter Jasmin durchzusagen."

„Wozu wollen Sie die Nummer haben? Wenn sie meinen Anruf nicht annimmt, wird sie bei Ihnen auch nicht abheben."

Das war noch ein Fehler von Sebastian Karst. Brockmann blieb weiter ruhig: „Sie wollen doch wissen, wo Ihre Tochter sich aufhält, oder hat sich daran etwas geändert? Also geben Sie mir bitte die Daten." Er hatte eine abschlägige Antwort gar nicht erst abgewartet, sondern seinen Wunsch wiederholt, der jetzt zur Forderung geworden war.

Karst zögerte wieder, schob dann aber vor, er müsse sich die Nummer aus seinem Notizbuch holen, weil er sie nicht auswendig wisse.

„Bitte, ich warte."

Nach einigen Momenten war Karst wieder am Apparat und sagte Brockmann die Nummer durch. Ein Unterton, der das Gefühl belästigt zu werden ausdrückte, war in seiner Stimme. Er schloss das Gespräch mit dem Hinweis, dass er an seiner Linie von gestern festhalte und selber nach seiner Tochter Nachforschungen anstellen würde.

Brockmann bedankte sich knapp, ging aber auf Karsts Hinweis nicht weiter ein. Er war schon längst auf einer anderen Fährte.

11.

Renate Augustin hatte Frank Faller mit zu den Eberles nach Bad Homburg genommen. Faller war ein sportlicher Oberkommissar, der sich gut als Begleitung für alle unvorhergesehenen Fälle eignete. Renate war unsicher, was sie erwartete.

Eltern die Nachricht vom Tod ihres Kindes zu überbringen, gehört zu den schwersten Aufgaben, die Polizisten übernehmen müssen. Auch wenn man sich eine gewisse innere Rüstung zu schaffen versucht, es war immer wieder eine traurige Pflicht, die zu leisten auch Renate nicht unberührt ließ.

Die Eberles wohnten in einem sanierten Altbau am Kurpark in Bad Homburg. Gute Mittelschicht, dachte Renate, als sie vor dem Haus ankamen. Aber natürlich eine völlig andere Umgebung als gestern bei den Karsts. Renate fand Frau Eberle so vor, wie es sich am Telefon angebahnt hatte: in Tränen aufgelöst. Sie hatte schon am Fenster auf die Ankunft gewartet.

Zweite Etage. Renate klingelte und ging mit Faller die Treppen hoch. Die Tür zur Wohnung stand offen. Frau Eberle saß in ihrem Wohnzimmer in einem Sessel und rief mit Tränen erstickter Stimme: „Kommen Sie herein. Ich konnte nicht mehr stehen."

Als Renate mit ihrem Begleiter Frau Eberles Wohnzimmer betrat, war sie angenehm überrascht. Das Zimmer mit dem Blick auf den Kurpark, von dem aus Frau Eberle ihre Ankunft beobachtet hatte, war modern, aber zugleich einladend wohnlich möbliert.

Frau Eberle machte eine Geste gegenüber den beiden Besuchern, dass sie sich setzen mögen, und weinte weiter still vor sich hin. So nahmen sie auf zwei weiteren Sesseln Platz, die um einen flachen Tisch gruppiert waren.

„Frau Eberle, wir haben vorhin miteinander telefoniert. Mein Name ist Augustin, das ist mein Kollege Faller. Ich komme zu Ihnen, um Ihnen zu sagen, dass nach Auskunft der örtlichen Polizei Ihre Tochter in der Schweiz einem Unfall zum Opfer gefallen ist. Sie ist gestern tot in der Gegend von Sils Maria aufgefunden worden. Mein Kollege Faller und ich sprechen Ihnen unser Beileid aus."

Renate hatte zu der Notlüge, Sabrina sei Opfer eines Unfalls geworden, gegriffen, weil sie die Nachricht abmildern wollte und zugleich hoffte, ohne das Wort „Mord" benutzt zu haben, aus einer neutralen Position etwas mehr über die Beziehung zwischen Sabrina und Jasmin zu erfahren.

Doch es kam ganz anders als erwartet: „Ich glaube nicht an einen Unfall. Sie hätte nie mit Jasmin zusammen wegfahren dürfen. Aber sie hat schon lange nicht mehr auf mich gehört." Ihr Weinen verstärkte sich wieder.

„Wie meinen Sie das, Frau Eberle? Wieso hätte sie nicht mit Jasmin Karst in Urlaub fahren dürfen?"

„Die Familie Karst lebt in anderen Sphären als wir normalen Menschen. Nicht nur, weil sie viel mehr Geld besitzen als wir anderen. Sie haben auch andere Beziehungen und Bekanntschaften.

Ja, sie denken deshalb ganz anders als wir." Frau Eberle machte eine Pause in ihren Ausführungen. „Aber vielleicht waren sie ja schon immer so und sind nicht erst durch ihre Geschäfte und die Welt, in der die Geschäfte getätigt werden, so geworden." Wieder Pause. Renate sagte nichts. Faller auch nicht. Er war in dieser Hinsicht eine gute Wahl. Er konnte sich in solch heiklen Situationen völlig zurücknehmen.

Als von Frau Eberle nichts mehr kam, fasste Renate nach: „Warum sollte Ihre Tochter nicht mit der Tochter der Karsts wegfahren? Sie kannten sich doch aus der Schule. Waren schon lange Freundinnen."

„Die Freundschaft war einseitig. Meine Tochter hatte immer den Willen, etwas Besseres zu werden. Zu den Reichen dazuzugehören. Sie hat die Freundschaft eher gewollt als Jasmin. Jasmin ist in ihrem ganzen Wesen unabhängiger. Sie hat Sabrina nur benutzt. Wenn sie nach irgendwo reisen, aber lieber nicht alleine fahren wollte, war meine Tochter immer ihre willkommene Ansprechpartnerin. Und Sabrina suchte die Welt der Reichen. Diese Schwäche begriff sie schon. Aber sie hat sie nicht beherrschen können. Das hat sie von ihrem Vater. Der war auch immer von dem Reichtum der Karsts geblendet."

„Darf ich fragen, wo sich Ihr Mann aufhält?" Renate wollte das plötzlich wissen, weil ihr der Verdacht kam, dass Frau Eberle allein mit ihrer Tochter in der Wohnung leben könnte.

„Mein Mann hat mich wegen einer anderen verlassen. Schon vor fünf Jahren. Er hat mich und Sabrina mit der Wohnung hier und etwas Geld abgefunden. Glaubt er." Frau Eberle war aus der traurigen Stimmung plötzlich in eine bittere Tonart verfallen. Sie sann vor sich hin, als wären ihre Besucher gar nicht anwesend. „Jetzt habe ich auch noch meine Tochter verloren. Wären wir den Karsts doch nur nie begegnet."

„Das verstehe ich nicht. Wieso haben die Karsts etwas mit der Trennung von Ihrem Mann zu tun?"

„Sie verstehen gar nichts! Wie sollten Sie auch?" Frau Eberle sackte in sich zusammen, als hätte sie jeden Halt verloren und begann wieder leise zu weinen.

„Dann helfen Sie mir zu verstehen!"

Frau Eberle schwieg weiter. Aber Renate sah, wie es in Frau Eberles Gesicht arbeitete und wartet geduldig. Dann brach es aus ihr hervor, als gäbe sie einem Drang nach Befreiung ihrer Seelenqualen freien Lauf: „Alles begann damit, dass mein Mann vor gut zehn Jahren eine neuen Job suchte und in einer der Firmen von Sebastian Karst angestellt wurde. Als Gruppenleiter. Die Firma steuerte die Logistik von großen Industrieprojekten, die durch andere Industriezweige des Firmenkonglomerats der Karsts produziert wurden. Sie begreifen: Die einen produzierten, die anderen bereiteten die Auslieferung an die Kunden mit ihrem speziellen Know-how in logistischer Hinsicht vor. Eine gut bezahlte Arbeit. Mein Mann ist gelernter Ingenieur.

Wir lernten die Karsts bei einem Elternabend in der Schule unserer Tochter persönlich kennen. Sonst kommt man ja mit Leuten dieser Kategorie so nicht zusammen. Aber Jasmin war in ihren schulischen Leistungen zurückgefallen und ihre Eltern wollten wohl Interesse an der Schule zeigen, um für ein anberaumtes Gespräch mit der Klassenlehrerin gutes Wetter zu machen. Also erschienen beide an dem Abend. Mein Mann machte rückblickend betrachtet den Fehler, sich nach Beendigung des Elternabends Herrn Karst vorzustellen und seine Anstellung in einer seiner Firmen ins Spiel zu bringen. Was immer ihn dazu verleitet hat. Wahrscheinlich hatte er Sorge, dass der Fortbestand der Firma, in der er arbeitete, durch die Globalisierung gefährdet sein könnte. Denn mit der Globalisierung kam für Karst die große Herausforderung, seinen Konzern umzubauen.

Mit diesem Zusammentreffen begann unser Unglück. Mein Mann erhielt wenige Wochen nach dem Elternabend seine Kündigung. Gleichzeitig wurde ihm aus der Konzernführung signalisiert, dass er unter Beibehaltung seiner bisherigen Bezahlung eine andere Verwendung in Russland übernehmen könne. Mit Auslandszulage. Mein Mann willigte ein, um nicht arbeitslos zu werden. Er ging schon zwei Monate später nach Moskau. Dort arbeitet er seither, hat eine andere Frau kennen gelernt und lebt dort mit ihr zusammen. Die letzten Schuljahre unserer Tochter musste ich alleine meistern. Zum Glück war sie eine gute Schülerin."

Frau Eberle hielt nach diesen Worten in ihrer Schilderung des Familienschicksals inne. Als sie weiter berichtete, bekam alles eine andere Wendung.

„Meine Tochter war also gut in der Schule. Jasmin war immer nur durchschnittlich. So gab Sabrina ihr gelegentlich Nachhilfe. Im Haus der Karsts.

Als beide fünfzehn waren, driftete Jasmin in ihrem Verhalten ab. Sie nahm wohl ab dieser Zeit Drogen und wurde in der Klasse von Fünfzehnjährigen damit zum Mittelpunkt, denn sie konnte immer auch für andere Nachschub beschaffen. Es schien ihr zu gefallen, von der Mehrzahl der Klassenkameraden respektiert zu werden. Vorher war das nicht der Fall, denn sie war, wie geschildert, Durchschnitt in ihren schulischen Leistungen. Ihre Attraktivität bestand bis dahin in ihrem netten Aussehen, das stets durch das neueste Outfit unterstützt wurde. Dann noch durch ihre finanziellen Möglichkeiten, die von Zeit zu Zeit durch recht opulente Partys im Haus der Karsts unterstrichen wurden. Dann kamen die Drogen hinzu.

Weil einige andere in der Klasse auch schon Drogen nahmen, wurde sie durch ihren Zugriff auf Nachschub zum Star.

Wer immer der Schulleitung diese Zusammenhänge geschildert hatte, jedenfalls stellte man Jasmin zur Rede und sie war sich ihrer Position als Tochter der fünft- oder zehntreichsten Eltern in Deutschland so sicher, dass sie nicht eine Sekunde lang leugnete.

Daraufhin verlangte die Schule ihre Entfernung aus der Klasse. Ihre Eltern haben nur kurz gekämpft. Sie haben schnell begriffen, dass sie damit die öffentliche Behandlung des Themas riskierten und haben Jasmin kurz darauf in die Schweiz „expediert". Ich muss es so nennen, denn Jasmin konnte sich nur noch am Handy von unserer Tochter verabschieden. Dann war sie auch schon aus unserer Stadt verschwunden. Meine Tochter und sie waren zu der Zeit beide gut fünfzehn Jahre alt. Sie haben immer Kontakt gehalten. Telefonisch. Einmal haben sie sich getroffen. Meine Tochter war damals schon sechzehn und dachte, ich hätte davon nichts mitbekommen. Aber da lag sie falsch. Beide haben sich in Basel getroffen. Für einen Nachmittag. Sabrina kam sehr spät nach Hause und hatte vergessen, ihre Fahrkarte zu entsorgen. Ich habe sie damals nicht darauf angesprochen, denn sie hatte sich schon etwas von mir entfernt. Ich wollte den Prozess nicht durch zu große Neugier beschleunigen. Vielleicht hätte ich da noch etwas ändern können." Frau Eberle war wieder von ihren Tränen übermannt.

„Jedenfalls habe ich das nicht getan und meine Tochter, die Kontakt zum hier verbliebenen Freundeskreis von Jasmin hatte, wurde mir dadurch mehr und mehr entfremdet. Unsere alte Lebensweise kam ihr spießig vor. Sie wollte in Jasmins Welt leben. Als sie die Schule beendet hatte, mittlerweile auch nur noch mit einem durchschnittlichen Zeugnis, zog sie zu einem der Bekannten Jasmins. Ich konnte sie nicht mehr daran hindern.

Schließlich war sie ja schon volljährig. Der Kontakt zu ihr wurde schwächer und seit einem halben Jahr habe ich von ihr nicht mehr viel gehört. Bei unserem letzten Zusammentreffen schien sie mir nicht mehr zuzuhören. Wir haben uns in Frankfurt getroffen. Sie war eine völlig andere geworden. Wahrscheinlich ist sie auch in irgendeiner Weise mit Drogen in Verbindung. Ob sie selber jemals welche nahm, weiß ich nicht genau. Ich glaube nicht. Jedenfalls hatte sie scheinbar keine finanziellen Probleme, denn sie war modisch gekleidet. Alles neu. Nichts war aus ihrem alten Kleiderbestand. Ihren Lebensgefährten habe ich nicht kennen gelernt.

Sie hat nur einmal von einem Juri gesprochen. Begleitet wurde sie jedenfalls von niemandem."

Renate hatte aus alledem schon viel erfahren. Aber nicht genug über die Karsts.

12.

Ueli Rütters Mannschaft durchsuchte das Zimmer der zwei jungen Frauen im Berghotel. Zur gleichen Zeit verteilten uniformierte Polizisten Flugblätter in Sils Maria mit der Aufforderung an etwaige Zeugen, sich zu melden.

Bei der Untersuchung des Zimmers entdeckte die einzige Frau im Team als Erste, dass der Anteil der Kleidungsstücke auf der einen Seite des Schranks einen ausgedünnten Eindruck machte.

Der Schrank war zweigeteilt. Rechts und links je ein Bereich um Kleider und Hosen aufzuhängen, mittig je eine Reihe von Fächern für Wäsche und sonstige Utensilien. Der Schrank war mit zwei Türen versehen, so dass die eine wie die andere Seite separat geöffnet werden konnten.

Eine intensivere Untersuchung der Kleidungsstücke gab einen ersten Anhaltspunkt, wie die Aufteilung der Schrankhälften zuzuordnen sein konnte. Rechts fand sich auf zwei Seidentaschentüchern ein Monogramm aufgestickt: ein „J".

Folglich wurden alle Sachen auf der linken Seite des Schrankes Sabrina zugerechnet.

Dann begann die Untersuchung im Detail. Aber so recht neue Erkenntnisse ergaben sich dabei nicht. Bis eben auf die Tatsache, dass Jasmins rechte Seite einen knapperen Bestand an Kleidungsstücken und Schuhen aufwies als die Schrankhälfte von Sabrina. Vor allem Unterwäsche war kaum noch vorhanden.

Rütter nahm aus allem die Hypothese mit, dass Jasmin und Sabrina möglicherweise unterschiedliche Vorhaben hatten und deshalb getrennte Wege gegangen waren. Zumindest für einige Tage. Denkbar allerdings auch, dass Jasmin etwas von einer drohenden Gefahr geahnt haben könnte und sich aus dem Staub gemacht hatte. Letztere Vorstellung war gewagt, aber eine andere Interpretation kam ihm zunächst nicht in den Sinn.

Parallel zu alledem lief eine Recherche hinsichtlich der sonstigen knappen Erkenntnisse über die Computer der Polizei: Entsprechend den Reifenprofilen wurde nach eingereisten BMW X5 gesucht. Überprüft wurden alle Fahrzeuge, wenn sie nicht aus dem Schengengebiet waren. Alle sonstigen Einreisenden aus Schengenstaaten waren nicht kontrolliert worden, soweit sie nicht auffällig waren. Das war im konkreten Fall eine Schwachstelle bei den Ermittlungen. Vor allem war ja nicht klar, ob es sich bei den Tätern überhaupt um Eingereiste aus der EU oder aus Drittländern oder gar um Schweizer Residenten handelte.

Allerdings hatte die Schweiz wegen des Beitritts zum Schengenabkommen eine andere Taktik eingeschlagen: Die Freizügigkeit im Reiseverkehr sollte nicht mit einer Blindheit in der Kontrollierbarkeit der ein- und ausreisenden Personen und Fahrzeuge einhergehen. Also wurde an allen Grenzübergängen eine unauffällige Videoerfassung der Fahrzeuge und ihrer Kennzeichen durchgeführt.

Diese Maßnahme ermöglichte es der Schweizer Polizei im konkreten Fall, die Autotypen systematisch abzugleichen. Mit Hochdruck wurde seit dem Morgen gemäß der Vorgabe nach einem silbernen BMW X5 gesucht. Die Daten liefen in Zürich zusammen. Von allen Grenzübergängen der Schweiz.

Als Aktionszeitraum waren zunächst die vergangenen drei Tage angenommen, aber das war natürlich ebenfalls völlig hypothetisch. Rütter hoffte auf einen Zufallstreffer. Viel hatte er ansonsten nicht vorzuweisen. Die Auswertung würde möglicherweise bis zu zwei Tage dauern.

Die Lage besserte sich am frühen Nachmittag ein wenig, als

ein Ehepaar bei der Polizeistation in St. Moritz anrief und danach in einer Vernehmung angab, im Zeitraum, der als relevant vermutet wurde, ein Fahrzeug in silberner Farbe gesehen zu haben. Beobachtet hatte die beiden das von der dem Fundort gegenüberliegenden Seeseite, an der sie spazieren gegangen waren. Ein Geländewagen sei es gewesen. Genaueres war auf die Entfernung nicht zu erkennen.

Die Art des Fahrzeugs, mit dem vermutlich die Leiche Sabrinas transportiert worden war, konnte durch diese Aussage allerdings erhärtet werden. Der ungefähre Zeitpunkt auch: Es musste gegen 18:00 Uhr geschehen sein. Dass zwei Personen etwas zum See transportiert hatten, war eine gute Bestätigung der bisherigen Ermittlungsergebnisse, führte aber ansonsten nicht zu weiteren Fortschritten.

Ueli Rütter überlegte sich, dass es eine recht riskante Aktion gewesen war, Sabrinas Leiche am helllichten Tag am See abzulegen. Das kalte und windige Wetter mag den Tätern Mut gemacht haben, weil sie erwarten konnten, um diese Zeit niemanden am See anzutreffen. Es war zur Abendessenzeit geschehen. Aber dass das nicht wirklich sicher war, belegte der vermutlich kurz darauf erschienene Zeuge Kaiser. Wäre der nur etwas früher mit seinem Hund losgelaufen, hätte er die Täter treffen müssen.

Rütter erweiterte sein kleines Hypothesengerüst: Die Täter hatten vermutlich keine Zeit mehr gehabt. Also hatten sie wohl das Gelände vom Auto aus beobachtet und waren zum geeignetsten Zeitpunkt das letzte Stück an den See gefahren, um ihr grausames Geschäft zu Ende zu bringen. Gerade noch rechtzeitig, bevor Herr Kaiser erschien. Dass sie dieses Risiko eingegangen waren, brachte Rütter auch noch auf weitere Erwägungen: Die Täter hatten Sabrina wahrscheinlich im Umkreis von St. Moritz getötet und schließlich nicht so recht gewusst, wohin mit der Leiche. Vermutlich in einer Art Affekt oder durch Dummheit. Jedenfalls hatten sie offenbar im Umfeld des Tatortes keine Gelegenheit gehabt, die Leiche verschwinden zu lassen. Und da sie die junge Frau misshandelt hatten, konnten Schreie gehört worden sein. Ihr Mund war nicht zugeklebt worden. Jedenfalls hatte die Obduktion bis jetzt keine derartigen Hinweise ergeben. Rütter ließ diesen Punkt nochmals nachprüfen. Es wurde so bestätigt.

Wenn diese Hypothese stimmte, musste alles an einer abgelegenen Stelle geschehen sein. Vermutlich nicht in unmittelbarer Nähe von Sils, vor allem aber mit einem Auto erreichbar, weil die Leiche von Sabrina nicht am helllichten Tag beliebig lange durch die Gegend getragen werden konnte, ohne entdeckt zu werden. Aber wo war dieser Tatort?

13.

Renate ließ nach ihrer Rückkehr ins Büro das Erlebte noch einmal Revue passieren. Neben allen ersten Informationen über die Beziehung der zwei jungen Frauen zueinander war interessant, dass Frau Eberle in der Schlussphase des Gesprächs davon gesprochen hatte, dass die Karsts im Zuge des Umbaus ihres Konzerns eine stärkere Orientierung nach Osten eingegangen waren. Sowohl nach Russland als auch in andere asiatische Staaten. Die Beziehungen in die USA hatten gelitten. Der Umbau führte auch in der Struktur des Konzerns zu Veränderungen. Die Karsts investierten nach Kenntnis von Frau Eberle sowohl in High-Tech-Firmen als auch in Logistik. Wichtige Einnahmequelle blieb aber immer noch ein lukratives Standbein im Maschinenbau. Mit einiger Bitterkeit hatte Frau Eberle diese Entwicklung kommentiert: „Bei alledem sind sie immer reicher geworden. Es ist so, als würden sie keine Fehler machen. Jedenfalls nicht geschäftlich.“ Diese Bemerkung behielt Renate gut in Erinnerung und nahm sich vor, demnächst die finanzielle Entwicklung des Firmenkonglomerats der Familie Karst einer genaueren Prüfung zu unterziehen.

Am Ende des Gesprächs hatte Renate sich Sabrinas Handynummer aufschreiben lassen und um ein aktuelles Foto von Sabrina gebeten. Das Mädchen war zwar tot, aber jede gesicherte Information konnte wichtig sein. Zum Abschied hatte sie Frau Eberle gefragt, ob sie gegebenenfalls bereit sein würde, kurzfristig nach St. Moritz zu reisen, um ihre Tochter zu identifizieren. Frau Eberle hatte ihre Bereitschaft dazu durch Kopfnicken signalisiert, während sie erneut von einem Weinkrampf erfasst wurde.

Es war gegen sechzehn Uhr am Sonntag, als Renate Ueli Rütter zurückrief, um mit ihm die neuesten Ermittlungsergebnisse auszutauschen.

Als Ueli ihr alles berichtet hatte, auch seine ersten Schlussfolgerungen, sagte Renate trocken: „Das ist ja wirklich nicht viel." Sie gab einen kurzen Abriss des Gesprächs bei Frau Eberle und schloss den Bericht mit einer Frage: „Haben Sie übrigens bei Sabrinas Sachen ein Handy gefunden?" Als Rütter verneinte, gab sie ihm die Handynummer, die Frau Eberle ihr aufgeschrieben hatte. Dann erinnerte sie sich daran, dass Brockmann ihr auch noch eine Nummer von Jasmin geschrieben haben musste und suchte danach in ihrem Email-account, weil von Brockmann noch kein Anruf vorlag. Sie hatte Erfolg. Die Nummer hatte Brockmann vor einiger Zeit an sie übermittelt. Rütter wartete, bis sie ihm das Ergebnis durchsagte. Die Überraschung war perfekt: Jasmin verfügte über zwei verschiedene Nummern. Also hatte sie möglicherweise auch zwei Handys! Zum Ende des Gesprächs fragte Renate noch nach der Sicherheit, mit der Sabrina identifiziert worden sei. Rütter gab den stellvertretenden Hoteldirektor als Referenz an und war sich im selben Augenblick sicher, dass das nicht ausreichend sein könnte.

Renates Vorschlag, Frau Eberle nach St. Moritz zu bitten, um Sicherheit bei der Identifizierung Sabrinas zu gewährleisten, nahm Rütter sofort an.

Sie vereinbarten, nach allen drei bekannten Nummern suchen zu lassen. Sowohl in der Schweiz als auch in Deutschland. Rütter war da schon einen Schritt voraus. Seine Recherche bei den Providern lief schon, nur noch nicht bezüglich der neuen Nummer.

Renate beeilte sich zu sagen, dass sie die richterliche Genehmigung für die gleichen Maßnahmen in Deutschland noch nicht in Händen hätte, sich aber sofort darum kümmern würde. Später wollten sie sich noch einmal sprechen. Sie verabredeten ihr Telefonat auf 19:00 Uhr. Sabrinas Foto wollte sie einscannen lassen und dann auch an Rütter übermitteln.

14.

Brockmann hatte die richterliche Genehmigung für die Handyüberwachung von Jasmins Anschluss selber erwirkt. Er war nach dem Gespräch mit Sebastian Karst für einen Augenblick gedankenversunken in seinem Sessel sitzen geblieben und hatte für sich abgewogen, was die vorläufig ohne offizielle Vermisstenmeldung laufende Ermittlung durch das BKA für Konsequenzen zeitigen könnte. Was, wenn das BKA auf Informationen stoßen würde, die Karst in Schwierigkeiten bringen könnten?

Konnte er die Behauptung Karsts anders werten, nach seiner Tochter selber suchen zu wollen? Eher nicht! Tatsächlich musste er annehmen, dass Frau Karst den Stein ins Rollen gebracht hatte, indem sie Brockmann telefonisch kontaktierte. Denkbar, dass ihr Mann davon zunächst nichts mitbekommen hatte.

Wenn dieser Gedanke zutreffend wäre, hatte Karst in der Zeit bis zu Brockmanns Ankunft in Bad Homburg seine Frau hinlänglich bearbeitet, um dann die kleine Schau abzuziehen, als die Brockmann seine Erlebnisse mit den Karsts nachträglich empfand. Karst hatte die erste Gelegenheit zum Rückzug aus der Beteiligung des BKA genutzt. Er war nicht offen gewesen, obwohl es doch um das Schicksal seiner Tochter ging. Dass da etwas nicht stimmig war, hatte Brockmann noch vor Ort gesagt. Für ihn war klar, dass Karst Vorkehrungen treffen würde, durch die Aktivitäten des BKA nicht die Kontrolle über seine Welt zu verlieren. Die Sache war für ihn dumm gelaufen, aber er würde Korrekturen dieser Entwicklung anstreben. Brockmann musste auf der Hut sein.

Als er das überdacht hatte, war sein Anruf bei dem Richter erfolgt, der am Wochenende Eildienst hatte. Das Ergebnis war die erhoffte Genehmigung. Die hatte er an Renate weitergegeben. Per Email. Dann war er mit seiner Frau Barbara in den Rheingau gefahren.

15.

Rütters Phase knapper Ergebnisse war am Sonntagnachmittag vorläufig beendet. Zwei unterschiedliche Videoaufzeichnungen brachten ihn einen Schritt weiter:

Die Aufzeichnung durch die Kamera aus St. Moritz an der Bundesstraße unterhalb des Bahnhofs zeigte, wie das gesuchte Fahrzeug gegen 17:00 Uhr am Samstag in Richtung Julierpass gesteuert wurde. Die Insassen hatten die Sonnenblenden heruntergeklappt, so dass ihre Gesichter nicht zu sehen waren. Aber das Nummernschild war identifizierbar. Es handelte sich um ein polnisches Kennzeichen. Dadurch konnte seither präziser gefahndet werden. Nach diesem ersten Ergebnis wurden von der Kantonalpolizei sogleich die Kameraaufzeichnungen an der Kreuzung östlich St. Moritz unter die Lupe genommen. Hier mussten sich alle Autofahrer entscheiden, ob sie die Straße nach Samedan oder nach Pontresina nehmen oder umgekehrt die Richtung St. Moritz wählen wollten. Die Gesuchten hatten sich für St. Moritz entschieden. Das wussten die Polizisten schon. Nur woher war der Wagen gekommen?

Wegen einer beträchtlichen Zahl von Unfällen waren an der Verzweigung mehrere Kameras installiert.

So war die Richtung, aus der sie kamen, zweifelsfrei auszumachen. Der silberne BMW X5 mit dem polnischen Kennzeichen kam aus Samedan. Eine Kamera in der Ortsmitte von Samedan gab letzte Sicherheit.

Seither hatte Rütters Mannschaft mit Unterstützung aller an dem Fall arbeitenden Polizisten aus St. Moritz herauszufinden versucht, wo der Tatort liegen könnte, an dem Sabrina zu Tode gebracht worden war.

Am späten Nachmittag war den Polizisten ein weiterer Erfolg beschert: Am östlichen Ortsrand von Samedan, abseits der Straße, lag ein Chalet, dessen Mieter ein polnisches Auto vom gesuchten Typ fuhren. Die Vermieter hatten zwei Gäste aus Polen der Polizei gemeldet. Einen großen und einen kleineren Mann, wie sich später herausstellte. Ihre Namen waren mit der Anmietung gemeldet. Eine weitergehende Überprüfung ergab, dass sie falsch waren.

Das Chalet wurde ab Sonntagabend durchsucht, während die Vermieter in ihrer Wohnung vernommen wurden.

Von den Insassen des BMW X5 fehlte weiter jede Spur.

Über alledem hatte Rütter schließlich das Telefonat mit Renate vergessen.

16.

Renate hatte einen weiteren anstrengenden Tag hinter sich. Die richterliche Genehmigung nebst Antrag zur Handyüberwachung von Jasmin und Sabrina war endlich Sonntag gegen 18:00 Uhr an den Netzbetreiber gegangen. Eine Rückmeldung lag noch nicht vor.

Brockmann hatte am späten Nachmittag angerufen, so dass sie ihm ihre Erlebnisse mit Frau Eberle berichten konnte.

Schließlich hatte Brockmann von seinem Gespräch mit Karst erzählt. Er schien ihr in der Sache entschlossen, wiederholte aber, dass er alles mit Fingerspitzengefühl behandelt wissen wollte.

Zum Abschluss erwähnte Renate, dass sie zwischenzeitlich Frau Eberle bewegt hatte, nach St. Moritz zu fahren, um ihre Tochter zu identifizieren.

Brockmann fand, dass Renate richtig entschieden hatte und sagte ihr das auch. Man brauchte absolute Sicherheit in allen Fakten, denn das gesellschaftliche Umfeld, das durch die Karsts jederzeit aktiviert werden konnte, wenn ihnen etwas nicht in den Kram passte, war nur mit harten Fakten ruhigzustellen.

Dazu gehörte auch, dass Renate die noch nicht zusammengestellten Informationen zu den Bemerkungen Sebastian Karsts über den Privatdetektiv Hingsen aus Frankfurt genauer würde unter die Lupe nehmen müssen. Schließlich schrieb sie sich auf ihre Checkliste das Stichwort „wirtschaftlicher Status?“. Dann rief sie Ueli Rütter an, der sich nicht gemeldet hatte.

II. Kapitel

1.

Für Ueli Rütter veränderte sich die Lage am Montag grundlegend. Aus dem Gespräch mit Renate, das er am Sonntagabend geführt hatte, wusste er von Frau Eberles Anreise nach St. Moritz. Sie würde heute am späteren Nachmittag eintreffen.

Zunächst hatte die Untersuchung des Chalets am Ortsrand von Samedan noch einige hilfreiche Hinweise zum Mordfall Sabrina Eberle gebracht. Danach war definitiv im Keller des Hauses eine Person gefangen gehalten worden. Es gab Spuren von Gewalt einschließlich der DNA des Opfers.

Was es hingegen nicht gab, waren DNA-Spuren der Täter und Hinweise aus der Ortung von Jasmins zwei bekannten Handynummern. Auch nicht von Sabrinas Handy, das nach wie vor nicht aufgefunden worden war.

Als Frau Eberle dann am Nachmittag in erkennbar angeschlagenem Zustand bei der Kantonalpolizei eintraf, wurde der Kern dessen, was Ueli Rütter wusste, beziehungsweise sich zusammenkonstruiert hatte, wieder völlig in Frage gestellt.

Kurz vor ihrer Ankunft hatte die Pathologie des Spitals angerufen, um ein Untersuchungsergebnis nachzureichen: Die Tote war sexuell nicht belästigt worden. Jedenfalls gab es keine Spuren, die darauf hindeuteten. Als Rütter alle Gedanken durchgespielt hatte, was diese Meldung für den Fall bedeuten konnte, ging er den nächsten Schritt an und fuhr mit Frau Eberle und einer Beamtin ins Spital, damit Frau Eberle ihre Tochter identifizieren konnte. Frau Eberles Zustand verschlechterte sich auf der Fahrt dorthin zunehmend. Als sie im Spital angelangt waren, weinte sie heftig.

In der Pathologie musste die Beamtin Frau Eberle stützen,

denn sie schien einer Ohnmacht nahe. Der Chef der Pathologie, der von seinem Kongress noch am Sonntag zurückgekehrt war, beeilte sich, die Identifizierung der Leiche umgehend zu ermöglichen, weil er wohl die psychische Verfassung von Frau Eberle als kritisch einschätzte. Damit bewies er eine treffsichere Beurteilungsgabe.

Denn als Frau Eberle bis auf etwa einen Meter an die mit einem Tuch abgedeckte Leiche Sabrinas herangetreten war, brach sie zusammen. Die Polizistin konnte nur mit Mühe ein heftiges Aufschlagen ihres Körpers verhindern. Als sie wenig später unter medizinischer Betreuung wieder bei sich war, griff sich auch Ueli Rütter einen Arm der weinenden Frau Eberle. Er wollte die Situation beschleunigen, weil auch er sich nicht sicher war, ob Frau Eberle ihnen nicht gleich ein weiteres Mal in Ohnmacht fallen würde.

Gehalten von zwei fest zupackenden Armen stand Frau Eberle schließlich vor dem abgedeckten leblosen Körper. Der Pathologe deckte das Tuch zurück.

Frau Eberle schrie im Angesicht der Toten auf und ihre Knie versagten ihr den Dienst. Als sie erneut von starken Armen gehalten auf die Leiche schaute, sagte sie mit tonloser Stimme: „Das da ist nicht meine Tochter."

Rütter war sprachlos. Er hielt Frau Eberle ganz fest und zwang sie ein weiteres Mal die Leiche der jungen Frau anzuschauen. Sie starrte die Tote an und sagte noch einmal: „Das ist nicht meine Tochter."

Rütter insistierte und blieb hart: „Sehen Sie sich die Tote noch einmal genau an. Von Ihrer Aussage hängt ungeheuer viel ab. Wir können uns keinen Fehler leisten!"

Frau Eberle schüttelte zunächst nur den Kopf. Dann kam ein dünnes, erschöpftes „Das ist nicht Sabrina" über ihre Lippen.

2.

Die neue Woche hatte für Renate weniger aufregend begonnen als für Ueli Rütter. Sie hatte den Montagvormittag damit verbracht, die Hintergrundrecherche zu der wirtschaftlichen Situation der Karsts voranzutreiben, was keine einfache Übung war. Dann war das eingescannte Foto von Sabrina per Email auf ihrem Rechner eingetroffen. Sie schickte es an Rütter weiter, der es aber in der ganzen Aufregung zunächst nicht bemerkte.

Öffentlich verfügbare Zahlen waren knapp. Eine offizielle Anfrage über das zuständige Finanzamt wollte sie nicht anstoßen, weil Brockmanns Hinweis, alles sehr diskret zu behandeln, ihr beim derzeitigen Stand der Dinge kein unkalkulierbares Vorpreschen erlaubte. Deshalb rief sie einen Studienkollegen an, mit dem sie einmal eng befreundet war. Er war in der Zwischenzeit verheiratet. Sie war es nicht.

Ob er sich wegen der früheren Zeit auf das Gespräch mit ihr einließ oder nur, weil er wieder Kontakt zu ihr wollte, hatte sie nicht so einfach herausfinden können. Jedenfalls verabredeten sie sich für den nächsten Tag zum Mittagessen in Frankfurt, wo ihr Gesprächspartner in einer Bank als Aktienanalyst arbeitete. Gleichzeitig hatte sie bei den Kollegen aus der Einheit für Wirtschaftskriminalität eine Anfrage zum Komplex Karst gestartet und den Anlass als dringlich markiert. Jetzt konnte sie bis zur Beantwortung ihrer Fragen nur abwarten.

Schließlich hatte sie sich um Wilhelm Hingsen gekümmert. Der Fundus an Informationen im Zentralcomputer des BKA war begrenzt. Hingsen war demnach ein mittelmäßig erfolgreicher Privatdetektiv, der auch durch Nachforschungen auf dem Gebiet der Wirtschaftskriminalität aufgefallen war.

Sie las gleichwohl nichts wirklich Gravierendes. Nur die Tatsache, dass er für die Familie Karst tätig geworden war, war seltsamerweise aufgeführt. Er hatte Kontakte zum Drogenmilieu Frankfurts und war dabei Fahndern des LKA aufgefallen.

Renate hatte daraufhin den Leiter der Drogenfahndung beim hessischen Landeskriminalamt angerufen und um ein Gespräch über Hingsen gebeten. Sie wollten sich nach dem Mittagessen bei ihm treffen.

Nachdem sie Brockmann einen Zwischenstand ihrer Erkenntnisse und der geplanten Aktivitäten gemailt, danach etwas gegessen und erneut aktuelle Emails gecheckt hatte, machte sie sich auf den Weg ins LKA Hessen.

Sie war froh, dem eigenen Büro entfliehen zu können. Der Dienst am Wochenende hatte sie ganz schön geschlaucht und in Anbetracht des Themas „Karst/Eberle" waren auch keine Atempausen in Sicht. Wenn sie die vorangegangene Arbeitswoche dazu zählte, war sie jetzt den achten Tag hintereinander ohne Pausen im Dienst. Obwohl sie jung war, ging ihr die ununterbrochene Aktivität an die Substanz.

Das Hessische LKA war nicht so weit vom Terrain des BKA entfernt. Nach gut zehn Minuten erreichte sie dort die Pforte zum Parkplatz und wurde anstandslos durchgelassen, nachdem sie sich ausgewiesen hatte.

Reinhard Schlüter leitete die hessischen Drogenfahnder seit über zehn Jahren. Er war jetzt Mitte fünfzig und hatte eine Glatze. Aus seinem vollen, runden Gesicht strahlte er Renate an, die sich ihm förmlich vorstellte, weil sie Schlüter nur vom Sehen kannte, als er einen Vortrag auf einem Weiterbildungsseminar gehalten hatte. Er bot ihr einen Stuhl an einem kleinen Besprechungstisch an und fragte leicht ironisch, wie er zu der Ehre eines so wichtigen Besuchs käme.

Renate blieb ernst und erläuterte ihm in wenigen Worten die Sachlage im Umfeld des Falles Karst und was Hingsen dabei nach ihren bisherigen Erkenntnissen für eine Rolle spielte. Dass sie aber die Pferde nicht scheu machen wollte durch eigene Recherchen auf einem Gebiet, das Schlüters originäre Spielwiese war.

Schlüter hörte aufmerksam zu. Seine Ironie war bei den Namen Hingsen und Karst augenblicklich verflogen. Er spielte mit seinem Kugelschreiber, den er von einem Blatt Papier auf dem Tisch aufgenommen hatte. Nach kurzer Pause gab er eine simple Einschätzung wider, die eher rein rhetorisch gemeint war: „Hätten Sie sich nicht einen anderen Personenkreis aussuchen können?"

Renate gab jetzt ihrerseits leicht ironisch zurück: „Hätte ich ja gerne getan, aber bei uns gab das Angebot gerade keine freie Auswahl her. Was ist an meinem Fall so Besonderes?"

„Das kann ich Ihnen nur andeuten. Wir glauben, in einem Satz gesagt, dass Herr Karst seine geschäftlichen Schwerpunkte stärker umstrukturiert hat, als seiner gesellschaftlichen Stellung in unserer Republik gut tut. Jedenfalls wenn sich unser Verdacht bestätigt."

„Was bedeutet das konkret?"

„Das bedeutet, dass wir ihn in Verdacht haben, dass er ein zusätzliches Geschäftsfeld eröffnet hat: Drogenhandel in großem Stil."

Schlüter ließ seine Aussage auf Renate wirken und beobachtete sie dabei genau. Sie checkte blitzartig die Bedeutung, die der Fall dadurch bekommen würde, wenn sich der Verdacht Schlüters bestätigte.

Da fuhr Schlüter auch schon fort: „Seine alte Hauptbeschäftigung als Industrieller ist nach unserer Einschätzung weitgehend nur noch Fassade. Natürlich, er betreibt die alten Geschäftsfelder weiter, aber seine Gewinne sprudeln aus einem groß aufgezogenen Handel mit Drogen. Das kann er ganz gut kaschieren, denn er hat Teile seiner Firmensitze ins Ausland verlegt. Also", Schlüter ließ sich mit der Formulierung der wesentlichsten Neuigkeit Zeit, „ich meine mit dem Begriff Ausland Staaten außerhalb der EU-Grenzen."

Schlüter legte wieder eine kleine Pause ein. Dann kam er auf Renates ursprünglichen Punkt zu sprechen: „Hier kommt Hingsen ins Bild. Der ist eigentlich nur ein kleiner Privatdetektiv, der sich mehrmals vergeblich für den Polizeidienst beworben hat, aber den psychologischen Test nicht bestand. Als er begriffen hatte, dass er bei uns keine Chance bekommen würde, hat er seine Detektei in Frankfurt gegründet. Die lief immer sehr mäßig, bis er einen Auftrag von Karst bekam. Ab da begann sich seine finanzielle Lage zu verbessern." Schlüter machte eine Pause und spielte wieder mit seinem Kugelschreiber.

„Jedenfalls ist er seither viel auf Reisen. Für Karst, wie wir vermuten. Karst selbst ist von allem natürlich weit entfernt. Er organisiert sein Imperium so, dass er selbst immer außen vor bleiben kann. Seine Handlanger wären dann die Bösewichte, wenn jemals etwas auffliegt." Schlüter beobachtete Renate weiter aufmerksam.

Von ihr kam zunächst keine Reaktion. Sie überlegte, wie alles, was sie soeben gehört hatte, mit den anderen ihr bekannten Fakten zusammenhängen könnte. Es gab keine wirklichen Widersprüche in ihrem Gedankengebäude. Nur, sie war nicht hinter Sebastian Karst her, sondern sollte den Verbleib seiner Tochter klären. Deshalb fragte sie Schlüter, ob über Jasmin Karst ebenfalls Fakten aktenkundig waren. Oder zu Sabrina Eberle.

Bei dem Namen Eberle wurde Schlüter ganz hellhörig: „Die Tochter von Rudi Eberle? Karsts Mann in Moskau? Dessen Tochter soll tot sein? Wieso das denn? Ist sie zwischen die Fronten gekommen? Die hat doch mit der Tochter der Karsts engsten Kontakt gehabt. War allerdings auch mit einem Drogendealer namens Brody befreundet." Schlüters Interesse war endgültig erweckt.

Renate gab Details bekannt, soweit sie welche wusste. Dadurch erfuhr Schlüter alles über die Tote am Silser See und dass Frau Eberle in St. Moritz erwartet wurde.

Renate schaute auf die Uhr: „Eigentlich müsste sie jetzt schon dort eingetroffen sein."

3.

Ueli Rütter war seit der misslungenen Identifizierung der Leiche durch Frau Eberle ganz plötzlich von dem Gefühl beschlichen, dass sich dieser Mordfall in eine ganz andere Richtung entwickeln würde, als von der Ausgangslage her zu erwarten gewesen war. Seine ersten Vorstellungen darüber, was in dem Fall abgelaufen war, bedurften ab sofort einer Überarbeitung. Nur, ohne weitere Fakten war da nicht viel zu überarbeiten. Er musste mehr wissen über das Umfeld der Karsts, denn er war sicher, dass die Dinge in St. Moritz damit zu tun hatten. Jedenfalls sagte ihm das seine kriminalistische Spürnase. Er schrieb Renate eine Email mit den letzten Ergebnissen und der Bitte um Rückruf.

Renates Anruf kam eine halbe Stunde später. Als sie von der misslungenen Identifizierung der Leiche gelesen hatte, war ihr richtig mulmig geworden. Die Behauptung gegenüber Sabrinas Mutter, die Leiche ihrer Tochter sei aufgefunden worden, konnte sich noch zu einer veritablen Belastung für die Ermittlungen ausweiten.

Die Nachrichten aus St. Moritz hatten auch ihre ersten Vorstellungen völlig über den Haufen geworfen. Allerdings, die Informationen aus dem Gespräch mit Schlüter gaben dem Fall einen neuen Impuls. Aber den würde sie noch vorsichtiger verfolgen, als es ohnehin schon von Brockmann verlangt worden war.

Rütter schilderte ihr kurz noch einmal im Detail, wie der Besuch von Frau Eberle abgelaufen war. Und er betonte, dass nach bisherigen Ergebnissen die Tote keine Spuren sexuellen Missbrauchs aufwies. Aber Gewaltanwendung eindeutig.

Im Gegenzug gab Renate kursorisch Neuigkeiten aus ihrem Gespräch mit Schlüter bekannt. Rütter schwieg nur einen Augenblick. Dann war für ihn klar: „Der Mord an dieser jungen Frau hat wahrscheinlich einen ganz anderen Hintergrund, als wir uns auf den ersten Eindruck hin gedacht haben. Ich werde heute noch mit meinem Chef reden. Die anonyme Tote werden wir über kurz

oder lang identifizieren. Kurz wäre mir allerdings am liebsten."
Rütter gönnte sich den kleinen Scherz, blieb dabei aber todernst: „Wenn es so kommt, wie ich es mir im Moment zusammenreime, wird unser Fall zu einer ganz heiklen Kiste. Das Drogenthema hatte ich jedenfalls bei diesem Fall bisher nicht auf dem Schirm."

Renate ging es ebenso: „Ich muss das bisher Bekannte auch mit meinem Chef abklären. Die Familie Karst ist zu einflussreich in Deutschland, als dass ich mit den zusätzlichen Informationen durch Ihre Ergebnisse, die Erlebnisse mit Frau Eberle und alles was ich durch unsere Drogenfahnder erfahren habe einfach so weiterarbeiten kann wie bisher. Alles kann sehr schnell zur Staatsaffäre werden und mich dabei begraben. Das will ich auf keinen Fall erleben.

Lassen Sie uns so vorgehen, dass Sie sich verschärft hinter die Identifizierung der toten jungen Frau klemmen. Ihre Identität könnte uns eine schnelle Klärung hinsichtlich der Frage bringen, ob das Drogenthema an Gewicht in unserem Fall gewinnt. Vielleicht können Sie ja zwischenzeitlich auch weitere Hinweise auf die Herkunft der Täter erlangen. Auch das wäre äußerst hilfreich in der gegebenen Situation. Wir müssen wissen, ob da etwas aus dem Osten läuft.

Ich selbst werde derweil einige Hausaufgaben erledigen, die ich noch auf meiner Aufgabenliste habe. Wenn ich das hinter mir und alles mit meinem Chef besprochen habe, melde ich mich wieder."

„Damit kann ich leben. Wenn bei mir etwas schneller vorankommt, würde ich mich vorab melden."

„Gut. So soll es sein."

4.

Nach dem Telefonat mit Renate hatte Ueli Rütter den dringenden Wunsch, noch einmal ins Berghotel nach Sils zu fahren, um den Zeugen Kaiser aus Wien erneut zu vernehmen sowie den stellvertretenden Direktor des Berghotels, der Sabrinas Leiche identifiziert hatte.

Kaiser hatte Sabrina als Erster gefunden. Mit seinem Hund. So hatte er es ausgesagt. Nur der Hund hatte es nicht bezeugt, dachte Rütter sarkastisch. In Anbetracht seiner veränderten Sicht auf den Fall wollte er Kaiser noch ein paar zusätzliche Fragen stellen.

Aber das erwies sich als unmöglich, denn Herr Kaiser hatte das Hotel verlassen. War mitsamt dem Hund abgereist! Nach Wien, wie er beiläufig gegenüber dem Hotelportier beim Auschecken erwähnt hatte.

Rütter hatte erneut ein ganz ungutes Gefühl, als er diese Neuigkeit erfuhr. Denn Herr Kaiser hatte eigentlich noch einige Tage bleiben wollen, weshalb Rütter ihn nicht expressis verbis aufgefordert hatte, den Raum St. Moritz nicht zu verlassen, sondern nur gesagt hatte, dass er bei weiteren Fragen noch einmal auf Kaiser zurückkommen wollte. Der hatte nur genickt. Jetzt war er abgereist.

Als er schließlich von dem stellvertretenden Direktor des Berghotels auch noch gesagt bekam, dass die Identifizierung nicht so genau genommen werden dürfe, weil er beim Anblick der Leiche so erschrocken gewesen sei, dass er keinen Zweifel gehabt hätte, neigte sich Rütters Stimmung in Richtung Krise.

So ahnungslos mit einem Mord dazustehen, bei sich täglich verändernden, unsicheren Beweislagen, abgereisten oder unzuverlässigen Zeugen, war ihm ein Gräuel. Er wurde stinkig, vor allem gegen sich selbst.

Als er zurück in St. Moritz war, trommelte er seine Mitarbeiter zusammen und verteilte die Aufgaben neu:

Zwei Mitarbeiter waren beauftragt, die Identifizierung der Toten voranzutreiben. Dabei blieb es. Einer war speziell auf die Handyspuren von Sabrina und Jasmin angesetzt. Der musste zu dem Team wechseln, das für die schwache Spur zu den Fahrern des BMW X5 zuständig war, und für die Suche nach Jasmins C-Klasse Mercedes, der auch noch nirgends aufgetaucht war. Rütter wollte endlich zu einer fetten Spur gelangen. Er hoffte auf die Auswertung der Aufnahmen von den Grenzübergängen. Er selbst wollte sich um die Handysache kümmern und dafür erneut bei den Netzbetreibern nachfassen.

Zunächst aber zog er sich in ein abgelegenes Büro zurück, um ungestört mit seinem Chef zu telefonieren.

Als er alles berichtet hatte, was ihm an diesem Morgen widerfahren war, sagte sein Chef leicht ironisch: „Es kann ja nicht immer so langweilig bleiben wie sonst. Legen Sie also einen Gang zu, oder? Wenn wir das Thema Drogen wirklich übersehen haben sollten, was ich nicht glaube, dann ist der Strang mit den geflüchteten Tätern ebenso wichtig wie diese unbekannte Leiche. Also, das mit der Identifizierung muss schleunigst vorankommen. Da hat unsere deutsche Kollegin schon recht. Nur ist mir eines unklar, bei alledem. Unterstellt, wir hätten da doch etwas übersehen, also nur mal hypothetisch, wer sollen denn die Abnehmer sein? Es gibt keine Meldungen darüber, dass unsere Bevölkerung im Engadin mehr konsumiert."

Rütter sah seinen Chef förmlich vor sich, wie der still vor sich hin grübelte. Mitten in dessen Schweigen hinein sagte er den entscheidenden Satz: „Wer sagt denn, dass es um unsere Bevölkerung geht? Was, wenn es um Einfluss auf Absatzgebiete ganz allgemein geht? Also im übrigen Europa, und auch die Belieferung von Russen in St. Moritz gar keine Rolle spielt? Was, wenn die Anwesenheit der Russen bei uns nur zufällig ins Bild kommt, weil die hier Urlaub machen?"

Damit sprach er die angewachsene Zahl von Russen an, die sich in den letzten Jahren St. Moritz zum Feriendomizil auserkoren hatten.

„Sie denken an die vermeintlichen Polen? Sie glauben, die würden sich mit den Russen anlegen, würden hier ein Exempel statuieren, nachdem ihre Gespräche nicht den gewünschten Erfolg hatten? Das kann ich nicht glauben! Das würde ja bedeuten, dass die Polen sich trauen würden, gegen die Russen Front zu machen und ein eigenes Netz aufzubauen. Übrigens, ist das Auto der Polen schon irgendwo aufgefunden?"

„Nein, ist es nicht. Wir sind immer noch bei der Auswertung von Videos der Grenzübergänge. Jedenfalls sind Fahrzeug und Fahrer zur Fahndung ausgeschrieben. Jetzt können wir nur warten. Ich glaube nicht, dass sich die beiden noch in der Schweiz aufhalten. Und dass sie gegen die Russen gearbeitete haben, ist auch nicht sicher. Vielleicht arbeiten sie auch für sie."

„Warum sollten denn zwei Polen für die Russen arbeiten? Die Russen mögen die Polen eigentlich nicht besonders."

„Ja, das wird immer wieder behauptet. Aber wenn es nur Handlanger sind und die Russen die eigentlichen Drahtzieher?"

„Wie kommen Sie denn darauf?"

„Es gibt da in Deutschland eine Spur, die auch die Verbindung zu den Frauen aus dem Berghotel darstellen könnte." Rütter erzählte von Renates neuesten Erkenntnissen über Karst.

„Das wird ja immer besser!" Ronelli war von diesen Informationen eher entsetzt. Er sah sofort die konkreten politischen Bezüge. Die Karsts hatten ein Anwesen in Davos. Schon lange Jahre. Ronelli hatte sich nach Renates erstem Anruf bereits schlau gemacht. Er wusste um die Beziehungen der Karsts, auch in der Schweiz. „Wir müssen möglicherweise auch bei uns eine Ebene höher schalten, wenn sich Ihre Vermutungen bestätigen."

Das gefiel Rütter überhaupt nicht: „Wieso sollten wir die Bundesebene einschalten? Das ist unser Fall!"

„Das, lieber Rütter, entscheide ich, wenn Ihre Ergebnisse mehr Licht in die Sache bringen als bisher. Auf jeden Fall muss es ganz schnell vorangehen. Ich will alle Aspekte der Sache so früh wie möglich ausleuchten."

Das war eine klare Anweisung von seinem Vorgesetzten, die ihn noch unzufriedener machte. Er hatte das Gefühl, der Fall würde ihm aus der Hand gleiten.

Während er auflegte, fiel ihm ein, dass er Frau Eberle ganz vergessen hatte, die noch in St. Moritz im Hotel untergebracht war, um sich von den Strapazen ihrer Reise und dem Schock der Erlebnisse in der Pathologie zu erholen. Er wollte sie unbedingt sprechen. Und warum waren eigentlich die zwei jungen Frauen, deren Kleider und Koffer sich noch im Hotel in Sils Maria befanden, nicht wieder aufgetaucht? Gab es doch eine Verbindung zu der Toten? Waren sie in die Drogensache verstrickt? Wenn ja, lebten beide noch?

5.

Brockmann hatte aufmerksam zugehört. Renates Bericht enthielt alle Elemente für ein Szenario, das er sich nicht erhofft hatte und das er instinktiv nicht mochte. Aber dennoch, es war im Lichte der bisher bekannten Fakten entschieden: Der Fall konnte nicht mehr von einer Person allein bearbeitet werden. Renate würde eine Task-Force anführen, an deren Zusammenstellung er selber mitwirken musste. Der Fall hatte nichts Normales. Zwar war, bis auf eine anonyme Frauenleiche in der Schweiz, noch gar nicht viel zu sehen. Nur, Brockmann fürchtete mehr hinter allem, als nur eine unbekannte Tote und zwei junge Frauen, die sich von ihren Eltern abgenabelt hatten, um ihre eigenen verschlungenen Wege zu gehen. Er ahnte neben den schon besprochenen Interessen der Karsts auch noch Weiterungen von internationalem Charakter.

Deshalb gab er Renate eine einfache und klare Anweisung: „Ich sehe Sie in einer Stunde in meinem Büro. Dann stelle ich Ihnen eine geeignete Mannschaft zusammen, die sowohl das Wissen als auch die Erfahrung und das Fingerspitzengefühl für diesen Fall in sich vereint. Sie werden die Leitung dieses Teams übernehmen. Und bei aller Diskretion im Vorgehen: Es bleibt dabei. Ich will Ergebnisse sehen!“

6.

Ronelli ging es ähnlich wie Brockmann. Während er die eigene Drogenfahndung der Kantonspolizei Graubünden in Rütters Fall eingeschaltet hatte, machte er sich zunächst selber auf die Pirsch, denn er wollte die Tragweite dessen, was sich da um den deutschen Industriellen entwickeln konnte, besser einschätzen können. Er verabredete sich mit einem Bekannten für den nächsten Tag in Davos zu einem Gespräch.

7.

Das Treffen am Montagnachmittag in Brockmanns Büro brachte eine größere Zahl von Leuten aus dem BKA zusammen. Insgesamt nahmen fünf Personen daran teil: Neben Brockmann und Renate kamen ein Mann aus dem Drogendezernat, ein Mitarbeiter des Dezernats für Wirtschaftskriminalität sowie Margot Keller, die seit einem Jahr die gesamte Phalanx der Zielfahnder des BKA leitete. Brockmann führte mit wenigen Worten in das gemeinsame Thema ein und gab dann das Wort an Renate weiter, damit sie den aktuellen Sachstand in dem Fall referierte.

Renate brauchte für ihren Bericht knappe zehn Minuten. Sie endete mit den letzten Ergebnissen aus den Recherchen Ueli Rütters, insbesondere dem abgereisten Zeugen Kaiser aus Wien.

Als sie gerade geendet hatte, gab ihr Smartphone einen einzelnen Summton ab. Renate schaute auf das Display und sagte in die Runde: „Sie haben in der Schweiz den Weg des X5 der vermeintlichen Polen identifiziert. Die sind nach Österreich ausgereist. Vorgestern Abend. Gegen zwanzig Uhr. Über das Unterengadin. Am Grenzübergang bei Serfaus Richtung Landecker Tunnel. Die Fahndung der Schweizer Kollegen ist europaweit raus. Eine erste Antwort aus Österreich liegt vor. Danach ist der silberne BMW

X5 bei Innsbruck in Richtung Rosenheim gefahren. Quelle ist ein Foto wegen Geschwindigkeitsüberschreitung im Bereich der Abfahrt nach Südtirol. Zwei Männer sind im Wagen fotografiert. Vermutlich die, die die Leiche am Silser See deponiert haben. Alles andere gäbe in dem Zusammenhang keinen Sinn. Bleibt also die Frage, wohin sind die Männer danach gefahren? Wenn sie weiter Richtung Rosenheim gefahren sind, liegt der Verdacht nahe, dass sie nach Osten wollen. Der schnellste Weg nach Polen würde für sie über Wien Richtung Slowakei führen. Es sei denn, sie strebten in noch weiter östlich gelegene Teile Polens oder darüber hinaus. Dann würden sie es wohl über Ungarn versuchen. Auf jeden Fall könnte es sein, dass ihr Zeitvorsprung ausreicht, dorthin zu gelangen, bevor die Fahndung in den Transitländern greift. Sie haben einen guten Tag Vorsprung." Renate endete mit diesen Bemerkungen zur aktuellen Lage.

Brockmann schaute Margot Keller an: „Wegen der Aktualität nur vorab die Frage, sehen Sie eine Möglichkeit, den Vorsprung zu reduzieren?"

„Nein, jedenfalls nicht, solange wir nicht wissen, wo entlang die Reise der Gesuchten tatsächlich führt. Wir sind auf die Angaben aus den potentiellen Transitländern angewiesen. Da sind ja schon die Schweizer dran. Wir sollten uns eng mit ihnen abstimmen. Wenn wir das endgültige Ziel kennen, wenigstens die Richtung, können wir etwas versuchen. Aber ein Tag Vorsprung schränkt uns hinsichtlich akuter Aktionen ziemlich ein."

Brockmann nickte. Er schaute auf den Drogenspezialisten: „Herr Taubert, was läuft konkret im Osten?"

„Lauter besonders krumme Dinger. Und gefährlich noch dazu. In der gesamten Zone ab Polens Ostgrenze gelten Menschenleben nicht viel. Ich sage das nur mal vorneweg.

In der Sache selbst sieht es so aus: Die Wege ab den afghanischen Drogenbaronen sind voll in russischer Hand. Staatliche russische Stellen sind in den Drogenschmuggel involviert, verdienen mit. Von dieser Seite können wir nur wenig Hilfe erwarten. Also in die Beschaffungsschiene dringt niemand ein. Nicht in Afghanistan, nicht so weit im Osten Russlands und seiner unmittelbaren Nachbarn. Der Transport geht von Asien über verschiedene mitteleuropäische Staaten. Je nach Zielgebiet.

Nach Skandinavien etwa über die Baltischen Staaten und Finnland sowie über Polen und Deutschland. Nach Deutschland, Benelux und Frankreich über die Ukraine, Ungarn, Polen, Deutschland oder den Balkan. Diese Route gilt auch für die Transporte nach Italien, der Schweiz und Spanien.

Dabei stoßen die Lieferungen aus dem Osten auf die aus Süd- und Mittelamerika. Deshalb kommt es immer wieder zu Streitigkeiten zwischen den Parteien, die ihre Absatzgebiete sichern wollen.

Was die zwei vermeintlichen Polen in dem Zusammenhang für eine Rolle spielen, will mir nicht so ganz einleuchten. Die haben sicher keine eigene Machtposition. Da sind Russen und Tschetschenen die Macher. Kann sein, dass die Figuren in dem X5 nur Handlanger sind oder von ganz anderer Nationalität." Der Mann schaute in die Runde, ob es noch Nachfragen gäbe.

Brockmann wollte mehr: „Wie schätzen Sie die Rolle der Familie Karst ein? Sind die bei Ihnen in irgendeinem Zusammenhang auffällig geworden?"

„So einfach kann ich darauf nicht antworten. Wir haben bisher nur einen einzigen spärlichen Hinweis, dem wir bisher nicht sehr viel Gewicht beigemessen haben. Der kommt von einem Aussteiger aus der russischen Drogenszene, der uns bei den Vernehmungen Andeutungen gemacht hat, dass eine spezielle Firma von Sebastian Karst in Moskau die Logistikzentrale eines Verteilerrings sein soll. Demnach ist Karst seit einigen Jahren im europäischen Drogengeschäft aktiv. Oder es nutzt jemand diese Firma als Dreh- und Angelpunkt, ohne dass Karst davon weiß. Das kann ich aber nicht glauben, so wie über Karst allgemein berichtet wird.

Wir haben diesbezüglich aber noch keine genaueren Erkenntnisse. Wenn der Verdacht zuträfe, wäre das ein ganz dickes Ding. Denn er hätte mit seinen Firmen europa- und weltweit natürlich außerordentliche logistische Möglichkeiten. Dazu noch die Legende des erfolgreichen Maschinenbauers, mit dessen Reputation im internationalen Industriesektor kein Mensch das Drogenthema verbinden würde. Aber wie gesagt, wir haben da noch nichts Konkreteres, das uns den Verdacht erhärtet. Wenn aus dem Fall von Frau Augustin weitere Anhaltspunkte herauskämen, erhielte der Hinweis von dem Russen jedenfalls noch einmal eine ganz andere Qualität."

„Haben Sie Leute in dem Umfeld Polen, Ukraine, Russland, die uns gegebenenfalls näher an Hintermänner rankommen ließen?" Renate fragte, obwohl sie wusste, dass sie keine konkrete Auskunft erhalten würde, und wollte die Frage eigentlich schon wieder zurücknehmen, als Taubert den Ball annahm, den sie ihm zugespielt hatte:

„Sie sind sich schon darüber im Klaren, dass ich dazu nicht konkret werden kann? Oder? Es gilt, was ich eingangs gesagt habe. Das Pflaster, von dem wir hier reden, ist generell gesundheitsschädlich. So schnell wie ein Mensch ab der Ukraine, und weiter ostwärts, spurlos verschwinden kann, können Sie gar nicht schauen. Aber ich sage mal ganz allgemein: Wenn sich bei der Sache etwas von Bedeutung abzeichnete, könnten wir Wege finden."

Das war mehr als Renate erwartet hatte.

Sie hatte gute Gründe für ihre Frage, musste sie aber nicht erläutern, denn Brockmann wollte weiter: „Fassen wir mal zusammen. Es gibt zwei Ansatzpunkte. Der eine liegt in dem Verschwinden der beiden jungen Frauen sowie der als Sabrina Eberle ausgegebenen Leiche. Was ist da abgelaufen? Was bedeutet es, dass jemand einer jungen Frau ein Kettchen um das Gelenk bindet, das eine falsche Fährte legt – wenn es denn dabei bleibt, dass die Leiche nicht Sabrina Eberle ist. Wo sind die beiden jungen Frauen verblieben?

Die andere Sache sind die beiden Tatverdächtigen mit dem polnischen Fahrzeug. Wo wollen sie hin? Wer sind sie?" Brockmann schaute Renate an. „An der Geschichte mit den Frauen und der Leiche bleiben Sie dran, Frau Augustin. Damit auch an der Frage, wer die Tote ist. Was die Nachverfolgung des Fluchtweges der zwei Tatverdächtigen angeht, möchte ich Sie bitten, Frau Keller, dass Sie Ihre Verbindungen diskret spielen lassen, um mehr über die tatsächliche Route zu erfahren. Die Arbeit der Schweizer Kollegen soll dadurch nicht gestört werden. Und Sie, Herr Taubert, gehen bitte speziell der Frage nach, was in Ihrer Welt über den Privatdetektiv Hingsen bekannt ist. Den hat Herr Karst immer mal wieder für spezielle Aufträge eingesetzt. Jetzt behauptet er, er würde ihn wegen des Verschwindens seiner Tochter beauftragen. Kann das sein, dass der Mann über die Drogenthematik völlig ohne jede Ahnung ist? Nach Karsts eigener Aussage hat Hingsen die sechzehnjährige Jasmin vom Drogenmilieu abgeschirmt und ins Schweizer Internat begleitet. Was ist das für ein Kerl?"

Dann schaute Brockmann die einzige Person an, die mit am Tisch saß, aber zu allem noch gar nichts gesagt hatte: Rigo Flach, stellvertretender Abteilungsleiter Wirtschaftskriminalität: „Frau Augustin hatte bei Ihnen ja schon angefragt, ob über Sebastian Karst in ihren Dateien etwas vorliegt. Wie steht es damit?"

„Nichts. Der Mann ist in keiner kriminellen Verbindung auffällig geworden. Allenfalls wären seine Bilanzen interessant, um zu sehen, wie sich seine einzelnen Firmensegmente in ihrem Beitrag zum Firmengewinn entwickelt haben. Bisher hatten wir dazu keinen Anlass."

„Gut, dann gehen Sie bitte dieses Thema zügig an. Ich will alles darüber wissen. Es muss Spuren geben, wenn die Behauptung, dass Karst sich in dieses kriminelle Geschäftsgebiet eingelassen hat, wahr ist.

Die Fäden aller Ermittlungen laufen bei Frau Augustin zusammen. Sie hat den Hut im gesamten Fall auf. Sie stimmen sich bitte täglich ab. Und von Ihnen, Frau Augustin, erhalte ich jeden Tag um 17:00 Uhr einen aktuellen Lagebericht. In dringlichen Fällen auch zu jeder anderen Zeit während des Tages. Im Übrigen bleibt es dabei: Das Thema Karst wird auch weiterhin mit aller Sorgfalt und Diskretion angegangen. Ich darf mich an dieser Stelle mal ausklinken. Sie können Ihre Zusammenarbeit ja im Anschluss noch näher organisieren. Vorerst vielen Dank."

8.

Am Dienstagvormittag ergab sich für das Team um Ueli Rütter ein weiterer nennenswerter Durchbruch bei den Ermittlungen. Eines der beiden Handys von Jasmin Karst war für kurze Zeit benutzt worden. In der vergangenen Nacht. Aus einem Hotel in Lugano. Als die alarmierten Kollegen der Kripo im Tessin in dem Hotel eintrafen, fanden sie heraus, dass unter dem Namen Jasmin Karst niemand Quartier genommen hatte. Fotoabgleiche brachten auch kein Ergebnis, außer, dass Jasmin nicht identifiziert wurde.

Allerdings wurden die Kriminalpolizisten fündig, als sie sich die vollständige Liste der Hotelbewohner vornahmen. Unter falschem Namen war ein Deutscher gemeldet. Sein richtiger Name war Wilhelm Hingsen. Sie trafen ihn beim verspäteten Frühstück an und observierten ihn seither. Er schien es nicht eilig zu haben.

Noch interessanter als die Nutzung des Handys durch Hingsen war die Gegenadresse des Anrufs. Es handelte sich um Jasmins andere Handy-Nummer. Geortet in Mailand. Am Mittag war der Standort des Handys recht genau zugeordnet. Es war in einem internationalen Hotel in der Nähe des Mailänder Hauptbahnhofs benutzt worden.

Die italienische Kriminalpolizei war ganz zügig in ihren Ermittlungen gewesen. Die Anfrage aus Chur war am späten Vormittag eingegangen. Zur Mittagszeit war die Mailänder Polizei schon in dem Zimmer, das Jasmin Karst für drei Nächte bewohnt hatte. Jetzt war sie fort, ohne auszuchecken.

Die Kameraaufzeichnungen aus der Hotellobby zeigten sie, als sie gegen 08:30 Uhr das Hotel verließ, nur mit einer größeren Umhängetasche ausgerüstet. Die Aufzeichnungen einer anderen Kamera, die den Eingangsbereich des Hotels abdeckte, zeigten sie, wie sie in Richtung des Hauptbahnhofs verschwand. Damit war ihre Spur schon wieder verloren. Denn am Hauptbahnhof kam sie nicht an. Keine der dort installierten Kameras hatte sie erfasst.

Als die Mailänder Polizei die Abflüge des internationalen Flughafens Milano-Malpensa zu checken begann, war es früher Nachmittag. Jasmins Name wurde ausfindig gemacht: Sie war mit einer Maschine der Alitalia um 10:30 Uhr nach St. Petersburg abgeflogen.

Zu dem Zeitpunkt, als das entdeckt war, war Jasmin bereits in St. Petersburg gelandet und hatte Zoll- und Polizeikontrollen passiert.

Die Maschine nach Moskau wäre im Übrigen erst zwei Stunden später abgeflogen. Wie auch immer: Jasmins Spur verlor sich schon wieder.

Ueli Rütter verfügte über diese aktuellsten Informationen am Dienstag gegen 15:30 Uhr. Unter den gegebenen Umständen war die Zuarbeit der Kollegen im Tessin und in Mailand unglaublich schnell und erfolgreich verlaufen. Nur leider immer mit der Zeitverzögerung, die den Zugriff auf Jasmin unmöglich machte.

Zudem war nicht klar, wie Jasmin nach Mailand gelangt war. Mit ihrem eigenen Auto? War sie mit der Bahn gefahren? Wenn ja, wo war ihr Auto verblieben und wo hatte sie die ganze Zeit übernachtet, seit sie von Sils Maria fort war? Zu alledem gab es von Sabrina unverändert keine Spur. Rütter schrieb Renate eine Email.

9.

Räto Ronelli war pünktlich. Er stand am Fenster des gediegenen kleinen Besprechungszimmers, das er für seinen Gast und sich im Hotel Waldhuus in Davos hatte reservieren lassen. An Öffentlichkeit war ihm nicht gelegen.

Das Restaurant des internationalen Hotels hatte einen vorzüglichen Ruf. Er wollte seinem Gast ein angemessenes Ambiente bieten, denn Ambros Saraschwili war ein reicher Georgier, der gutes Essen in entsprechender Umgebung schätzte. Er hatte seinen ständigen Wohnsitz nach Davos verlegt, seit ihm seine Heimat ein zu unsicherer Platz geworden war. Vor zehn Jahren hatte er sich ein Chalet in Davos gekauft und lebte den größten Teil des Jahres hier oder in London.

Saraschwili kam einige Minuten nach ihm und wurde von einer jungen Mitarbeiterin des Hotels in Empfang genommen, die ihn zu Ronelli brachte.

Die Begrüßung war freundschaftlich: „Wir sehen uns zu selten, lieber Ronelli."

„Das ist wohl wahr. Aber Sie wissen, ich bin in meinem Beruf unersetzbar." Ronelli und Saraschwili lachten gemeinsam über Ronellis doppeldeutigen Witz, der sehr viel Zutreffendes enthielt. Saraschwili war am Anfang seiner Zeit in der Schweiz einmal in beträchtliche Nöte geraten, aus denen ihm Ronelli sehr diskret geholfen hatte. Seither waren sie in losem Kontakt geblieben.

Sie hatten etliches an allgemeinen Neuigkeiten auszutauschen, während ihnen nach einem Aperitif das Essen serviert wurde. Als Vorspeise wurde eine Salatvariation mit kleinen Röllchen vom Wagyu-Rind gereicht.

Saraschwili war ein angenehmer Gesprächspartner, weltgewandt, vital und gebildet. Ronelli musste im Stillen zugestehen, dass er die Gesellschaft Saraschwilis genoss. Nur dass da noch sein eigentliches Ansinnen war. Aber er konnte warten.

Beide hatten Seezunge zum Hauptgang gewählt, gegrillt und nur mit Gemüse als Beilage.

Zum Nachtisch wandte sich das Gespräch langsam der Situation in und um Georgien zu, dann zur Gesamtlage im eurasischen Szenario.

Die Variationen von weißer und dunkler Schokoladenmousse waren ein gelungener Abschluss des Mittagessens.

Unabhängig davon hatte das Gespräch zwischen den beiden Männern bereits die Richtung zum Geschäftlichen genommen. Saraschwili sprach über seine Einschätzung der Lage in und um Georgien. Als er genug zum russischen Nachbarn Georgiens ausgeführt hatte, schwieg er einen Augenblick. Das hielt der Service für einen geeigneten Anlass abzuservieren und zwei Espressi zu reichen. Dann waren sie wieder allein und Saraschwili sah Ronelli fragend an: „Und was sind Ihre Anliegen? Sie haben mich doch nicht zum Mittagessen gebeten, um sich nur meine Sorgen anzuhören."

„Ja und nein. Mir geht es ähnlich wie Ihnen, Ambros. Ich sorge mich über Entwicklungen im russisch-europäischen Zusammenhang."

Saraschwili hielt den Kopf leicht schräg, als wolle er herausfinden, ob Ronelli vorhabe, ihn hinters Licht zu führen: „Wollen Sie in Russland investieren. Haben Sie Sorge, Geld zu verlieren?"

„Nein, das ist es nicht. Aber ich habe das Problem, dass ich nicht verstehe, wieso sich einflussreiche und angesehene Russen im Drogengeschäft versuchen und dabei ihren Ruf aufs Spiel setzen."

Saraschwili schaute Ronelli direkt in die Augen: „Haben Sie nicht schon von Berufs wegen eine Vorstellung, was die Gier in Menschen alles anrichten kann? Da machen Russen keine Ausnahme!"

10.

Renate fuhr am Dienstag gegen 11:00 Uhr nach Frankfurt, um Reiner Schäfer, ihren Studienkollegen, zu treffen. Sie hatten sich in der Nähe der Alten Oper verabredet. Aus gemeinsamer Zeit kannten sie dort ein italienisches Restaurant, das sie früher öfter zum Essen aufgesucht hatten. Für ihren Studienkollegen Reiner Schäfer war es auch angenehm gelegen, nahe seinem Arbeitsplatz im Bankenviertel. So verbanden sie das Nützliche mit dem Angenehmen.

Renate war wenige Minuten zu spät. Sie hatte ein anderes Parkhaus ansteuern müssen, denn das von ihr für gewöhnlich genutzte war besetzt.

Reiner hatte sich schon eingefunden und begrüßte sie mit einer Umarmung, die sie nach der langen Zeit, seit sie sich das letzte Mal gesehen und gesprochen hatten, als etwas zu intensiv empfand. Sie ließ sich nichts anmerken und nahm ihm gegenüber Platz. Er war ein wenig älter geworden, wie nicht anders zu erwarten. Aber im Wesentlichen schien er ihr unverändert. Sie hatten sich jetzt etwa sieben Jahre nicht gesehen.

Damals hatten sie sich auseinandergelebt. Jedenfalls war ihnen irgendwann die Beziehung nicht mehr intensiv genug erschienen und eines Abends hatte sie ihm gesagt, dass sie sich besser trennten, als dass sie sich weiter in so gewohnten Bahnen bewegten, als seien sie schon lange miteinander verheiratet. Zu ihrer Überraschung war er in diesem Gespräch sofort auf ihren Vorschlag eingegangen und danach waren sie sich nur noch auf der Uni begegnet, waren aber nicht mehr miteinander ausgegangen.

Schließlich hatten beide andere Partner kennengelernt und sich nach dem Studium aus den Augen verloren. Bis auf die Tatsache, dass Renate sehr genau registriert hatte, dass Reiner drei Jahre nach Studienende heiratete. Eine junge Frau, die sie nicht kannte und die Reiner wohl im Arbeitsumfeld getroffen hatte.

Jetzt saßen sie sich gegenüber und trotz der beträchtlichen Zeitspanne kam es ihr ein wenig so vor, als wäre es erst vorgestern gewesen, dass sie einander das letzte Mal hier getroffen hatten. Renate überlegte kurz, dass das Gefühl auch vom Ambiente des italienischen Restaurants herrühren konnte, in dem sich wenig verändert hatte, und schüttelte die Nachdenklichkeit ab.

Reiner schien Hunger zu haben, denn er drängte darauf, das Essen zu bestellen, und Getränke natürlich. Er trank Rotwein, sie ein Mineralwasser, weil sie noch fahren musste und auch das Briefing mit Brockmann noch vor sich hatte. Sie wollte klar im Kopf sein.

Bis das Essen kam, sprachen sie über die alten Zeiten, wechselten irgendwann zum Beruflichen und sie erfuhr, dass Reiner mittlerweile Karriere gemacht hatte, vom Aktienanalysten zum Chef der Anlagesparte für vermögende Privatkunden seiner Bank. Er schien den Drang zu verspüren, ihr davon zu erzählen, wie sein beruflicher Alltag aussah. Andere Themen kamen ab da nicht mehr so recht zum Zug.

Der Gesprächsverlauf hatte den Vorzug, dass Renate sich ihrem Fragenkomplex nähern konnte, ohne dass Reiner sich dessen bewusst war.

Sie fand ihn unverändert sympathisch und gewinnend, beobachtete aber auch, dass er zu dem Zeitpunkt, als das Essen gebracht wurde, schon das dritte Glas Rotwein vor sich hatte.

Als sie aßen, wagte sie die Zwischenfrage, ob Reiner ihr zu einem Investment in Papiere der Karst-Gruppe raten würde.

Reiner stutzte einen Augenblick. „Wie kommst du darauf? An was für Papiere denkst du?"

„An Schuldverschreibungen mit fünfjähriger Laufzeit. Die Verzinsung ist nicht so schlecht und ich muss an meine Altersversorgung denken. Meine Pension wird eines Tages sicher etwas aufgebessert werden müssen."

Jetzt wurde Reiner erstmals bewusst, dass er die ganze Zeit nur von sich berichtet hatte. „Du bist noch immer im Staatsdienst?"

„Ja, ich bin mit meinem Juraexamen damals im hessischen Innenministerium angenommen worden." Dabei ließ sie es bewenden. Mehr wollte sie freiwillig nicht preisgeben und es entsprach auch der Wahrheit. Dass sie dann vor vier Jahren ins Bundeskriminalamt gewechselt war, musste sie ja nicht gleich kundtun.

„Wie kommst du denn auf diese Firma? Hat dir dazu jemand geraten?"

Renate hatte sich ihre Legende für das Gespräch gut vorbereitet: „Nein, ich habe mich mit niemandem beraten. Deshalb suche ich ja deinen Rat. Also, kann ich das machen?"

Reiner schien nach einem guten Grund zu suchen, ihr die Wahl des Papiers auszureden. Schließlich kam er mit der Begründung heraus: „Ich würde auf eine andere Branche setzen. Zum Beispiel Pharma. Da liegt die Zukunft."

„Und das Risiko, wenn die Forschung erfolglos bleibt! Warum nicht Karst?"

„Ach eigentlich gibt es keinen Grund. Karsts Unternehmen sind eine erfolgreiche Gruppe. Aber ob der Umbau der ganzen Firmenstruktur am Ende erfolgreich ist, weiß heute noch niemand."

„Was ist damit? Hat Karst falsche Entscheidungen getroffen?"

Renate hatte ihre vegetarische Lasagne fast schon gegessen, als Reiner sich das vierte Glas Rotwein bestellte und im Zuge seiner kleinen Anlageberatung plötzlich den Satz herausließ: „Uns sind die Gewinnverschiebungen seiner einzelnen Divisionen nicht so ganz plausibel. Kann sein, dass er wieder auf Goldadern gestoßen ist und wir verstehen es nur noch nicht richtig, oder aber es bleibt unverständlich, woraus die Gewinne sprudeln, und unsere Vorsicht ist begründet. Wir sind jedenfalls etwas zögerlich im Moment."

„Ich verstehe dich also richtig, wenn ich sage, du glaubst, dass Karst unsaubere Quellen für seinen Erfolg generiert hat?"

„Das würde ich niemals sagen! Ganz im Gegenteil. Karst führt ein tolles Unternehmen. Nur macht er Geschäfte in Russland, die irgendwie in der Weite der Steppe liegen, um es einmal so zu umschreiben, und deren außerordentlichen Erfolg wir uns nicht erklären können, weil wir keinen Einblick haben. Kein Einblick ist immer ein Zeichen für uns, das zur Vorsicht mahnt."

„Was sind das für Geschäfte in der Steppe, wie du das nennst?"

„Na ja, es ist schon merkwürdig, dass Karst die Gewinne nicht primär da macht, wo seine industriellen Schwerpunkte liegen, sondern in zwei oder drei Firmen, die in Russland domizilieren und stark vertriebsorientiert sind. Darunter insbesondere eine große Firma für logistische Dienstleistungen, die vornehmlich seine eigenen Produkte zur internationalen Auslieferung bringt: ‚Transform Asia' heißt die. Sie bietet sozusagen das Gesamtpaket der Firmenproduktpalette. Von der Bestellung bis zur Lieferung. Der Prozess wird in Gang gesetzt, wenn ein anderes Unternehmen eine Bestellung in dem jeweiligen Produktsegment abgibt, für das es sich interessiert. Dann wird diese Bestellung von Transform Asia übernommen, gesteuert und schließlich ausgeliefert. Alles aus einer Hand. Jedenfalls hat Karst das letzthin so erklärt auf der Bilanzpressekonferenz. Das soll große Synergien freisetzen. Im Geschäftsbericht steht es ebenso drin. Und in Russland herrsche das günstigste Klima für international operierende Unternehmen, die auch stark nach Asien orientiert sind, hat er argumentiert."

Renate beobachtete Reiners zunehmendes Engagement, als er sich immer stärker mit den Argumenten auseinandersetzte, die Karst vorgebracht haben musste.

„Was, vermutest du, steckt dahinter?"

„Kann ich nicht sagen. Sein Konzern ist ja wirklich international aufgestellt. Aber eben auch in den USA und in Australien. Darin liegt meines Erachtens auch seine Schwäche. Viele andere Konkurrenten treten auf den Märkten hinzu, auf denen er schon lange fischt. Die anderen sind zum Teil unglaublich harte und auch preisgünstigere Wettbewerber. Wie er da mit seiner Transform Asia Firma den Break Even immer wieder erreicht, weiß keiner so genau. Jedenfalls können wir nicht in die russischen Verhältnisse reinschauen. Das macht uns skeptisch. Aber er scheint seine Gewinne immer weiter zu steigern. Langsam aber stetig. Wie es aussieht, profitiert er dort auch von besonders günstigen steuerlichen Konditionen."

Das vierte Glas Rotwein war fast schon wieder leer, während die Tagliatelle auf Reiners Teller, nur zur Hälfte gegessen, langsam kalt wurden.

„Ist das wahr, er steigert seine Gewinne immer noch weiter?"

„Ja, wie gesagt, moderat, aber konstant. Das ist schon eine starke unternehmerische Leistung, wenn man bedenkt, dass er vor zehn Jahren diesen Einbruch hatte und wir alle dachten, dass er sich davon nicht mehr erholen würde."

„Du musst jetzt aber mal etwas essen." Renate begann sich Sorgen zu machen, dass Reiner es bei weiterem Rotweinkonsum nur mit Mühe durch den Nachmittag im Büro schaffen würde. Aber Reiner schien das nicht zu befürchten, denn er rief nach einem weiteren Glas, seinem fünften.

11.

Die nächsten Meldungen am Dienstagnachmittag brachten Ueli Rütter noch etwas weiter: Die Tote aus dem Silser See war identifiziert. Es kam alles überraschend durch eine Vermisstenmeldung aus Sizilien ins Rollen: Die Meldung lag schon seit zwei Tagen in den Händen der Schweizer Bundespolizei. Rütter war stinksauer und verlangte von seinem Chef eine Erklärung, wieso eine derart wichtige Information so lange liegen bleiben konnte. Ronelli fand den Ablauf auch unglaublich und sagte zu, dem Fehler nachgehen zu wollen. Schließlich bemerkte er zum Abschluss des Gesprächs ganz geheimnisvoll: „Bei nächster Gelegenheit müssen wir mal über die Südamerikaner und ihre Gegner reden.

Nach meiner Einschätzung haben wir es hier mit bedrohlichen Fernwirkungen aus dem Drogenmarkt zu tun."

Rütter fand, es wäre besser, alles gleich am Telefon zu besprechen, aber Ronelli blockte ab.

Also machte Rütter mit seiner Spur aus Sizilien weiter: Die italienische Polizei hatte ein Nachforschungsersuchen aus Sizilien über Interpol weitergegeben, weil die junge Frau, um die es hier ging, seit einer Woche von ihrer Familie vermisst wurde. Sie war polizeibekannt und wurde dem Drogenmilieu Siziliens zugerechnet. Genau genommen galt sie als eine untere Charge der sizilianischen Mafia. Offenbar war sie mit einem Auftrag unterwegs gewesen. Das Ziel musste die Schweiz gewesen sein. Jedenfalls passte alles, was aus Italien vorlag, zu der Toten: Alter, Haarfarbe, Größe. Schließlich konnten die genetischen Daten abgeglichen werden: Sie war die vermisste Sizilianerin, die die zwei Männer „bearbeitet" und endlich tot in den See geworfen hatten.

Rütter zog Bilanz: Die tote junge Frau war identifiziert und der Mafia zugerechnet. Sie hieß Simona Lorenzo. Ihre mutmaßlichen Mörder waren auf der Flucht nach Polen oder noch weiter in den Osten. Jasmin Karst war ebenfalls nach Russland ausgereist. Warum eigentlich? Was hatte sie zu fürchten? Wo war ihr Auto und was machte der Privatdetektiv Hingsen in Lugano? Wieso besaß er Jasmins Handy?

Er rief die Kollegen in Lugano an und fragte, ob sie schon sagen konnten, wie der Mann nach Lugano gereist war. Konnten sie nicht, hatten aber in der Zwischenzeit Jasmins interimistischen Aufenthaltsort ausfindig gemacht: ein 5-Sterne-Hotel am südlichen Ortseingang von Lugano. Direkt am See. Bis zur Grenze nach Italien war es von dort nur ein Katzensprung. Sie hatte die Flucht offenbar einkalkuliert.

Rütter hatte die Faxen dicke mit all den Komplikationen der letzten vierundzwanzig Stunden und wollte Hingsen nicht auch noch verlieren, wie den Zeugen Kaiser. Er schlug vor, Hingsen direkt festzunehmen. Seine Kollegen in Lugano zögerten, als er das sagte. Sie wollten Hingsen noch ein wenig beobachten, weil sie eine große Chance darin sahen, dass er Jasmins Wagen abholen könnte, der in der Tiefgarage des Hotels stand. Ruetter gab nach, weil der Gedanke ihm natürlich auch gekommen war: „Aber lasst ihn nicht entwischen. Mir reicht, was ich hier erlebe. Mehr Probleme brauche ich nicht."

Dann wandte er sich der Frage zu, was die junge Sizilianerin wohl für Spuren hinterlassen haben könnte. Auch sie musste ja irgendwo gewohnt haben. Offenbar hatten die Kontakte zu den zwei flüchtigen Männern in Samedan ihr Ende bedeutet. Wie war sie dorthin gekommen? Warum hatte sie sie überhaupt getroffen?

Schließlich: Was war mit Sabrina Eberle, von der noch immer jede Spur fehlte? Bis auf das Kettchen am Fuß der Toten.

Seit seinem letzten Gespräch mit Frau Eberle verfügten seine Mitarbeiter über ein zusätzliches Foto. Die Fahndung war seit gestern, Montag, raus. Rückmeldung bisher keine.

12.

Margot Keller war eine sehr erfahrene und erfolgreiche Fahnderin. Deshalb war sie im vergangenen Jahr auch an die Spitze der Zielfahnder des BKA befördert worden. Sie kannte sich mit Menschen und Regionen aus und sie verstand etwas vom Verhalten Flüchtender. Das war ihr Beruf, für den sie durch ein Psychologiestudium und gut zehn Jahre Berufserfahrung als Fahnderin im BKA gerüstet war. Ihr Part in der Sache, zu der sie von Brockmann gestern hinzugezogen worden war, war ganz einfach strukturiert: Wo waren die flüchtigen mutmaßlichen Mörder aus der Schweiz und wer waren sie? So wie es bisher ausschaute, war Polen für die zwei Kerle nicht die Endstation. Da konnten sie sich nicht sicher verstecken. Sie würden zumindest in die Ukraine zu fliehen versuchen und gegebenenfalls von dort weiter nach Russland.

Welches Umfeld konnte die Tat motiviert haben? Alle Informationen zeigten tendenziell auf das Drogenmilieu. Auch die jüngste Meldung aus der Schweiz über die Tote aus Sizilien deutete in die gleiche Richtung.

Heute war Dienstag. Die beiden Männer waren seit Samstagabend auf der Flucht. Mit allen Vorsichtsmaßnahmen und Pausen gerechnet, mussten sie sich jetzt der russischen Grenze nähern, wenn Margots Hypothesen und ihre aktuellsten Informationen aus Ungarn stimmten. Danach waren die zwei in den frühen Morgenstunden aus Ungarn über den Grenzübergang bei Berehove in die Ukraine Richtung Lviv ausgereist. Sie hatten den kürzesten Weg über Budapest Richtung Ukraine genommen. Sie wollten keine Zeit verlieren, um sicheres Terrain zu erreichen. Offenbar rechneten sie damit, dass die Fahndung nach ihnen immer nur mit Zeitverzögerungen die Grenzen nach Osten überschreiten würde. Und sie behielten bis jetzt recht. Die Nachricht war wohl zu spät gekommen, um sie noch in Ungarn abzufangen. Sie wurden zwar an der Außengrenze der Europäischen Union registriert, aber nicht aufgehalten. Warum auch immer die Grenzbehörden Ungarns sie hatten passieren lassen!

Damit war allerdings auch klar, dass sie sich gut auskannten in der Grenzregion zur Ukraine, die unverändert ein unsicheres Land war. Möglicherweise hatten sie Helfer an der Grenze. Vor allem aber war klar, dass sie ein Ziel weiter im Osten ansteuerten: Russland!

Margot fand die Entwicklung nicht wirklich verheißungsvoll. Russland war ein schwieriges Terrain. Aber sie war von der Erkenntnis nicht entmutigt. Sie hatte noch ein Ass im Ärmel.

Margot lehnte in ihrem Sessel und schaute aus dem Fenster ihres Büros. Dann drehte sie sich ruckartig zum Schreibtisch, griff sich aus der untersten Schublade ein abgeschabtes Notizbüchlein, blätterte, fand eine Handynummer und wählte von ihrem eigenen Handy aus. Die Stimme auf der anderen Seite meldete sich mit einem dunklen: „Da!“

Margot murmelte ein ebenso kurzes: „Prawda“ in ihr Handy. Die dunkle Stimme antwortete mit tiefem Bass auf Deutsch: „Was liegt an?“

„Ich suche einen silberfarbenen BMW X5, der in Richtung Moskau auf dem Weg ist. Aus Kiew kommend. Vermutlich kürzester Weg. Zwei Fahrer. Hoher Wert!“ Dann schob sie noch das polnische Kennzeichen nach. Ihr Gesprächspartner gab keine Antwort, sondern unterbrach das Telefonat einfach. Die Leitung war tot. Margot lehnte sich wieder zurück. Die Anspannung ließ nach.

13.

Renate hatte einen kleinen Schatz geborgen. Aus ihrem Treffen mit Reiner war eine Information hervorgegangen, die sie ganz am Schluss des Gesprächs erhaschte, als Reiner das letzte Glas Rotwein hinter sich hatte, sein sechstes: Karst hatte von seiner Hausbank keine Anschlussfinanzierung für ein Projekt in den USA bekommen. Einfach abgelehnt hatten sie es ihm. Die Gründe waren nicht bekannt. Insider wollten wissen, dass er die Finanzierungslücke mittels einer Bank aus Moskau geschlossen hatte. Mehr noch: Die Moskauer hatten mittlerweile die Stelle der Hausbank übernommen, denn sie hatten offenbar in der Zwischenzeit alle Altschulden aus dem bisherigen Hausbankverhältnis abgelöst, waren somit zu Karsts Hauptfinanzier avanciert. Über Nacht sozusagen, ohne wenn und aber.

Alle, die davon wussten, gingen davon aus, dass die alte Bankverbindung nach kurzem, heftigem Streit beendet worden war. So lauteten die Gerüchte in der Bankingcommunity.

Wie war diese Entwicklung zustande gekommen? Hatte Karst schon lange mit einer derartigen Zuspitzung gerechnet? Sein Firmenkonglomerat durch eine andere Bank betreuen zu lassen, bedingte für gewöhnlich eingehende Prüfungen der einzelnen Engagements. Kein Kreditinstitut stürzt sich in die Übernahme von Unternehmensfinanzierungen, ohne das Risiko wenigstens näherungsweise einzuschätzen. Warum taten die Russen den Schritt so zügig und sprangen einfach in die Lücke?

Die aus alledem aber hervorstechende offene Frage war besonders heikel: Was hatte die Hausbank dazu veranlasst, Karst die Freundschaft zu kündigen, und wie konnte alles so plötzlich geschehen, ohne große Öffentlichkeit? Vor allem der erste Punkt war brisant. Hatte die alte Hausbank eine Warnung bekommen? Wenn ja, von wem?

Sie musste mit Brockmann sprechen. Die nächsten Schritte bei der Aufdeckung der Hintergründe zu diesen Informationen konnten möglicherweise alles unvermittelt publik machen. Die alte Hausbank Karsts musste befragt werden. Auf oberster Ebene. Am besten nur eine Person. Bei völliger Diskretion.

Renate suchte bei Brockmann um einen Termin nach und erhielt von seiner Sekretärin 17:00 Uhr am selben Nachmittag genannt. Als sie ihre Emails checkte, fand sie Rütters Nachrichten vom heutigen Tag vor. Sie stellte diese gemeinsam mit einer Zusammenfassung ihres Treffs mit Reiner für Brockmann zu einem kleinen Dossier zusammen. Dann bearbeitete sie ein paar andere Emails und als sie auf die Uhr schaute, war es schon fast 17:00 Uhr. Sie machte sich auf den Weg zu Brockmanns Büro.

14.

Anatoli war immer schon für Geld zu haben gewesen. Geld war sein Anknüpfungspunkt für viele Geschäfte, die er während seines jetzt über fünfundsechzig Jahre zählenden Lebens angegangen war. Schon in der guten alten Zeit, als er noch bei der Gruppe der Sowjetischen Streitkräfte in Deutschland stationiert war, hatte er Geschäftssinn bewiesen. Dabei war er immer sehr vorsichtig zu Werke gegangen. Als die Zeit der Wende für alle kam, war er mit den Deutschen im Geschäft. Vor allem aber mit den Amerikanern. Deren Interesse verschwand allerdings nach wenigen Jahren wieder. Sie hatten womöglich bessere Quellen. Jedenfalls hatte er bis dahin ganz gut verdient. Von beiden Diensten. Die Sowjetunion hatte sich derweil aufgelöst und die Rückführung der Streitkräfte aus der früheren DDR in das Gebiet des ehemaligen sowjetischen Reiches gestaltete sich nur dem äußeren Anschein nach effizient. Die Truppen wurden über das ganze Land verteilt. In zum Teil schäbige Unterkünfte und ohne regelmäßigen Sold. Anatoli hatte es kommen sehen. Denn er war kein Träumer. Er war sich des ökonomischen Zusammenbruchs seines Landes bewusst. Schon seit Jahren hatte er sich abgezeichnet. Die Deutschen blieben mit ihm im Geschäft, als er mit den letzten sowjetischen Streitkräften zurück nach Russland zog. Sie waren an den Veränderungen in dem sich wandelnden Land interessiert. Seine Entlassung aus der Armee folgte wenige Jahre später, als die alten Strukturen sich schon gänzlich aufgelöst hatten. Seine Loyalität zu den neuen Herren im Kreml war noch wesentlich geringer als zu deren letztem Vorgänger. Die Angehörigen dieser einst stolzen Armee waren nur Ballast für die neue Welt, die in Russland angebrochen war. Sie lebten wie Ausgestoßene: arm, in unwürdigen Verhältnissen und ohne Zukunft.

Aber wie viele Ehemalige aus der Armee verfügte Anatoli über ein funktionstüchtiges Netzwerk an Beziehungen. Wenn er Dinge wissen musste, erfuhr er sie. Er hatte in der Nähe von Orel eine seinen Zwecken angemessene Behausung gefunden.

Margot war als Einnahmequelle nur selten mit ihm in Kontakt. Von Zeit zu Zeit rief sie ihn an. Er schätzte ihre Zuverlässigkeit in Geldsachen. Sie hatte ihn immer pünktlich bezahlt. Die anderen Deutschen waren da manchmal nachlässiger, wenn auch sie letztlich immer gezahlt hatten. Jedenfalls konnte er gut von dem leben, was er aus verschiedenen Quellen nebenher bezog. Ohne diese Quellen hätte er nur über seinen sporadisch eintreffenden Armeesold als Oberstleutnant verfügen können. Das wäre nicht nach seinem Geschmack gewesen. Aber er wusste für sich zu sorgen. Deshalb hatte er im Grenzgebiet zum „neuen Russland" vor Jahren eine Logistikfirma gegründet, die ihm ein gutes Zubrot gewährte. Hauptsitz seiner Firma war Orel.

Er näherte sich der Grenze zur Ukraine nur bis auf etwa dreißig Kilometer, dann wendete er seinen Toyota und parkte ihn auf der gegenüberliegenden Straßenseite in einer ausgefahrenen Sandbucht, die schon viele andere Autofahrer vor ihm benutzt hatten. Er wartete geduldig, denn er war nicht ohne Vorinformationen.

Als der silberne BMW X5 mit den zwei Insassen an ihm vorbei fuhr, kontrollierte er nur das Kennzeichen. Dann, eine Weile später, folgte er dem Wagen in gehörigem Anstand. Sein Handy zeigte im selben Augenblick den Eingang einer SMS an. Sie enthielt die Namen der beiden Männer, die in dem BMW X5 vor ihm fuhren. Bei der letzten Kontrolle, als sie russischen Boden erreicht hatten, waren die Pässe in einen elektronischen Scanner gelegt worden. Das war auch in Russland mittlerweile normal. Anatoli grinste still vor sich hin. Sein System aus Freundschaften und finanzieller Unterstützung funktionierte.

15.

Brockmann empfing Renate mit der Frage: „Wo brennt es? Oder handelt es sich nur um den täglichen Bericht zum Fall Karst?"

„Nein, tut es nicht. Ich bin da auf etwas gestoßen, das wir so nicht wissen konnten, auch wenn sich schon erste Anzeichen ergeben hatten, die sich jetzt zu einem leisen Verdacht verdichten."

Renate legte Brockmann ihre kleine Zusammenfassung aus Rütters Email sowie den von ihr selbst ermittelten Neuigkeiten aus dem Essen mit Reiner vor. Die Sache mit Reiners Schilderung stand am Anfang. Brockmann pfiff durch die Zähne, als er die Neuigkeit über Karsts Finanzierungsprobleme erfuhr und vor allem, wie er sie gelöst hatte. Dann las er weiter und versuchte die Nachricht von der jungen Sizilianerin in das Bild zu integrieren, das er bisher von der Sache hatte. Es gelang ihm nicht vollständig: „Was lesen Sie denn aus der Meldung des Schweizer Kollegen?"

„Nur, dass Jasmin aus bisher nicht plausiblen Gründen die Schweiz verlassen hat, um nach Russland zu fliegen. Das wirft allerdings mehr Fragen auf, als es Antworten gibt.

Dann lese ich, dass eine junge Sizilianerin tot ist, die vermutlich von den beiden Flüchtigen ermordet wurde, ohne dass wir präzise wissen warum und wer die Männer sind, die nach Osten flüchten.

Schließlich, dass Sabrina Eberle auch verschwunden, aber bisher nicht auffindbar ist. Auffindbar war allerdings ein Kettchen mit ihrem Namen am Fuß der Sizilianerin. Das könnte eine Botschaft sein. Nur an wen? Keine gute Ausgangslage für unsere Analyse. Allein die Entwicklung der Bankbeziehungen Karsts ist ein Anhaltspunkt, um den wir uns kümmern müssten. Das sollte etwas bringen."

Brockmann zögerte: „Diese Schiene gehe ich nur sehr ungerne an. Sie haben schon die richtige Überlegung. Nur, wie soll ich der Bank unser Interesse erklären? Ich kann doch nicht offizielle Einblicke in unsere Ermittlungen geben. Das, was wir da sagen müssten, können wir noch nicht einmal lückenlos beweisen und, sagten wir es dennoch, könnten wir das Gesagte nie mehr unter unsere Kontrolle bringen. Einmal geäußert, ist alles aus dem Sack. Dann kommen vielleicht wir in Teufels Küche, wenn dieses Wissen in falsche Kreise gelangt. Nein, das müssen wir anders machen."

Brockmann versank in Nachdenken. Schließlich wollte er das Thema wechseln: „Wenden wir uns der Sache noch einmal von ganz anderer Seite zu. Wer sind die beiden mutmaßlichen Mörder? Das wissen wir immer noch nicht." Er griff zum Telefon. Margot war sofort am Apparat: „Guten Tag Herr Brockmann. Wie kann ich helfen?"

Brockmann stellte auf Lautsprecher: „Indem Sie mir sagen, wo und wer die beiden Flüchtigen sind. Frau Augustin ist gerade bei mir und wir besprechen die aktuelle Lage."

„Täte ich gerne. Aber im Moment ist nur eine Zwischenmeldung möglich. Die zwei Männer sind seit etwa vier Stunden auf russischem Territorium und in Richtung Moskau unterwegs. Ihre Identität ist mir nur mittelbar bekannt, also noch nicht überprüft und bestätigt. Sie sind wohl keine Polen, sondern nach dem was ich weiß, handelt es sich um einen Russen und einen Tschetschenen. Ich denke, dass sie in den nächsten sechs bis acht Stunden ihr Ziel erreichen sollten, wenn es Moskau ist."

Brockmann lächelte über Margots Auskunft. Margot war unverändert umtriebig. Es gefiel ihm, wenn auch die Neuigkeit noch kein wirklicher Durchbruch war. Aber er fand die Nachricht zumindest in dem Sinne förderlich, dass sich bald etwas Klarheit über den Kreis der Hintermänner gewinnen ließ. Im gleichen Augenblick, in dem er das dachte, überfiel ihn die Angst, die Spur könnte sich in Kürze wieder verlieren: „Sie haben doch wohl niemanden an den Kerlen dran, der alles vermasselt? Sie sind sich schon darüber klar, dass der leiseste Verdacht dazu führen wird, dass man die beiden liquidiert? Das Umfeld, dem die zwei angehören, kennt bei Fehlern kein Erbarmen. Das ist sicher."

„Soweit Sie mich nicht dahingehend anweisen, etwas über meine Ermittlungsmethoden zu sagen, werde ich mich zu meinem

Vorgehen nicht äußern. Die Gefahren sind mir natürlich bewusst. Aber Garantien kann ich in Russland nicht übernehmen."

„Gut, dann will ich alles sofort wissen, sobald Sie mehr erfahren."

Margot wurde leicht ironisch, als sie antwortete: „Das war noch immer so und wird auch diesmal so sein."

Brockmann blieb gelassen. Er wusste aus etlichen anderen Fällen um ihre Tüchtigkeit und ließ den Satz so stehen. „Gut, ich höre von Ihnen." Das Gespräch war beendet und er wandte sich wieder Renate zu: „Wenn wir annehmen, dass es sich um Männer aus Russlands Staatsgebiet handelt, die den Mord an der jungen Frau aus Sizilien begangen haben, was sagt uns das im Hinblick auf die Abreise von Jasmin Karst nach Russland? Ist es eine Flucht? Wieso bringen Täter aus Russland eine junge Sizilianerin um? In der Schweiz? Warum dort? Was haben die für einen Anlass, sich dort zu treffen? Wieso geht so ein Treffen tödlich aus? Wenn die etwas zu verhandeln hatten, wieso dann dieses Ende? Was hatte die junge Frau für eine Botschaft, dass sie so ein Ende erlebte? Da müssen die Schweizer noch mehr Butter bei die Fische tun!"

Renate war ernüchtert. Brockmann kam nicht mehr auf das Thema einer Einvernahme des Vorstands der ehemaligen Bank Karsts zurück, bis auf den einen Satz, dass er sich dazu noch etwas ausdenken wollte. Derweil sollte Renate den Schweizern auf den Zahn fühlen wegen der Bedeutung der jungen Frau aus Sizilien. Sie dachte noch, ist ja toll, ich habe eine veritable Spur und er schickt mich auf den Routineweg zurück. Ob er sich vor Karst fürchtete?

Während sie darüber noch nachdachte, war sie aus dem Gespräch entlassen. Der Dienstag neigte sich langsam dem Ende zu. Ihre Kräfte auch. Sie war leicht unzufrieden.

Sie wollte eigentlich nach Hause, aber es ging nicht. Sie musste Ueli Rütter anrufen.

16.

Anatoli fuhr immer noch hinter dem BMW X5 her, als der Wagen plötzlich nach rechts abbog. Es war inzwischen Mittwochmorgen. Anatoli war die ganze Nacht hinter den beiden hergefahren. Er verwünschte seinen Auftrag, denn die Verfolgung in der Nacht war riskant und ermüdend. Er hätte den BMW X5 gut und gerne verlieren können.

Jetzt waren sie ungefähr eine halbe Stunde von Moskau entfernt und erreichten die Außenbezirke der russischen Hauptstadt. Er kannte die Gegend recht genau, in die die zwei sich begeben würden. Sein früherer Kommandeur, General Wronikow, hatte in der Prominentensiedlung sein neues Zuhause gefunden. Auch er hatte die Weichen für sich zu stellen gewusst. Es hatte sich ausgezahlt. Wronikow hatte die Zeichen der Zeit noch besser genutzt als Anatoli. Er kannte zwei der neuen Oligarchen. Sie nutzten seine Möglichkeiten, Männer zu beschaffen, die allerlei notwendige Drecksarbeiten erledigten, um den Oligarchen ihren jungen Reichtum zu sichern und möglicherweise noch auszubauen.

Anatoli blieb in einiger Entfernung vom bewachten Eingangstor der Siedlung stehen. Er konnte den Männern nicht mehr folgen. Die Siedlung wurde streng überwacht. Es wohnten zu viele wichtige Leute der neuen Führung in Moskau dort. Aber er kannte einen Weg, um noch eine letzte Information zu erhaschen. Er fuhr einen Feldweg entlang, der ihn zu einem kleinen Hügel führte, von dem aus er früher schon einmal das Anwesen Wronikows beobachtet hatte. Der Hügel lag etwa eineinhalb Kilometer vom Eingang der Siedlung entfernt und war nur etwa zwanzig Meter hoch. Das reichte aber für einen Überblick, wohin der BMW X5 sich bewegen würde, wenn er die Kontrolle passiert hatte. Er nutzte für seine Beobachtung einen Feldstecher, den er im Auto immer dabei hatte.

Das Fahrzeug fuhr direkt zu Wronikows Adresse und verschwand dort auf dessen geräumigem Anwesen. Anatoli war mit sich zufrieden und fuhr auf der gegenüberliegenden Seite des Hügels herunter, um nicht mehr auf die Zufahrt zur Siedlung zurückzukehren. Man wusste in Russland ja nie, wer einen gerade beobachtete.

17.

Räto Ronelli hatte die Quintessenz seines gestrigen Treffs in Davos vor Ueli Rütter ausgebreitet. Dafür hatte er sogar den Weg nach St. Moritz auf sich genommen. Er mochte mit seinen Neuigkeiten nicht warten und er wollte nichts am Telefon berichten.

Es war Mittwoch und er war gegen sieben Uhr aufgebrochen, da er sowieso keinen rechten Schlaf gefunden hatte.

Als er Ueli das Wesentliche dargelegt hatte, war es für eine ganze Weile still im Raum. Ueli musste die Neuigkeiten erst einmal verkraften.

Dann brach er sein Schweigen: „Alles das stimmt mit meinen aktuellen Erkenntnissen perfekt überein. Die junge Sizilianerin sollte nur eine Botschaft überbringen. Ihr Tod ist auch eine Botschaft. Er ist die Rückantwort."

Ronelli nickte: „Ja, alles passt zusammen. Wenn die neue Richtung Expansion um jeden Preis bedeutet, dann können wir mit sehr viel mehr Leichen rechnen in nächster Zeit. In ganz Europa."

„Im Übrigen ist der Deutsche, der sich mit Jasmin Karst in Lugano getroffen hatte, gestern Abend noch festgenommen worden. Er versuchte ihr Auto aus der Garage wegzufahren. Wahrscheinlich wollte er damit ihre Spuren verwischen. Er wusste ja nicht, dass wir ihm auf den Fersen waren. Die Kollegen überführen ihn heute nach St. Moritz. Ich will den Kerl hier befragen. Bis ich nicht eine Spur von Sabrina Eberle habe, kann ich hier nicht weg. Und die Frage, wo die Tote gewohnt hat, bevor sie mit ihren Mördern zusammengetroffen ist, können wir auch noch nicht beantworten."

Ein uniformierter Polizist klopfte und schaute durch die Tür: „Entschuldigung dass ich Sie in Ihrer Besprechung störe. Aber eben haben die Italiener gemeldet, dass die Lorenzo in Tirano beherbergt wurde. Bei einem Freund von früher. Bei der italienischen Kripo ist wohl viel los in der Sache. Die sind seit gestern Abend mit einer ganzen Einheit in Tirano. Sie wollen wohl genau wissen, wer der frühere Freund von Simona Lorenzo ist. Ihr Verdacht geht dahin, dass er der Mann im Hintergrund ist, der die Frau vorgeschickt hat."

Ronelli machte eine Handbewegung, die dem Polizisten freundlich dankte und zugleich anzeigte, dass er nicht länger im Gespräch unterbrochen werden wollte. Der Mann schloss wieder die Tür.

Rütter sah Ronelli an. „Was wissen die Italiener von dem, was wir hier soeben besprochen haben?"

„Das kann ich nicht sagen. Wir werden sie aufsuchen müssen. Stellen Sie den Kontakt her. Ich bin für ein Gespräch am heutigen Nachmittag. Wir fahren nach Tirano. Es sei denn, die italienischen Kollegen ziehen einen Ausflug nach St. Moritz vor. Ich meinerseits telefoniere jetzt mal mit unserer deutschen Kollegin. Ich glaube, viel können wir hier nicht mehr bewegen. Alles was wir besprochen haben, läuft auf die Deutschen und die Russen zu. Darum müssen die sich kümmern. Es ist ihre originäre Spielwiese, auch wenn sich zunächst alles hier abgespielt hat. Was hat Frau Augustin gestern noch zu Ihnen gesagt? Sie will hierher kommen, wenn der Hingsen sich noch länger in der Schweiz aufhält? Das wäre doch mal was. Wollen Sie den Mann auch deswegen nach hier bringen lassen, um sie persönlich kennen zu lernen? Vielleicht sieht sie ja so aus wie sie klingt. Nämlich gut."

Rütter wehrte die Anspielung ab, aber zugleich errötete er leicht.

18.

Anatoli hatte sich in einem Waldstück eine Ruhepause gegönnt. Etwa vier Stunden hatte er in seinem Wagen geschlafen. Dann klingelte der Wecker seiner Uhr. Sein Handy hatte er ausgeschaltet. Er wollte das Risiko einer Ortung minimieren, falls jemand nach ihm suchen würde. Er konnte nichts mehr ausrichten. Es gab keinen Weg für ihn, sich den beiden Männern weiter zu nähern. Jeder Schritt in diese Richtung konnte für ihn tödlich sein. Deren vermutliche Auftraggeber kannten in geschäftlichen Dingen kein Erbarmen.

Er aß und trank etwas von dem mitgebrachten Proviant. Dann trat er die Rückreise an. Er sicherte die Gegend aufmerksam und fuhr aus dem Waldstück heraus. Später wechselte er auf eine ganz andere Straßenverbindung, um nicht auf der Schnellstraße zurück nach Hause zu fahren. Es wurde ein großer Umweg. Er brauchte fast einen weiteren Tag, um zurück zu gelangen. Nach der Hälfte der Strecke prüfte er, ob es eine Verbindung für sein unregistriertes Handy gab. Dann wählte er einen Anschluss in Tschechien. Eine Frauenstimme meldete sich: „Da?"

Anatoli sagte in wenigen Worten, dass er dieses Jahr nicht zu Besuch kommen könne. Deshalb fände er es besser, wenn die Verwandten ihn besuchten. Sie sollten es sich überlegen. Dann war das Gespräch auch schon wieder zu Ende.

Anatoli fuhr weiter und erreichte sein Haus in der Nähe von Orel am nächsten Morgen.

19.

Margot bekam die Nachricht von Anatoli am Mittwochnachmittag übermittelt, kurz nach deren Eintreffen in der Außenstelle in Prag. Die Botschaft war dennoch eindeutig: Anatoli hatte

Erfolg gehabt, aber er wollte sein Wissen nicht über irgendeinen elektronischen Übertragungsweg berichten. Er wollte die Botschaft selbst überbringen. Im Grenzgebiet Russlands zur Ukraine. An einem in dem Code enthaltenen Treffpunkt, den sie nur zu gut kannte. Der nächste Ort hieß Hluchiv. Schon morgen Nachmittag. Das war Donnerstag, 15:00 Uhr, und vom Zeitplan her ziemlich ambitioniert.

Margot überlegte. Von ihren Zielfahndern war nur Klaus Simon nicht im Außeneinsatz. Er hatte Erfahrung genug, kannte Anatoli sogar aus früheren Begegnungen persönlich. Das war in diesem Fall wichtig. Sie rief ihn zu sich, instruierte ihn, gab ihm eine Auszahlungsanweisung für die Deutsche Botschaft in Kiew mit und schickte ihn umgehend auf die Reise. Er hatte ein Diplomatenvisum, denn er wurde unter anderem als permanenter Mitarbeiter der Botschaft in Kiew geführt. Ein Trick, den viele Geheimdienste nutzten, um die Zahl der frei verfügbaren Agenten zu erhöhen. Er würde pünktlich in Kiew sein und konnte Anatoli treffen, um dessen Botschaft zu empfangen.

Dann rief sie Brockmann an, teilte ihm den Stand der Erkenntnisse mit und endete mit dem Satz: „Russland also. Soviel ist klar. Genaues dann frühestens morgen am späten Abend. Über die geheime offizielle Leitung der Botschaft. Wahrscheinlich aber erst am Freitag im Lauf des Tages.“

Denn dass Anatoli solch einen Aufwand verlangte, machte sie misstrauisch. Er schien Gefahr zu wittern, über das normale Maß hinaus. Deshalb hatte sie Simon auch noch einen anderen Auftrag mitgegeben. Wenn Anatoli das Land verlassen musste, sollte er die Chance auf einen geeigneten Pass erhalten. Er wusste über die russischen Verhältnisse viel. Sehr viel. Wenn seine Zeit in Russland zu Ende war, dann konnte man ihn immer noch über tausend andere Themen „abschöpfen“. Der Mann sollte jedenfalls nicht in einem russischen Gefängnis verschwinden, wenn sie es verhindern konnte.

Jetzt hieß es warten, ob Klaus Simon erfolgreich war.

20.

Ronelli sprach mit Renate Augustin am späteren Mittwochvormittag. Sie tauschten ihre Daten aus und Ronelli sagte ihr, dass die Italiener den Mann, der in Tirano Simona Lorenzo beherbergt hatte, seit gestern Abend in Gewahrsam hatten. Wie sie auf ihn gekommen waren, war noch nicht ganz klar. Aber beide tippten darauf, dass die Telefonverbindung des Mannes zu Simona abgehört worden war.

Als sie ihr Telefonat beenden wollten, wurde es bei Ronelli in der Polizeistation St. Moritz lauter. Hingsen wurde gerade von der Einheit aus Lugano abgeliefert und protestierte laut gegen die Festnahme und seine Verbringung nach St. Moritz. Er wurde von zwei Uniformierten in eine Zelle gesperrt und es kehrte wieder Ruhe ein.

„Wir sollten morgen noch einmal sprechen", setzte Ronelli das Gespräch fort. „Ihr Privatdetektiv ist gerade angekommen. Schauen wir mal, was er sagt, wenn er sich etwas mehr in die Situation eingefunden hat. Im Moment scheint er zu glauben, er könne durch viel Theater Eindruck schinden. Aber morgen schon wird er wissen, dass er damit ganz falsch liegt. Wenn er ergiebig werden sollte, will ich Sie einladen, nach St. Moritz zu kommen. Und für den Hinweis mit der Spur nach Russland will ich mich ausdrücklich noch einmal bedanken. Damit wird vieles klarer. Wenn sich ein Treffen bei uns ergeben sollte, würde ich Sie für die gute Zusammenarbeit zum abendlichen Fondue einladen." Ronelli war zwar schon Mitte Fünfzig, aber als Charmeur konnte er ganz gut mit Jüngeren mithalten. Als Renate eher zurückhaltend reagierte, fand Ronelli sofort wieder zur Sache zurück: „Jedenfalls muss ich jetzt das Gespräch beenden, denn die Kollegen in Tirano warten auf Herrn Rütter und mich. Bis morgen also. Ade."

Renate war von der offenen Art Ronellis eigentlich angetan. Nur das mit der kleinen Anmache war ihr dann doch zu forsch erschienen. Sie buchte es unter südländischem Temperament ab. Aber das kleine Erlebnis hellte ihre Stimmung auf. Das war auch nötig, denn sie hatte wenig geschlafen in der letzten Zeit.

21.

Brockmann nutzte die Einladung zum Empfang der Deutschen Bundesbank, die er schon länger auf dem Tisch hatte. Ein neuer Bundesbankpräsident wurde in sein Amt eingeführt. Alle waren da, die in der deutschen Kreditwirtschaft Rang und Namen hatten, auch alle Politiker der Bundesebene, die nur irgendeine Nähe zu Wirtschafts- und Finanzthemen hatten. Allen voran der Bundesfinanzminister.

Brockmann saß in der fünften Reihe. Mitten unter Bankern und sonstigen Politikern. Er hatte ursprünglich erwogen, dem Festakt fernzubleiben. Ihm waren solche Aufläufe eher nicht nach seinem Geschmack. Aber er wusste auch, dass der neue Bundesbankpräsident sehr genau auf das Protokoll achtete und sicher eine Liste der nicht erschienenen Eingeladenen führen ließ. Brockmann kannte ihn aus dessen früherer Tätigkeit, als er noch Abteilungsleiter im Finanzministerium war. Sigbert Fröhlich war ein Karrierepolitiker. Umtriebig, kommunikativ, zielstrebig. Brockmann konnte als Chef einer obersten Bundesbehörde die Amtseinführung eines anderen Chefs einer Bundesbehörde nicht wirklich schwänzen. Insbesondere nicht, weil die Bundesbank eine Einrichtung von besonderer Qualität war, deren Wissen er in dem Fall Jasmin Karst möglicherweise anzapfen musste. Zudem war auch sein Vorgesetzter anwesend, der Bundesinnenminister.

Kurzum, Brockmann hatte sich in Schale geworfen und nutzte die Veranstaltung an diesem späten Mittwochnachmittag als Gelegenheit einer Annäherung an das Minenfeld, das seit einer knappen Woche vor ihm lag.

22.

Rütter und Ronelli sprachen beide fließend Italienisch. Ronelli, weil seine Familie italienische Wurzeln hatte, Rütter, weil er im Engadin aufgewachsen war, wo sowohl Rätoromanisch als auch Italienisch wichtig war.

Sie fuhren nach Tirano, vorbei an den schönen Skigebieten von Lagalp und Diavolezza, die im August noch auf den Winter warteten, kamen über den Berninapass und fuhren die Kehren ins Poschiavotal hinunter. Als sie die Grenze passierten, überholte sie die Rhätische Bahn, so dass sie bei der Einfahrt nach Tirano warten mussten, denn die Eisenbahn fährt dort für eine kurze Strecke auf der Straße bis zum Bahnhof.

Die Polizeistation in Tirano hatte den Charme vieler Gebäude dieses Zweckes. Sie war braun-grau, außen wie innen. Die Italiener empfingen sie dafür mit einer gewissen Zuvorkommenheit, als wollten sie das leicht triste Ambiente ihres Treffs durch Freundlichkeit überdecken.

Ihr Gesprächspartner war ein Capitano Adriano aus Mailand. Er leitete die Ermittlungen in dieser Sache, von der sie beide ganz schnell erfuhren, dass es in Italien eine Sondereinheit gab, die sich auf die südamerikanischen Drogenlieferungen nach Europa konzentrierte. Darauf war die italienische Polizei gestoßen, als in anderem Zusammenhang in Deutschland mehrere Mitglieder einer

Mafiagruppierung im Ruhrgebiet ermordet worden waren. Der Hintergrund war der umkämpfte Rauschgiftmarkt in Deutschland. Der Stoff war aus Südamerika geliefert worden. Die Mafia hatte ihn an Leute aus der Szene verkauft, die ihre Kunden damit bedienten. Ein gut funktionierendes Geschäft, bis die Männer der Mafia in ihrer Stammkneipe niedergeschossen wurden.

Zunächst war der Grund in Rivalitäten unter verschiedenen Mafiaclans gesucht worden. Als die Deutschen nicht weiter kamen, suchten sie den Rat der italienischen Polizei. Seither gab es kleine Fortschritte im Fahndungsbetrieb. Die Mafia schien sich neu zu strukturieren. Auch in Deutschland.

Anlass war offenbar eine Bedrohung ihrer Märkte von außen. „Wir glauben", ließ Adriano die Katze aus dem Sack, „dass die Mafia und ihre Lieferanten Konkurrenz bekommen haben. Es kommt mehr Stoff aus Asien. Die wollen den Markt neu aufteilen. Der Mafia ist das natürlich nicht recht. Das Drogengeschäft ist bisher in ihrer Hand, überwiegend. Die Neuen auf dem Markt sind eher noch brutaler als die Mafia und ihre Lieferanten aus Südamerika. So haben sie sich schnell einen gewissen Respekt erkauft und einen Anteil am Markt.

In dem konkreten Fall, der uns hier zusammenführt, haben wir geglaubt, ein Muster zu sehen, das auf Verhandlungen zwischen den Gruppierungen hinausläuft.

Wir haben Simona Lorenzo überwacht, seit sie Sizilien verlassen hatte, weil Sizilien eine herausragende Rolle in dem Spiel wahrnimmt. Wir hatten die Vermutung, dass sie nur ein Treffen zwischen den Abgesandten aus Asien und der Mafia vorbereiten sollte. In jedem Fall war sie nicht bedeutend genug, als dass sie selber irgendwelche Verhandlungen hätte führen können.

Unsere Überwachung ist völlig defensiv verlaufen und wir glauben, nicht entdeckt worden zu sein. Jedenfalls ist Simona Lorenzo hier von Tirano aus nach Samedan gefahren und hat die zwei Männer getroffen. Am Freitag voriger Woche.

Als sie nicht wieder aus dem Haus kam - sie war schon einen ganzen Tag darin - haben wir uns Sorgen gemacht. Aber die beiden Männer waren auch noch da. Also haben wir uns ruhig verhalten, weil wir dachten, dass vielleicht noch ein höherrangiger Mitspieler ins Bild kommen könnte. Das geschah aber nicht.

Stattdessen kurvte plötzlich ihr Bekannter aus Tirano auf, näherte sich dem Anwesen, entdeckte ihr Auto und fuhr nach einiger Zeit wieder fort. Zurück nach Tirano. Er blieb seither in der Wohnung, in der er auch Simona Lorenzo beherbergt hatte. Für eine Nacht. Er hat zweimal telefoniert. Wir haben es abgehört. Sizilien hat ihm aufgetragen zu warten.

Am Samstag sind die zwei Männer aus der Garage gefahren. Richtung St. Moritz und von dort weiter Richtung Sils Maria, wo sie an den See gefahren sind. Wir wussten nicht, was sie dort wollten, denn wir konnten ihnen nicht weiter folgen.

Bald danach sind sie davongefahren und nicht mehr in das Haus zurückgekehrt.

Als wir das von der Leiche im See erfahren haben, haben wir uns überlegt, ob der Mann in der Wohnung hier in Tirano, er heißt übrigens Luigi Bartólo, auch noch auf Verstärkung warten könnte, so dass wir von der italienischen Mafia noch neue Kontakte identifizieren könnten, oder ob wir besser zugreifen sollten. Dazu haben wir uns gestern entschlossen. Der Mann wird seither verhört." Adriano hatte seinen Bericht beendet.

Sie schwiegen sich an. Adriano schien auf eine Äußerung seiner Schweizer Kollegen zu warten, Rütter und Ronelli überdachten derweil Adrianos Informationen.

Dann fragte Rütter fast beiläufig: „Kannten Sie den Treffpunkt in Samedan schon vorab?"

„Ja, einen Tag vorher. Wir hatten alle Telefonate von Simona abgehört."

„Haben Sie das Haus seit der Zeit beobachtet oder erst am Freitag?"

„Wie Sie sich vorstellen können, hatten wir für die Überwachung viele technische Vorkehrungen zu treffen. Es brauchte alles etwas Zeit. So waren wir schon am Vortag dort, etwa seit elf Uhr. Warum fragen Sie?“

„Können Sie sagen, ob in dieser Zeit andere Personen das Haus betreten haben? Also nicht nur die zwei Männer, die dann am Samstag Simona im Silser See abgelegt haben.“ Rütter fragte wie ein Uhrwerk.

Ronelli sagte nichts, sondern beobachtete Adrianos Reaktion. Dem war derweil längst klar, dass hinter Rütters Fragerei System steckte: „Nichts, was ich in Erinnerung hätte. Aber wir können alles überprüfen, weil wir einen Personenwagen vor dem Tor des Anwesens abgestellt hatten, aus dem eine Kamera das Eingangstor filmte. Das Fahrzeug war natürlich leer und stand die ganze Zeit davor. Auf der Aufzeichnung muss auch die Zeitspanne vom Vortag bis zum nächsten Vormittag, als Simona eintraf, enthalten sein.“

Adriano gab ein paar Anweisungen. Dann wechselten sie in einen Raum, in dem eine Projektionsfläche an einer Wand existierte. Auf ein Zeichen Adrianos spielte ein Mitarbeiter das Material im Schnelldurchgang ab.

„Da!“ Rütters Ausruf durchbrach das gespannte Schweigen der Beobachter. Er hatte im Schnelldurchlauf etwas entdeckt. Als die Stelle wiedergefunden war, auf die sich der Ausruf bezogen hatte, erkannten Rütter und Ronelli die Person, die das Anwesen verließ: Es war Sabrina Eberle.

„Stellen wir den genauen Zeitpunkt fest, an dem die junge Frau das Haus verlassen hat.“ Rütter wollte es hieb- und stichfest.

Da das Bildmaterial mit einem Zeitindex versehen war, wussten sie ab diesem Moment mehr: Sabrina Eberle hatte die Behausung der beiden Mörder am letzten Donnerstag um vierzehn Uhr verlassen. Allein!

Sie sah nicht verletzt aus. Da sie Jeans trug und einen Blouson, konnte man etwaige Verletzungen am Körper nicht erkennen.

Auch ihr Gesicht schien unverletzt. Die relativ engen Jeans ließen aber die Knöchel frei. Zwischen den Slippern und dem Ende der Hosenbeine war ein Streifen von vielleicht zehn Zentimetern an beiden Beinen frei und unbedeckt zu sehen.

„Können Sie mal auf die Beine zoomen? Da, auf die freien Stellen?“ Rütter sprach den jungen Polizisten direkt an, der die Apparatur bediente.

An beiden Beinen war im Bereich der Fesseln kein Kettchen zu sehen. Rütter schaute Ronelli an: „Entweder haben sie es ihr entwendet ...“

„Oder sie hat es den beiden freiwillig überlassen“, vollendete Ronelli den Gedanken.

23.

Brockmann hatte erreicht, was er wollte. Den Vorstandsvorsitzenden der Europäischen Handels- und Industriebank sprach er im Zuge des sich an das offizielle Programm anschließenden Stehempfangs an. Sie kannten sich nur vom Sehen, Ronald Peters und er. Peters schien zunächst mit der Zuordnung von Brockmanns Gesicht zu seiner inneren Hitliste wichtiger Persönlichkeiten zu fremdeln. Doch als Brockmann seinen Namen genannt hatte, war die Erinnerung wieder voll gegeben. Vielleicht war das kleine Zögern bei Peters auch nur Taktik. Brockmann wusste es nicht zu entscheiden. Es war ihm aber auch nicht wichtig. Er wollte das Gespräch. Nach einigen Belanglosigkeiten kam er zur Sache: „Ich freue mich, Sie heute hier zu treffen.“

„Ja, das finde ich auch sehr schön“, war Peters’ lapidare Antwort, die den Grund für seine Behauptung völlig offen ließ. Peters’ Gesicht hingegen hatte sofort etwas Lauerndes.

Brockmann fragte nicht nach und wollte auch keine Ablenkung von seinem Kurs: „Sie haben letztens einen sehr wichtigen

Kunden verloren. Ziemlich aus heiterem Himmel, wie uns scheinen will." Er benutzte den pluralis majestatis, um seinem Anliegen einen ersten offiziellen und machtunterlegten Anstrich zu geben.

Peters wurde unverzüglich ablehnend: „Über Kundenbeziehungen kann ich mich keinesfalls äußern. Das ist Geschäftsprinzip. Sie verstehen?"

„Ich verstehe das Prinzip, glaube aber nicht, dass es in unserem Fall greift." Er hatte „in unserem Fall" gesagt. Spätestens jetzt musste dem lauernden Peters ein Licht aufgehen, dass es sich hier nicht um einen Smalltalk klassischer Art handelte. Er blockte daraufhin erst recht: „Von einem gemeinsamen Fall ist mir nichts bekannt. Wovon sprechen Sie, Herr Brockmann?" Peters wurde formal.

„Das will ich hier und heute nicht erklären. Dazu sind zu viele Menschen um uns herum. Aber ich lade Sie für morgen, Donnerstag, zu einem Gespräch in unser Gästehaus im Taunus ein. Das ist zwar sehr kurzfristig und passt möglicherweise nicht in Ihre Zeitplanung, ist aber so unabweislich, dass Sie es sicher unbedingt möglich machen wollen."

„Das scheint mir nur teilweise eine richtige Einschätzung Ihrerseits zu sein. Meine Zeitplanung schließt die Annahme Ihrer Einladung geradezu aus. Deswegen werde ich Ihrer Einladung leider nicht folgen können."

„Damit habe ich in diesem Stadium unserer Unterhaltung fest gerechnet. Nur haben Sie meinen Alternativvorschlag noch nicht kennen gelernt: Wenn wir uns nicht in unserem Gästehaus unter völligem Ausschluss jeder Öffentlichkeit treffen, dann sehen meine Mitarbeiter sich in wenigen Minuten in Ihrer Bank in so einem Umfang um, dass Öffentlichkeit nicht zu vermeiden ist. Ich will das nicht, aber Sie müssen entscheiden, welchen Weg Sie bevorzugen."

„Mit welchem Vorwurf wollen Sie unsere Bank konfrontieren, dass Sie solche Maßnahmen erwägen?"

„Sie stehen im Verdacht, internationale kriminelle Vereinigungen finanziert zu haben. Sie, dass heißt natürlich, Ihr Haus",

Brockmann war schon fast an der Grenze zum Überheblichen, als er sich selbst korrigierte, um der von Peters gewählten Diktion den Vorrang zu geben, „hat einem Kunden finanziellen Spielraum gewährt, um unbehelligt seine neue Geschäftsstruktur zu bilden, die in höchstem Grad gegen unsere Gesetze verstößt und mafiosen Charakter hat."

Seine Formulierungen erzielten eine erste Wirkung, waren aber noch nicht durchschlagend.

„Und das haben Sie ermittelt und können es auch beweisen? Dafür haben Sie natürlich auch einen Durchsuchungsbefehl erwirken können?" Peters checkte die Lage.

„Ja! Und zum Beweis zeige ich Ihnen eine Fotografie davon auf meinem Handy."

Peters war angesichts des fotografierten Dokuments leicht unsicher.

Brockmann schob nach: „Und jetzt zeige ich Ihnen noch ein paar Live-Aufnahmen vom Seiteneingang Ihres Geschäftsgebäudes."

Peters konnte eine beträchtliche Anzahl von Polizeifahrzeugen sehen, die dort geparkt waren. „Noch hält sich die Polizei in der Seitenstraße auf. Keiner weiß, wohin wir wollen. Wenn wir durch den Vordereingang kommen, ist die Sache öffentlich. Wählen Sie jetzt!"

Peters knickte ein: „Gut, ich gehe auf Ihre Einladung ein. Wann soll ich in Ihrem Gästehaus erscheinen?"

„Das wird unter diesen Umständen die nächste Überraschung, Herr Peters. Jetzt, wo Sie schon die Stoßrichtung meines Interesses kennen, muss ich Sie leider sofort zum Gespräch bitten und mitnehmen ins BKA. Ich kann der Möglichkeit von Verdunkelung keine Chance geben. Auch wird Ihre Bank die ganze Zeit unter Beobachtung bleiben. Niemand von Ihren Angestellten darf sie heute mehr betreten. Sie werden nicht mehr telefonieren und stattdessen mit mir nach Wiesbaden fahren. Das ist unverändert mein Friedensangebot. Ausschluss der Öffentlichkeit, gegen vorbehaltlose Kooperation. Die Alternative muss ich Ihnen sicher nicht ausmalen."

„Gut, fahren wir. Fahren wir sofort, denn ich will die Sache zügig hinter mich bringen, weil ich denke, dass meine Bank gute Karten hat." Das war eine überraschende Wende.

Brockmann verließ mit Peters den Raum durch eine der Seitentüren, um unauffällig entschwinden zu können. Es gelang ihm nicht wirklich.

Sigbert Fröhlich sah den Abgang der beiden, wenn auch nur durch Zufall, und merkte sich die Zeit des Weggangs genau. Brockmann hatte ihm noch nicht zur Berufung gratuliert. Sicher, er war die ganze Zeit von höchstrangigen Vertretern aus Politik und Wirtschaft umlagert gewesen, die ihn mit Beschlag belegten, um ihm zu gratulieren, und er verstand schon, dass Brockmann nicht versucht hatte, sich vorzudrängeln. Aber dafür, dass er sich soeben so davongeschlichen hatte, zudem mit einem der Gäste, musste es einen Grund geben. Er würde darauf bei geeigneter Gelegenheit zurückkommen.

III. Kapitel

1.

Anatoli hatte einen siebten Sinn für Gefahr. Jedenfalls hatte das sein bester Freund immer behauptet. Schon beim sowjetischen Militär war seine Spürnase wiederholt die entscheidende Rückversicherung für den Erfolg seiner Nebengeschäfte gewesen. Dadurch war es ihm immer wieder gelungen, alle Hindernisse aus dem Weg zu schaffen, die sich vor seinen diversen illegalen Vorhaben auftürmten. Oder er konnte sie einfach umgehen.

Den schlagendsten Beweis dafür hatte ein Coup geliefert, an dem er monatelang gearbeitet hatte, unmittelbar bevor die sowjetische Armee Deutschland endgültig verließ. In seiner Zuständigkeit lag es, elektronisches Gerät der taktischen Luftabwehr nach Hause zu transportieren. Er wollte etwas davon abzweigen, um damit einen Deal mit den Amerikanern zu bedienen.

Kurz bevor der Deal durchgeführt werden sollte, entschied er sich um, sorgte für einen vollständigen Abtransport nach Russland und nahm dabei in Kauf, dass die Amerikaner zwei Agenten, die das Gerät übernehmen sollten, verloren. Die beiden Agenten wurden vom damals noch aktiven KGB abgefangen und gejagt, wobei beide zu Tode kamen. Das war möglicherweise sein Glück. Sie konnten nichts ausgeplaudert haben.

Seine Überprüfung durch den KGB blieb ohne Beanstandungen und er wurde von seinem Kommandeur im kleinen Kreis für seine Zuverlässigkeit gelobt und ausgezeichnet. Nur sein Freund hatte von dem Deal gewusst. Er hätte das Material begleiten müssen und wäre dabei mit aufgeflogen. Einen Tag vor der geplanten Aktion hatte er ihn mit einem Transport von Panzern per Bahn und Schiff nach Russland zurückgeschickt, so dass seine Beteiligung an dem Coup ganz unmöglich war. Er blieb unangetastet.

All das überlegte Anatoli, während er wach und in voller Bekleidung auf seinem Bett lag. Wenn sie kommen würden, um ihn zu holen, dann jetzt. Morgens zwischen vier und fünf Uhr. Eher um vier! Er lauschte nach draußen, ob irgendein Geräusch zu hören war. Nichts! Es war jetzt Donnerstag, kurz vor vier Uhr. Aber dass er von draußen keinen Laut hörte, musste auch nichts heißen. Konnte gut sein, dass sie ihn unter Verdacht hatten und noch ein wenig beobachteten. Jedenfalls war ihm sein Auftauchen vor der Siedlung seines früheren Chefs nachträglich zu riskant vorgekommen. Er verwünschte seine Müdigkeit, die ihn am Ende der durchfahrenen Nacht hatte so unvorsichtig sein lassen, dem Fahrzeug der zwei Männer zu folgen, bis sie das bewachte Tor der Siedlung von General Wronikow erreicht hatten. Die Gefahr, die er spürte, war real. Es war gut möglich, dass die Bewohner der Siedlung alle erdenklichen elektronischen Sicherheitsvorkehrungen getroffen hatten, um von unerwünschten Gästen und Beobachtern zu erfahren. Sie hatten alle sicher viele Gründe für ein solches Vorgehen.

Sein unregistriertes Handy hatte er noch gestern auf der Rückfahrt zerstört und entsorgt. Sein Umweg nach Orel hatte ihn Zeit gekostet. Rückblickend betrachtet, fand er das gut, denn er hatte die Zeit genutzt, die aufkommende Furcht vor Entdeckung genau zu analysieren. Er fand, dass sie nur zu begründet war.

Er erhob sich leise, wanderte durch seine Datsche, die recht komfortabel und geräumig war. Sie fiel in dieser Gegend nicht auf, denn von ihrer Art gab es hier etliche, die alle wohlhabenden Russen aus Orel gehörten. Wenn man Anatolis Datsche betrat, konnte man schon einen gewissen überdurchschnittlichen Wohlstand erkennen. Nichts Protziges, aber doch mehr, als man bei einem pensionierten Oberstleutnant der sowjetischen Streitkräfte vermuten würde. Käme er unter Verdacht, dann würde schon die

Frage nach der Herkunft des Wohlstands zu diskutieren sein. Wie konnte sich ein Pensionär eine solche Behausung leisten?

Anatoli hatte eine Legende dafür geschaffen. Er hatte gute Geschäfte mit seinem Betrieb für Logistik gemacht, denn er kannte sich nach den Jahren bei der Armee am besten mit Transporten aus. Jedweder Art, dachte er bei sich. Das Geschäft hatten ihm die Deutschen mit vielen Transportaufträgen ermöglicht, denn ihre Lieferungen an die russische Armee nach deren Abzug aus Deutschland waren Teil des Abkommens über die Rückverlegung der Streitkräfte aus Deutschland gewesen. Einschließlich des Baus von Wohnungen für die Armeeangehörigen. Er hatte gut zu tun gehabt und hatte es heute noch, denn seine Kontakte zu den alten Kameraden aus der Armee brachten Aufträge in die östliche Ukraine, in beträchtlichem Umfang. Aber trotzdem, es war nur ein Geschäft von normalem Charakter, nicht für den Erwerb überbordender Reichtümer, wie bei Wronikow und seinen Freunden, den Oligarchen. Seine sonstigen Einnahmen hatte Anatoli immer strikt davon getrennt. Auch räumlich. Sie würden bei ihm nichts finden. Aber die Legende musste nicht dauerhaft greifen. Wenn sie ihn verdächtigten und verhörten, würde er irgendwann in Erklärungsnöte kommen und reden. Er wusste das.

Er schaute vorsichtig aus verschiedenen Fenstern. Nichts!

Er legte sich wieder hin, schloss die Augen und überlegte, ob er das Treffen mit den Deutschen heute verstreichen lassen sollte. Es gab einen Ersatzplan. Am nächsten Tag an einer anderen Stelle, auch wieder in der Ukraine, nur einige Kilometer östlich des ersten Treffpunktes.

Ja, er war sich sicher, dass er das Treffen verpassen würde. Er würde in seinen Betrieb fahren und eine geeignete Fracht nach der Ukraine als spezielle Legende nutzen, um sie dann selbst zu begleiten und dann den Treff morgen, am Freitag, zu realisieren. Er lauschte wieder nach allen Richtungen. Immer noch nichts. Nur die absolute Stille der russischen Weiten.

2.

Brockmann ließ Peters in das besagte Gästehaus des BKA bringen. Alles war vorbereitet, als der kleine Konvoi am Mittwochabend dort eintraf. Die Räumlichkeiten waren von einer gewissen Sachlichkeit in der Möblierung und doch strahlten sie in ihrer schlichten Eleganz eine unaufdringliche Kompetenz aus.

Beide setzten sich an einen Konferenztisch in der Mitte des Raums. Jeweils am Kopfende. Auf den anderen Sitzplätzen hatten Brockmanns Mitarbeiter Platz genommen. Renate hatte ihre Unterlagen vor sich und die Leute von der Wirtschaftskriminalität waren zu zweit angerückt. Der Kollege vom Drogendezernat kam im letzten Augenblick dazu. Auch er war gut vorbereitet, wie Renate wusste. Nur Margot war nicht dabei. Sie spielte aktuell auf einem anderen Feld.

Brockmann bot Peters etwas zu trinken an. Der sagte „Später vielleicht", und taxierte die übrigen Anwesenden.

Brockmann stellte kurz seine Mitarbeiter vor und begann dann die Befragung selber: „Sie haben das komplette Firmenkonglomerat von Sebastian Karst an die Russen verloren. Alle Konten, alle Anlagen, alle Kreditbeziehungen. Ließ sich das nicht vermeiden?"

„Nein, das ließ sich nicht vermeiden!" Mehr gab Peters nicht preis.

„Was war der Grund für diesen harten Schnitt?"

„Wir hatten die Geschäftsstrategie der Karst-Gruppe neu bewertet und waren zu einem negativen Ausblick gelangt."

„Was waren die Essentials in Ihrer Neubewertung, die einen derartigen negativen Ausblick rechtfertigten?"

„Wir hatten kein Zutrauen mehr zu der Geschäftsstrategie der Karst-Gruppe."

„Was hat sich denn an deren Strategie geändert?" Brockmann ließ nicht locker und Renate fand ihn gut in seiner Rolle.

Peters war in die Enge gedrängt und rutschte fast unmerklich auf seinem Sitz hin und her, so als wäre er unbequem. „Wir glaubten einen Wechsel der Geschäftsfelder ausfindig gemacht zu haben, von dem wir uns ein zu hohes Risiko erwarten. Deswegen haben wir die erbetene Ausweitung des Kreditrahmens nicht gewährt."

Renate war gespannt, wie lange Peters das Spiel noch fortsetzen konnte, mit den technischen Termini seines Berufes der entscheidenden Frage und vor allem der zwingend folgenden Antwort auszuweichen. Es konnte sich nach ihrer Erfahrung nur um Augenblicke handeln.

„Welches sind denn die neuen Geschäftsfelder, die Sie so beunruhigen?" Brockmann schien von unendlicher Geduld, während er Peters' Argumentationsspielraum immer mehr einengte.

Jetzt begann Peters sich zu zieren: „Das ist ein Geschäftsgeheimnis, das ich lieber für mich behalten möchte. Wir könnten uns ja in unserer Analyse auch irren und ich möchte der Karst-Gruppe keine Steine in den Weg legen, auch aus Gründen der gegebenenfalls eintretenden Schadenersatzgefahr."

„Wollen Sie damit signalisieren, dass Sie davon ausgehen, dass aus unserem Gespräch Dinge an die Öffentlichkeit dringen werden?" Brockmann wurde abweisender in seiner ganzen Haltung. „Wollen Sie andeuten, dass das BKA ein Schweizer Käse ist, aus dem geheime Vernehmungsergebnisse an die Öffentlichkeit gelangen?"

„So hätte ich es nicht formuliert, aber das Bild mit dem Schweizer Käse ist nicht schlecht gewählt, finde ich." Peters wurde leicht frech und Renate dachte, dass man einen wie ihn nicht unterschätzen durfte. Peters war klein, fast bucklig in der Gestalt. Wäre er nicht so exzellent gekleidet gewesen, hätte man ihn für einen Gnom halten können.

Brockmann wurde noch einen Ton kälter: „Sie irren. Hier wird nichts von dem was Sie berichten das Licht der Öffentlichkeit erblicken. Wir haben einen Ruf zu verteidigen."

„Wir auch." Peters wurde hartleibig. „Wissen Sie, Herr Brockmann, Sie wollen ja offenbar der Karst-Gruppe auf die Schliche kommen. Darf ich es einmal so formulieren? Dafür würden Sie im Erfolgsfall ja meine Aussage vor Gericht benötigen. Und spätestens dann wäre ja doch die Öffentlichkeit eingeweiht. Das liegt aber nicht im Interesse meiner Bank. Insofern werde ich Ihnen die erwarteten Auskünfte nicht erteilen."

„Ich bin sicher, dass Sie das doch tun werden." Brockmanns Ton war jetzt von schneidender Kälte. „Wenn ich Ihnen sage, dass Sie gerade dabei sind, mittelbar in einen Mordfall verwickelt zu werden. Sie rutschen da gerade rein. Sagen Sie später nicht, ich hätte Ihnen darauf keinen Hinweis gegeben. Das habe ich hiermit getan. Ausweislich des Protokolls, das von diesem Gespräch erstellt wird und auf dem Sie nichts über die neue Strategie von Sebastian Karst vorfinden wollen. Ich denke, Sie werden noch einmal dankbar sein, dass ich mit Ihnen so früh im Verlauf des Falles gesprochen habe."

„Das ist ja schön und gut, Herr Brockmann, aber von einem Mord weiß ich bisher überhaupt nichts. Wer soll den begangen haben und wer ist das Opfer?"

Gut gekontert, fand Renate, die den Schlagabtausch zwischen beiden Männern gespannt beobachtete. Brockmann konnte aber auch gut kontern: „Und was sagen Sie dazu, dass wir von dem Hinweis der USA an Sie längst wissen und Ihnen Gelegenheit geben wollten, Ihre Reputation aus eigener Kraft zu retten?"

Jetzt war Brockmanns Trumpf auf dem Tisch. Es war nur ein Bluff, aber nicht unbegründet nach Renates Recherchen. Brockmann hatte damit Erfolg.

Peters war plötzlich nicht mehr so sicher. Das zeigte sich darin, dass er einen spitzen Gesichtsausdruck bekam, seine Hände vor der erstaunlich großen Nase faltete, die Stirn hochzog und dann ausrief: „Das glaub ich nicht. Wenn Sie wüssten, was Sie vorgeben zu wissen, hätte es dieses Gespräches nicht bedurft.

Dann hätten Sie die Fakten gleich auf den Tisch legen können." Dann zögerte er einen Augenblick, nahm die Hände vom Gesicht fort und legte sie vor sich flach auf die Tischplatte, so dass seine zu große Nase wieder sichtbar wurde: „Es sei denn, Sie wissen Dinge, die darüber hinausgehen. Dann allerdings sollten wir jetzt darüber reden und dann entscheiden, was ich zur Lösung Ihres Falles beitragen kann."

„Die Tatsache, dass die USA uns kontaktiert haben, sollte Ihnen Hinweis genug sein, die Hinhaltetaktik aufzugeben und konstruktiv mit uns zusammenzuarbeiten. Wie haben Sie Karst gegenüber Ihre Absage begründet? Was wissen Sie von seinen neuen Geschäften? Wer sind seine Partner, dass sie Ihr gesamtes Geschäft ablösen konnten? Vollumfänglich. Bis auf den letzten Euro. Wer hat ein solches Interesse an Karst?"

„Die Russen!" Der Damm war plötzlich und unerwartet gebrochen und Peters begann unaufgefordert zu reden. Jedenfalls schien dieser gerissene Mann, der von kleinem Wuchs, hässlicher Physiognomie, aber offenbar von beträchtlicher Energie gekennzeichnet war, sich entschieden zu haben, Brockmanns angebotenen Pfad der Tugend vorerst zu beschreiten, weil es ihm angebracht schien.

3.

Renate legte eine weitere Nachtschicht ein, um mit ihren Kollegen die frischen Informationen der abendlichen Einvernahme von Peters in einem offiziellen Protokoll zu verarbeiten.

Derweil ließ Brockmann Peters zurück nach Frankfurt chauffieren. Beim Abschied hatte er bei seinem Gast in aller Form um Verständnis für die Unannehmlichkeiten, die er ihm durch den vorgezogenen Aufenthalt im Gästehaus des BKA bereitet hatte, geworben.

Ob er damit Erfolg hatte, blieb offen. Peters hatte jedenfalls beim Abschied nichts mehr entgegnet. Bald darauf war er selber nach Hause gefahren. Das vollständige Protokoll wollte er am nächsten Morgen um 10:00 Uhr auf seinem Schreibtisch vorfinden.

Für Renate und ihre Kollegen wurde die Nacht zum Donnerstag noch anstrengend.

4.

Rütter rief Renate am Donnerstagvormittag gegen 11:00 Uhr im Büro an. Renate war von der letzten Nacht erschöpft. Ihr war der Sinn eher nach Ruhe als nach weiteren neuen Fakten. „Wenn Ihre Nachricht mich nennenswert aufzuheitern vermag, bin ich bereit, sie anzuhören. Sonst würde ich sie lieber erst zu einem anderen Zeitpunkt hören."

Rütter verstand den Zusammenhang nicht, war aber guten Mutes, dass Renate seine Information schätzen würde: „Heitert es Ihre Stimmung auf, wenn ich Sie darüber informiere, dass beim gegenwärtigen Stand der Dinge, hier in St. Moritz, der Verdacht aufgekommen ist, dass Sabrina Eberle möglicherweise ein eigenes Ding im Drogenmilieu aufzuziehen versucht? Sie war zwar mit Jasmin Karst zusammengetroffen. Wohl auf die alte vertraute Weise in einem gemeinsamen Zimmer, aber sie haben sich dann getrennt und sind verschiedene Wege gegangen. Nicht nur bildlich, sondern tatsächlich. Geschäftlich. Sie stehen für rivalisierende Drogenkartelle. Sie sollten in Frankfurt nach Sabrinas Freund suchen. Der könnte der Schlüssel in dem derzeitigen Puzzle sein, um ein bisschen näher an die Motive der handelnden Personen zu kommen.

Es sieht so aus, als wäre Sabrina nicht länger auf dem Trip, nur die Freundin eines lokalen Drogendealers zu sein. Sie will wohl ganz groß in das Geschäft einsteigen. Dazu hat sie das Netz ihres Freundes in das Geschäft eingebracht. Aber sie will mehr. Sie will den Markt erobern. Es wäre für mich schon hilfreich zu wissen, was das für ein Kerl ist, mit dem sie da zusammenlebt, seit Ende ihrer Schulzeit. Nach allem was wir von Ihnen wissen, hat sie sich nicht um ein Studium bemüht oder darum, einen praktischen Beruf zu erlernen. So wie wir es verstehen, hat sie nach einem guten Jahr mit ihrem Freund, der sie ausgehalten hat, eigene Vorstellungen entwickelt. Nur wissen wir noch nicht so ganz einzuordnen, wie sie es in der kurzen Zeit geschafft hat, in dieser Szene so wichtig zu werden, dass sie zu Verhandlungen nach St. Moritz gefahren ist.

Nach Aussagen ihrer Mutter hat sie sich ganz auf das Milieu ihres Freundes eingelassen. Das deckt sich mit den kurzen Darstellungen zur Person Sabrina Eberles, die Sie uns damals übermittelt hatten. Jedenfalls ist der Stand der Dinge momentan so, dass Sabrina Eberle die Mörder der jungen Italienerin gekannt hat. Sie hat ihr die Kette um das Fußgelenk gelegt. Es ist wohl eine klare Positionierung zugunsten ihrer neuen Geschäftspartner. Denn sie wird den Italienern bekannt sein, gemeinsam mit ihrem Freund aus Frankfurt. Das ist schon ebenso einschneidend, als wenn sie den Mord selbst begangen hätte. Die Mafia wird die Botschaft verstehen. Sabrina ist die neue Chefin in Frankfurt und darüber hinaus: so weit ihr Verteilernetz reicht. Nach unserer Ansicht wird sie längst wieder in Frankfurt sein. Ihre Nähe zu dem Mord können wir zwar nachweisen, den Mord selbst aber nicht."

„Wieso nur die Nähe?", fragte Renate nach.

Rütter erzählte ihr von der Überwachungsaktion der italienischen Polizei, wonach Sabrina sich zum Zeitpunkt der voraussichtlichen Ermordung des Mädchens nicht mehr in dem fraglichen Haus aufgehalten hatte.

Renate nahm alles in ihr Hirn auf. Dann fragte sie Rütter unvermittelt nach Hingsen, von dem sie seit seiner Überstellung nach St. Moritz noch nichts gehört hatte.

„Der ist ein zäher Hund. Sagt nicht viel, hat einen Anwalt verlangt und rechnet wohl mit der Unterstützung von Karst."

„Wenn er sich da mal nicht täuscht", war Renates kurzer Kommentar. „Kann Ihnen darüber im Moment noch nicht mehr sagen. Werde das bei nächster Gelegenheit nachholen. Muss alles zuerst aber mit meinem Chef besprechen. Wenn es Ihnen recht ist, mach ich jetzt mal Schluss. Ich muss gleich zu meinem Chef und dann werde ich mal ein paar Stunden schlafen, denn ich bin jetzt schon wieder fast 36 Stunden im Dienst."

5.

Als Rütter das Telefonat mit Renate beendet hatte, schaute er sich seine Check-Liste an. Unter den unerledigten Punkten stand der Name „Kaiser". Das war der abgereiste Wiener aus dem Berghotel in Sils Maria. Rütter war nicht wohl bei dem Gedanken an den Mann, denn er fühlte sich von ihm reingelegt. Wieso war der Mann einfach abgereist, ohne ihn zu benachrichtigen? Sicher, er, Rütter, hatte das dummerweise gar nicht von ihm verlangt. Nur war die Auskunft von Herrn Kaiser so eindeutig gewesen, noch einige Tage bleiben zu wollen, dass Rütter dummerweise überhaupt nicht daran gedacht hatte, ihm eine Meldeverpflichtung aufzuerlegen. Kaiser wollte noch bis zum kommenden Samstag bleiben, hatte er gesagt. Samstag war morgen.

Rütter kramte in seinen Notizen: Kaiser hatte nicht gelogen. Er hatte so gebucht, aber dann bei seiner plötzlichen Abreise dem Hotel den Ausfall im Voraus voll erstattet. Dann war er entschwunden. Rütter fand, dass er etwas übersehen haben musste. Was war mit dem Mann, der sich anfangs so kooperativ verhalten hatte, um jetzt sang und klanglos abzureisen. Er rief einen Mitarbeiter zu sich, der die offenen Fahndungsposten bearbeitete. Als er nach Kaiser fragte, bekam er zur Antwort, dass die

Kollegen aus Wien gerade eine Email geschickt hätten, die im Moment aus dem Drucker laufe. Er könne sie jeden Augenblick vorlegen. Auf die Frage, was denn in der Email stehe, erhielt er zur Antwort, dass sein Mitarbeiter den Inhalt noch nicht gelesen habe. Rütter gab gleichwohl kein Unmutszeichen von sich, denn er war mit sich nicht so recht im Reinen. Also verlangte er nach dem Ausdruck und der Mitarbeiter trabte davon. Rütter nahm sich vor, beherrscht zu bleiben, egal was in dem Papier stehen würde.

Er blieb es nicht, sondern schlug mit der Faust auf den Tisch, so dass alle anderen Polizisten in seinem Umfeld jäh inne hielten und schweigend zum ihm hinüber schielten. „Ja, was bin ich denn für ein Riesenidiot? Da sitzt der Kerl vor mir und macht seine Aussage zur gefundenen Leiche und heute kommt raus, dass er in Wien bekannt ist in der Szene. Der gehört dazu und war hier als Beobachter eingesetzt. Und damit lassen sich die Kollegen in Österreich eine gute halbe Woche Zeit. Ich fass es nicht! Die halten uns alle für das absolute Mittelmaß. Die Österreicher trödeln mit der Beantwortung unserer Anfrage, als ob es gleichgültig wäre, wann sie sie beantworten.

Und die russischen Mafiosi schätzen uns auch so ein. Deswegen hat alles in der Schweiz stattgefunden. Deswegen hier bei uns in St. Moritz. Die denken, dass sie so große Nummern drehen, dass es unseren Horizont übersteigt."

Rütter hielt einen Augenblick inne. Dann flüsterte er leise, aber doch hörbar für alle im Raum: „Aber das Spiel ist noch nicht zu Ende."

Er griff zum Hörer und versuchte Renate zu erreichen. Während es läutete, schaute er auf seine Uhr. Es war Donnerstag 13:00 Uhr. Renate hob nicht ab. Da schrieb er ihr enttäuscht eine Email mit der Bitte um sofortigen Rückruf.

6.

Das Gespräch zwischen Renate und Brockmann war auf etwa fünfzehn Minuten anberaumt. Renate hatte das Protokoll der Befragung von Ronald Peters zeitgerecht gegen 10:00 Uhr am Donnerstag per Email an Brockmann verschickt, so dass er es bei ihrem Zusammentreffen um 12:00 Uhr schon gelesen hatte. Er war mit dem Ergebnis zufrieden. Renate musste keine nennenswerten Änderungen vornehmen.

Am Ende der Besprechung gab sie ihm noch einige kurze Informationen zu dem, was ihr Rütter über die Verbindung zur italienischen Mafia erzählt hatte und dann noch zu Sabrina Eberle, auf die Renate sich wegen des von Rütter geäußerten Verdachts, sie könnte schon längst aus der Schweiz zurück in Deutschland sein, umgehend konzentrieren wollte.

Sie fragte zum Abschluss nach etwaigen Ergebnissen aus Margots Beritt, bekam aber nur ein „noch nichts gehört" zur Antwort, was ihr die Aufgabe in Erinnerung rief, selber mit Margot zu sprechen. Brockmann hatte recht. Ihr war die Rolle der Leitung der Task-Force zugefallen. Also musste sie die einzelnen Ergebnisse ihres Teams schon selber erfragen und zu einem Gesamtbild zusammenstellen. Sie fand sich in dem Augenblick ungeschickt, schrieb es aber ihrer Übermüdung zu.

Als sie sich erhob, war es doch schon wieder 12:30 Uhr und sie marschierte zurück in ihr Büro. Der halbe Donnerstag war schon vorbei. Da ihre Energiereserven langsam zur Neige gingen, zog sie sich am Automaten einen Kaffee.

Margots Büro war nicht weit entfernt. Sie überlegte einen Augenblick, ob sie sie direkt aufsuchen sollte, kam dann aber wieder davon ab. In ihrem Büro angekommen, las sie Rütters Email, hatte aber keine Lust, direkt anzurufen. Sie brauchte eine Unterbrechung. Sie trank ihren Kaffee in kleinen Schlucken und bekam kurz darauf Hunger. „Wahrscheinlich bin ich schwanger", murmelte sie leise vor sich hin, obwohl Sex in ihrem Leben seit einigen Jahren eine untergeordnete Rolle spielte. Sie erhob sich wieder und machte sich auf den Weg in die Kantine.

7.

Margot hatte erfahren, dass Anatoli heute, am Donnerstag, nicht am Treffpunkt erschienen war. Das musste noch nichts heißen, war aber ein Warnzeichen von einiger Bedeutung, wenn man das Geschäft der Informationsbeschaffung kannte. Ihre Informationskette funktionierte tadellos. Klaus Simon hatte sich dem Treffpunkt genähert. Ein anderer ihrer Mitarbeiter aus der Botschaft in Kiew hatte von weitem die Szenerie beobachtet. Klaus Simon war leer ausgegangen. Eine Wartefrist von einer Stunde wurde eingehalten, was schwer zu bewerkstelligen war, ohne beobachtet zu werden.

Als Anatoli nicht erschienen war, meldete der zweite Mann dies verschlüsselt unmittelbar nach Deutschland. Margot kannte das Vorgehen für diesen Fall: Anatoli würde es wieder versuchen. Morgen, am Freitag. An einem anderen Ort, zur selben Zeit wie heute. Oder er war verhindert, was die Lage beträchtlich verschärfen würde. Margot musste abwarten. Aber sie war unruhig.

8.

Anatoli bekam einen gehörigen Schreck, als General Wronikow mit zwei Begleitern seine Firma in Orel betrat. Er hielt sich gerade im Eingangsbereich auf, als die drei Männer den Raum betraten. „Anatoli Sergejewitsch“, Wronikow ging die Sache offensiv an, „was machen die Geschäfte?“

„General, welche unerwartete Ehre. Was kann ich für Sie tun?“

Obwohl Anatoli die ganze Nacht über die Möglichkeit, beobachtet worden zu sein, nachgedacht hatte, war sein erster Begrüßungssatz eher misslungen. Er hatte sich anders verhalten wollen. Jetzt war er gleich in der Defensive.

„Ich bin zwei Tage in Orel“, log Wronikow vorsorglich. Er schien sein wahres Vorhaben noch nicht gleich offenbaren zu wollen. „Da habe ich gedacht, Anatoli Sergejewitsch betreibt doch hier eine Spedition. Wie es ihm wohl geht?“ Die zwei Begleiter Wronikows bewegten sich keinen Meter weg von ihm, schauten sich auch nicht weiter um, sondern hatten nur starr den Blick auf Anatoli gerichtet. Sie trugen Brillen mit verdunkelten Gläsern.

„Darf ich Ihnen etwas zu trinken anbieten?“ Anatoli machte eine einladende Handbewegung in Richtung seines Büros. Wronikow hatte immer gerne getrunken. Es würde sich so auch schnell herausfinden lassen, ob Wronikow seine Begleiter in sein Büro mitnehmen oder draußen warten lassen würde.

Sie gingen die wenigen Schritte zu Anatolis Büro. Anatoli öffnete die Tür, bat Wronikow einzutreten und blieb mit der Klinke in der Hand stehen, um alle durchzulassen. Wronikow machte den zwei Begleitern ein Zeichen, vor der Tür zu warten. Anatoli war augenblicklich erleichtert.

9.

Rütter hatte sich in seinem Frust auf Hingsens Vernehmung gestürzt. Jetzt hatte er ihn schon drei Stunden in der Mangel. Der Mann war außerordentlich zäh. Er verweigerte die Aussage zu allen wichtigen Fragen. Auch zu denen, die schon mit harten Fakten untermauert waren. So etwa, dass er Jasmins Handy in seinem Besitz hatte. Die Frage, warum das so sei, tat er mit einem einfachen „sie hat es mir gegeben“ ab. Das Auto Jasmins hatte er auch übernommen, „weil sie noch andere Pläne hatte, von denen ich aber nichts Genaues weiß. Jedenfalls wollte sie, dass ich das Auto nach Deutschland zurück bringe." Alles nicht völlig glaubhaft, aber eben auch nicht ohne einen Funken Realitätsnähe. So war ihm nicht beizukommen. Wahrscheinlich war er von Karst gewarnt worden, dass er sich auf Begegnungen mit der Polizei einrichten müsse. Warum er sich überhaupt in Jasmins Nähe aufgehalten hatte, begründete er ganz kaltschnäuzig. „Ihre Eltern haben sich Sorgen um sie gemacht. Ich habe sie gesucht und gefunden. Aber sie wollte weiter und ich konnte sie ja nicht zwingen, mit zurückzukommen. Schließlich ist sie volljährig." Die Dreistigkeit Hingsens ging Rütter auf den Wecker. Er verlor an dem Mann langsam die Lust. Und als Hingsen zum wiederholten Mal nach einem Anwalt verlangte, wurde Rütter böse: „Die Mühe werden wir uns nicht machen. Sie werden unter diesen Umständen nach Italien überstellt. Wir halten uns mit Ihnen nicht länger auf." Nach diesem Satz verließ er den Vernehmungsraum und ging zurück in sein Büro, um mit Capitano Adriano zu telefonieren. Adriano war für das angebotene Spiel bereit, weil Rütter ihm in Aussicht stellte, dass der Mann, den er nach Tirano mitbringen wollte, ein wichtiger Mosaikstein in dem gesamten Puzzle um die Tote Simona Lorenzo sein könnte. Nachdem alles besprochen war, griff Rütter sich zwei Kollegen, die Hingsen wieder Handschellen anlegten und zu einem Audi Kombi führten, um ihn hinten auf der Rückbank zu platzieren. Einer der beiden stieg dazu und setzte sich neben ihn, während der andere sich ans Steuer setzte. Rütter stieg im letzten Augenblick ein und setzte sich auf der anderen Seite neben Hingsen. Dann ging die Fahrt nach Tirano los.

Hingsen war blass. „Sie verstoßen gegen meine Rechte. Sie dürfen mich nicht nach Italien ausliefern. Ich bin bei Ihnen festgenommen worden. Nicht in Italien. Ich verlange einen Rechtsbeistand."

„Herr Hingsen, Sie haben Ihr Pulver bei uns verschossen. Sie sind ein ganz und gar unkooperativer Mensch. Die Italiener haben an Ihnen ein besonderes Interesse. Jasmin ist aus Italien abgereist, nachdem sie sich mit Ihnen getroffen hatte. Sie haben Sie nach Mailand gefahren. Sie waren in Italien. Also machen Sie hier keinen Zirkus mit uns.

Sie haben sich auf Geschäfte eingelassen, die Ihnen noch schwere Zeiten bereiten werden. Denn eine junge Italienerin ist ermordet worden. Falls Sie es noch nicht wissen sollten: Die Frau war eine Emissärin der sizilianischen Mafia. Aber wir werden uns nicht weiter mit Ihnen herumschlagen. Sie haben uns kein Wort zu Jasmins Rolle im Drogengeschäft gesagt. Das mussten Sie uns unbedingt verschweigen, nicht wahr? Sie haben gedacht, alles fügt sich von alleine, wenn Ihr Auftraggeber seine Juristen schickt. Das ist aber alles falsch. Es ist dafür längst zu spät. Wir übergeben Sie jetzt den Italienern. Das ist das Land, in dem die Wettbewerber Ihres Chefs einen gewaltigen Einfluss haben. Das ist Ihnen sicher ganz klar. Wie Sie da wieder rauskommen wollen, ist jetzt ganz alleine Ihr Problem. Wir jedenfalls sind fertig mit Ihnen." Rütter sprach nicht weiter. Alles war gesagt. Der Pfeil steckte im Fleisch. Jetzt musste Rütter hoffen, dass das Gift an dem Pfeil zügig seine Wirkung entfalten würde.

10.

Anatoli hatte alles erwartet, nur diese Wendung nicht. General Wronikow hatte ihn unverblümt auf die Geschäfte angesprochen. Wie alles so liefe mit seiner Spedition. Er hätte ja immer schon auf dem Sektor der logistischen Organisation sein Talent unter Beweis gestellt. Er erinnere sich noch gut an die gemeinsame Zeit in Deutschland, als Anatoli die Rückführung von Mensch und Material nach Russland in so exzellenter Weise bewerkstelligt hätte. Wie er die schwierigen Jahre nach der Rückkehr gemeistert hätte? Und ob er denn mit seiner jetzigen

Lage zufrieden sei. Sicher sei alles am Anfang nicht leicht gewesen, als der Neuanfang anstand und die Armee den Sold nicht regelmäßig bezahlte.

All das, was Wronikow abfragte, war vermintes Terrain. Jeder nächste Satz konnte ins Verderben führen.

Nur Wronikow fragte nicht wirklich. Er zählte nur auf, was alles an Schwierigkeiten zu meistern gewesen sein musste. Wie bei fast allen Armeeangehörigen. So sicher auch bei Anatoli.

Was also exerzierte dieser gerissene General da mit ihm durch?

Die Antwort kam in zwei Schritten: Wronikow näherte sich dem Vorhaben, das er anpeilte, zunächst mit einer einfachen Frage: „Erlaubt Ihre Tätigkeit als Manager dieser Firma noch weitere Geschäftsfelder? Oder sind Sie so ausgelastet, dass Sie sich keiner weiteren Herausforderung stellen mögen?"

Jetzt hatte Anatoli erstmals die Gelegenheit, etwas zu antworten, und er hielt sich dabei alle Möglichkeiten offen: „Wer wird denn eine gute Gelegenheit ungeprüft vorbeiziehen lassen?"

„Welche Länder steuern Sie bevorzugter Weise an mit Ihrer Spedition?"

„Das ist sehr verschieden. Wir haben sowohl Importe aus den Staaten der EU als auch Transporte innerhalb der Staaten der ehemaligen Sowjetunion. Gelegentlich aber auch Exporte aus Russland."

„Wo liegt der Schwerpunkt?"

„Im Handel mit der EU."

„Ah, die alten Verbindungen sind also noch immer fruchtbringend."

Bei diesem Satz stand Anatoli für einen Moment das Herz still. Der nächste Satz konnte sein Todesurteil sein. Wenn Wronikow jetzt sagte, dass die guten Kontakte zu westlichen Diensten sich wohl noch immer für Anatoli auszahlen würden, war er auf das Höchste in Gefahr. Aber es kam in genau diesem Augenblick zur Wende.

„Sie hätten mithin noch Kapazitäten frei, wenn Sie mehr nach Westen exportieren müssten?“

„So könnte man es sagen“, war seine knappe Antwort, denn zu mehr reichte seine innere Anspannung nicht.

„Sie kennen sich mit den Gegebenheiten an den verschiedenen Grenzen Richtung EU also gut aus?“

„Das würde ich so sagen.“

„Sind Ihre Transporter immer ganz leer, wenn sie nach Westen fahren?“

„Wie gesagt, unsere Exporte sind eher gering, gemessen am Importvolumen. Also ja, wir fahren meistens leer hin und kommen beladen zurück.“

„Wären Sie offen für regelmäßige Aufträge nach Westen? Vornehmlich Deutschland, Österreich, die Schweiz und Frankreich?“

Anatoli wurde etwas mutiger. „Was soll es denn sein, das transportiert werden soll?“

„Hochsensibles Material. Es darf nicht verlorengehen. Auf keinen Fall. Es muss mit aller Sorgfalt den geplanten Weg nehmen und die Adressaten erreichen. Das hat oberste Priorität.“

„Was für hochsensibles Material?“

„Waren von hohem Marktwert, die ihrer Bestimmung zugeführt werden müssen, ohne dass es zu Schwund kommt.“

Anatoli hatte genug gehört, als dass er sich wegen der Frage, ob es sich um Drogen handelte, noch Überlegungen machen musste. Er wusste jetzt längst, dass sein ehemaliger Chef einen Transportweg eröffnen wollte, den er bisher noch nicht genutzt hatte. Sei es, dass ihm andere Wege missraten waren oder dass er nur ein Bauernopfer suchte, das er aus gegebenem Anlass verbrennen konnte. Das war noch herauszufinden. „Wer sind die Empfänger?“

„Es gibt ein Vertriebsnetz, das neu aufgebaut wird. Die Nachfrage wird gesteuert von einer Stelle in Deutschland. Es umfasst den gesamten deutschsprachigen Raum: also neben Deutschland auch große Teile der Schweiz und Österreichs sowie Luxemburg und Belgien, später auch Frankreich. Aber gegenwärtig wird Deutschland der Mittelpunkt sein. Von dort aus werden die Waren weiter verteilt. Das ist dann nicht mehr unsere Sache!“

Anatoli wollte mehr wissen. „Was genau soll ich mit meiner Firma in diesem Szenario für eine Rolle spielen?“

„Sie sollen Ihre außerordentlichen Talente auf dem Sektor der Logistik einbringen, um den unbehinderten Transport über alle Grenzen hinweg unangetastet sicherzustellen.“

„Was soll mir diese Tätigkeit für Profit bringen?“

„Zunächst einmal will ich nur wissen, ob Sie bereit sind, sich in meine Dienste zu stellen. Und ob Sie sich für stark genug halten, die ungehinderte Lieferung nach Deutschland zu garantieren.“

Anatoli wusste, dass er aus dieser Sache nicht lebend herauskommen würde, wenn er sich jetzt verweigerte. Wronikow würde ihn ganz genau durchleuchtet haben. Alle seine Finanzen vor allem. Vielleicht auch von seinen Nebengeschäften wissen. Er konnte nur mitspielen, um dann, wenn sein General ihn verlassen haben würde, genau für sich abzuwägen, ob er besser alles zurücklassen und sich umgehend absetzen sollte oder ob er an dem Spiel noch etwas partizipieren konnte. „Ich kann das liefern, was Sie sich vorstellen. Ich werde aber dadurch ein erhöhtes Risiko laufen. Es wird nicht ohne Kosten zu arrangieren sein. Und die Frage nach meinem Profit ist noch nicht beantwortet.“

Wronikow zögerte. Dann sagte er nach einer Pause, in der sein Blick prüfend auf Anatolis Gesicht ruhte: „Anatoli Sergejewitsch, vertrauen Sie mir. Ich habe noch immer für Sie gesorgt. Damals schon in Deutschland, als der KGB hinter Ihnen her war und Sie sich geschickt aus der Gefahr befreit haben. Damals habe ich mir gesagt, wir leben in bewegten Zeiten, wer weiß, was die Zukunft noch bringt. Vielleicht wird Oberstleutnant Anatoli Sergej Ryschkow noch einmal von großem Nutzen für dich sein. Einen Mann mit solchen Talenten darf man nicht verlieren. Also werde ich auch diesmal meine Hand über Sie halten und Sie werden nicht schlecht fahren, mit Ihren Beiträgen zu meinen Geschäften. Sehen Sie zu, dass Sie alles so perfekt vorbereiten, dass nichts, aber auch gar nichts schief gehen kann. Das ist das Allerwichtigste. Über Geld werden wir zwei reden, wenn Sie den ersten Transport erfolgreich bewerkstelligt haben. Nächste Woche Mittwoch sollten Sie bereit sein. Es wird in der Nähe von Moskau beladen. Dann sollte es auf einem von Ihnen vorzuschlagenden Weg nach Deutschland gehen. Das Ziel werde ich Ihnen noch genau nennen. Mein Beauftragter wird Sie am Sonntag aufsuchen. Bei Ihnen zu Hause. In Ihrer Datscha. Schönes Haus im Übrigen."

Anatoli wusste jetzt alles, was er wissen musste: Wronikow hatte nicht nur seine Datscha inspiziert oder inspizieren lassen. Er schien auch ansonsten alles über ihn zu wissen, was nötig war, um ihn an die russische Justiz auszuliefern. Deren Beliebigkeit bei der Prozessführung und Urteilsfindung ließ keinen Zweifel: Ihr geriet man besser nicht in die Fänge. Wronikow hatte also vermutlich auch von seinen früheren Geschäften in der alten Zeit in Deutschland gewusst und offenbar auch von dem entscheidenden Deal mit den Amerikanern, hatte ihn aber aus irgendeinem Grund nicht auffliegen lassen.

Wenn diese Vermutung stimmte, dann hatte er ihm vielleicht auch den beiläufigen Hinweis zukommen lassen, den letzten Schritt im Geschäft mit den Amerikanern damals zu unterlassen, weil der KGB eingeweiht war. Nein, diesem Mann konnte er nicht entkommen. Heute nicht und möglicherweise auch nicht in Zukunft. Aber seine Zukunft musste er erst einmal erreichen.

„Ich werde vorbereitet sein." Seine Antwort an Wronikow war Lebensversicherung und Todesurteil zugleich. Aber ohne diesen Satz wäre sein Todesurteil wohl der nächst Schritt. Den wollte er abwenden.

So stand seine Beteiligung an den Vorhaben Wronikows fest und dieser wandte sich ab sofort den Details zu.

11.

Rütter ließ den Wagen auf dem großen Parkplatz an der Diavolezza halten. Ganz hinten. Ganz am Ende Richtung Berninapass. Mit der Frontscheibe schräg ins Gelände, so dass ein Blick in den Wagen aus den wenigen Fahrzeugen, die hin und wieder vorbeigefahren wurden, fast unmöglich war. Er hatte alles vorbereitet. Ein Diktiergerät hatte er auch dabei.

Hingsen hatte auf dem Weg nach Tirano psychisch schlapp gemacht. Die Aussicht, in italienischen Gefängnissen zu landen, hatte ausgereicht, seinen inneren Widerstand aufzugeben. Als sie die Ausläufer des Morteratsch Gletschers passierten, war es so weit. Hingsen sah Ueli Rütter von der Seite an, starrte dann wieder nach vorn in Richtung Italien, öffnete den Mund, schloss ihn wieder und zerrte endlich an den Handschellen, die ihn mit dem Polizisten verbanden, der auf der anderen Seite der Rückbank saß. Um sich schließlich Rütter zuzuwenden: „Gibt es eine andere Lösung?"

„Da müssten Sie sich aber sehr beeilen. Und Sie müssten bereit sein, jede meiner Fragen zu beantworten, ohne Ausnahme. Ich bin an Spielchen nicht interessiert. Wie steht es damit? Ist es das, was Sie wissen wollten mit Ihrer Frage?"

„Wie geht es weiter, wenn ich rede?"

„Dann nehmen wir alles zu Protokoll. Sie unterschreiben und dann sehen wir weiter."

„Was soll das bedeuten? Was sehen wir dann weiter?"

„Hören Sie. Ich weiß nichts von Ihnen, kenne Sie überhaupt nicht. Wie soll ich wissen, was Sie sonst noch alles angestellt haben. Wer also sonst noch Interesse an Ihnen hat, kann ich nicht beurteilen. Vielleicht wollen die Deutschen ja Ihre Auslieferung oder die Italiener. Ihre besten Chancen liegen jedenfalls darin, reinen Tisch zu machen und mich davon zu überzeugen, dass Sie mit offenen Karten gespielt haben. Dann kann ich vielleicht in den weiteren Verlauf des Verfahrens eingreifen."

Hingsen hatte verstanden und kurz darauf waren sie auf den Parkplatz an der Diavolezza gefahren. Jetzt hielt ihm Rütter das Diktiergerät vor den Mund. „Reden Sie. Warum sind Sie in Lugano gewesen?"

„Ich sollte Jasmin Karst beschützen."

„Gegen wen?"

„Gegen ihre beste Freundin, Sabrina Eberle."

„Warum das denn? Die waren doch zusammen im Urlaub in Sils Maria?"

„Das war der äußere Anschein. Sie hatten sich getroffen, um Geschäftliches zu regeln."

„Was für Geschäfte?"

„Es ging darum, dass Sabrina sich selbständig gemacht hatte und ihren Markt neu bestimmen wollte."

„Wovon reden Sie? Welchen Markt, welche Waren?"

Jetzt geriet das Gespräch für einen kurzen Moment ins Stocken. Hingsen musste die Grenze überschreiten, die er bisher nicht einmal zu nennen gewagt hatte. Aber plötzlich sprach Hingsen einfach weiter: „Sabrina will im Drogengeschäft eine eigene Rolle spielen. Will sich emanzipieren von den Südamerikanern und auch von der Bedrohung durch andere Player auf dem deutschen Markt."

„Wer sind die anderen Player, wie Sie es nennen?"

Hingsen wollte wieder Zeit gewinnen, bevor er weitersprach. Er schien aber keinen Ausweg zu sehen, denn Rütter schaute ihn unentwegt an und sagte schließlich: „Also?"

„Es gibt da Auseinandersetzungen unter den Lieferanten nach Deutschland. Die Russen sind seit einigen Jahren dabei, den europäischen Markt zu dominieren."

„Werden Sie deutlicher, nennen Sie Namen! Welche Rolle spielt Jasmin Karst in der Sache? Wieso will ihre Freundin Sabrina mit ihr Geschäftsgebiete abstecken? Wie kommt Jasmin in diese Position?"

„Jasmin ist nicht die entscheidende Figur."

„Ja, wer ist es denn dann. Kommen Sie, lassen Sie sich nicht alles aus der Nase ziehen."

„Es ist ihr Vater, den sie vertritt. Er ist der große Boss. In Deutschland und darüber hinaus. Sie hat sich in seine Fußstapfen begeben. Jedenfalls auf diesem Geschäftsgebiet. Und ich hatte den Auftrag, sie zu beschützen. Das ist mir aber nicht gelungen, denn es ist wohl alles ziemlich schief gelaufen bei ihrem Gespräch mit Sabrina, in dem es zum Streit gekommen sein muss zwischen beiden Frauen. Sabrina hat jedenfalls gesagt, sie würde auf die Vermittlung Jasmins bei ihrem Vater nicht angewiesen sein und die Dinge selber in die Hand nehmen. Es war nicht ihr erstes Gespräch. Es musste eine Entscheidung herbei, weil Sabrina den Kontakt zu anderen Netzen schon gefunden hatte.

Jasmin hatte Sils Maria vorgeschlagen. Beide hatten dort schon früher gemeinsam Urlaub gemacht und gute Erlebnisse gehabt. Aber diesmal nicht. Sabrina war von ihren Plänen nicht abzubringen. Sie will ans große Geld. Als sie dann ein Ultimatum stellte, bekam Jasmin Angst. Wohl auch, weil Sabrina in Kontakt mit irgendwelchen Kerlen aus dem Osten war, die sie einmal vom Hotel abgeholt hatten. Mit einem Wagen mit polnischem Kennzeichen.

Jasmin hatte alles genau beobachtet. Sie ist recht kaltblütig. Da kommt sie ihrem Vater nach. Und sie kann Gefahren mittlerweile gut einschätzen. Also hat sie sich nach dieser Beobachtung abgesetzt. Ihr war der Boden zu heiß geworden."

„Wohin hat sie sich abgesetzt?"

„Nach Russland."

„Warum das?"

„Sie hat da noch einen Trumpf im Ärmel. Jedenfalls glaubt das ihr Vater. Und es schien ihr für den Augenblick sicherer, bei den etwas ungeklärten Verhältnissen."

„Was für ein Trumpf?"

„Ich vermute, sie soll mit Sabrinas Vater reden. Der ist der entscheidende Mann in Karsts Imperium in Russland. Sie wird ihm über das Gespräch berichten und dann muss man sehen, ob sich Sabrina noch einmal von ihrem Vater einfangen lässt. Sonst wird es wohl sehr hart werden. Für beide Seiten.

Aber Genaues darüber weiß ich nicht. Meine Aufträge sind immer genau definiert. Mehr erfahre ich nicht von Karst."

„Sprechen wir noch einmal Klartext über die Art von Geschäft, um das es hier geht. Was für einen Vertrieb will Sabrina übernehmen?"

„Drogen. Sie hat eine andere Quelle in Asien aufgetan. Auch durch Russen. Genauer Tschetschenen. Das sind knallharte, brutale Typen. Die kommen aus einer Welt totaler Zerstörung. Denen ist nichts heilig. Menschenleben schon gar nicht. Sabrinas Freund Brody heißt eigentlich Juri und ist Tschetschene, aber nicht so helle wie Sabrina. Sie hat das irgendwann geschnallt, dass er die Chancen als kleiner Dealer vertut und für das große Geschäft nicht das Format hat. Über einen Onkel von Juri hat sie die Kontakte aufgetan. Das war wohl keine einfache Geschäftsanbahnung. Aber dass sie es schließlich zum Durchbruch geschafft hat, zeigt schon ihr Format. Sie hätte das Zeug zur Chefin. Nur werden andere das zu verhindern versuchen, denke ich."

„Sie haben diese Polen erwähnt. Was wollten die in St. Moritz?"

„Das weiß ich nicht genau. Jasmin hatte den Eindruck, dass das Leute fürs Grobe waren. Möglicherweise sollten sie die Streitigkeiten mit den anderen Wettbewerbern aus dem Süden abschirmen."

„Was hatte Jasmin denn anbieten sollen, um Sabrina vom eigenen Weg abzubringen?"

„Karst wollte sie irgendwie einbinden. Genaues weiß ich davon auch nicht."

„Und wo ist Sabrina jetzt?"

„Vermutlich zurück in Deutschland."

„Was hat Karst dazu gebracht, mit Drogen zu handeln?"

„Darüber hat er mit mir nie gesprochen. In diesem Geschäft sind die Beteiligten nicht sehr mitteilsam. Es geht nur darum, wer den Stoff sicher liefert, wer also über stabile Transportwege und wer über funktionierende Verteilernetze verfügt. Und schlussendlich, wer die finanziellen Vereinbarungen erfüllt. Wenn einer da patzt, wird alles sehr schnell tödlich. Karst hatte meiner Einschätzung nach das geeignete Transportnetz. Die Russen kennen die Erzeuger und betreiben das Verteilernetz, das bereits existierte. Karst sitzt also mit seinen Leistungen hinter der Beschaffung und vor dem Verteilernetz. Er macht sich die Hände nicht an den Endabnehmern schmutzig. Er tritt nicht in Erscheinung und betreibt weiter seine Firmen, als wären die Lieferungen aus Asien nicht seine Sache. Und bisher hat das ja alles tadellos geklappt. Nur die Sache mit Sabrina bringt alles durcheinander. Kann sein, dass Sabrina nicht mehr lange lebt. Aber dessen scheint sie sich bewusst zu sein. Sie geht sehr entschlossen und zugleich umsichtig vor. Deshalb denke ich, dass sie wieder zurück in Deutschland ist, im sicheren Umfeld."

12.

Renate traf auf dem Rückweg von der Kantine mit Margot Keller zusammen, die sich an dem Kaffeeautomaten bediente, wie Renate etwa eine Stunde vorher. „Gibt es bei Ihnen etwas, das unseren Fall voranbringt?"

„Eher schwierig. Meine Quelle ist nicht zum vereinbarten Treff erschienen und wir haben keinen Kontakt. Muss aber nicht unbedingt negativ sein. Trotzdem habe ich ein ungutes Gefühl."

„Inwiefern?"

„Na, manche Quellen sind immer kompliziert und halten sich nicht an Abmachungen. Diese hier ist eher ein Beispiel für Präzision und Zuverlässigkeit. Deshalb ist der ausgefallene Kontakt auch schon eine Art Botschaft. Wenn alles nicht einen ganz profanen Grund hat, wirft unser Fall seine Schatten voraus. Kann sein, dass die Quelle in Schwierigkeiten gekommen ist."

„Und wie geht es weiter?"

„Wir versuchen es ein zweites Mal. Dann werden wir sehen, ob die Quelle wieder ausbleibt oder liefert. Und bei Ihnen? Was tut sich sonst?"

„Auch alles nicht ganz rund in der Entwicklung. Aber die Schweizer haben den Privatdetektiv, der für Karst arbeitet, festgenommen. Bin aber nicht sicher, ob es da schnelle Erkenntnisse geben wird. Sehen wir uns nachher zu unserem Update um 16:00 Uhr? Vielleicht habe ich dann schon mehr Informationen."

Sie trennten sich und Renate marschierte in ihr Büro, weil ihr eine offene Position im Sinn war, die sie noch ankurbeln musste. Sie hatte sie nicht erledigt, weil die Sache mit dem Protokoll aus der vergangenen Nacht Vorrang gehabt hatte, dann die Besprechung mit Brockmann anstand und jetzt das kurze Gespräch mit Margot. Sie musste unbedingt vor der Sitzung des Teams am Nachmittag den Auftrag bezüglich der Ausspähung von Sabrina in Frankfurt ins Rollen bringen.

13.

Rütter hatte vieles erfahren. Aber noch nicht genug. Er wollte mehr über Karst wissen. Als er das Thema Karst näher ansprach, kam es zum Umschwung. Hingsen begann zu blocken. Es schien Rütter, als hätte Hingsen bei der Konzentration auf Karsts Rolle in alledem die Gefährlichkeit der Befragung zu seinem Hauptauftraggeber neu einzuschätzen begonnen. Jedenfalls wollte er plötzlich nicht weiter reden.

Da tat Rütter einen nächsten Schritt, mit dem Hingsen gar nicht gerechnet hatte, denn er hatte sich in gewisser Weise schon zu sicher gefühlt. Rütter sagte zu dem Polizisten am Steuer ganz trocken: „Fahren wir weiter."

Während der Mann den Volvo in Fahrtrichtung brachte, hatten sein Kollege und Rütter Mühe, Hingsens augenblicklich aufkommenden Aufruhr unter Kontrolle zu bringen. Er fühlte sich verraten und versuchte verbal und körperlich zu protestieren. Es half alles nichts, die Schweizer Polizisten setzten ihre Fahrt in Richtung Tirano fort.

Hingsen drohte, nachdem er sich wieder etwas abgeregt hatte, damit, dass er nunmehr niemandem mehr ein Wort erzählen und alles bisher Gesagte zurücknehmen würde.

Rütter war da ganz gelassen. Alles, was er erfahren hatte, passte ins Bild. Die notwendigen Ergänzungen dieses Bildes waren auch durch andere Wege der Nachforschung und Überwachung zu erlangen. Hingsen hatte die wesentlichen Informationen geliefert. Er war per Saldo nur ein kleines Licht.

Rütter würde sich mit Capitano Adriano dahingehend vereinbaren, dass sie Hingsen in Tirano „zwischenparkten" und in zwei drei Tagen wieder abholen würden. Die Italiener konnten ihn bis dahin selber befragen. Er würde sich mit Adriano austauschen. Vielleicht kämen doch noch weitere Informationen an den Tag. Das wäre dann ein angenehmer Nebeneffekt. Danach erst sollte entschieden werden, wer ihn endgültig „behalten" würde. Wahrscheinlich das BKA. Denn die Weiterungen des Falles würden deutsche Belange betreffen. Der Mord an Simona Lorenzo in der Schweiz war unter den gegebenen Umständen ein Nebenkriegsschauplatz. Es ging um mehr. Und vielleicht war es aus Schweizer Perspektive auch besser, wenn die Deutschen ihren Landsmann Karst selber zur Strecke bringen würden. Für Rütter zeichnete sich zum ersten Mal so etwas wie ein Ende des Falles ab. Die Mörder mussten noch identifiziert werden, wenn das überhaupt gelang. Dann wären noch einmal die Schweizer Behörden auf dem Plan. Aber ansonsten gab es eigentlich nur noch Arrondierungen zu betreiben.

Jenseits des Mordfalls ging es um die Neuausrichtung der Vorherrschaft auf dem Drogenmarkt. Das war ein ganz anderes Feld. Es ging das Drogendezernat etwas an und danach die Politik. Rütter kehrte zu einer gewissen Gelassenheit zurück, die ihm in den letzten Tagen abhanden gekommen war.

14.

Anatoli versuchte, die typischen Stresssymptome gegenüber seinen Angestellten zu verbergen. Nachdem Wronikow ihn verlassen hatte, war er wieder in sein Büro zurückgekehrt, war in seinem Sessel versunken und lange Zeit nicht mehr aufgestanden. Er wusste definitiv, dass er den zweiten Termin mit Margots Abgesandtem auch verpassen würde, verpassen musste. Er konnte sich in dieser Lage nicht mehr unbeobachtet wähnen. Nicht bei seinen alltäglichen Abläufen, schon gar nicht bei seinen Nebenbeschäftigungen. Er hatte nur einen Schritt in Richtung Westen frei, wenn er denn überhaupt so etwas wagen würde. Keinen zweiten.

Sein Kardinalproblem hatte darin bestanden, zu entscheiden, ob er Wronikows Spiel mitspielen oder sofort aussteigen wollte.

Denn er musste davon ausgehen, dass Wronikow ihn für einen Verräter hielt und nur deshalb nicht ans Messer geliefert hatte, weil er sich Anatoli für solch einen Fall wie den jetzt eingetretenen reserviert hatte.

Würde er mithelfen, Wronikows Probleme zu lösen, würde er zwar mehr erfahren, sich zugleich aber auch in noch weitere kriminelle Machenschaften verwickeln. Aber das war eigentlich sein geringstes Problem. Er war mit dem, was ihm bisher zur Last gelegt werden konnte, auch so genug belastet.

Nein, Anantoli fürchtete, dass seine Entscheidungsfreiheit in ganz anderer Richtung leiden würde. Ab sofort würde er unter Beobachtung stehen und nicht mehr sicher sein können, wann der rechte Moment zum Absprung gekommen sein würde. Nur Wronikow würde wissen, wann er Anatoli nicht mehr benötigte. Das konnte jeden Augenblick der Fall sein, wenn eine erste Lieferung Wronikows ihren Weg gefunden hatte. Wenn klar war, welche Grenzabfertigung die geeignete war, um unkontrolliert nach Westen zu gelangen. Ab dann wäre sein Überleben nicht mehr kalkulierbar.

Aber jetzt sofort zu verschwinden war ihm auch nicht geheuer gewesen. Auch jetzt schon würden alle seine Schritte unter Beobachtung stehen. Davon ging er zumindest aus.

Nach langem Nachdenken stand sein Urteil fest. Er hatte richtig entschieden. Er würde mitmachen. Wenn auch nicht ohne Vorbereitung.

15.

Renate traf sich mit den anderen Mitgliedern ihrer Task-Force am Donnerstag um 16:00 Uhr in einem Besprechungsraum des BKA zu ihrer ersten Sitzung. Sie war etwas unsicher. Es war nicht ihre erste Leitung eines derartigen Gremiums. Aber noch nie zuvor hatte sie eine so hochrangig angesiedelte Gruppierung geleitet. Margot und Rigo Flach von der Abteilung Wirtschaftskriminalität waren höher im Dienstrang als sie. Nur Friedrich Taubert aus dem Drogendezernat war als Leitender Hauptkommissar nicht gleichrangig. Vor allem aber waren sie alle zusammen Profis auf ihrem Gebiet. Sie gab sich einen Ruck. Es war von Brockmann so entschieden. Sie musste sich nicht fürchten. Sie war auch nicht länger müde, sondern eher angespannt.

Alle waren pünktlich.

Renate eröffnete die Runde mit einer kurzen Darstellung der aktuellen Ermittlungsergebnisse aus ihrer Arbeit und bat dann die anderen, ihre eigenen Erkenntnisse hinzuzufügen.

Friedrich Taubert eröffnete den Reigen der Berichterstatter mit der Neuigkeit, dass Sabrina tatsächlich wieder in Frankfurt sei. Sie wurde observiert. Mit ihr das ganze Umfeld ihres Freundes. Es schien, als würde sie sich auf mögliche Auseinandersetzungen vorbereiten, denn aus dem Clan ihres Freundes waren weitere Personen angereist. Auch gab es hektische Aktivitäten in organisatorischer Hinsicht. Verschiedene Orte wurden angefahren, die bisher im Zusammenhang mit dieser Gruppe von Drogenhändlern unbekannt gewesen waren. Die Drogenfahndung hatte ihre personelle Ausstattung angesichts der sich abzeichnenden Veränderungen aufgestockt, war damit aber auch schon an ihren personellen Grenzen angelangt.

Rigo Flach brachte den nächsten Knalleffekt in die Runde ein. Die Amerikaner hatten Daten über Karst geliefert, die alles, was zunächst an Vermutungen im BKA aufgekommen war, sofort auf stabile Grundlagen stellten. Karst hatte die Finger ganz tief im Drogengeschäft. Nach wie vor in der Hauptsache nur im Transport. Aber von dieser Basis aus wagte er seit drei Jahren auch deutliche Weiterungen. Er hatte seither begonnen, ein eigenes Verteilernetz in Österreich aufzubauen. „Man kann halt mit Drogen unglaublich verdienen", war Rigo Flachs letzte Bemerkung.

Schließlich kam Margots Part an die Reihe. „Wenn ich Pech habe, verliere ich meine Quelle. Es schaut so aus, als kämen in Russland Veränderungen auf. Ich weiß noch nichts Genaues, denn meine Quelle hat nur ein Notsignal gesetzt. Das bedeutet Gefahr. Meine eigenen Leute haben keinen Kontakt herstellen können. Was wir wissen, ist denkbar wenig. Unsere Quelle war ja zunächst nur an den von uns gesuchten Tätern aus St. Moritz dran. Wir haben auch eine erste Einschätzung, wer da die Finger im Spiel hat. Aber genau wissen wir nichts. Nicht ohne einen ausführlichen Kontakt. Stattdessen haben wir nach diesen ersten Hinweisen nur ein für Krisen vereinbartes Signal erhalten." Sie schaute Friedrich Taubert an: „Fritz, du musst ganz genau in deine Kiste reinhören.

Den leisesten Ton, die kleinste Bewegung aus der Szene muss ich wissen. Jeder Hinweis könnte meiner Quelle das Überleben sichern."

„Versprochen", war die knappe Antwort.

Renate fasste abschließend die Ergebnisse zusammen. Sie vereinbarten ihre nächsten Schritte: „Das Drogendezernat bleibt an Sabrina und dem gesamten Umfeld dran. Die Wirtschaftskriminalität ermittelt schon mal weiter in Richtung Österreich. Denn da gibt es noch den Fall des einen Zeugen aus Sils Maria, der den Kollegen in St. Moritz aus den Fingern entglitten ist. Dieser Mann ist", sie musste kurz nachschauen, dann hatte sie den Namen gefunden, „Kurt Kaiser aus Wien. Was spielt der dort für eine Rolle im Drogenmilieu? Hat er Kontakt zu Karst? Darüber sollten wir schnell etwas erfahren. Schließlich", sie wandte sich an Margot, „wäre ich auch an Jasmin Karst interessiert. Können Sie dazu noch etwas sagen?"

„Würde ich gerne. Das ist der andere Punkt, über den ich nicht viel weiß. Ich habe da jemanden im Umfeld von Karsts Zentrale in Moskau zu sitzen. Aber von dieser Quelle kommt auch kein Signal. Ich bin insgesamt eher beunruhigt und mag auch nicht weiter ins Detail gehen, wie sie sicher verstehen werden. Wenn sich die Nebel lichten, bin ich sofort mit weiteren Informationen an Bord."

Renate hatte die nächste Sitzung auf den kommenden Tag zur gleichen Zeit am selben Ort anberaumt. Da würde man schon mehr wissen.

Nachdem sie sich getrennt hatten, blieb Renate alleine zurück und schrieb ein Ergebnisprotokoll, das sie später allen Teilnehmern per Email zuschickte. Und Brockmann.

Als sie das Datum schrieb, kam ihr in den Sinn, dass morgen schon Freitag war. Samstag vor einer Woche hatte alles begonnen. Wo war die Zeit geblieben?

16.

Brockmann hatte alle Informationen aus dem Fall Karst vor sich auf dem Schreibtisch ausgebreitet. Alles, was Renate ihm gemailt und einige Notizen, die er sich selbst angefertigt hatte. Der Stand der Informationen war überschaubar.

Er versuchte zu verstehen, was Karst wirklich dazu bewogen hatte, sich auf einen derart riskanten Pfad zu begeben. Die vorliegenden Informationen lieferten in gewisser Weise ein diffuses Bild. Was war der Schlüssel? Oder war ein Schlüssel zu wenig?

Ausgangspunkt musste die geschäftliche Beziehung zu Russland gewesen sein, aus der Karst eine Option eröffnet worden war, das schwächelnde Ergebnis seines Firmenkonglomerats aufzufrischen. Wenn auch mit Leistungen einer ganz anderen Kategorie als je zuvor.

Die Option anzunehmen hatte für ihn bedeutet, geschäftlich zu überleben. Aber auch, sich in Geflechte kriminellen Charakters zu begeben, die er vorher vermutlich gemieden hatte.

Als seine Entscheidung festgestanden hatte, war ihm der Zufall in Person von Sabrinas Vater Rudi Eberle zu Hilfe gekommen. Der Mann sollte die Logistik der Firma aus Russland heraus leiten.

Übermäßige Transparenz gegenüber Deutschland war bei den angespannten Beziehungen zu Russland nicht zu befürchten. Auch würde er Eberle opfern können, wenn man ihm wirklich jemals auf die Schliche kam.

Bis der Fall eintrat, konnte er vermutlich seine Geschäfte aus Russland heraus in aller Ruhe weiterführen. Er stand nicht in der ersten Reihe. Er war nur Transporteur.

Bis auf Österreich. Da hatte er sich also weiter vor gewagt. Ob er diesen Entschluss heute schon bereute? Gewiss, Österreich war kein riesiger Markt und in mancher Hinsicht auch für spezielle Unterstützung durch das politische Establishment zugänglich. Aber der Aufbau einer eigenen Vertriebsorganisation war dennoch eine andere Qualität, als nur zu transportieren. Durch wen hatte er das Verteilernetz aufgebaut und durch wen wurde es geführt?

Und wie lief es eigentlich auf dem deutschen Markt? Wer waren die Abnehmer? Wie gelangten sie an die Ware? Juri war bisher der Abnehmer im Rhein-Maingebiet.

Doch nun hatte sich Sabrina Eberle mit Juri und seiner Organisation buchstäblich verselbständigt. Auf dem deutschen Markt. Warum hier? Oder strebte sie bereits darüber hinaus?

Brockmann war gespannt, welchen Schritt Karst machen würde, um dieses unliebsame Problem zu lösen. In Deutschland würden wohl seine „Geschäftspartner" aus Russland für ihn agieren. In Österreich lag der Fall anders. Hier musste er selber tätig werden oder besser, die, die für ihn das Netz führten.

Sabrina hatte durch ihre Verwicklung in einen Mord einen Stein ins Rollen gebracht, der Aufmerksamkeit nach sich zog. Das bedeutete auch, Aufmerksamkeit der Polizei. Das konnte Karst nicht gewollt haben. Hatte er Sabrina deshalb ein Angebot unterbreiten lassen? Hatte er versucht, das Schlimmste im letzten Augenblick zu verhindern, um das Gesamtgeschäft zu retten?

Das Drogendezernat musste die Verteilerschiene ab der Anlieferung der Ware genau daraufhin beleuchten, wer hinter den Empfängernetzen stand. Das konnte ein Schlüssel sein.

Brockmann war sich plötzlich nicht länger sicher, ob Karst nicht sofort Vorkehrungen gegen Sabrinas Expansionsbestrebungen treffen musste. Es konnte so sein. Der unbekannte Österreicher Kaiser, der aus Sils Maria verschwunden war, konnte so ein Signal sein.

Also beschloss Brockmann, auch die österreichische Drogenszene näher beleuchten zu lassen.

Deutschland war für Karsts Einnahmen nicht so kritisch wie Österreich. Dort arbeitete er seit einiger Zeit selbst an einem Verteilernetz. In Deutschland lieferte er nur an.

Deswegen mussten die Aktivitäten aus Karsts Umfeld und um Sabrinas „geerbten" Clan genau observiert werden.

Vielleicht war Karst ja sogar im Zugzwang für eine neue Strategie.

Nachdem sich seine Bank von ihm gelöst hatte, musste er auch von dieser Seite mit mehr Öffentlichkeit rechnen. Auch das konnte ihm nicht recht sein. Er war ein Mann des unauffälligen Handelns.

Unauffälligkeit war endgültig nicht länger möglich, seit seine Frau in Sorge um ihre Tochter bei Brockmann angerufen und ihn damit alarmiert hatte. Das war ein Fehler gewesen, den Karst nicht ungeschehen machen konnte.

Würde es allerdings ab jetzt ganz ungünstig für Karst laufen, musste er sogar überlegen, das Russlandgeschäft umgehend separat abzustoßen, um alle Spuren von sich abzuwenden. Samt der Logistikschiene.

Vermutlich würde er in diesem Fall öffentlich behaupten, dass sich die getroffene Entscheidung für die Logistik als Zentrum der betrieblichen Leistungskette nicht bewährt habe, weswegen man sie in der bestehenden Form nicht fortgeführt, sondern veräußert hätte.

So weit, so einfach.

Aber warum hatte er Sabrina Eberle einen Kompromiss durch seine Tochter Jasmin anbieten lassen? Jedenfalls stand es so in Renates Email. Und wie genau sollte dieser Kompromiss aussehen?

War der Zeitpunkt für seinen Ausstieg bereits gekommen? Wollte er nur Zeit gewinnen, um sich ungestört aus den Geschäften zurückziehen zu können? War das Angebot an Sabrina bereits als Teil seiner Absetzbewegung gedacht?

Brockmann wusste keine seiner Fragen zu entscheiden. Dafür waren die vorliegenden Informationen nicht hinreichend. Seit dem Anruf von Frau Karst war nun schon fast eine Woche vergangen. Er wollte, er musste mehr wissen.

Für den nächsten Tag hatte er sich einen Gesprächspartner reserviert, der den Blick von außen mitbringen würde.

17.

Renate beendete den Tag damit, alle ungelesenen Emails zu bearbeiten. Die letzte Nachricht stammte von Ueli Rütter. Sie war eingegangen, als Renate schon geglaubt hatte, alles sei bearbeitet. Das Eingangssignal belehrte sie eines Besseren.

Rütter schrieb, dass sie Hingsen nach Tirano überstellt hatten, weil er nicht vollumfänglich ausgesagt, sondern nur Bruchstücke preisgegeben hatte, die Rütter in knapper Form zusammenfasste.

Dort, in Tirano, wäre er allerdings noch etwas mehr eingeknickt und hätte weitere Details offenbart: Der Mann aus Wien namens Kaiser war der Chef des Drogenrings, den Karst in Österreich betrieb. Kaiser war offensichtlich in den vergangenen Jahren immer wieder in Sils Maria gewesen, wenn Jasmin auch dort Urlaub machte, um Post auszutauschen, die für Karst bestimmt war und umgekehrt. Karsts Tochter Jasmin hatte also als persönlicher Bote im Drogengeschäft fungiert.

Unglaublich aber wahr.

Renate las auch den Rest der Nachricht mit Spannung: Jasmin war auf dem Weg nach Moskau. Möglicherweise um Sabrinas Vater darauf einzuschwören, seine Tochter davon abzubringen, ihren Weg der Konfrontation mit Karst fortzusetzen. Oder war es etwas ganz anderes, das sie alle noch nicht sehen konnten?

Wieso überließ Karst diese wichtigen und nicht ganz ungefährlichen Aufgaben seiner Tochter? Es sah fast schon so aus, als glaubte er, sich nicht mehr frei bewegen zu können.

Renate war müde. Sie wollte keine weiteren Gedanken an das Thema verschwenden. Sie wollte ins Bett. Deshalb schickte sie Rütters Email kommentarlos an Brockmann zur Kenntnis weiter und ging heim. Es war Donnerstag 23:00 Uhr.

18.

Am Freitag war Anatoli früh unterwegs. Er hatte wenig geschlafen. Ein weiteres Mal. Aber jetzt war keine Zeit für Schlaf. Jetzt war die Zeit für Geschäfte. Und fürs Überleben. Schlafen konnte er immer noch. So oder so.

Ihm war bei dem Gedanken an seinen Tod nicht wirklich bange. Er hielt ihn auch noch nicht für so realistisch, dass er sich mit ihm genauer befassen wollte. Nein, jetzt wollte er noch etwas absahnen, wollte zugleich aber seine Karten für den Notfall gut mischen, damit alles gerichtet war.

Anatoli fuhr von Orel aus über die M02 in die Ukraine ein und danach weiter nach Polen, an die weit entlegene Westgrenze. Es kostete ihn gute zwei Tage. Er hatte es Wronikow angedeutet. Er musste seine Route gen Westen persönlich vorbereiten. In jeder Hinsicht.

Nachdem er über Kiew hinaus weiter nach Westen gefahren war, machte er schließlich am Rand der Stadt Rivne in einem Motel Station. Der Tag war anstrengend gewesen und auch am nächsten Tag galt es, anstrengende Stunden zu bestehen. Er aß noch etwas zu Abend, machte danach einen kleinen Verdauungsspaziergang im Karree ums Hotel und ging zeitig zu Bett, fand aber wieder nur schwer Schlaf.

19.

Der Freitag brachte Bewegung in die Ermittlungen des BKA.

Margot hatte noch am Donnerstag in der Nacht einen Hinweis darauf bekommen, dass Anatoli am Samstag in Polen sein würde. Aber nur für etwa 30 Minuten. Alle Hebel waren in Gang gesetzt worden, dass der neue Treffpunkt auch eingehalten werden konnte. Der befand sich in einem Grenzort namens Medyka, südwestlich von Lemberg.

Es war ein organisatorischer Gewaltakt, Klaus Simon, der sich unverändert in Kiew aufhielt, um unverzüglich auf Signale von Anatoli reagieren zu können, noch in der Nacht von Donnerstag auf Freitag nach Polen und dort in Richtung dieses Grenzortes zu befördern. Aber wenn Anatoli am Samstag die Grenze nach Polen überschreiten würde, um die für ihn entscheidende Person beim polnischen Zoll aufzusuchen und ihn unter Ausschluss der Öffentlichkeit für die neue Herausforderung zu bestechen, würde Klaus Simon vor Ort sein und ihn kontaktieren.

Brockmann fuhr währenddessen am Freitagvormittag nach Ramstein in der Pfalz und erhielt Einlass in den streng gesicherten Komplex der amerikanischen Luftwaffenbasis.

Er hatte auf einen Fahrer verzichtet. Auch auf einen persönlichen Bodygard im Auto. In kurzer Distanz hinter seinem Wagen fuhr ein Fahrzeug des Personenschutzes, ohne den er sich seit Jahren nicht mehr ohne weiteres bewegen konnte. Als er seinen Audi am Wachhaus der Militärpolizei stoppen musste, um sich zu legitimieren, hielten die Personenschützer in einiger Entfernung am Straßenrand. Sie würden warten, bis Brockmann das Gelände wieder verlassen würde. Und das konnte eine Weile dauern.

Brockmann kannte sich ein wenig aus. Er war nicht zum ersten Mal hier. Der Sergeant, der ihn abgefertigt hatte, gab ihm dennoch eine Eskorte in Person eines einzelnen Militärpolizisten mit, der ihm in einem Jeep voranfuhr. Vor einem Gebäude im hinteren Teil der Flughafenbebauung hielt der Mann an, stieg aus und begleitete Brockmann in einen Annex ohne obere Etagen.

Brockmann wurde erwartet. Ein Mann von etwa fünfundvierzig Jahren kam ihm auf dem spiegelblank gebohnerten Flur entgegen. Graumelierte Schläfen, aber volles Haar, schlank und etwa von gleicher Größe wie Brockmann selbst. „Welcome in Little America, Manfred."

„Hi Rick, feels like it was yesterday since we met last time."

Sie schüttelten einander die Hand und Rick führte ihn in einen Raum, der zu einem Innenhof zwei Fenster hatte. Es gab nur einen Besprechungstisch mit vier Stühlen mitten im Raum. Eine einsame Kaffeekanne und zwei Tassen standen darauf. An der Seitenwand hinter der Tür stand noch ein weiterer, kleiner Tisch, den Brockmann erst entdeckte, als Rick die Tür hinter sich schloss.

Rick machte eine einladende Handbewegung, damit Brockmann sich setzen möge, überließ ihm aber die Wahl des Platzes. Brockmann registrierte alles sehr aufmerksam und wählte den Stuhl mit dem Rücken zum Fenster.

„Wie geht es Barbara? Macht ihr ihr Job im Innenministerium noch immer Spaß?" Rick war in ein perfektes Deutsch übergegangen, das für Fremde immer die Frage offen ließ, warum bei ihm überhaupt kein Anflug eines amerikanischen Akzentes zu vernehmen war.

Brockmann kannte die Lösung: Ricks Vater war Deutscher und er war in seiner Kindheit einige Jahre in Hamburg zur Schule gegangen. Seine Mutter hatte dort im amerikanischen Konsulat gearbeitet.

„Ja, sie hat immer noch eine Aufgabe, die sehr spannend ist und es macht ihr Spaß. Nur die viele Fliegerei ist gelegentlich schon etwas nervend." Brockmann hob damit auf die häufigen Reisen ab, die Barbara immer wieder ins Ausland führten. Aber das war Teil ihres Aufgabengebietes und sie beklagte sich nicht, denn es gab ihr auch einigen Gestaltungsspielraum.

„Und bei Ihnen? Was machen Ihre Frau Sina und die Kinder?"

„Alles ist zäh. Die Kinder machen in der Schule zwar keine Probleme, aber sie sind jetzt in einem Alter, dass es meiner Frau manchmal schwer fällt, sie zu bändigen. Deshalb vermisst sie mich schon und findet es manchmal ungerecht, dass ich mich nicht mehr an der Erziehung beteiligen kann."

Sie waren damit beim eigentlichen Thema angekommen, denn Rick war der Chef der amerikanischen Antidrogenbehörde DEA in Europa und in dieser Rolle auch viel unterwegs.

Brockmann wollte zur Sache kommen: „Haben Sie bei Ihren Aktivitäten von einem Deutschen namens Karst gehört?"

Rick grinste ihn an: „Daher kommt also Ihr Interesse an unserem Tätigkeitsfeld. Na, da kann ich Ihnen schon etwas helfen. Der Mann ist uns ganz übel aufgefallen. Er nutzt die Beziehungen zur russischen Regierung, die er vor Jahren geknüpft hat, um seine Geschäfte expandieren zu lassen. Aus seiner bisherigen Schiene als Industrieller scheint er immer weniger Gewinne zu generieren. Es scheint fast so, als wolle er an Stelle dessen den westeuropäischen Drogenmarkt ganz exklusiv übernehmen. Die Südamerikaner haben zunehmend Probleme, ihre alten Absatzzahlen zu halten. Er holt alles aus Asien. Seine russischen Zulieferer kaufen in Afghanistan und zum geringeren Teil im östlichen Iran. Die Ware wird von Asien nach Westeuropa transportiert, und zwar mit seiner Hilfe.

Zunächst war sein Part eigentlich nur der Transport. Seit zwei, drei Jahren ist er aber auch in die Distribution eingestiegen, und zwar in Österreich

So wie es aussieht, will er jetzt von Österreich aus auch in Teilen Norditaliens das Geschäft an sich ziehen. Er hat offenbar ein Modell mit den Russen verhandelt, das ihm diese Option eigener Vertriebe eröffnet. Aber wohl mit russischem Schutz und dafür sehr guter Gewinnbeteiligung für die Russen. Er versorgt große Dealer mit entsprechenden Netzen, hat aber keine eigene Streitmacht. Das übernehmen immer die Russen, soweit diese Netze nicht selber für ihren Schutz sorgen. So bleibt er bisher sauber. Nach außen. Aber die Ausdehnung nach Italien führt zu Auseinandersetzungen mit der italienischen Mafia. Damit ist zu rechnen.

Wir haben ihm jedenfalls mit einem dezenten Hinweis an eine Bank schon mal einige Steine in den Weg gelegt. Er hat seine alte

Bankverbindung aufgeben müssen. Wir wollen nicht, dass die Russen auf dem Sektor zu stark werden. Sowohl aus strategischen, dass heißt politischen, als auch aus taktischen Gründen. Denn die Drogenschiene der Südamerikaner können wir ganz gut beurteilen.

Diese neue Front aus Russland haben wir nicht so gut unterwandert.

Jedenfalls haben die Russen ihm sofort aus der Liquiditätsklemme geholfen und seine alte Bankverbindung durch ein eigenes, russisches Kreditinstitut ersetzt. Zudem kaufen die Russen nicht nur die „natürlichen" Drogen aus Asien an, sondern haben auch Zugang zu modernen synthetischen Drogen wie Crystal Meth und anderem modernen Zeug, das sie in anderen Ländern des ehemaligen Ostblocks in Laboren herstellen lassen." Rick hielt zunächst einmal inne und schaute Brockmann erwartungsvoll an.

„Haben Sie auch Anzeichen für eine konkurrierende Organisation in Russland?"

„Wie? Eine andere russische Bande, die in die bisherigen angestammten Gebiete von den alten Regierungsrussen und Südamerikanern eindringen will?" Ricks Interesse war endgültig geweckt.

Brockmann gab ihm die Details, die ihm bekannt waren. Dann fragte er nach Ricks Einschätzung, wie Karst und seine russischen Geschäftspartner darauf wohl reagieren würden.

Die Antwort war zögerlicher als Brockmann erwartet hatte: „Wissen Sie, wir gehen schon länger der Frage nach, ob die bisherigen Konstellationen in Russland dauerhaft sein werden. In dem Geschäft geht es ja um Unsummen an Geld. Da können immer auch andere Interessenten auftreten, die an die Geldtöpfe wollen. Aber nichts geht in Russland ohne die Politik. Schon gar nicht auf diesem sensiblen Gebiet. Wir beziehen deshalb die politischen Veränderungen immer mit in unsere Analysen ein. Aber wir haben bisher noch keine definitiven Hinweise auf solche Veränderungen erkennen können.

Was Sie mir da eben geschildert haben, könnte der Anfang solch einer Veränderung sein. In diesem Fall wird die alte Clique mit aller Macht versuchen, die Neuen auszuschalten.

Zuerst in ihren Absatzgebieten, um vorhandene und neue Netze zu ‚bekehren' oder zu ‚bereinigen'. Also auch im Beritt von Karst. Dann kommt in Russland die Führung der Neuen dran, wenn sie schon machtlos ist, weil ihre Einnahmen weggebrochen sind.

Es sei denn", Rick zögerte einen Augenblick, um seine Argumentation zu überdenken, „es sei denn, die neue Gruppierung hat sich intern schon durchgesetzt und kann ihrerseits auf staatlichen Beistand zählen. Ich würde so vorgehen", sann er weiter nach, denn die Informationen von Brockmann schienen in seinem Kopf eine Flut zusätzlicher Gedanken in Gang gesetzt zu haben.

Dadurch entstand in ihrem Gespräch eine kurze Pause. Dann fragte Rick nach: „Und Karst hat seine Tochter nach Moskau dirigiert?"

Als Brockmann nickte, schob er seinen Gedanken nach: „Ein gefährliches Pflaster das Ganze. Der Mann setzt seine Tochter enormen Risiken aus. Man könnte meinen, dass er sie nicht besonders liebt."

„Oder dass er sie für seine Nachfolgerin hält und sie immer stärker einbindet. Einen Sohn hat er ja nicht. Er selbst bleibt dadurch immer außen vor und behält offiziell eine weiße Weste. Er spielt noch immer den großen Industriellen."

Jetzt dauerte das Schweigen zwischen ihnen noch etwas länger.

Dann nahm Rick den Faden wieder auf: „Gehen wir doch so vor, Sie observieren in dem Fall mit allen Mitteln weiter und ich schaue mich mal nach Möglichkeiten um, ob wir die politische Einschätzung präzisieren können."

Brockmann war einverstanden und so wanderte ihr Gespräch auf andere Felder, die nichts mit dem Fall Karst zu tun hatten.

20.

Renate traf am Freitag leicht verspätet im Büro ein. Es war schon nach 09:00 Uhr, als sie endlich an ihrem Schreibtisch Platz nahm. Sie rief als Erstes Friedrich Taubert vom Drogendezernat an, der sofort am Apparat war.

„Herr Taubert, ich habe schlecht geträumt und bin dabei mitten in der Nacht auf die Idee gekommen, dass, wenn alles wie in meinem Traum läuft, Sabrina Eberle eine wichtige Zeugin ist, die in Kürze ermordet wird. Träume sind natürlich kalter Kaffee in unserem Handwerk, aber der Kern meines Traums bleibt zu bedenken: Was, wenn uns diese Frau verloren geht? Der Familienverband der Karsts wird zusammenhalten. Wenn Sabrina umgebracht werden sollte, erfahren wir niemals mehr über die Innenbeziehungen.

Sie ist die Exponentin der Konkurrenz. Ihr Freund jedenfalls hat in den Jahren davor niemals nur ansatzweise eine derartige Initiative zustande gebracht wie Sabrina jetzt. Wenn es also jemanden trifft, dann ist sie das. Das sollten wir im Blick behalten. Und wir sollten vorbereitet sein, dass wir blitzartig eingreifen können, wenn es brenzlig für sie wird. Ich hab da so ein ungutes Gefühl."

Taubert schien das für Spinnerei zu halten, sprach es aber so nicht aus: „Das wird nicht einfach, wenn wir einerseits verdeckt ermitteln und andererseits eine ganze Streitmacht in der Nähe vorhalten sollen, um bei Bandenauseinandersetzungen einzugreifen. Und sie so einfach abzugreifen, um sie zu schützen, würde alle unsere Ermittlungen torpedieren und wohl auch rechtlich nicht durchzuhalten sein."

Renate wusste, dass er recht hatte, und ärgerte sich schon fast über ihren Vorstoß. Andererseits war sie von der Richtigkeit ihres Grundgedankens überzeugt. „Sie haben in der Vorgehensfrage recht. Nur bleibt auch meine Analyse richtig. Wir müssen jedenfalls mit Reaktionen gegen ihre Sphäre rechnen. Und nach meiner Einschätzung wird es bis dahin nicht mehr lange dauern. Ich werde Herrn Brockmann heute darauf ansprechen. Bleiben wir also so aufgestellt wie besprochen. Alles andere können wir in unserem Meeting heute Nachmittag bereden."

Nach dem Gespräch mit Taubert rief sie bei Ueli Rütter an, um mit ihm die Konsequenzen aus seiner Email vom Vortag zu besprechen.

Rütter war nicht zu erreichen. So verbrachte sie die nächsten Stunden damit, alle Aufzeichnungen des Falles ein weiteres Mal durchzugehen, weil sie alle Details im Auge behalten wollte. Dann begann sie eine To-do-Liste zu fertigen.

Nach dem Mittagessen rief Rütter an, der gesehen hatte, dass sie ihn zu erreichen versucht hatte: „Wie läuft es so bei Ihnen? Bei mir ist eine gewisse Pause eingetreten, nachdem Hingsen sich weitgehend von seinem Arbeitgeber distanziert hat. Die Frage, die sich uns in Zukunft stellen wird, ist, ob das BKA an Hingsen Interesse hat, oder ob Sie ihn uns ganz überlassen wollen. Wir werden ihn sicher für das gerichtliche Ermittlungsverfahren wollen, das wegen des Mordes an Simona Lorenzo stattfinden wird. Aber danach zumindest denke ich mir, werden Sie ihn haben wollen. Er könnte ein exzellenter Belastungszeuge gegen Karst sein."

„Ja, das sollten wir zunächst so stehen lassen. Ich werde es mit meinem Chef besprechen. Er wird die Vorgaben in dieser Sache machen. Hat Hingsen im Übrigen noch etwas Essentielles gesagt, das nicht in Ihrem Bericht vermerkt war?"

„Na vielleicht noch etwas, das erst ganz am Schluss gesagt wurde und von mir zunächst nicht im Zusammenhang mit unserem Fall Bedeutung hatte. Die Handlanger um den Österreicher Kaiser versuchen in Italien Fuß zu fassen. Kaiser ist der Geschäftspartner von Karst in Österreich. Wir haben ihn nicht richtig eingeschätzt. Wussten von ihm auch zunächst nichts Genaues. Dann, auf eine Anfrage unsererseits, kam mit einiger Verzögerung eine recht präzise Information über Kaisers Rolle im Drogengeschäft Österreichs. Von Italien haben uns die Kollegen noch nichts berichtet. Absicht oder Unwissen? Was sind Ihre Erfahrungen mit unseren österreichischen Nachbarn?"

„Bisher war in meinen Fällen alles ziemlich korrekt verlaufen. Aber ich habe auch nicht übermäßig viel mit Österreich zu tun gehabt, kann auf Ihre Frage deshalb keine belastbare Auskunft geben."

„Na ja, war ja auch nur mal so eine Nachfrage, weil ich den Eindruck hatte, dass alles sehr zögerlich bearbeitet wurde. Karst ist jedenfalls mit Kaisers Hilfe auf dem Weg in den italienischen Markt.

Unser italienischer Kollege Adriano wurde bei dieser Aussage ganz unruhig. Der hat schon mit der Mafia genug zu tun. Diesen neuen Kriegsschauplatz hat er sicher nicht gewollt. Wobei für mich noch nicht klar ist, ob das Auftreten von Sabrina Eberle auf dem Markt in Deutschland, und vielleicht darüber hinaus, diese Planungen Karsts und damit Kaisers verändert."

Renate dachte nach und sagte dann, dass sie das nicht glaube. „Die werden sich ihre Märkte sichern, bevor Sabrina Eberle sich ausdehnen kann. Sie wird zunächst in Deutschland ihr Ding versuchen. Dann wird sie später expandieren. Das eigentliche Problem für Kaiser und Karst wird die Mafia sein."

Als Renate auf die Uhr schaute, war es schon nach 15:00 Uhr und die Besprechung mit ihren Kollegen rückte näher. Sie verabredeten, bei Bedarf wieder miteinander in Kontakt zu treten.

21.

Brockmann war gegen 15:00 Uhr am Freitag wieder in Wiesbaden. Er hatte einen ganzen Schwung Post auf dem Tisch und die Zahl seiner Emails war im Verhältnis dazu auch nicht geringer.

Ganz oben auf den postalischen Eingängen war ein Schreiben von Sigbert Fröhlich, dem neuen Bundesbankpräsidenten, anlässlich dessen Amtseinführung er Ronald Peters, den Vorstandsvorsitzenden der Europäischen Handels- und Industriebank, angesprochen und später dann in Wiesbaden verhört hatte. Dessen Einlassungen im Zuge der Vernehmung waren der eigentliche Einstieg in die Ermittlung von harten, wirtschaftlichen Fakten gegen Sebastian Karst und seine neue Geschäftswelt gewesen.

Jetzt las Brockmann mit Erstaunen, was Sigbert Fröhlich ihm schrieb: „Sehr geehrter Herr Brockmann, haben Sie herzlichen Dank für Ihre Teilnahme an den Feierlichkeiten anlässlich meiner Amtseinführung im Haus der Deutschen Bundesbank." Es folgten einige Freundlichkeiten und das Dankschreiben endete mit der Formulierung: „Da wir im Hinblick auf die große Zahl der Anwesenden keine Gelegenheit zu einem persönlichen Gedankenaustausch hatten, würde ich es sehr begrüßen, wenn wir uns demnächst zu einem Gespräch treffen könnten, um die persönliche Begegnung nachzuholen und dabei auch aktuelle Aspekte aus Ihrem und meinem Aufgabenbereich anzusprechen. Ich habe mein Sekretariat beauftragt, sich mit Ihrem Sekretariat in Verbindung zu setzen, um einen geeigneten Termin zu vereinbaren." Es folgten einige ausgesuchte Höflichkeitsfloskeln zum Abschluss.

Brockmann hielt das Schreiben mit der linken Hand fest vor sich und las es ein weiteres Mal und dann noch ein weiteres Mal. Dann murmelte er: „Der Kerl ist wirklich nicht zu unterschätzen. Der weiß ganz genau, was er tut. Nur tut er es noch im eigenen Interesse oder bereits in Karsts Auftrag? Das ist hier die Frage." Er rief Frau Michel, seine langjährige Sekretärin, zu sich, besprach mit ihr die infrage kommenden Termine, stimmte einem Besuch von Sigbert Fröhlich im BKA zu, wenn dessen Vorschlag so lauten würde und bat Frau Michel, auf dieses Detail genau zu achten, denn für ihn würde die Wahl des Ortes schon ein erster Hinweis auf Fröhlichs Absichten zu sein.

Dann wandte er sich der anderen Post zu und schließlich den Emails, die er noch nicht gelesen hatte.

22.

Renates Besprechung am Freitagnachmittag verlief routinemäßig. Margot berichtete nur knapp über die Schwierigkeiten, mit ihrer Quelle in Kontakt zu kommen, und vertröstete diesbezüglich auf kommende Sitzungen.

Rigo Flach gab einige neue Informationen zu Karsts wirtschaftlichen Verhältnissen, konnte dabei aber nicht wirklich Weltbewegendes berichten, was den Verdacht gegen Karst in Qualität oder Stoßrichtung verändert hätte.

Friedrich Taubert gab seinerseits einen knappen Bericht über die Observation von Juri, Sabrina und den gesamten Clan. Es schien so, als ob sich alles in ruhigen Bahnen bewegen würde. Die Drogenfahnder hatten lediglich eine neue Kontaktperson auf einem von Juri angemieteten Areal ausgemacht, die sie zwar nicht kannten, aber hinreichend per Foto und Video dokumentiert hatten. Der Abgleich mit der einschlägigen Datenbank lief. Ein Ergebnis lag bisher nicht vor. Es schien ein Lieferant von Drogen zu sein. Möglicherweise war es ein Albaner.

Dann diskutierten sie Renates Gedanken eines besonderen Schutzes von Sabrinas Leben. Friedrich Taubert blieb bei seiner Position, den zusätzlichen Aufwand einer lebenssichernden Aktion zugunsten Sabrinas nicht leisten zu können, ohne die gesamte Überwachung bloßzustellen. Renate wiederholte gegenüber der gesamten Gruppe ihre Einschätzung aus dem vorangegangenen Telefonat mit Taubert, dass sie dessen Position teile, andererseits Sabrina für ein geeignetes Ziel einer Eindämmungsaktion sowohl der russischen Geschäftspartner von Sebastian Karst als auch einer Vergeltung der italienischen Mafia halte. Die Konsequenz wäre in diesem Fall möglicherweise, dass man nie mehr so richtig hinter alle Geheimnisse der Beziehung zu Karst komme.

Jetzt schaltete sich Margot in die Diskussion ein: „Fest zu stehen scheint mir nach allem was wir derzeit wissen, dass diese junge Frau sich mit allen angelegt hat, die ihr Hindernisse in den Weg legen wollen bei der Verwirklichung ihrer Ziele. Kann sie in dieser Lage davon ausgehen, dass sie ohne Schutz unversehrt bleibt? Wohl nicht. Deshalb plädiere ich dafür, die Observation nicht zu gefährden. Aus ihr werden wir wahrscheinlich genug gutes Material in die Hände bekommen, um auch dann, wenn wir alle festgenommen haben, eine gute Grundlage für die Vorbereitung der Anklage zu haben. Wir sollten die Ermittlungen nicht stören, indem wir versuchen, Sabrinas Leben unsererseits zu schützen."

In dem Augenblick, als sie ihren Satz beendet hatte, trat Brockmann in dem Raum. „Ich will Ihre Sitzung nur kurz um einige Fakten bereichern, die ich heute Morgen zusammengetragen habe. Aber bitte, vielleicht bringen Sie mich zunächst einmal auf den aktuellen Stand Ihres gesicherten Wissens, Frau Augustin."

Renate begrüßte Brockmann förmlich und gab dann einen knappen Überblick über die Erkenntnisse des Teams. Sie verschwieg auch die Diskussion um die Frage eines eventuellen Schutzes für Sabrina nicht.

Brockmann entschied ganz direkt: „Wir machen da nichts." Er sah dabei Renate in die Augen, die ihm bestätigend zunickte. Dann wandte sich Brockmann seinem eigentlichen Anliegen zu: „Ich wollte Sie darüber informieren, dass auch die DEA die Aktivitäten Karsts im Blick hat. Das, was uns in den letzten Tagen immer deutlicher geworden ist, nämlich dass Karst seit einiger Zeit auf den Drogentransport setzt, um seine Einnahmeverluste aus dem Industriegeschäft zu kompensieren, hat sich also aus anderer Quelle bestätigt. Zudem steht er bei den Amis in Verdacht, dass er die eigenen Absatzaktivitäten in Österreich auch auf Italien ausdehnen will.

Von Sabrina hat die DEA erst heute durch mich erfahren. Da gab es noch keine Vorkenntnisse. Zu der Frage, ob es womöglich zu Veränderungen in Russland kommt, die das ganze Drogenthema durch einen Machtkampf rivalisierender Gruppen aufmischen, erhoffe ich mir gewisse Informationen von Ihrer Quelle, Frau Keller. Wie steht es damit?“

Margot blieb knapp: „Ich habe aktuell keine Informationen. Nur das Muster zeigt mir, dass sich etwas in Russland bewegt, was offenbar auch meine Quelle berührt. Morgen sollten wir mehr wissen.“

IV. Kapitel

1.

Sabrina war mit sich zufrieden. Sie lag im Bett und überdachte ihren Tagesablauf an diesem Samstag. Ihre tschetschenisch-russische Beschaffungsschiene lieferte zuverlässig. Etwas mehr in der Menge wäre ihr schon jetzt recht gewesen, aber die Zusage, die sie erhalten hatte, auf Lieferung größerer Mengen Heroin und Haschisch in der kommenden Woche, stimmte sie positiv. Sie wusste, dass sie als faktische Chefin des Verteilernetzes von den Tschetschenen akzeptiert war, auch wenn Juri formal den Hut auf hatte.

Karst hingegen würde Schwierigkeiten bekommen in der nächsten Zeit. Das wusste sie auch. Aber er war nicht mehr ihr Problem. Sie hatte versucht, mit ihm auf direktem Weg zu einem Agreement zu kommen, aber er hatte es vermasselt, wollte den alten Boss markieren und sie als kleines Dummerchen abtun. Wollte, dass sie sich aus dem Geschäft heraushielt. Wollte, dass sie die alten Verbindungen zu den Russen und damit Karst selbst als Chef akzeptierte. Sonst würde sie zwischen den Russen und ihm einerseits und der italienischen Mafia andererseits zermahlen werden.

Sie hatte die Rollenverteilung nicht akzeptiert und sie hatte dafür gesorgt, dass die Italiener, die ihr Netz in Deutschland anfochten, eine klare Botschaft erhalten hatten.

Nahezu unter Jasmins Augen.

Sie hatte damit auch Karst eine Lehrstunde erteilt, die er vielleicht noch gar nicht ganz begriffen hatte. Er würde die Verstimmung der Italiener noch zu spüren bekommen.

Jasmin jedenfalls war von den Geschehnissen in St. Moritz so erschrocken, dass sie sofort die Flucht angetreten hatte. Der seltsame Österreicher, der sich im Hotel in Sils Maria aufgehalten hatte und der Jasmin kannte, hatte ihr von der Leiche der Italienerin erzählt, weil er sie beim Spaziergang gefunden hatte. Nach einer kurzen, aber heftigen Auseinandersetzung war Jasmin geflüchtet.

Zwei Fliegen mit einer Klappe. Sabrina musste lächeln. Das hatten sie ihr alle nicht zugetraut.

Sie lebte in dem alten, äußerlich etwas heruntergekommenen Gebäudekomplex im nördlichen Frankfurter Bahnhofsviertel, in dem ihr Freund und seine russisch-tschetschenische Familie schon seit Jahren ihr Lager aufgeschlagen hatten. Dort hatte sie ihn näher kennengelernt, nachdem er sie auf einer Party bei Jasmin angesprochen hatte.

Er war der Mann für den Nachschub auf der Straße, hatte aus Moskau die Verbindungen mitgebracht und das Netz aufgebaut, es seither aber nur mit Mühe erweitert. Er verdiente gut, hatte aber kein strategisches Verständnis, so dass ihm Geschäfte durch die Lappen gingen, die er besser gemacht hätte.

Dazu zählten beispielsweise die neuen synthetischen Drogen, für die er zunächst keine Lieferanten hatte, während die italienisch dominierte Marktseite sofort dabei war.

Sabrina nahm alles begierig auf, begriff schnell, sah das Potential für ihren Aufstieg, nahm aber selbst keine Drogen.

Bald darauf war sie für Juri, der in der Szene „Brody“ genannt wurde, unverzichtbar.

Da sie es verstand, ihn nicht nur mit ihrem Körper, sondern auch mit guten Ideen an sich zu binden, wohnte sie bald darauf bei ihm.

Sie war klug vorgegangen und geschickt im Taktieren. Denn Juri erhielt durch sie eine Ausgeglichenheit, die ihm ansonsten zu fehlen schien. Das bemerkte auch seine Familie.

Sabrina begann Russisch zu lernen. Das beeindruckte Juris Familie noch mehr.

Juri war achtundzwanzig, sie war damals gerade siebzehn, als sie sich auf ihn festlegte. Aber sie hatte alle Attribute einer Führungspersönlichkeit. Sie überließ Juri die Erfolge, die sie einfädelte. Zunächst, indem sie die fehlende Marktpräsenz bei den Amphetaminen thematisierte und Juris Clan auf die Suche nach geeigneten Lieferanten steuerte, was mit den sich in Russland anbahnenden Veränderungen für Karsts Geschäftspartner zeitlich zusammenfiel.

Auch bei den synthetischen Drogen hatte Sabrina den richtigen Vorschlag gemacht und einen Weg aufgezeigt, der gangbar war. Es war chronologisch betrachtet sogar der erste Schritt, den sie alleine angestoßen hatte. Juris Clan hatte dann die Verbindung zu den Albanern hergestellt. Bei den Verhandlungen war sie anwesend.

Auch da hatte sie Glück, denn der Chef der Albaner war ebenfalls eine Frau, die sehr gut die Rollenverteilung zwischen Juri und Sabrina begriff, was Sabrina die Akzeptanz erleichterte.

Die Amphetamine wurden seither aus Albanien geliefert. Juris Markt begann zu wachsen. Später sollten die Tschetschenen auch diese Schiene bedienen, wenn sie ihre Lieferfähigkeit unter Beweis gestellt hatten. Und preislich wettbewerbsfähig waren.

Die alten Seilschaften in Russland hatten durch ihre Aufspaltung in zwei konkurrierende Stränge mehr mit sich zu tun, als dass die Veränderungen in Juris Vorstellungen sie beunruhigt hätten. Das war Juris und Sabrinas Glück.

Dann war alles sehr schnell gegangen. Vor etwas mehr als einem halben Jahr hatten die Tschetschenen sich erfolgreich verselbständigt und ihr und Juri das Angebot zum Wechsel der Lieferantenbeziehungen und zur Erweiterung des Marktanteils gemacht. Damit waren Karst und seine alten Partner aus dem Geschäft.

Sabrina hatte mitdiskutiert, als der Clan die Chancen und Risiken abgewogen hatte. Der Schritt würde Konflikte mit den auf dem Markt existierenden Rivalen nach sich ziehen. Vornehmlich mit den Italienern. Aber natürlich würden auch die Russen die erzwungene Verabschiedung von Juris Markt und seine Expansion nicht unbeantwortet lassen. Jedenfalls musste Juri mit Reaktionen rechnen.

Am Ende aber wogen ihre Argumente schwerer als die Bedenken einiger Familienmitglieder. Juris Clan wollte das ganz große Geld.

Sabrina nahm seit dieser Zeit an allen Besprechungen des Clans teil und hatte fast unmerklich begonnen, die Oberhand in der Ausrichtung des Geschäftes zu gewinnen.

Die Idee der Erweiterung des Geschäftsmodells auf ganz Deutschland und danach auf das übrige Europa hatte damals bei den tschetschenischen Gesprächspartnern großes Interesse hervorgerufen und letztlich den Ausschlag für deren Entscheidung, auf Sabrina und Juri zu setzen, gegeben.

Karst hingegen hatte an seiner alten Konstellation festgehalten. Er glaubte nicht an die Tschetschenen. Er hielt zu den alten Geschäftspartnern. Darum bekam Juri keine Ware mehr von den Russen.

Aber das war Karsts Problem, denn der Zug war längst abgefahren. Nur für ihn in die falsche Richtung. Juris Netz hatte über die Tschetschenen schon andere Zulieferstränge eröffnet. Nur halt noch nicht stabil und umfangreich genug. Aber das sollte sich in Kürze ändern. Juris Netz jedenfalls konnte den Markt bedienen mit allem, was am Markt nachgefragt wurde. Sabrina sah die Zukunft für sich und Juri in vorteilhaftestem Licht.

Ihr beruflicher Aufstieg wurde durch einen Experten von bestem Leumund gecoacht. Jemandem, der die russischen Machtverhältnisse und das gesamte Geschäft bestens kannte, aber öffentlich nicht auftrat: ihrem Vater.

Jetzt drehte sie sich im Bett herum und fand, dass sie den richtigen Weg eingeschlagen hatte. Dieser Samstag versprach ein schöner Tag zu werden.

2.

Gegen 08:00 Uhr am Samstag hatte Anatoli bereits gefrühstückt und sich weiter in Richtung auf die polnische Grenze in Marsch gesetzt. Aber anders als vielleicht zu erwarten gewesen wäre, fuhr Anatoli, nachdem er Lemberg durchquert hatte, nicht direkt nach Westen weiter über die E40, sondern wählte eine etwas südlicher liegende Route, um auf der M11 bei dem polnischen Ort Medyka die Grenze zu überqueren.

Seine geplanten Vorbereitungen in Medyka dauerten nur einen kurzen Aufenthalt von dreißig Minuten im Haus des polnischen Zolls. Dann, kurz vor der Rückfahrt, machte er noch eine zweite Frühstückspause von zwanzig Minuten in einem Imbiss namens „Transit“ und ging dort noch auf die Toilette, denn seine Fahrt nach Orel würde lange dauern.

Wenig später reiste er wieder in die Ukraine ein. Seine Rückfahrt nach Orel begann. Alles was jetzt kommen würde, musste die Qualität seiner Maßnahmen unter Beweis stellen. Ab jetzt war sein Leben wirklich in Gefahr. Denn Wronikows Geschäfte rückten näher.

3.

Klaus Simon war leicht gestresst durch seinen Job. Aber er war erfolgreich. Er hatte alles genau beobachtet. Anatolis Grenzübertritt aus der Ukraine nach Polen. Und dessen Besuch beim zweiten Mann des örtlichen Zolls.

Simon hatte sich so postiert, dass Anatoli ihn wahrnehmen musste. Dann war er in den Imbiss „Transit“ gegangen, hatte sich eine Bratwurst und ein Bier bestellt und sich dann an einen ungeputzten Tisch an der Seitenwand der alten Kaschemme gesetzt, den Parkplatz und den Eingang im Blick.

Anatoli betrat den Raum bald nach ihm, sah ihn nicht an und bestellte sich eine Gulaschsuppe und ein Mineralwasser. Er bugsierte beides schließlich an einen der Stehtische, löffelte seine Suppe, trank sein Wasser und machte sich irgendwann auf den Weg zur Toilette. Simon war ihm in kurzem Abstand dorthin gefolgt.

„Bereiten Sie alles für meinen Sprung ins Paradies vor. Hier wird ein großes Rad gedreht. Transporte mit meiner Hilfe ab Mitte kommender Woche. Drogen! Nach ganz Mitteleuropa. Meine Spedition muss irgendeinen anderen Transporteur ersetzen. Ihre gesuchten zwei Figuren waren übrigens Tschetschenen. Die haben bei Moskau einen einflussreichen Mann aufgesucht." Er zeigte ihm den BMW, mit dem die beiden Flüchtigen an der Schranke von Wronikows Siedlung hielten, auf seinem Smartphone. „Meinen früheren Chef, General Wronikow. Ich habe auch ihre Namen. Aber das muss warten, sonst werde ich zu leicht enttarnt." Er steckte das Smartphone wieder weg. „Wronikow könnte der Chef dieser Männer sein. Aber wie er genau eingebunden ist, werde ich erst mit der Zeit erfahren. Oder nie. Ich muss jetzt weg. Nur, seien Sie jeden Tag auf die Nachricht gefasst, dass ich verschwinden muss. "

„Wir sind es! Seit Sie nicht zu den zwei Treffen an der russisch-ukrainischen Grenze erschienen sind, sind wir auf dem Sprung. Brauchen Sie Pässe, Geld oder sonst etwas?"

„Geld immer", sagte er grinsend im Gehen. „Aber am meisten bin ich für den Notfall an Flucht in bester deutscher Qualität interessiert. Es geht um meinen Kopf!" Dann war er aus der Toilette verschwunden.

Klaus Simon ließ sich etwas Zeit. Aber nicht zu viel, denn er wollte sehen, ob irgendjemand Anatoli folgte.

Als er wieder an seinem Tisch saß, beobachtete er, wie sich ein schwarzer Audi zwei Wagen hinter Anatoli in die Schlange für abzufertigende PKW Richtung Ukraine einreihte. Er merkte sich die polnische Nummer und den Fahrzeugtyp genau, registrierte auch, dass nur eine Person in dem Wagen saß und wartete noch eine Viertelstunde bei einem zusätzlichen Kaffee. Dann machte er sich mit dem Auto auf den Weg nach Prag, was ihn den ganzen Samstag kosten würde.

4.

Ueli Rütter hatte die Akte über den Mord an Simona Lorenzo eigentlich schon abgeschlossen. Die Mörder würden nie belangbar sein. Sie waren in den Weiten Russlands verschwunden. Die Fotos, die von ihnen existierten, waren zu unscharf, als dass es zu einer erfolgversprechenden Fahndung und anschließender Auslieferung reichen würde. Namen, Wohnort, Alter, Beruf waren nicht bekannt.

Die einzige Chance bestand darin, dass die Deutschen mit ihrer Suche etwas herausbekämen, was zu mehr Details über die Täter führte. Dann wäre die Schweiz in einer besseren Ausgangsposition als heute. Man könnte ein Auslieferungsersuchen an Russland stellen, vorausgesetzt, es handelte sich bei den Männern um russische Staatsangehörige. Die von ihm angestoßene Fahndung über Interpol würde erfahrungsgemäß wenig bringen.

Als er seine Protokolle noch einmal auf faktische Konsistenz überprüfte, blieb er an der Stelle stecken, die die Vernehmung von Kurt Kaisers schilderte.

Den Mann hatte er immer noch nicht genug gewürdigt. Welche Rolle spielte er in Wirklichkeit? Dass man ihn als Drogenbaron aus Wien identifiziert hatte, war eigentlich das einzig Greifbare zur Person. Warum war er gleichzeitig mit Jasmin Karst am selben Ort gewesen? Immer wieder. Eben auch in der Vergangenheit. Die Hypothese war, dass er über sie Botschaften ausgetauscht hatte. Nichts über offizielle Datenkanäle! Das war schlau. Aber andererseits war damit auch zu vermuten, dass Jasmin wichtige Aufgaben für ihren Vater übernahm. Das setzte auch Urteilsvermögen voraus. Vielleicht durfte sie schon in einem vom Vater definierten Rahmen Entscheidungen fällen. Denn nur um als Botin hin und her zu fahren, war das Verfahren zu aufwendig.

Was also wollte Kaiser mit ihr besprechen, dass er noch weitere Tage am Ort blieb und damit in das Fahndungsraster der Mordermittlungen der Kantonspolizei geriet? Er musste auf etwas gewartet haben. Was war das? Was blieb offen, so dass er nicht gleich nach dem Mord abfuhr?

Rütter stand auf und lief im Raum auf und ab. Nach einer Weile rief er bei seinem Kollegen Adriano in Tirano an. Hingsen saß dort immer noch zu Vernehmungszwecken fest. Er meldete seinen umgehenden Besuch an und fuhr los. Alleine.

5.

Klaus Simon kam Samstagabend in Prag an. Es war noch hell, aber er war hundemüde. Für Schlaf war jetzt aber keine Zeit. Er kannte ein geeignetes Hotel in der Vorstadt Prags. Er hatte nichts vorgebucht, sondern versuchte es auf gut Glück. Und er hatte Glück. Er bekam das zweitletzte Zimmer. Allerdings zur Straßenseite hin. Da konnte es nachts laut werden. Aber er war hier schon gelegentlich abgestiegen und fand die Lösung für die aktuelle Situation angemessen. Wenn ihm Observationsteams auf die Spur kommen wollten, dann würden sie sich an die Kontaktperson aus der Botschaft hängen. Das konnte er gut vom Fenster aus beobachten.

Er hatte Hunger. Es gab neben dem Hotel eine alte Gastwirtschaft. Die steuerte er als Erstes an.

Zunächst jedoch sendete er von seinem Smartphone ein Signal an einen Mitarbeiter der Botschaft. Der würde jetzt wissen, dass Klaus Simon in der Stadt war. Dann, etwa fünf Minuten später, gab er noch ein solches Signal ab. Nur etwas kürzer. Jetzt wusste sein Kontakt auch, wo er ihn finden konnte. Es würde etwa eine Stunde dauern, bis die Person in seinem Umfeld auftauchen würde. Zu der Zeit würde er bereits wieder auf seinem Zimmer sein und die Straße beobachten. Klaus Simon bestellte sich ein Pilsner, ein Schnitzel mit Bratkartoffeln und begann die Anwesenden unauffällig zu mustern.

6.

Rütter saß wieder in der Polizeistation in Tirano und wartete darauf, dass Hingsen vorgeführt wurde. Adriano hatte ihn neugierig gefragt, was denn für ihn noch unklar geblieben sei. „Ich glaube, ich habe da etwas übersehen. Mir ist dieser Mann, Kaiser, den wir in Sils Maria als Zeugen befragt hatten, nicht aus dem Kopf gegangen. Dessen Anwesenheit verstehe ich immer weniger. Wenn Kaiser wusste, dass Simona Lorenzo tot war, warum blieb er weiter am Ort? Warum riskierte er, dass er uns auffiel? Ja, mehr noch. Warum hat er sich uns als Zeuge zur Verfügung gestellt? Wir hatten ihn doch gar nicht im Visier? Was wollte er uns damit sagen? Oder hat er auf etwas gewartet und ist deswegen nicht sofort abgereist? Ich verstehe die Zusammenhänge nicht."

Adriano wusste darauf natürlich auch keine Antwort, denn seine Interessenlage in dem Fall war zunächst eine andere. Schließlich fragte er noch, wann Rütter den Mann wieder zurück haben wollte.

„Wenn er mir vernünftige Antworten gibt, nehme ich ihn nachher gleich mit. Wenn nicht, würde ich ihn auch gerne noch ein paar Tage hier lassen." Während Rütter das sagte, legte er ein kleines Tonbandgerät auf den Tisch.

Hingsen wurde zum Verhör hereingebracht, während Adriano den Raum verließ. Als er Rütter sah, wandelte sich seine ganze Körpersprache sofort in Ablehnung. „Sie schon wieder? Was wollen Sie noch? Sie haben mich doch schon hinlänglich reingelegt."

Rütter blieb kalt und distanziert. „Alles hängt von Ihnen ab. Wenn Sie meine Fragen in befriedigender Weise beantworten, nehme ich Sie direkt mit nach St. Moritz. Wenn nicht, bleiben Sie hier!"

„So einfach geht das bei Ihnen? Und das soll ich Ihnen glauben?" Seine Ablehnung schien dennoch einer gewissen Hoffnung und Neugier zu weichen. Wahrscheinlich hatte seine Fantasie ihm in den unwirtlichen Zuständen des Polizeigewahrsams von Tirano Bilder von einer ungewissen, vor allem aber unkomfortablen Zukunft erzeugt.

„Wir haben noch nicht wirklich über die Rolle Kurt Kaisers gesprochen." Rütter fixierte Hingsen genau. Jede Regung in dessen Gesicht, dessen Augen, wollte er bei der Nennung des Namens Kaiser mitbekommen.

„Was geht mich der Spezi an? Was ist mit dem?"

„Was wollte der Spezi in Sils Maria?"

„Weiß ich nicht genau. Wohl irgendwelche Informationen austauschen mit der Jasmin."

„Das kann doch nicht alles gewesen sein. Er ist doch noch da geblieben, als die Leiche der Italienerin schon gefunden war. Warum ist er nicht abgereist, sondern hat uns als Zeuge gedient?"

„Hat er das? Haben Sie mir noch gar nicht erzählt."

Rütter schimpfte sich innerlich einen Esel. Der Mann hatte recht. Davon war in den Vernehmungen noch nicht die Rede gewesen, weil er das Thema Kurt Kaiser gar nicht hinterfragt hatte.

„Es war aber so. Und jetzt interessiert mich, warum er sich so verhalten hat. Sonst suchen die Menschen aus dem Drogengeschäft ja nicht unbedingt die Nähe der Polizei. Was also kann der Grund gewesen sein, dass er sich so verhalten hat?"

„Na, überlegen Sie mal. Vielleicht wollte er Ihnen eine Botschaft übermitteln."

Hingsens schnoddrige Art ging Rütter auf den Wecker. Wenn er nichts zu sagen hatte, konnte er auch gut noch ein wenig in Tirano bleiben. Er versuchte gelassen zu bleiben.

„Warum so wenig Engagement? Warum steuern Sie nicht die Lösung bei? Wollen Sie nicht zurück in die Schweiz?"

„Na, ich traue Ihnen einfach nicht."

„Das ist für unsere Beziehung aber schade." Rütter wurde ironisch. „Aber die Konsequenzen sind für uns beide unterschiedlich, mein Lieber. Sie bleiben hier in Tirano und ich fahre zurück in die Schweiz. Also, was hatte Kaiser damit bezweckt, dass er noch in Sils Maria blieb?"

„Na, hab ich Ihnen doch schon gesagt. Er wollte Ihnen eine Botschaft übermitteln."

„Was für eine Botschaft denn? Er hat nur eine falsche Aussage gemacht, nämlich dass es sich um Sabrina Eberle handele, bei der Toten."

„Na, er konnte Ihnen ja schlecht sagen, dass sie ihn reingelegt hat. Hätte er sagen sollen, dass die Italiener sich eigentlich mit ihm hatten treffen wollen, von Sabrinas Leuten aber an einen anderen Treff gelotst worden waren? Das wär ja wohl ein wenig viel verlangt. Zu der Zeit wussten Sie ja überhaupt von dem Drogenthema und Sabrina Eberle noch gar nichts."

„Was also hat er mir damit sagen wollen?" Rütter fragte, obwohl ihm die Antwort schon schwante.

„Sie sind aber wirklich nicht sehr schnell im Kopf. Er wollte Ihnen sagen, dass, wenn Sie im Fall weiter voran gekommen sein würden, also die Drogensache begriffen hätten, der Mord nicht auf Karsts Konto ging. Denn Kaiser war eigentlich mit den Italienern verabredet. Aber Sabrina hatte sich in die Kommunikation mit den Kontaktleuten in Italien gehackt. Der neue Treffpunkt war dann in Samedan ausgemacht. Da warteten Sabrinas Männer auf die Person, die die Mafia schicken würde.

Der Kaiser hat an dem anderen Ort vergebens ausgeharrt. Dann wurde ihm wohl klar, dass die Mafia nicht erscheinen würde. Es gab keine Kontakte mehr. Die Italienerin war einen Tag später tot und Karst hatte einen Mord am Hals, denn die Mafia musste annehmen, dass er und seine Leute den Mord verübt hatten. Es war anlässlich ihrer gemeinsamen Verabredung geschehen. Das wollte Ihnen Kaiser sagen. Nicht Karst war es. Es war Sabrina."

Rütter saß schweigend da. Er hatte den Verbindungsmann Karsts buchstäblich in der Hand gehabt und von allem nichts begriffen. Er war über sich selbst ziemlich stinkig. Vor allem aber über Karst und seine ganzen Machenschaften. „Wie genau soll das denn abgelaufen sein? Die Mafia kannte also Kaiser als Kontaktperson und den Treffpunkt, der zwischen ihnen ausgemacht war. Wo war der Treffpunkt genau?"

„Das war in Pontresina. Mitten im Ort. Da hatte Kaiser in einem Haus gewartet."

„Und wie soll es Sabrina gelungen sein, den Treffpunkt zu verändern? Es kannte sie doch niemand von der Mafia."

„Ja, das war schon clever von Sabrina. Sie wusste von der Verabredung schon vorher. Wie sie an die Information gekommen war, weiß ich nicht. Bei einem Streit zwischen beiden Mädels hatte Jasmin jedenfalls den Zeitpunkt des Treffs im Zorn verraten. Dann, später, als sie einmal auf der Toilette war, hat Sabrina das Handy von Jasmin mit den bisherigen zwei Korrespondenzen und der Nummer von der Italienerin benutzt, um unter Jasmins Adresse kurzfristig eine Änderung des Treffpunktes per SMS vorzuschlagen. Das war frech und sie hatte Erfolg damit. Die Botin der Mafia wurde an eine andere Adresse gelotst und dort von den Handlangern Sabrinas abgefangen."

„Wie hat Jasmin auf das Geschehen reagiert?"

„Als der Tod der Frau klar war, bekam sie es mit der Angst. Vielleicht würden Sabrinas Schergen sie auch noch abfangen wollen. Also ist sie geflüchtet. Aus dem Stand. Sie hat mich dann in Lugano getroffen. Alles andere ist Ihnen ja bekannt." Hingsen sah Rütter herausfordernd an.

„Warum nach Russland?"

„Sie hat Freunde dort. Unter denen, mit denen ihr Vater die ganze Zeit die Geschäfte gemacht hat. Und es war auch so geplant für den Fall, dass Sabrina nicht einlenken würde."

„Ist das sicher, dass Sabrina nicht einlenken wollte?"

„Ganz sicher. Daraus hat sich ja der Streit zwischen den beiden entwickelt. Sabrina will ihr Ding auf eigene Rechnung machen. Mit ihrem Freund. Aber sie hat die Hosen an. Sie ist gerissen. Da kann der Typ nicht mithalten, den sie sich zum Freund gewählt hat. Sie dominiert den Laden."

Rütter fand in diesem Augenblick, dass es an der Zeit war, Hingsen wieder mit nach St. Moritz zu nehmen. Der Mann würde noch gebraucht werden. Und man musste ihn ab sofort in sicherer Verwahrung haben. Besser in der Schweiz als in Italien. Er nahm sein Tonbandgerät an sich und ließ Hingsen einen Augenblick alleine zurück. Er suchte Adriano auf, um mit ihm die Ergebnisse zu diskutieren, während ein Polizist aus Tirano ins Zimmer trat, um Hingsen zu beaufsichtigen.

Adriano war einverstanden, dass Hingsen mit Rütter zurückfuhr.

Rütter erbat sich eine Eskorte bis zur Grenze. Er hatte schon auf dem Weg zu Adrianos Büro bei den Kollegen in St. Moritz angerufen und zwei Streifenwagen Richtung Tirano beordert, die die italienischen Kollegen am Grenzübergang ablösen sollten.

Wenig später machte er sich auf den Weg. Hingsen auf dem Rücksitz in Handschellen, je einen Wagen der Italienischen Polizei vor und hinter sich.

7.

Jasmin hatte eine wahre Odyssee hinter sich, als sie endlich in Moskau ankam. Von der Gewissheit getrieben, dass Sabrina einen

Stein ins Rollen gebracht hatte, dessen tatsächliche Bedrohung ihr Vater und sie zunächst völlig falsch eingeschätzt hatten, war sie auf ihrer Flucht zunächst von der Angst besessen, dass die Mafia ihre Abreise nach Russland entdecken und verhindern könnte. Ihr war sehr wohl bewusst gewesen, dass Sabrinas Aktion in St. Moritz zunächst auf ihren Vater und gegebenenfalls sie selbst zurückfallen würde, bis die Mafia die tatsächlichen Abläufe erfahren haben würde. Aber selbst dann war nicht sicher, dass man mit ihr pfleglich umgehen würde, wenn sie in deren Hände fallen würde.

Als sie glücklich die Wartezeit in Mailand-Malpensa überstanden hatte, war der Erfolg ihrer Weiterreise noch nicht gesichert. Sie hatte zwar denen, die sie aufsuchen wollte, eine kurze Nachricht übermittelt, konnte sich aber nicht sicher sein, dass sie bei ihrer Einreise in Russland nicht doch noch in Schwierigkeiten geraten würde. Und so kam es auch. Bei der Passkontrolle wurde sie trotz eines gültigen Einreisevisums aus der Warteschlange herausgebeten, in einen Nebenraum geführt und nach ihren Besuchsgründen befragt.

Diese Hürde nahm sie zwar mit der eingeplanten Legende, es handele sich um einen privaten Besuch bei Freunden der Familie. Der sie befragende Beamte schien zwar skeptisch zu sein, machte aber letztlich einen Stempel in ihren Pass und ließ sie passieren. Der Vorfall zeigte ihr, dass sie auch im Fokus der russischen Polizei stand. Sie nahm die Warnung auf.

Sie hatte schon seit einiger Zeit das Gefühl, als würden sich die Dinge gegen sie und ihren Vater wenden. Vieles war nicht zu seinen Gunsten gelaufen. Sie spürte, dass sich etwas gegen seine Geschäfte zusammenbraute. Ihre Flucht nach der Ermordung der jungen Italienerin war eine weitere bedrohliche Situation. Es lief nicht rund für ihren Vater und seine Geschäfte.

Aber sie wäre nicht die Tochter ihres Vaters gewesen, wenn sie deswegen aufgesteckt hätte. Ganz im Gegenteil. Sie hatte eine ausgesprochen kämpferische Ader. Ein Wesenszug, den sie in der Schule nie gezeigt hatte. Schule in Deutschland war für sie eine

Phase des Übergangs in die Welt der Erwachsenen, die man überstehen musste. Das hatte sie geschafft.

Die Zeit im Schweizer Internat war da schon anders gelaufen. Sie hatte Sprachen gelernt in der Schweiz. Das kam ihr heute zugute. Russisch war zwar nicht darunter. Aber sie sprach Englisch, Französisch und Italienisch recht fließend.

Und sie hatte nach einem langen, ernsten Gespräch mit ihrem Vater, der sie im Internat besucht hatte, zu begreifen begonnen, dass sie sich darauf vorbereiten musste, mit ihrer Mutter allein zu sein. Ihr Vater hatte ihr in geschickten Worten verdeutlicht, dass er in einer geschäftlich schwierigen Situation sei. Seine Geschäftspartner würden ihn möglicherweise in Dinge verwickeln, bei denen andere ihm nach dem Leben trachten würden. Sie müsse sich darauf einstellen und in kürzester Frist Aufgaben übernehmen, die er ihr übertragen würde.

Von der Drohung gegen sein Leben war sie am meisten beeindruckt gewesen. Das Gespräch hatte ihren Weg beeinflusst.

Das war wenige Wochen nach ihrem Treff mit Sabrina in Basel gewesen. Seither hatte sich viel verändert für sie. Sie hatte Aufgaben für ihren Vater übernommen. Alles hatte sich entwickelt, wie es ihr Vater erwartet hatte.

Und jetzt die überstürzte Abreise nach Russland. Jasmin empfand die Flucht als Niederlage.

Für einen Fall wie den, der jetzt durch die Ereignisse in Sils Maria eingetreten war, hatte sie klare Anweisungen von ihrem Vater bekommen. Sie wollte den Auftrag, den er ihr mitgegeben hatte, unbedingt erledigen.

In St. Petersburg angekommen, hatte sie ein Taxi in ein internationales Hotel genommen. Nach einem Tag hatte sie die notwendigen Kontakte hergestellt. Das war Montag gewesen. Am Dienstag war sie nach Moskau weitergereist. Mit der Bahn. Aber jetzt schon in Begleitung. Der Gesprächspartner in Moskau, den sie dort treffen würde, hatte einen persönlichen Schutz für angebracht gehalten.

Sie hatte sich in Moskau wieder in einem exzellenten Hotel eingemietet, weil ihr Vater ihr eingeschärft hatte, dass sie dort immer sicherer war als in irgendeiner zweitklassigen Unterkunft. Dann hatte sie einen Tag Pause eingelegt und sich um ihre modische Ausstattung gekümmert. Sie hatte ja fast nichts mitgenommen aus Sils Maria. Der für sie abgestellte Bodyguard war immer mit dabei.

Dann, am Donnerstag, war sie mit dem Geschäftspartner ihres Vaters zusammengetroffen. Aber nicht mit Sabrinas Vater. Der stand als Letzter auf der Liste, wenn überhaupt noch.

Der Mann, dem sie am Donnerstag begegnet war, nannte sich Smyrnow. Sie kannte ihn nicht, traf ihn zum ersten Mal. Sie übergab ihm ein Empfehlungsschreiben ihres Vaters und musste daraufhin eine Weile warten, bis eine Übersetzerin das Schreiben ins Russische übertragen hatte. Dann war sie sehr genau befragt worden, was sich in St. Moritz zugetragen hatte. Sie erzählte, was sie erlebt hatte. Auch von dem Mord an der Italienerin, über den sie von Kaiser unterrichtet worden war. Dann wurde sie noch weiter zu Sabrina befragt, auch wenn Smyrnow Sabrina und Juri zu kennen schien.

Zudem hatte Sie den Eindruck, dass der Russe ihre Schilderungen aufzeichnen ließ, obwohl kein Mikrofon zu sehen war. Am Ende der Unterhaltung sagte der Mann in gebrochenem Deutsch zu ihr: „Wir würden es gut finden, wenn Sie noch einige Tage in Moskau bleiben würden. Hier sind Sie sicher. Der Security-Mann wird Sie weiter begleiten. Wir melden uns bei Ihnen, wenn unsere Entscheidungen gefallen sind. Dann geben wir Ihnen eine Nachricht für Ihren Vater mit."

Danach hatte der Sicherheitsmann sie wieder ins Hotel gefahren. Und seither wartete sie unter seiner Bewachung auf die Entscheidung von Smyrnow und wem auch immer. Heute war Samstag und es wurde ihr langsam langweilig.

8.

Als Ueli Rütter die Grenze von Italien in die Schweiz passiert hatte, war die angeforderte Eskorte der Kantonspolizei noch nicht am Grenzübergang eingetroffen. Er entschloss sich, trotzdem weiterzufahren, winkte den italienischen Kollegen zum Dank zu und setzte seinen Weg in der Erwartung fort, dass die Eskorte aus St. Moritz ihm in Kürze auf dem Weg zum Berninapass begegnen würde. Er hatte Hingsen in Handschellen auf der rechten Seite des Rücksitzes, also hinter dem Beifahrersitz platziert. Das schien ihm sicherer, als ihn neben sich zu haben.

Als sie Poschiavo passiert hatten, wunderte er sich, dass seine uniformierten Kollegen immer noch nicht auftauchten. Auf der Höhe von Alp Grüm glaubte er sie auf der über ihm liegenden Passstraße zu sehen. Für einen Augenblick hatte er das Blaulicht eines Polizeifahrzeugs wahrgenommen. Dann war es auch schon wieder hinter Bäumen und Felsen verschwunden.

In der nächsten Kurve, noch bevor er den Beginn der Serpentinen am Val Lagune erreicht hatte, zersplitterte seine rechte hintere Seitenscheibe unter lautem Knall in tausend Stücke. Mit einem einzigen Blick in den Rückspiegel erfasste er die Situation. Hingsen lag seitwärts auf dem Rücksitz. Rütter hielt nicht an, sondern gab Gas. Er musste von dieser Stelle fort, wenn der Schütze ihn nicht auch noch erwischen sollte.

Zwei Kilometer weiter erreichten ihn die Polizeifahrzeuge, auf die er besser an der Grenze gewartet hätte. Er hielt an und untersuchte den leblosen Hingsen. Eine üble Wunde klaffte in seinem Kopf. Der Mann war tot und die Rückbank voller Blut. Über die Funkverbindung seines Wagens rief er die Polizeizentrale in St. Moritz, gab die harten Fakten durch, verlangte nach mehr Polizei und einem Hubschrauber, ließ den Wagen mit dem Toten unter Blaulicht am Straßenrand stehen, stieg zu seinen beiden Kollegen in das erste Polizeifahrzeug und raste die Straße nach Tirano zurück bis zu der Stelle, an der der Angriff auf ihn und Hingsen geschehen war.

Vor sich auf der abschüssigen Straße sahen sie in einiger Entfernung einen Motorradfahrer in schwarzer Montur, der mit hoher Geschwindigkeit davonfuhr. „Fahrt ihm nach!“, war sein einziger Befehl. Dann versuchte er die italienische Polizei zu erreichen, um die Straße sperren zu lassen.

Da die Verbindung zunächst nicht zustande kam, weil in dieser Gegend die Frequenz nicht gut funktionierte, entkam der Fahrer mit seinem Motorrad über die Grenze, ohne dass ihn jemand aufgehalten hätte. Schlimmer noch: Die Schweizer Zöllner konnten sich später nicht einmal erinnern, dass ein Motorradfahrer in Schwarz bei ihnen vorbeigekommen war.

Als die Italiener schließlich erreicht wurden, kamen alle Straßensperren zu spät. Die Person, die das Motorrad gesteuert hatte, war unauffindbar. Das mutmaßliche Tatfahrzeug wurde am darauf folgenden Tag in einer Seitenstraße Tiranos gefunden. Spuren ergaben sich nicht.

9.

Klaus Simon hatte gut gegessen. Er fühlte sich ein wenig entschädigt für die lange Fahrt an diesem Tag und die hektischen aber erfolglosen Tage davor. Er hatte die Nachrichten von Anatoli zum x-ten Mal durchdacht. Er musste sie umgehend an Margot weitergeben, denn er war sich nicht sicher, ob nicht auch er verfolgt worden war. Allerdings hatte er nichts davon erkennen können.

Seit der Begegnung mit Anatoli war er sich sicher, dass alles, was auf elektronischem Weg verschickt wurde, sei es über Handy, Laptop oder altmodisch per Telefon, sofort auch in der Post von Anatolis Gegnern landen konnte. Dieser Weg war ausgeschlossen.

Deshalb hatte er den einzig gangbaren Weg für eine beschleunigte Vorabinformation gewählt. Ein Signal an Margot, das seine Rückkehr für morgen, Sonntagnachmittag, mit dem Flugzeug ankündigte. Vorausgeschickt über die Schiene des BND.

Er zahlte, stand auf und ging die wenigen Schritte zurück ins Hotel. Dort verfuhr er wie geplant. Er setzte sich ans Fenster seines Zimmers und wartete. Während des Wartens machte er eine Faktenskizze für Margot, tat sie in ein Couvert, verschloss es, versah es mit einem speziellen, unsichtbaren Siegel und versteckte es in seiner Jacke. Als seine Kontaktperson auf der anderen Straßenseite in Sicht kam, wartet er noch etwas weiter, um etwaige Verfolger festzustellen. Aber er sah niemanden.

Dann ging er ins Foyer des Hotels und schaute sich noch einmal durch die Fenster auf der Straße um. Nichts. Er verließ das Hotel nach links. Entgegengesetzt zu dem Weg, den sein Kontakt genommen hatte. So mussten ihm unentdeckte Beobachter geradezu in die Arme laufen.

Wieder nichts!

Als er zweimal nach links abgebogen war, kehrte er in der hinter seinem Hotel liegenden Straße in einer Kneipe ein. Sein Kontakt stand schon am Tresen und trank ein Bier. Er stellte sich daneben und bestellte sich auch ein Bier. Jeder trank ohne den anderen anzusehen. Als der Wirt für einen Augenblick außer Hörweite war, sagte Simon zu dem anderen nur: „Das Essen ist perfekt hier. Mit allen Zutaten. Aber man weiß nie, ob es nicht verbrennt. Kann aber abends nichts mehr zu mir nehmen, wenn ich am nächsten Tag wieder nach Hause fliege."

Der Mann neben ihm antwortete „Na, dann wünsche ich gute Reise. Wann soll es denn losgehen?"

„Mittags. Nach Frankfurt." Während Klaus Simon antwortete, schob er seinem Nachbarn unauffällig das verschlossene Couvert über den Tresen zu, in dem alle Fakten für Margot standen, die er gesammelt hatte. Der Kurier des BND würde es per Flugzeug nach Frankfurt bringen. Noch heute.

Dann zahlte er und verließ die Kneipe, um auf dem Weg, den er gekommen war, wieder ins Hotel zurückzukehren.

10.

Renate erhielt die Nachricht über Ueli Rütters Missgeschick erst im Laufe des Sonntags. Rütter war von allem sehr betroffen. Die dem Anschlag auf seinen Gefangenen folgenden Untersuchungen dauerten noch an.

Ohne dass er es ausdrücklich erwähnt hätte, konnte Renate doch zwischen den Zeilen erkennen, wie sehr Rütter von dem Umstand genervt war, dass er nicht auf die Eskorte gewartet hatte. Möglicherweise wäre Hingsen auch dann Opfer des Anschlags geworden. Aber mehrere Fahrzeuge hätten die Übersichtlichkeit doch etwas verringert, so dass der Schütze sich auf mehrere Objekte hätte konzentrieren müssen.

An diesem Punkt tauchte für Renate die Frage auf, wer von der Fahrt und dem ungefähren Zeitfenster gewusst hatte, in dem Rütter die Stelle passieren würde, an der auf Hingsen und ihn geschossen worden war.

Nachdem sie die gesamte Email gelesen hatte, also auch die Vernehmungsergebnisse Hingsens aus diesem letzten Gespräch in Tirano, schrieb sie einige Fragen an Rütter zurück.

Dann gab sie Brockmann über den Tod des Privatdetektivs Hingsen per Email Nachricht und erhielt umgehend einen Rückruf von ihm: „Guten Tag, Frau Augustin. Jetzt also ein zweiter Mord in unserer Sache. Nur wissen wir nicht, wer ihn veranlasst, noch wer ihn ausgeführt hat. Dieser jetzt könnte gut von Karst initiiert sein, um Hingsen als Zeugen zu vernichten. Nur können wir das nach bisherigem Sachstand nicht beweisen. Die Aussagen von Hingsen vor seinem Tod sind zwar hilfreich für uns, werden aber vor Gericht nicht das bewirken, was eine öffentliche Zeugenbefragung hätte bringen können. Wie wollen Sie jetzt vorgehen?"

„Ich möchte zunächst die Untersuchungen der Schweizer Kollegen abgeschlossen wissen. Davon wird sicher auch abhängen, ob Herr Rütter weiterhin mein Ansprechpartner bleibt oder ob er von dem Fall abgezogen wird. Auch mir stellt sich vordringlich die Frage, wer die Tat begangen hat. Ist sie von der Mafia ausgeführt worden? Das würde voraussetzen, dass Karst die veränderte Lage nicht kommunizieren konnte oder wollte. Die Mafia also geglaubt hat, dass Karsts Leute, so wie es zu Beginn den Anschein hatte, Simona Lorenzi umgebracht haben. Kann aber auch sein, dass der Österreicher, dieser Kaiser, den Job übernommen hatte. Die Überprüfung seiner Kommunikationsdaten könnte dabei hilfreich sein."

„Gut, gehen Sie das an. Verschaffen Sie sich die notwendige richterliche Legitimation. Das gilt natürlich auch für die Daten von Karst. Halten Sie mich heute noch auf dem Laufenden, denn ich habe morgen ein sehr wichtiges Gespräch auf Bundesebene, bei dem jedes bis dahin bekannte Detail entscheidend sein kann."

Renate nahm die Zusatzinformation zur Kenntnis und begann nach dem Gespräch mit Brockmann alles in dem beauftragten Sinn in die Wege zu leiten.

Als sie die richterliche Genehmigung erlangt hatte, war es schon Nachmittag. Die Überwachung der Kommunikation von Kaiser und Karst war beauftragt, als Margot anrief: „Wenn es Ihnen recht ist, komme ich gerade mal vorbei."

Es war Renate recht und wenige Minuten später saß Margot in ihrem Büro. „Wir haben Nachrichten von unserer Quelle. Die beiden Mörder sind bekannt. Es sind Tschetschenen und keine Polen. Ich habe noch keine Namen und doch viel mehr, als wir uns erhoffen konnten." Sie berichtete Renate von den Informationen aus den Notizen, die Klaus Simon ihr per BND übermittelt hatte.

„Können wir das alles nachher in unserer gemeinsamen Runde besprechen oder haben Sie Bedenken, Ihre Informationen könnten dadurch zu vielen Personen zurechenbare und damit enttarnende Inhalte vermitteln?"

„So genau ist es. Ich werde nur noch an Sie als Task-Force-Leiterin und Herrn Brockmann berichten. So ist der Kreis der Personen, die von den Nachforschungen wissen, auf meinen Mitarbeiter und Sie beide beschränkt. Und mich natürlich auch eingerechnet", schob sie noch nach. „Also ich werde die Fakten so filtern, dass unser Fall vorankommt, aber die Quelle geschützt bleibt. Die Hinweise auf die drohende Flucht meiner Quelle aus ihrem bisherigen Umfeld sind mir eine ausreichende Warnung, die jede zusätzliche Vorsichtsmaßnahme rechtfertigt. Ich werde diesen Aspekt nachher auch nicht erwähnen. Derweil warte ich die Rückkehr meines Mitarbeiters ab, der jeden Augenblick eintreffen sollte und sicher noch eine Reihe von Zusatzinformationen mitbringen wird. Dann müssen wir mit Herrn Brockmann entscheiden, wie wir weiter vorgehen. Also, wir sehen uns um 16:00 Uhr zum Meeting."

11.

Am Sonntagmittag erhielt der Bodyguard, der Jasmin beschützen sollte, einen Anruf. Sie fuhren am frühen Nachmittag aus Moskau in Richtung Osten hinaus. Die Fahrt dauerte etwa vierzig Minuten, als sie eine umzäunte Siedlung erreichten. An einem Checkpoint musste sich ihr Bodyguard legitimieren, obwohl ihn der Kontrollposten zu kennen schien. Danach konnten sie ungehindert durch die Siedlung fahren, bis sie an ein weiteres Tor gelangten, das geschlossen war. Ihr Bodyguard fuhr bis zu einer Klingel vor, über der eine Kamera installiert war, die mit dem Betätigen der Klingel aktiviert wurde. Nach einigen Augenblicken ging das Tor automatisch auf und gab den Blick auf eine lange Allee frei. Etwa in der Mitte der Allee nahmen Wasserfontänen in einer anmutigen Choreografie den klaren Blick auf den weiteren Weg. Als sie die Wasserspiele umrundet hatten, war der Blick auf ein Ensemble von Häusern freigegeben, die in gekonnter Anordnung beieinander standen. Sie waren alle im Stil klassischer amerikanischer Landanwesen gebaut.

Vor dem überdachten Eingangsbereich wartete ein kräftiger Mann in einem schwarzen Anzug, der ihre Wagentür öffnete und sie mit einer einladenden Handbewegung, aber ohne ein Wort zu sagen, in Richtung des Eingangs bat.

Ihr Bodyguard lief hinter ihr her, als hätten sie die Rollen getauscht.

Drinnen, in einer geräumigen Eingangshalle, wartete Smyrnow auf sie und gab ihr die Hand: „Ich hoffe es geht Ihnen gut. Kommen Sie bitte mit. Es gibt noch jemanden, der Sie sprechen möchte." Er sprach die Begrüßungsworte mit deutlichem Akzent, aber er sprach deutsch.

Smyrnow wartete ihre Antwort nicht ab, sondern ging einfach voran, durchschritt eine Tür, die sich ebenfalls wie von Geisterhand automatisch öffnete, als er ihr nahe genug war, und betrat einen Raum, den Jasmin als Kaminzimmer bezeichnet hätte. Alles war wie in Neu-England eingerichtet.

Am Fenster auf der gegenüberliegenden Seite des Zimmers, mit Blick in den Garten, stand ein kleiner Mann, der sich bei ihrem Näherkommen umdrehte und zwei Schritte auf sie zu machte. „Guten Tag, Frau Karst. Ich freue mich, Sie persönlich kennen zu lernen. Ihren Vater kenne ich schon seit vielen Jahren. Mein Name ist Igor Markow. Vielleicht setzen wir uns am besten hier her." Der Unbekannte sprach fließend Deutsch, mit nur geringem Akzent.

Er zeigte auf eine Sitzgruppe aus drei Sesseln, die in der Nähe des Fensters stand, zugleich aber eine gewisse Intimität gewährte, weil der Kamin den optischen Mittelpunkt bildete und nicht der Ausblick auf den Garten.

Der Bodyguard war draußen vor der Tür stehen geblieben.

Markow nahm Jasmin gegenüber Platz. Smyrnow setzte sich neben sie. In der Mitte vor ihnen stand ein rechteckiger Holztisch.

Aus einer Seitentür betrat die Russin den Raum, die bei ihrer ersten Begegnung mit Smyrnow übersetzt hatte. Sie fragte, was sie Jasmin bringen dürfe und bot verschiedene Getränke an. Jasmin bestellte sich ein Mineralwasser, weil sie einen klaren Kopf behalten wollte. Den beiden Männern wurde Kaffee serviert. Danach überließ die Frau Smyrnow ein Paar zierliche Kopfhörer und verließ den Raum wieder durch die Tür, durch die sie eingetreten war.

Markow eröffnete das Gespräch, während Smyrnow sich die Kopfhörer aufsetzte.

„Die ganze Entwicklung um Ihre Schulfreundin ist ja in hohem Grade unerfreulich. Wir schätzen solche Störungen nicht. Uns liegt an einer Ausdehnung unserer Geschäfte und wir wollen nicht teilen. Sagen Sie das bitte Ihrem Vater." Markow sprach in einem ganz ruhigen Ton, so als ginge es um Gartengestaltung und nicht ums Drogengeschäft. „Insofern verstehe ich sein Angebot einer partiellen Kooperation mit der Tochter von Herrn Eberle als Reaktion auf die plötzlich eingetretene Veränderung, aber sie ist nicht in unserem Sinn. Man muss immer mit Störungen im Geschäftsmodell durch andere rechnen. Aber wir haben eine klare Position: Wir wollen alleine bestimmen, was auf unserem Markt geschieht. Wir haben Ihren Vater als unseren Vertrauten in das Geschäft aufgenommen. Wir haben seinen Angestellten Eberle als Besetzung für die Leitung des Logistikgeschäfts akzeptiert.

Jetzt läuft dieser Mann aber mit seinen eigenen Plänen unseren Bestrebungen zuwider. Das werden wir nicht tolerieren. Es stört unsere strategischen Vorhaben."

Markow blieb im Ton ganz moderat, aber die Entschlossenheit hinter seiner wohlklingenden, dunklen russischen Stimme war eindeutig. „Deshalb bitte ich Sie, ihm nur eine Botschaft zu übermitteln: Wir halten an unseren Vereinbarungen mit ihm fest. Alles andere ist unsere Sache. Wir lösen unsere Probleme selber. Er muss sich um nichts kümmern. Es würde uns auch genügen, wenn er uns über, wie sagt man im Deutschen am besten, etwaige Unebenheiten in seinem Geschäft informiert. Wir werden dann auch diese Unebenheiten in geeigneter Weise bereinigen. Ich wiederhole, wir wollen die alleinige Entscheidung in unserem Geschäftsgebiet. Wir teilen nicht."

Markow machte eine Pause. Aber es war Jasmin klar, dass Markow noch nicht am Ende seiner Ausführungen war. Sie trank vorsichtig an ihrem Wasser.

„Ich wünsche mir, dass die Ausdehnung unserer Geschäfte in der ursprünglich geplanten Weise fortschreitet. Das gilt auch für die anderen Staaten Europas. Mit der Rolle der übrigen Konkurrenz werden wir uns gesondert befassen." Markow machte wieder eine kleine Pause. „Ich würde mich freuen, wenn Sie die Verbindung zwischen Ihrem Vater und uns zukünftig übernehmen würden. Die persönlichen Kontakte sind die einzigen, auf die wirklich Verlass ist. Sehen Sie das auch so?"

Jasmin antworte mit einer gewissen Schlauheit. „Wenn mein Vater mir diese Aufgabe übertragen möchte, werde ich sie gerne wahrnehmen." Markow schien diese zurückhaltende Antwort von Karsts Tochter zu gefallen. „So soll es sein. Grüßen Sie ihn von mir und sagen Sie ihm bitte auch, dass er seinen Logistikgeschäftsführer aus Moskau besser abberufen sollte. Wenn er innerhalb einer Woche einen anderen Vorschlag unterbreiten kann, sind wir einverstanden. Anderenfalls schlagen wir ihm eine geeignete Person vor. Eberle sollte gut beschäftigt sein, aber keinen Zugang mehr zum Logistikgeschäft haben.

Wir haben für Sie ein Flugticket auf Ihren Namen reservieren lassen. Es ist auf heute Abend 20:00 Uhr Moskauer Zeit ausgestellt. Passt das in Ihre Zeitplanung?"

Jasmin war angenehm überrascht. Sie wollte nach Hause.

„Sehr schön. Dann gute Reise und bis demnächst." Markow erhob sich, gab ihr die Hand, während Smyrnow sich die Kopfhörer von den Ohren zog und sie zur Tür begleitete.

12.

Klaus Simon hatte eine unangenehme Eingebung. Er lag auf seinem Hotelbett und überlegte sich erneut, wer wohl die männliche Person gewesen sein könnte, die ihr Auto hinter Anatoli in die Autoschlange gedrängt hatte, um dicht hinter ihm in die Abfertigung an der Grenze zu gelangen.

Simon selbst hatte ab dieser Beobachtung auch für sich selber verschärft nach Verfolgern Ausschau gehalten. Bisher gab es keine Anhaltspunkte.

Er starrte an die Decke seines Hotelzimmers und als er auf die Uhr schaute, war es schon 09:00 Uhr. Es war Sonntagmorgen. Er wollte in Ruhe frühstücken. Sein Flug würde um die Mittagszeit abgehen.

Wenn er jetzt aus dem Fenster schauen würde, ob dann ein Verfolger auf ihn warten würde? Zum Flughafen Prag International musste er an den nordwestlichen Stadtrand von Prag fahren. Er würde seinen Mietwagen dort abgeben, würde am Schalter der Lufthansa einchecken und war dadurch für interessierte Kreise gut identifizierbar. Nachforschungen würden ein recht genaues Profil von ihm liefern.

Das wollte er eigentlich nicht. Der Zweifel nagte. Seine Entscheidung würde er von der vorfindbaren Situation abhängig machen. Er sprang auf. Versteckt hinter der Gardine schaute er auf die Straße. Nichts zu sehen.

Er duschte zügig, ging zum Frühstück, beobachtete die Anwesenden unauffällig und konnte nichts entdecken. Aber das Gefühl der Unsicherheit blieb.

Klaus Simon hatte seinen Entschluss bereits gefasst, als er noch beim Frühstück saß. Er wusste, dass seine Vorahnungen sich häufig später bewahrheiteten. Was keiner vorher sah und er nicht beweisen konnte, wurde dann doch plötzlich zu einer veritablen Spur.

Als er das Hotel verließ und zu seinem Wagen ging, schaute er sich nicht um. Er stellte seine Tasche auf den Rücksitz, stieg ein, startete den Wagen und fuhr in Richtung Flughafen. Auf der Schnellstraße dorthin nahm er alles wahr, was seinem Verdacht genügend Nahrung geben konnte: Autos, Menschen, selbst Kameras checkte er daraufhin, ob sie auf ihn gerichtet waren. Nichts war zu entdecken. Er nannte sich selbst einen Narren, der an Verfolgungswahn litt.

Als er auf der R1 bis kurz vor den Flughafen Prag International gelangt war, machte er die Probe aufs Exempel. Er fuhr bei Praha-Repy ab und kehrte um.

Da geschah das nicht mehr Erwartete: Weit hinter ihm war ein grauer Ford gefahren. Unauffällig bis zur Bedeutungslosigkeit. Dieser Wagen vollzog seine kleine verkehrstechnische Volte nach.

Klaus Simon war hellwach. Jetzt würde es sich zeigen, ob das alles Zufall war. Nach wenigen Kilometern bog er auf die A5 ab, die von Prag über Pilsen nach Deutschland führt. Er gab Gas. Der andere folgte ihm. Der Abstand blieb etwa gleich. Simon schätze ihn auf etwa zwei Kilometer. Er fuhr langsamer. Der andere ließ sich ebenfalls etwas zurückfallen. Da war es endgültig entschieden. Er wurde observiert.

Er würde den Flug verfallen lassen, würde die Autobahn nicht mehr verlassen, bevor er nicht Pilsen erreicht hatte. Hinter Pilsen gab es einen Autobahnrasthof. Dort würde er abfahren, tanken, sich etwas zu essen besorgen und dann zügig Richtung Deutschland weiterfahren.

Wenn der andere allein war, worauf sein klettenartiges Verhalten hinwies, dann durfte er Simon dort nicht aus den Augen lassen. Er musste ihm folgen. Es konnte ja sein, dass Simon einen Weg von der Raststätte weg zu einer anderen Straße kannte. Das war zu riskant.

Dort würde er den Fahrer beobachten.

13.

Margot war nervös. Renate konnte den Unterschied zu der Situation vorhin in ihrem Büro erkennen. Jetzt, da sie sich wieder in dem Besprechungsraum versammelt hatten, Flach, Taubert, Margot und sie, war ihr sofort aufgefallen, dass Margot mit ihrem Kugelschreiber unruhig herumspielte.

Als Renate die Kollegen über die aktuellen Fakten in Kenntnis gesetzt hatte und Margot das Wort erhielt, fasste sie sich so kurz mit ihrer Schilderung, wie sie es gegenüber Renate angedeutet hatte, krönte dann aber ihre Ausführungen mit der Bemerkung, dass Klaus Simon auf dem Weg zurück nach Deutschland von noch nicht bekannter Seite observiert werde und deshalb seine Route geändert hätte. Er werde in Kürze Nachricht geben, nämlich wenn er wieder deutsches Hoheitsgebiet erreicht hätte. Seine Einreise müsste in diesen Minuten erfolgen. Eine zivile Einsatzeinheit der Bundespolizei werde die Verfolger kontrollieren. Jedenfalls sei es so geplant.

Der Drogenmann Taubert berichtete schließlich: „Bei mir ist Ruhe an der Front. Könnte die Ruhe vor dem Sturm sein. Jedenfalls geht Juri seinen Geschäften nach, als wäre nichts geschehen und Sabrina Eberle verlässt das Gelände nur sehr selten. Sie scheint auf ihre Sicherheit selber zu achten.“ Es sollte ein kleiner Scherz sein, aber keiner der Anwesenden lachte.

Von der Seite Rigobert Flachs kam keine neue Information.

Renate beendete die Sitzung nach einer halben Stunde und ging noch einmal ins Büro, um Brockmann eine Email mit den Ergebnissen zu schreiben.

14.

Klaus Simon hatte gesehen, was er zu erfahren gehofft hatte. Der graue Ford war in die Parkzone der Raststätte westlich von Pilsen eingerollt. Langsam, vorsichtig alles absuchend, hatte der Unbekannte das Fahrzeug von Klaus Simon geortet und war dann daran vorbeigefahren, um etwas weiter entfernt einen Parkplatz zu wählen und stehen zu bleiben. Der Mann stieg nicht aus.

Simon hatte mit seinem Parkplatz Glück gehabt. Direkt neben dem Eingang zur Raststätte hatte sich ein Fahrzeug aus der Parkreihe entfernt und er konnte ohne Zeitverlust parken und sich im Eingangsbereich der Raststätte hinter einer Dekoration eines Souvenirshops aufstellen, um seinen Verfolger aus dem Innenraum heraus zu fotografieren. Da der Mann nicht ausstieg, wurde es damit aber schwierig. Der Ford hatte leicht getönte Scheiben und so konnte Simon zunächst nur das Fahrzeug nebst Kennzeichen auf seinem Handy sichern.

Simon behielt den Wagen im Blick, während er sich an einem Stand mit Obst, Wasser und Schokolade versorgte. Dann wartete er weiter ab. Er ließ Zeit vergehen, bis der Mann in dem Wagen doch die Tür öffnete, um sich neben den Wagen zu stellen und von dort aus die Szene zu beobachten.

Simon schoss mehrere Fotos. Sie waren ganz gut gelungen, trotz der Tatsache, dass er durch die Glasscheibe des Vorraums der Raststätte fotografierte. Als er diese Aufgabe gelöst hatte, ging er noch auf die Toilette und stieg weitere zehn Minuten später wieder in seinen Wagen, um die restliche Strecke zur tschechisch-deutschen Grenze zurückzulegen. Die Fotos hatte er zwischenzeitlich schon an Margot weitergeschickt. Die offene Frage war jetzt, ob sein Verfolger an der Grenze Halt machen oder mit nach Deutschland einreisen würde. Da es in Folge des Schengenabkommens keine Grenzkontrollen gab, konnte er es eigentlich wagen.

Klaus Simon hatte mit seiner Nachricht an Margot dafür gesorgt, dass die Bundespolizei den Mann bei Waidhaus hinter der tschechisch-deutschen Grenze anhalten und kontrollieren würde. Es würde unauffällig geschehen.

Simon würde jedenfalls nicht anhalten, sondern zügig nach Wiesbaden weiterfahren. Er hatte sowieso schon unnötig Zeit verloren.

15.

Brockmann fuhr am Montagmorgen nach Frankfurt. Er war um 07:00 Uhr mit Sigbert Fröhlich zum Frühstück verabredet. Der neue Bundesbankpräsident liebte solche Übungen. Er hatte schon in früheren Rollen als Mitglied der Bundesregierung gerne durch frühe Termine am Tag ein Markenzeichen seiner Aktivität zu kreieren versucht. Letztlich mit Erfolg, wie seine Berufung in das Amt des Bundesbankpräsidenten zeigte.

Als Brockmann die Vorstandsetage erreicht hatte, kam ihm Fröhlich zum Fahrstuhl hin entgegen, um damit den Ausdruck besonderer Wertschätzung zu demonstrieren und dem Treffen eine erste Prägung zu verleihen.

Alles war gerichtet. Fröhlich geleitete Brockmann in einen Raum mit Blick auf den Palmengarten und die Bankenskyline Frankfurts. Gediegenes Ambiente herrschte vor. Der Raum war an der Eingangsseite durchgängig in einem warmen Kirschton holzgetäfelt. Die Täfelung war in perfekter Aufteilung durch verglaste Vitrinen aufgelockert, in denen Skulpturen eines Brockmann unbekannten Künstlers standen. Die Stirnseite rechts der

Eingangstür war mit einem großen, abstrakten Bild in schwarz-weiß-roter Komposition dekoriert. Brockmann dachte beim ersten Blick an Bernard Buffet, war sich aber nicht sicher. In der Mitte des Raums stand ein Tisch für vier Personen mit zwei Gedecken. Zum Fenster hin war ein weiterer kleiner Tisch positioniert, auf dem Brot, Brötchen, Aufschnitt und alle sonstigen Zutaten aufgereiht waren. Auf der linken Seite des Raums existierte eine Flügeltür, die von zwei kleineren Bildern, ebenfalls in schwarz-weiß-rot, gerahmt war, die sich harmonisch ins gesamte Ambiente einfügten.

Durch diese Flügeltür tauchte bei ihrem Eintreten ein Mann im schwarzen Anzug auf, den Fröhlich als den Leiter des hauseigenen Caterings vorstellte und dessen Namen Brockmann nicht verstand.

Sie setzten sich. Der schwarze Anzug trat drei Schritte näher und fragte nach Brockmanns Getränkewünschen und ob es auch ein Orangensaft zum grünen Sencha sein dürfte.

Fröhlichs Vorlieben waren ihm bekannt.

Während die Getränke serviert wurden, schob ein anderer Bediensteter einen zusätzlichen kleinen Wagen herein, auf dem sich weitere warme Frühstücksangebote wie Rührei, Bacon und Würstchen befanden.

Der schwarze Anzug und sein Gehilfe verließen den Raum und Fröhlich sagte ganz verbindlich: „Ich dachte, wir bedienen uns selbst, um bei unserem Gespräch möglichst ungestört zu bleiben."

Brockmann machte eine Geste des Einverständnisses und Fröhlich erhob sich mit den Worten: „Wer früh arbeitet, sollte auch früh eine Stärkung erhalten."

Brockmann und er gingen an das Buffet und wählten ihre ersten Speisen.

Brockmann entschied sich zum Auftakt für ein Birchermüsli und dachte sich, hoffentlich bleibt dies nicht das einzige Highlight des Morgens.

Sie tranken sich mit ihren Orangensäften zu und Fröhlich eröffnete das Gespräch: „Zunächst möchte ich mich sehr für Ihre Anwesenheit anlässlich meiner Amtseinführung bedanken. Ich finde, dass es ein Zeichen von Geschlossenheit im Bewusstsein der uns übertragenen Verantwortungen darstellt, wenn die Präsidenten der obersten Bundeseinrichtungen bei solchen Anlässen Präsenz zeigen."

Brockmann nahm den Satz hin und erwiderte: „Ich hielt es für selbstverständlich."

„Umso mehr habe ich es bedauert, dass wir nicht mehr ins Gespräch kamen, bei diesem Anlass." Fröhlich steuerte seine Gesprächsrichtung ganz geschickt und ohne Umwege auf das Thema von Brockmanns vorzeitigem Fortgang von der Veranstaltung zu. Er hatte Ronald Peters im Schlepptau gehabt. Und das war Fröhlich doch aufgefallen.

Brockmann hatte es geahnt. „Stimmt, ich hatte noch andere Verpflichtungen und Sie waren umringt von so vielen Gratulanten, dass ich mir keine Chance ausgerechnet hatte, Ihnen noch in angemessener Zeit persönlich meine Glückwünsche ausdrücken zu können."

„Aber Sie hätten mir deswegen nicht auch noch den Herrn Peters entführen müssen." Da war Fröhlich schon am Ziel seiner Wissbegierde angelangt.

Brockmann lächelte sibyllinisch. „Ja, es gab Klärungsbedarf."

„Betrifft der Klärungsbedarf auch mein neues Aufgabengebiet?"

„Noch nicht, aber es kann dazu kommen." Brockmann wollte wissen, ob Fröhlich schon mehr wusste und hielt sich deswegen knapp.

„Sie würden aber sicher meine Interessen wahren, sozusagen als Präsidentenkollege?"

„Wenn es um Ihre Interessen als Präsident dieser bundesunmittelbaren Einrichtung geht, dann können Sie sicher sein, dass ich diesen Aspekt nicht aus dem Auge verliere." Brockmann hielt Fröhlich hin. Es würde sich zeigen, wie weit Fröhlich schon durch seine Beziehungen zu den Mächtigen im Land eingeweiht worden war. Zugleich hatte er eine erste Grenze gezogen: Wenn Fröhlich sich hatte instrumentalisieren lassen und deswegen mit Brockmann frühstückte, konnte er nicht auf seine Loyalität rechnen.

„Also dann frage ich ganz direkt: Ist Herr Peters mit seiner Handels- und Industriebank in Dinge verwickelt, die sich bis in meinen Aufgabenbereich auswirken?"

„Nein, ist er nicht länger. Er hat sein Haus aus der Schusslinie genommen."

„Also war er schon in der Schusslinie?"

„Ja, aber er hat wohl zunächst nichts von der Entwicklung gewusst, ist also eher in etwas hineingeraten, dessen Hintergründe er nicht wissen musste."

Brockmann hatte trotz der Fragerei sein Müsli aufgegessen und Fröhlich spielte den fürsorglichen Gastgeber, um Zeit zum Nachdenken zu haben. „Bitte nehmen Sie noch von dem Rührei, es ist ganz vorzüglich."

Brockmann erhob sich, ging zum Buffet und tat genau das, was ihm Fröhlich gerade geraten hat. Er bediente sich am Rührei, nahm ein wenig Bacon, suchte sich zwei Körnerbrötchen aus, die er mit einem silbernen Greifwerkzeug in ein ebenfalls silbernes Brotkörbchen bugsierte, und setzte sich wieder.

„Also hat ihn ein Kunde in die Verlegenheit gebracht." Fröhlichs Neugier war nicht zu bremsen.

„So kann es gewesen sein." Brockmann teilte das eine Brötchen in zwei Hälften, begann sich die eine Hälfte mit Butter und dem Rührei zu bereiten und aß in aller Ruhe weiter, ganz wie Fröhlich es angeregt hatte.

„Der Vorgang würde nur dann mein Interesse haben, wenn es ein wichtiger und großer Kunde gewesen sein sollte."

Brockmann fand, dass das Rührei wirklich gut schmeckte und der Orangensaft auch.

„Es schmeckt wirklich ganz vorzüglich."

Er hatte das obligatorische Kompliment platziert und ganz nebenbei schob er noch nach: „Herr Peters bekam einen Hinweis aus den USA. Aber nicht primär aus Ihrer Berufswelt."

Damit hatte er Fröhlich ein weiteres Zeichen gesetzt, das er beachten musste. Wenn sich alles nicht in seiner Berufswelt abgespielt hatte, musste er sehr genau darüber nachdenken, wen er zukünftig ansprach, um mehr zu erfahren.

Fröhlich schwieg wieder einen kleinen Augenblick lang, während Brockmann weiter Freude an seinem Frühstück hatte. Als Fröhlich weiter gedacht hatte, kam der entscheidende Satz: „Wenn das so ist, ist Herr Peters mit seinem Institut in kriminelle Machenschaften eher hineingeglitten?"

Brockmann stellte das Essen ein. Jedenfalls für einen Augenblick: „Gut formuliert. Ja, so könnte man sagen. Es ist, wie Sie gesagt haben. Er ist in die Sache hineingeglitten und als er begreifen konnte, was sich da anbahnte für sein Haus, hat er die Geschäftsbeziehungen beendet. Ganz kurzfristig und vollständig."

Fröhlich wusste jetzt vermutlich schon ganz genau, wer da die ganze Zeit im Fokus ihrer Unterhaltung war, ohne dass dessen Name gefallen war. Der Wechsel Karsts von seiner Hausbank zu der russischen Bank war zwar nicht in den Boulevardblättern behandelt worden, aber in der Bankingcommunity war er allgemein bekannt.

„Und was wird dem großen Kunden von Herrn Peters zur Last gelegt, dass er nicht länger Kunde der Industrie- und Handelsbank bleiben konnte?"

Die Katze sollte aus dem Sack. Jedenfalls nach Ansicht von Sigbert Fröhlich. Es ging ihm schon nicht mehr um den Namen des Kunden. Es ging nur noch darum, ob man dem in Rede stehenden Ungenannten weiter beispringen konnte, oder ob schon die Zeit gekommen war, sich von ihm zu distanzieren.

Nun wollte Brockmann mehr wissen. Wollte die Einbindung Fröhlichs in das Netz der Mächtigen besser beurteilen können. Also ließ er die Katze nicht raus: „Das wollen Sie nicht wirklich wissen, denn mit dieser Welt wollen Sie nichts zu tun haben, denke ich mir."

Jetzt verschlug es Fröhlich für einen Augenblick die Sprache. Vor ihm saß der Präsident des BKA und bedeutete ihm, dass er ihm keine Auskunft geben wollte.

Brockmann machte sich an dem zweiten Körnerbrötchen zu schaffen, weil es ihm wirklich gut schmeckte und zudem die Zeit unauffällig überbrückte, die Fröhlich für sein weiteres Vorgehen benötigte.

Als Brockmann sich das zweite Brötchen mit dem Bacon und dem Rührei gerade wieder zum Mund führte, fragte Fröhlich ganz trocken: „Also ist Sebastian Karst in beträchtlichen Schwierigkeiten?"

Brockmann legte das Brötchen zurück auf den Teller, sah Fröhlich ernst in die Augen und fragte zurück: „Wie kommen Sie auf diesen Namen?"

Fröhlich musste sich entscheiden. Entweder ging er jetzt in die eben begonnene konkrete Richtung weiter und riskierte dabei, als jemand in Verdacht zu geraten, der doch mehr wusste, als nur aus seinem Amt an Informationen verfügbar war, oder er beließ es dabei. Dann würde er auch nicht mehr erfahren.

„Nun, der Wechsel der Bankverbindung von Herrn Peters' Haus zu einer russischen Bank durch den Karst-Konzern ist uns natürlich auch nicht verborgen geblieben." Fröhlich hatte sich entschieden. Er wollte mehr wissen und scheute etwaige Weiterungen zunächst nicht.

Brockmann ging in die Offensive: „Wie erklärt man sich den Vorgang, den Sie ansprechen, unter Bankern denn? Nach so vielen Jahren des Zusammengehens, in denen ja bekanntlich auch feste Vertrauensverhältnisse zwischen Bank und Kunde wachsen, ist ein so abrupter Absprung – und dann noch zu einer russischen Bank – äußerst ungewöhnlich. Oder sehen Sie das anders?"

Fröhlich machte nach kurzem Zögern einen Rückzieher. „Ja, das stimmt schon. Es ist ungewöhnlich. Es hat auch bei den Banken Fragen aufgeworfen, aber mir ist keine plausible Erklärung bekannt. Haben Sie eine, die mir eine Richtung anzeigt, die mich überzeugt?"

Zweiter Versuch, mehr zu erfahren, obwohl Brockmann vorhin schon abweisend war.

„Heute werde ich Ihnen dazu nichts sagen können. Aber so viel will ich Ihnen jedenfalls aus kollegialen Gründen verraten. Ich würde an Ihrer Stelle keinen Finger rühren, um in irgendeine Nähe zu dem Fall zu kommen. Allenfalls, wenn mein Haus Sie um Amtshilfe ersuchen sollte, wohin sich die Gelder des Karst - Konglomerats aufspalten. Wir glauben nämlich, dass die weiterhin prosperierenden Geschäfte Karsts nur einen Teil seines Geldzuflusses in Deutschland verbuchen, während ein anderer Teil auf Konten unbekannter Domizilierung landet und damit dem Wissen und Zugriff deutscher beziehungsweise europäischer Institutionen entzogen ist. Damit möglicherweise auch steuerlich."

Brockmann hielt inne, ließ Fröhlich Raum für eine Erwiderung. Aber es kam nichts. Pures Schweigen war die einzige Reaktion.

„Wenn ich es mir genau überlege", Brockmann schob eine weitere kleine Pause nach, „dann ist das in diesem Augenblick bereits das Ersuchen um Amtshilfe. Sie werden es persönlich und schriftlich heute Nachmittag zugestellt bekommen. Unsere Frage wird sein: Wo fließen Karsts Gelder hin? Wer speist ihn wofür?" Brockmann sah Fröhlich wieder in die Augen und stellte fest, dass dessen Augen eng zusammengezogen waren. Brockmann überlegte kurz, ob Fröhlich einen Rückzieher versuchen würde.

Nichts geschah.

Dann fuhr Brockmann fort: „Ich sage Ihnen nur noch so viel. Wer jetzt noch aus den falschen Gründen mit ihm in Kontakt ist, könnte dadurch in ernste Gefahr kommen." Brockmann blickte Fröhlich weiter an und wartete auf eine Reaktion.

Fröhlich überlegte immer noch.

Das schien Brockmann für einen flinken Kopf, wie Fröhlich einer war, zu lange. Er fragte nach. „Was macht Sie so nachdenklich?"

„Ist Ihnen das nicht klar? Überlegen Sie doch einmal selber, was die Folgen dessen sein werden, was Sie eben skizziert haben. Wenn wir Karst unrechtmäßiges Handeln nachweisen können, kommen mit dessen Sturz ganz große Unannehmlichkeiten auf die Politik zu. Viele sind mit den Karsts bekannt, ja befreundet. Die Parteien gehören zu den großen Nutznießern von Spenden, die Karst immer gewährt hat. Die Industrie sieht ihn als Vorbild für alle Unternehmer. Das wird nicht einfach. Dessen sind Sie sich schon bewusst, nicht wahr Herr Brockmann?"

Also doch. Die Verflechtungen waren gegeben. Fröhlich machte einen ernsten Versuch, Karst etwas Entlastung zukommen zu lassen. Zugleich wollte er sich der Qualität der Vorwürfe gegen Karst versichern. Wenn das Material des BKA nicht vom Feinsten war, würde man Brockmann nicht schonen und ihn ablösen.

Brockmann war sich dessen bewusst. Er griff selbstsicher zu seinem Brötchen und bevor er es sich in den Mund schob, erwiderte er ganz ruhig: „Und wer alles davon in Mitleidenschaft gezogen wird, wenn Sie erst einmal mit Ihren Mitarbeitern die Belege für das gesammelt haben, was das BKA schon längst weiß."

Fröhlichs Laune war nicht länger im Einklang mit seinem Namen. Eher schien er etwas verkniffen. Er schien alle Konsequenzen dessen zu überlegen, was er soeben erfahren hatte.

Mitten hinein in seine Überlegungen schob Brockmann einen Gedanken nach: „Wenn die Konsequenzen wirklich so umfangreich sein werden, wie Sie zu befürchten scheinen, dann wäre es ja sicher nicht falsch, jemanden aus Ihrem Haus mit der Aufgabe der Analyse der Zahlungsströme zu betrauen, der absolut kompetent und zugleich absolut verschwiegen ist. Das wäre mir jedenfalls am liebsten. Denn ich habe keinerlei persönliche Interessen in dem Fall. Ich bin an Diskretion durchaus interessiert. Nur ist der Zug mit den harten Fakten längst in den Bahnhof eingefahren, aus dem man nur durch Gefängnistore in die normale Welt zurückfindet. Ihre Beiträge dazu sind lediglich noch weitere Details. Aber wir werden darauf nicht verzichten."

Brockmann stand auf und nahm sich noch ein Teilchen mit Aprikosenfüllung, während der schwarze Anzug wie bestellt hereinkam und ihn fragte, ob er noch einen weiteren Tee wünschte. Brockmann bejahte. Der Mann verschwand wieder, um Brockmanns Wunsch zu erfüllen.

16.

Klaus Simon war zurück. Margot hatte seine Rückkehr abgewartet. Es wurde spät. Gegen 22:00 Uhr am Sonntag war Simon in Wiesbaden eingetroffen. Alles wurde sofort gesichert, was er mitgebracht hatte. Bilder, Informationen, Schilderungen seiner Eindrücke. Sowohl der, die er von Anatoli gewonnen hatte, als auch von der Person, die sich an Anatolis Fersen geheftet hatte. Schließlich lag sein Bericht von seinem eigenen Verfolger seit Prag bis nach Deutschland in den frühen Morgenstunden vor.

Margot hatte rote Augen am Montagmorgen, nachdem sie nur vier Stunden geschlafen hatte. Simon schlief in einem Zimmer des Gästehauses, denn sie wollten ihm nicht zumuten, nach all den Tagen im Auto und der pausenlosen Befragung schließlich noch nach Hause fahren zu müssen. Auch wollten sie ihn gerne weiterhin im unmittelbaren Zugriff haben, wenn sich weitere Fragen ergeben würden. Soweit dies nicht vonnöten war, würden sie ihn schlafen lassen.

Sein Verfolger war nämlich auch eingetroffen. Ein Tschetschene! Ganz gut deutsch sprechend, bewaffnet, wenn auch nur mit einem Messer. Er durfte nicht schlafen. Die Bundespolizei hatte ihn nach Wiesbaden mit dem Hubschrauber gebracht, nachdem er zunächst in Nürnberg vernommen worden war. Techniker untersuchten derweil sein Handy.

Klaus Simon hatte alle in seiner Erinnerung befindlichen Details berichtet. Jede Nuance hatten die Kollegen und Margot wissen wollen. Ganz besonders hatten sie seinen Mietwagen einer speziellen Untersuchung unterzogen. Der Verdacht auf einen Peilsender bestätigte sich schnell. Er war im hinteren rechten Radkasten versteckt. Jemand hatte ihn dort vermutlich angebracht, als Klaus Simon in Medyka in den Imbiss „Transit" gegangen war, um etwas zu trinken und zu essen – vor allem aber, um Anatoli zu treffen.

Klaus Simon war also seinerseits beobachtet worden. Schon in Medyka. Vielleicht auch schon vorher. Aber dafür gab es derzeit noch keine Hinweise. Bis jetzt war das nur eine logische Option. Margot würde sie nicht vergessen, aber im Moment hatte sie keine akute Brisanz. Die ergab sich eher aus der Festnahme des Tschetschenen.

Er war einer der beiden Mörder aus St. Moritz. Der kleinere Mann. Ziemlich genau 1,70 Meter groß.

An den Schuhen konnten sie ihn ganz genau identifizieren. Er trug wieder diese Sportschuhe, deren Abdruck in dem Abschnitt des Tatortes in Sils Maria genommen worden war, in dem sich keine Felsenplatten, sondern grau-weißer, sandig-mergelartiger Untergrund befunden hatte. Mit alter und neuer Technik hatten die Schweizer Kollegen alles festgehalten, das heißt mit Fotos und mit Gipsabdrücken sowie Bodenproben.

Der Erfolg war deshalb so durchschlagend, weil in den Profilen beider Schuhe des Tschetschenen noch mikroskopisch kleine Teilchen des in Sils Maria vorfindbaren mergelartigen Sandgemisches gefunden wurden.

Margot war einerseits über den unerwarteten Erfolg erfreut, hatte andererseits aber große Probleme mit den anderen Aspekten der Unternehmung von Klaus Simon. Vor allem die Warnung Anatolis, es ginge um sein Leben, machte ihr das größte Kopfzerbrechen. Sie wollte ihn am liebsten direkt zum Verlassen Russlands animieren. All sein Wissen würde die deutschen Geheimdienste um einen kleinen Quantensprung voranbringen.

Wenn dieses Wissen verloren ginge, wären die Weiterungen unglaublich gefährlich. Wronikow würde ihn nicht gleich töten lassen. Vermutlich müsste er zunächst tagelange, vielleicht wochenlange Folter über sich ergehen lassen. Dann erst würde Anatoli in einem unerwarteten Augenblick mit einem Genickschuss erlöst werden. Wenn er Glück hatte.

Seine Widersacher würden dadurch an Kenntnisse über alle Aktivitäten Anatolis in den vergangenen Jahren mit deutschen und amerikanischen Geheimdiensten gelangen. Das war in hohem Maße unerwünscht. Auch der Umstand, dass dieser Tschetschene aus dem Umfeld des Generals Wronikow hinter Klaus Simon hergefahren war, zeigte ihr, dass Anatoli überwacht wurde. Dass sich die Überwachung Anatolis dann möglicherweise aufgespalten hatte, um auch die Herkunft des vermuteten Kontaktes zwischen Klaus Simon und Anatoli zuordnen zu können, zeigte vor allem, dass Anatoli besser verschwand als zu warten, um noch mehr zu erfahren und seine russischen Vermögen zu retten. Je länger Margot darüber nachdachte, desto sicherer war sie, dass Anatoli aus Russland schleunigst verschwinden musste.

Was immer sich da in der Drogenszene für Machtkonstellationen anbahnten, die wesentlichen Erkenntnisse über eine rivalisierende Gruppierung im Drogengeschäft Russlands, mit Wronikow an der Spitze, waren gesichert. Der Rest würde sich auch aus anderen Quellen ermitteln lassen. Margot war entschlossen, den Schritt zu wagen und Anatoli ausfliegen zu lassen.

Sie benötigte nur noch Brockmanns Zustimmung. Aber sie konnte ihn nicht erreichen. Er war außer Haus.

17.

Renate war über die Entwicklung in Margots Beritt angenehm überrascht. „Da kommt es ja zu einem veritablen Fortschritt in der Mordsache Simona Lorenzo. Donnerwetter, das hätte ich nicht erwartet, nachdem die vermutlichen Mörder in Russland verschwunden waren. Kompliment." Margot freute sich über Renates Äußerung, war aber angeschlagen durch die letzte Nacht und den vorangegangenen Tag. Sie hatte sich einen Kaffee mitgebracht, um Renate zu berichten und dabei nicht einzuschlafen.

Die zwei Frauen verabredeten, den Schweizern die frohe Botschaft zunächst nicht mitzuteilen. Anatoli sollte durch nichts gefährdet werden. Die Legende für die Festnahme des Tschetschenen würde in der Mordsache in der Schweiz in Verbindung mit einer Schleierfahndung hinter der deutsch-tschechischen Grenze begründet sein. Also mit Zufall.

Mehr Schutz konnten sie Anatoli im Moment nicht gewähren.

Margot hatte auch einen Plan im Kopf, wie sie Anatoli benachrichtigen und bei seinem Einverständnis sofort aus dem Land expedieren würde. Sie musste Brockmann sprechen. Nur er würde davon erfahren. Und er musste dafür grünes Licht geben. Das war jetzt am dringendsten.

18.

Anatoli kam in der Nacht von Sonntag auf Montag wieder in Orel an. Die Fahrt war ermüdend und langweilig gewesen. Er hatte in einer Fernfahrerherberge östlich von Kiew übernachtet. Am nächsten Morgen war sein Verfolger in dem Audi immer noch da.

Anatoli war ganz kalt im Herzen. Aber er wusste, seine Zeit war gekommen, so oder so. Auf der Fahrt von Kiew nach Orel nahm er sich vor, alles für seinen Aufenthalt in Moskau vorzubereiten.Vor anderen und vor sich selbst. Denn er musste an seiner Legende stricken. Zunächst für den Verfolger, wenn der ihn auch in Orel weiter im Auge behielt, denn er ging fest davon aus, dass es sich um Wronikows Handlanger handelte. Nach seinen Beobachtungen war es nur ein Mann. Der musste in seinem Wagen geschlafen haben. In die Fernfahrerunterkunft hatte er sich nicht hineingewagt. Dort kannte man Anatoli. Er hätte es erfahren. Nein, sein Schatten würde in Orel vermutlich durch einen anderen Schatten ersetzt werden und Anatoli nie mehr ohne Bewachung sein, bis sein System des Transportmanagements vollständig durchschaut war.

Nein, Wronikow würde ihm nicht vertrauen. Wie immer er ihm auf die Schliche gekommen war. Wronikow würde ihn nicht schonen, wenn sein Geschäft lief. Er würde bald alle Personen kennen, derer er bedurfte, um die geplanten Transporte auch unabhängig von Anatoli durchführen zu können. Anatolis Zeit in Russland war abgelaufen. Er wusste es. Wusste, dass er nur als Überläufer eine Chance hatte. Oder er war bald tot. Der Kerl hinter seinem Wagen war eine klare Warnung, sich an die Vereinbarungen mit Wronikow zu halten und nicht einen Meter von der vorgegebenen Spur abzuweichen.

Die für ihn verbleibende Zeitspanne ohne größeres Risiko war kurz bemessen. Mittwoch in Moskau würde er Wronikow ausgeliefert sein. Morgen am Montag müsste er die Schritte für seine Absetzbewegung einleiten.

Die Deutschen mussten Vorkehrungen treffen. Er müsste benachrichtigt werden über die Wege, auf denen alles geschehen würde. Eigentlich war seine Flucht mit Hilfe der Deutschen kaum noch zu bewerkstelligen.

Er dachte an seine eigenen Fluchtrouten. Er war nicht unvorbereitet. Aber Wronikow war ein mehr als ebenbürtiger Gegner. Anatoli würde seinen Plan variieren müssen, den er schon vor langer Zeit entworfen und in den notwendigen Teilen auf „Stand-by" gelegt hatte. Dieser Plan ruhte seither und Anatoli war darauf angewiesen, dass alle technischen Komponenten voll funktionsfähig sein würden, wenn er diesen Weg beschreiten würde.

Oder den von Margot, wenn sie rechtzeitig handelte.

19.

Ueli Rütter war noch immer mit dem Mordfall Simona Lorenzi betraut. Ihm selbst kam es wie ein kleines Wunder vor, denn er hatte fest mit seiner Abberufung aus dem Fall gerechnet. Die Ermordung des Privatdetektivs Wilhelm Hingsen durch einen Scharfschützen mit einem Präzisionsgewehr hatte ihm den ersten Malus in seiner Laufbahn als Polizeioffizier beschert. Doch sein Chef hatte anders entschieden. Er musste es vor der obersten Polizeiführung des Kantons Graubünden gerechtfertigt haben. Wie auch immer. Rütter war noch da.

Das Projektil, mit dem Hingsen in den Kopf geschossen worden war, steckte noch in der Seitenverkleidung seines Dienstwagens, als die Kriminaltechnik das Fahrzeug akribisch untersuchte. Trotz der Verformung gelang es, das Projektil vom Kaliber .388 Zoll einem Waffentyp zuzuordnen. Die Waffentechniker hatten eine Barrett M98 Bravo identifiziert. Ein amerikanisches Produkt, mit dem man Lapua Magnum Munition verschießen konnte. Patrone und Gewehr waren identifiziert, nur der Schütze nicht. Dessen vermutlichen Standort, von dem aus der Schuss abgegeben worden war, hatten die Spezialisten auch ausfindig gemacht. Nachdem alles markiert und schließlich vermessen war, ergab sich eine Schussentfernung von 900 Metern. Nicht übermäßig weit für einen Spezialisten und doch schon eine Herausforderung bei einem beweglichen Ziel, das nur für Sekunden in der richtigen Position war.

Der Abschlussbericht brachte das Ergebnis auf den Punkt: Waffe und Entfernung wiesen auf einen Profi hin, der vermutlich einen militärischen Hintergrund hatte und für Geld mordete. Ihn zu finden war eine Frage von Zeit und Geduld, aber nicht unlösbar. Mit diesem Ergebnis konnte Rütter leben, denn genau genommen hätte ihn auch die Eskorte nicht vor der Ermordung Hingsens schützen können. Vielleicht wäre der Täter nicht entkommen. Aber das alles war Spekulation.

Er war noch am Fall dran und sein Ehrgeiz, zur Lösung des Falles beizutragen, war durch die Schlappe am Berninapass eher noch verstärkt worden. Er nahm den Fall jetzt persönlich. Die Suche nach dem Präzisionsschützen ging wegen der internationalen Suche in die Hände des schweizerischen Bundeskriminalamtes über. Alles andere blieb bei der Kriminalpolizei in Graubünden.

Rütter schrieb Renate die Ergebnisse und die Entscheidung seines Chefs, ihn weiter am Fall arbeiten zu lassen, mit einigen dürren Worten per Email am Montagmorgen.

20.

Brockmann gab Margot grünes Licht. Nach seiner Rückkehr von Sigbert Fröhlichs Einladung zum Frühstück hatte er Renate mit dem Amtshilfeersuchen beauftragt und hatte dann Margot zu sich gerufen, deren dringender Terminwunsch ihm von seiner Sekretärin vorgetragen wurde.

Margot hatte die Ergebnisse der Vernehmungen der letzten Nacht in einem kurzen Memo zusammengefasst. Im Lichte dieser Fortschritte machte sie den Vorschlag, Anatoli zur Flucht zu veranlassen. Die Wege waren gut überlegt. Die Zeit für die Umsetzung war knapp bemessen. Abstimmung mit anderen Bundesbehörden war unter diesen Umständen nicht möglich, aber auch nicht angezeigt, weil Anatoli dadurch womöglich gefährdet werden würde.

Margot sprintete mit ihrer Zusage in ihr Büro, schrieb dem Residenten des BKA in der Botschaft in Kiew eine verschlüsselte

Email der höchsten Dringlichkeitsstufe, veranlasste darin ein Fax an Anatolis Firma von einem unauffälligen ukrainischen Unternehmen, in dem ein sofortiger Transportauftrag durch Anatoli aus der Nordukraine mit vier LKW nach Moskau angefragt wurde und der wegen der Dringlichkeit mit einer Prämie winkte, wenn der Transport termingerecht in Moskau eintreffen würde.

Dann begann sie ihre weiteren Aktivitäten zu entfalten. Zuerst rief sie einen Kollegen beim BND auf einer sicheren Leitung an: „Robert, Margot hier. Geht's gut?"

Robert murmelte mürrisch: „Was willst du? Wenn du schon so fragst, ist meist was im Busch. Was soll es denn diesmal sein? Wieder ein Tieflader mit doppeltem Boden?"

„Sprich nicht so abfällig mit mir. Du weißt sicher noch, wer dir in Südafrika den Frack gerettet hat. Oder hast du das alles schon vergessen?"

„Hör auf mit den ollen Kamellen, Margot. Das Bisschen hätte ich auch alleine geschafft."

„Ja, das kenne ich von dir. Je weiter der Zeitpunkt zurückliegt, desto größer und stärker wirst du, Robert. Aber als dir das Wasser bis zum Hals stand, da hattest du keine Probleme, meine Hilfe anzunehmen. Und genau genommen, wärst du ohne mich noch heute im Gefängnis. Und im Irak war es nicht so viel anders. Kannst du dich daran auch nicht mehr so recht erinnern?"

„Hör schon auf mit deinen Drohungen. Was willst du wirklich?"

„Ich will dich und deinen Zirkus für achtundvierzig Stunden ganz für mich allein. Das schuldest du mir. Ich muss jemanden aus dem Osten holen, der auch für euch von extremer Bedeutung ist. Insofern fällt auch für dich noch ein Stück Anerkennung ab."

„Was weißt du schon, wer für uns wichtig ist? Wann und wie soll die Person zu uns gelangen?"

„So wie damals im Irak. Gleiches Modell, nur diesmal in der Ukraine. Morgen gegen 05:00 Uhr früh. Der Ort liegt nordöstlich von Kiew. Die Sache ist ganz hoch aufgehängt. Ich habe meinem Chef gesagt, dass ich das mit dir persönlich regele. Er hat deinen Chef anrufen wollen. Aber das habe ich ihm ausgeredet."

„Wäre vielleicht nicht schlecht, wenn er es trotzdem tut. Dein Wunsch riecht für mich verdammt nach politischen Verwicklungen. Hätte so etwas nicht gerne in meiner Personalakte."

„Ich erkenne dich nicht wieder, Robert. Hast du damals in Südafrika auch an deine Personalakte gedacht, als du mit dem jungen Mädchen nach Namibia durchbrennen wolltest und die Eltern dir die Polizei auf den Hals gehetzt hatten? Als du da in der Klemme warst, deine eigene Operation gefährdet hattest, hast du mich da gefragt, wer meine Hilfestellung abdeckt? Ob meine Chefs mir daraus einen Strick drehen könnten? Nichts davon! Du hast nur gedacht, raus hier, so schnell wie möglich. Und ich habe geliefert. Und jetzt wirst du liefern, oder ich verkaufe deinen Arsch an den Meistbietenden. Haben wir uns verstanden?

Und jetzt ist Schluss mit dem Gezacker. Ich geb dir in einigen Minuten die Daten durch, per Email. Du machst die Technik klar. Das ist ein Akt von Kooperation zwischen unseren Diensten. Du wirst dabei nicht beschädigt, sondern bekommst noch ein Lob dafür, denn der Mann, um den es geht, ist von hohem Wert für uns alle. Er wird auf dem Gelände einer ehemaligen Luftwaffenbasis mit deinen Leuten zusammentreffen, in die Maschine einsteigen und ihr werdet ihn ohne ein Wort an Bord nehmen und über alle Grenzen fliegen. Nach Polen. Den Zielort gebe ich dir auch in der Email an. Allerdings musst du in der Ukraine mit Störungen durch ungebetene Gäste rechnen. Sei also vorbereitet."

Robert brummte ein genervtes: „Danach schulde ich dir nichts mehr. Jetzt schick deine Email, ich kann keine Zeit verlieren in dieser Sache, wenn es klappen soll."

Margot beendete das Gespräch und tat das Notwendige.

21.

Anatoli erhielt Margots Signal am Montag gegen Mittag. Er saß für einige Momente ganz ruhig in seinem Sessel. Dann gab er sich einen Ruck, rief seinen Transportleiter zu sich, zeigte ihm das Fax und sagte: „Das Geschäft nehmen wir mit. Ich bin dabei. Muss zwar übermorgen nach Moskau. Aber das lasse ich mir nicht entgehen. Wir machen es nur gegen Vorkasse. Wenn die uns das per Fax bestätigen, komme ich mit, kassiere das Geld und fahre danach direkt zurück. Bin am Mittwoch dann in Moskau. Wird zwar anstrengend, aber Geschäft ist Geschäft." Er strickte an seiner Legende für die eigenen Mitarbeiter. Ob Wronikow auch unter seinen Mitarbeitern Zuträger hatte, wusste er nicht. Aber er musste mit allem rechnen. „Also macht die vier großen Trucks reisefertig. Wir warten das Fax ab und wenn es positiv ist, fahren wir sofort los."

Dann setzte er eine Faxantwort mit den Bedingungen auf, zu denen er bereit war, das Geschäft anzunehmen, und wartete.

Er durfte jetzt keine Nervosität zeigen. Wenn Margots Plan nicht funktionierte, würde er in der Klemme sitzen. Denn ein Wechsel zu seinem eigenen Notfallplan würde dann nicht mehr möglich sein. Seine eigene logistische Basis für Notfälle lag von der Nordostukraine zu weit entfernt.

Er packte seinen großen Fliegerkoffer, als wenn er auf Geschäftsreise gehen wollte. Die Geldbündel aus Dollar- und Euroscheinen an den Boden, etwas frische Wäsche darüber. Dann nahm er auch die Makarow aus dem Tresor, falls es zu Auseinandersetzungen mit Wronikows Leuten kommen sollte. Darüber legte er Transportpapiere seiner Trucks. Damit ging er zu seinem Wagen, stellte den Aktenkoffer auf den Boden der Beifahrerseite und fuhr ihn an die betriebseigene Tankstelle, um ihn vollzutanken.

Als er wieder in sein Büro zurück kam, lag noch kein Antwortfax vor. Er wurde langsam unruhig. Die Zeitschiene war fast schon zu eng bemessen. Es durfte nichts schief gehen auf dem Weg nach Konotop.

Sein Transportleiter brachte schließlich das Fax. Der Betrieb aus Konotop hatte akzeptiert. Er gab das Signal zum Aufbruch und bald darauf setzte sich der Konvoi aus vier großen Trucks und Anatoli in seinem Toyota an der Spitze in Bewegung.

Jetzt würde sein Bewacher sehen müssen, wie er ihm folgte. Vor ihn setzen konnte er sich nicht. Dass wäre dann doch zu auffällig gewesen. Hinter allen Trucks war die Beobachtung eingeschränkt. An einen Peilsender glaubte Anatoli nicht. Er hatte seinen Wagen gestern nach seiner Rückkehr aus Polen extra in die Garage gefahren und hatte die Alarmanlage eingeschaltet. Egal. Jetzt galt es, die Nerven zu behalten. Sie fuhren von Orel auf der M2 nach Südwesten, um vor Trosna auf die A142 abzubiegen und dann bis zur russisch-ukrainischen Grenze zu fahren, die sie gegen 21:00 Uhr erreichten. Die Grenzabfertigung dauerte lange, obwohl Anatoli vorfuhr und die Grenzer wohlwollend stimmte, indem er in seinen Koffer griff und den Chef der Zöllner mit Dollars überzeugte, dass seine Trucks sofort abgefertigt werden mussten.

Gegen Mitternacht waren sie auf der ukrainischen Seite angelangt und fuhren bis nach Baturyn, wo alle Trucks noch einmal betankt wurden. Anatoli mit seinem Toyota auch. Danach bogen sie nach Konotop ab. Die Ladestelle für die Trucks lag auf der nördlichen Seite des Ortes.

Als sie losfuhren, sah Anatoli, dass sein Schatten auch an die Tankstelle fuhr, um seinen Wagen ebenfalls mit Kraftstoff zu versorgen. Das war Anatolis Chance. Er gab seinem Transportleiter in einem kurzen Funkspruch auf dem firmeneigenen Netz durch, dass er vorfahren und die Aufstellung der Trucks für die Beladung abklären wolle. Dann brauste er los. Es war Dienstag 02:00 Uhr.

V. Kapitel

1.

Sabrina war unterwegs. Sie hatte keine Sorgen mehr. Die versprochene Zulieferung des Heroins war erfolgt. Mehr Ware und sichere Transporte waren jetzt in greifbarer Nähe. Die organisatorischen Voraussetzungen waren geschaffen. Noch diese Woche würde ein erster Großtransport ankommen.

Juri und sie waren dabei, den alten Herrscher Karst endgültig vom Markt zu verdrängen. Gestern, am Montag, hatte Jasmin auf dem Handy angerufen. „Gib es auf. Du wirst Schiffbruch erleiden. Du hast zu viele Leute verärgert. Das wird für dich nicht gut ausgehen. Ich sage dir das, weil wir einmal gut befreundet waren. Du hast in Sils Maria auch unsere Freundschaft zerstört. Du bist zu gierig. Gier ist kein guter Ratgeber. Ich will dich nicht mehr wiedersehen, aber ich wollte dich wenigstens gewarnt haben."

Sie hatte Jasmin nur angehöhnt. „Du hast nie gelernt zu verlieren. Jetzt gibst du ein ganz trauriges Bild ab, mit deiner Masche von der alten Freundschaft. Du hast mich früher nur benutzt, wenn du meiner Hilfe bedurftest. Heute ist die Lage anders. Ich bin unabhängig und brauche deine Freundschaft nicht." Sie hatte Jasmin diese volle Breitseite ihrer Abneigung entgegengeschleudert und hatte das Telefonat beendet. Sie war mit sich im Reinen.

Jetzt war sie auf dem Weg in den Vogelsbergkreis, wo sie ein neues Zwischenlager besichtigen wollte. Begleitet nur von einem Cousin Juris, der als ihr Fahrer und Bodyguard diente.

Ländliche Gegenden in der Nähe der Autobahn hatten den Vorteil, bei niedrigen Preisen für Lagerstätten gute Übersicht über ungebetene Gäste zu gewähren. Sie hatten den Bauernhof gepachtet. Er hatte große Lagerhallen für Futtermittel. Zu groß für den

Landwirt, der sich völlig verkalkuliert hatte. Die Erträge waren zurückgegangen und eine Expansion der Weideflächen für sein Vieh war nach einem Streit geplatzt. Schließlich war der Mann froh, seinen Hof an ein Speditionsunternehmen zu passablem Geld verpachten zu können.

Als Sabrina alles besichtigt hatte, machte sie sich zufrieden auf den Heimweg. Die Voraussetzungen für große Lieferungen waren gegeben. Sie hatte alles vorbereitet. Die Sache konnte expandieren.

Kurz vor der Einfahrt in Juris äußerlich eher unscheinbares Reich querte ein entgegenkommender Lieferwagen vor ihrem Audi die Straße, scheinbar um noch schnell vor ihr in eine Einfahrt auf ihrer Straßenseite zu gelangen. Ihr Bodyguard hupte energisch. Umso überraschter waren beide deshalb, als ein BMW auch noch links neben ihren Audi fuhr, anscheinend ebenfalls von dem Lieferwagen blockiert. Juris Cousin schimpfte jetzt in Richtung des BMW, in dem zwei Männer saßen.

Als er begriff, dass der Zusammenhang ein anderer war als er angenommen hatte, war es zu spät. Der Mann auf der Beifahrerseite des BMW schoss ihm durch die heruntergelassene Seitenscheibe zwei Kugeln in den Kopf.

Er war sofort tot. Sabrina hatte sich instinktiv im Sitz nach unten rutschen lassen, um sich hinter ihrem Fahrer zu verstecken. Es gelang nicht vollends. Der Schütze verletzte sie an der rechten Schulter.

Dann setzte der BMW energisch zurück, umrundete das Heck des Lieferwagens und rauschte die Mainzer Landstraße in Richtung Frankfurt-Höchst davon.

2.

Renate erfuhr von dem Anschlag auf Sabrina Eberle als Zweite, und zwar durch einen Anruf von Friedrich Taubert.

Taubert hatte es als Erster gewusst, denn er war vor Ort, als es geschah. Eine Verfolgung des flüchtigen BMW war misslungen. Der Wagen wurde später fünf Kilometer entfernt verlassen aufgefunden. Die Täter waren von dort in einem bereitstehenden weiteren Fluchtfahrzeug in unbekannte Richtung geflohen.

Der Fahrer des Lieferwagens hingegen war festgenommen worden. Er war ein kleines Licht. „Vor allem im Hirn", wie Taubert mürrisch berichtete. Tatsächlich schien er keinerlei Verbindungen zum kriminellen Hintergrund der Tat zu haben. „Der ist zu doof für alles", war Tauberts weiterer Kommentar. „Der Kerl ist deshalb vor den Wagen von Sabrina Eberle gefahren, weil er aggressiv war und nicht warten wollte. Er hatte sich morgens mit seiner Frau gestritten. Er ist Deutscher und hat keinerlei Vorstrafen, aber auch immer wieder keine Arbeit, weil er immer aneckt."

Als sie sich mit den Teilnehmern ihrer kleinen Task-Force am Dienstag zur täglichen Sitzung traf, war der Anschlag auf Sabrina natürlich das zentrale Thema. Renate war von allen Rechtfertigungen der Drogenfahnder unbeeindruckt. Sie war still und die anderen im Raum hatten ihre Warnungen noch im Ohr, dass Sabrina Eberle in Gefahr sei. Sie hatte recht behalten.

Taubert schob dann noch nach, das könne der Anfang von weiteren Aktionen sein. Wenn die Geschäftspartner Karsts beschlossen haben sollten, ihre Widersacher auf diese Weise aus dem Markt zu entfernen, würde es wesentlich mehr Tote geben in nächster Zeit.

Margot fehlte. Die Sache mit Anatoli war irgendwie noch nicht beendet. Sie hatte nur kurz angerufen und zu Renate gesagt: „Bin im Stress. Kann nicht kommen. Sie wissen schon. Der Russe."

Also bestand die Runde nur aus Taubert, Rigo Flach und Renate. So blieb die Sitzung kurz. Als sie schon das Ende verkünden wollte, kam Brockmann durch die Tür. „Bin der Ersatzmann für Frau Keller. Geben Sie mir bitte einen kurzen Überblick über den Sachstand in Ihrem Projekt, Frau Augustin."

Renate brachte Brockmann mit wenigen Worten ins Bild, indem sie chronologisch die aktuellen Fakten, begonnen mit den Ermittlungen in der Schweiz bis zu der Meldung vom Angriff auf Sabrina Eberle und ihren Fahrer, berichtete. Sabrinas Bodyguard war tot und zur Obduktion in die Universitätsmedizin verbracht worden. Sabrina hatte einen Streifschuss an der rechten Schulter, weswegen sie ebenfalls in die Uniklinik eingeliefert worden war. Sie wurde von der Polizei bewacht.

Am Ende fasste Renate noch die Aufzeichnung des Telefonats zwischen Sabrina und Jasmin von gestern in kurzen Worten zusammen und erläuterte, dass Jasmin aus Moskau kommend gegen 22:30 Uhr am Sonntagabend auf dem Frankfurter Flughafen gelandet war.

Brockmann sagte nichts. Das Attentat auf Sabrina kommentierte er zunächst überhaupt nicht. Dann fragte er Taubert, ob es in seinen Ermittlungen Hinweise auf die Hintermänner des Attentats gab. Taubert war verlegen: „Nein, wir haben nichts, außer einer Videoaufnahme, die durch eine auf die Hauseinfahrt von Juris Anwesen gerichtete Kamera erfolgte. Also von der gegenüberliegenden Straßenseite. Da wir keine freie Kamera im Einsatz hatten, sind die Aufnahmen nicht präzise auf den Schützen gerichtet. Aber Teile seines Gesichtes sind zu sehen. Vielleicht hilft uns das weiter. Die Auswertung läuft."

„Was ist mit den Schweizern? Wie verhält es sich mit der Zuordnung der Waffe, die in der Schweiz zum Einsatz kam?"

Renate hatte eine erste Vermutung aus der Schweiz zur Hand. Rütter hatte kurz vor der Sitzung geschrieben, dass die Waffe einem Franzosen zugerechnet würde, der in der Fremdenlegion gewesen war. Seit etwa fünf Jahren sei er „selbständig". Name: Robert Picot.

„Das ist der Name, den er in der Fremdenlegion angenommen hat. Er hatte sich freiwillig gemeldet, um der Strafverfolgung durch die Polizei zu entgehen, denn er war an zwei Banküberfällen beteiligt. Er heißt eigentlich mit bürgerlichem Namen Robert Hammes und kommt aus der Grenzstadt Forbach in Lothringen." Die Italiener würden nach ihm suchen. Brockmann verzog das Gesicht. Wohl auch wegen des Allerweltsnamens. „Dessen persönliche Daten hätte ich gerne nachher auf meinem Tisch." Brockmanns Ton ließ keinen Zweifel, dass er damit sofort nach der Sitzung meinte.

„Ja, selbstverständlich."

Brockmann machte eine Pause, war aber erkennbar noch nicht fertig mit seinen Fragen. „Was ist mit der Bundesbank? Haben Sie mit dem Mann schon Kontakt aufgenommen, Frau Augustin, dessen Namen ich Ihnen vorhin durchgegeben hatte?"

„Nein, das wollte ich im Anschluss an die Sitzung machen. Unser Termin hier war schon zu nahe dran, als dass ich noch in Ruhe mit der Bundesbank hätte sprechen können."

„Gut, dann nehmen Sie den Herrn Flach nachher gleich mit in Ihr Büro, damit er dem Telefonat beiwohnt."

Brockmann schaute Flach an. „Es geht um die Zahlungsverkehrsdaten mit dem Ausland, Herr Flach. Die Bundesbank stellt einen Gruppenleiter ab, der den Zahlungsverkehr der Karst Gruppe speziell sichten soll, soweit er greifbar ist. Also, soweit die Bundesbank auch Zugriff auf Daten der EZB hat, beziehungsweise andere Zentralbanken ‚abschöpfen' kann. Das übernehmen Sie bitte als spezielles Projekt innerhalb des Falles von Frau Augustin. Wir benötigen schnell aussagekräftiges Zusatzmaterial aus den Finanzen von Karst."

Danach schaute er nochmals Taubert an. „Wie wollen Sie in der Sache Eberle weiter vorgehen?"

„Wir werden Sabrina Eberle nach der medizinischen Behandlung vernehmen. Hier bei uns in Wiesbaden. Isoliert, solange das rechtlich möglich ist."

„Gut, dann machen Sie mal schnell voran, aber nicht gehudelt! Und den Kollegen aus der Schweiz sollten sie darüber informieren, dass wir den einen Mörder erwischt haben. Wenn er will, kann er bei den Vernehmungen dabei sein."

Brockmann schien seine Vorstellungen angebracht zu haben. Er stand auf, nickte allen zu und verließ schweigend den Raum. Die Sitzung war beendet, aber Renate hatte den Eindruck, dass etwas in der Luft schwebte, wovon sie noch nichts wusste.

3.

Anatoli hatte den richtigen Zeitpunkt erwischt. Jedenfalls dachte er das. Als er Konotop erreicht hatte, fuhr er auf der rechten Seite an der Firma, die Ziel seines Konvois war, vorbei, hielt aber nicht an, um die Vorkehrungen zu treffen, wie er vorgegeben hatte.

Er fuhr weiter. Durch den Ort hindurch und dann noch einmal etwa zehn Kilometer, bis er an eine Einfahrt mit einem verschlossenen Tor einer ehemals militärisch genutzten Einrichtung gelangte. Es war jetzt 04:30 Uhr und er war leicht nervös, denn das Tor war gut gesichert. Er raste auf der Straße weiter, um andere Einfahrten zu finden. Etwa zwei Kilometer später hatte er mehr Glück. Eine weitere Einfahrt mit halbseitig geöffnetem Tor bot ihm die Chance, das Gelände zu befahren. Er durchfuhr einige verfallene ehemals militärisch genutzte Komplexe und gelangte schließlich an das Vorfeld des Flughafens. Er hielt am ehemaligen Tower. Einem hoch aufragenden Gebäude, an dessen Spitze die Glaskanzel der Flugüberwachung thronte. Nur dass hier niemand war, auch keine Besatzung des Towers. Er war allein auf weiter Flur. Auch die Maschine, die Margot schicken wollte, war nicht da. Er fuhr noch ein paar Meter und wendete. Es schien ihm ratsam, sich hinter dem Tower zu verstecken. Er war sich nicht sicher, ob der Unbekannte ihn nicht doch aufspüren würde. Er schaute auf die Uhr. Jetzt war es schon 04:45 Uhr und es wurde knapp für die Deutschen, wenn sie pünktlich sein wollten. Pünktlichkeit war ja ein Markenzeichen in ihren Vorstellungen. Das hatte er immer zu schätzen gewusst. Heute wäre es für ihn wichtiger als in allen anderen Lebenslagen bisher, obwohl es schon äußerst knappe Situationen in seinem Leben gegeben hatte.

Als er sich dieser Momente erinnerte, rollte ganz leise vor ihm der Audi seines Verfolgers vorbei, hielt wenige Meter später an, setzte zurück und hielt in etwa zwanzig Meter Entfernung vor seinem Toyota, um ihn zu blockieren.

Anatoli versuchte, sich nicht zu bewegen, um nicht aufzufallen. Aber es gab keinen Zweifel. Der Andere verfügte entweder über einen siebten Sinn oder er hatte doch einen Sender an seinem Toyota angebracht. Ganz langsam neigte Anatoli sich seinem Aktenkoffer zu, zog ihn auf den Beifahrersitz hoch, erreichte die Verschlüsse, öffnete einen nach dem anderen, griff mit seiner rechten Hand unter die Unterlagen für den Transport, dann unter die Wäsche, fand schließlich die Makarow und zog sie zu sich auf den Sitz. Dann bugsierte er den Koffer quer auf den Beifahrersitz, so dass er etwas zusätzlichen Schutz bot, und wartete.

Anatoli gab nur ein kleines Ziel ab. Durch den Versuch, den Aktenkoffer mit der Makarow zu sich zu holen, hatte er sich klein machen müssen auf seinem Sitz. Der andere mochte glauben, Anatoli würde schlafen.

Wie sich gleich darauf herausstellte, glaubte der Fremde das nicht. Er stieg mit gezogener Waffe aus seinem Fahrzeug. Dann taxierte er einen Augenblick, auf welcher Seite er an Anatolis Toyota herantreten sollte, entschied sich für die Beifahrerseite und lief in leichtem Laufschritt auf den Toyota zu.

Als er ihn erreicht hatte, hielt der Mann seine Waffe mit ausgestreckten Armen im Anschlag und zielte auf Anatoli, der bewegungslos in seinem Wagen saß, den rechten Arm mit der Makarow in der Hand aber auf den Aktenkoffer gestützt, so dass er eine gute Chance hatte, den Anderen sicher zu treffen.

Anatoli schoss zuerst. Gleich darauf ein zweites Mal. Er traf den Mann im Oberkörper. Neben dem Herzen. Mittig in die Lunge. Der zweite Schuss ging in die Bauchgegend, weil der Andere, vom ersten Schuss getroffen, eine Bewegung nach hinten vollführte, als würde er dem Schuss ausweichen wollen.

Der Andere hatte auch geschossen. Ein Schuss zu tief, durch die Beifahrertür in den Aktenkoffer. Ein zweiter Schuss ging durch die Rückwärtsbewegung nach dem ersten Treffer Anatolis in die Luft.

Anatoli war starr vor Anspannung. Er konnte sich einen Augenblick lang nicht bewegen. Dann rief ihm sein Hirn in Erinnerung, dass er nicht im Auto sitzen bleiben durfte. Er öffnete seine Tür, stieg vorsichtig aus dem Wagen, machte gebückt zwei Schritte bis zum Hinterrad, um sich vor einem Schuss in die Beine zu schützen, falls der Andere noch leben sollte. Lugte über das Heck seines Wagens und sah ihn an Boden liegen. Als er näher trat, machte der Mann noch eine Bewegung. Anatoli schoss ein letztes Mal. Der Mann streckte sich aus. Er war tot.

Anatoli sah sich um, ob ihn jemand beobachtet hatte. Er sah niemanden, hörte stattdessen das Motorengeräusch einer sich nähernden einmotorigen Maschine. Dann sah er eine alte Antonow An-2 landen, die gerne in der Landwirtschaft zur Insektenbekämpfung eingesetzt wurde. Die Maschine war ein robuster Doppeldecker, hatte folglich nur einen kurzen Ausrollweg und kam schnell zum Stehen.

Anatoli sprang in seinen Toyota, startete den Motor und fuhr auf die Maschine zu, die auf dem Rollfeld stehen blieb. Er konnte beim Näherkommen zwei Männer darin identifizieren. Als er neben der Maschine hielt, wurde die Seitenluke der Antonow geöffnet und der Kopf eines Mannes war zu sehen. „Anatoli? Sind Sie Anatoli Ryschkow?“ Der Mann sprach Russisch.

Anatoli blieb das Herz fast stehen. War das sein Flug in die Freiheit? Er antwortete auf Deutsch: „Ja, das bin ich. Und wer sind Sie?“

„Wir sind das von Ihnen bestellte Taxi. Kommen Sie schnell an Bord. Wir haben keine Zeit zu verlieren." Der Mann half ihm mit seinem Aktenkoffer an Bord, während der Pilot sich anschickte, sofort wieder durchzustarten. Dann erkannte Anatoli durch das kleine Seitenfenster, dass sich zwei Fahrzeuge mit Männern auf den offenen Ladeflächen dem Flugfeld näherten und verstand den Grund für die Eile. Die Männer waren bewaffnet und begannen übergangslos zu schießen. Die Maschine hatte bereits an Höhe gewonnen und entfernte sich unaufhaltsam von dem Flugplatzgelände.

Der Mann, der ihn in das Flugzeug gezerrt hatte, brummte zu ihm herüber: „Das war ja wirklich knapp." Anatoli verstand es nur mit Mühe, denn die Maschine war durch das sehr laute Motorengeräusch nicht für Unterhaltungen geeignet. Er schaute auf die Uhr. Es war jetzt 05:05 Uhr. Trotz der Anspannung zog ein schmales Lächeln über sein Gesicht, als er dachte: „Diese Deutschen mit ihrer Pünktlichkeit."

4.

Margot war nicht im Haus, als Renate sie nach der Sitzung sprechen wollte. Sie war am Frankfurter Flughafen. In der Dependance des BND.

Hier hatte die Einheit, die Robert leitete, ihre Basis. Ihre Flugzeuge waren gut versteckt in all den vielen An- und Abflügen auf Deutschlands verkehrsreichstem Flughafen. Ihre Zentrale für internationale Operationen war noch besser versteckt.

Margot wartete mit Robert auf Anatolis Ankunft. Es war jetzt Dienstag 17:45 Uhr. Anatoli musste jeden Augenblick landen. Sie war etwas erleichtert, nachdem klar war, dass Anatoli den Absprung aus Konotop geschafft hatte.

Von der Schießerei zwischen Anatoli und seinem Schatten wusste keiner in Deutschland. Auch von dem Vorfall beim Start der Maschine von der Piste bei Konotop hatte der Agent, der Anatoli herausgeholt hatte, noch nichts berichtet.

So warteten sie und Robert einfach nur auf die Ankunft Anatolis, der nach einem dreistündigen Flug entlang der ukrainisch-weißrussischen Grenze auf einem anderen Militärflugplatz in Polen in der Nähe von Lublin gelandet war. Dort war er in einen weiß-grauen Jet ohne große Kennzeichnung umgestiegen, um von dort nach Deutschland ausgeflogen zu werden.

Der Agent, der ihn seit der Flucht aus Konotop betreut hatte, war mit in den Jet gewechselt, so dass er in Begleitung nach Deutschland kam.

Als die Maschine in Frankfurt gelandet und zu dem Gebäude gerollt war, in dem Margot und Robert sich aufhielten, gingen beide nicht auf das Vorfeld, um ihn zu begrüßen. Sie wollten von niemandem gesehen werden, auch nicht auf Satellitenfotos. Und für Anatoli kam jemand an das Flugzeug, der ihn mit einem großen Schirm gegen solche Aufnahmen schützte. Das hätte für Dritte komisch ausgesehen, denn es war ein schöner, sonniger Tag. Aber derartig unprofessionelle Zuschauer hatten keinen Zutritt zu diesem Teil des Flughafens.

Als Anatoli den Flur betrat, in dem Margot ihn erwartete, war sein erster Satz: „Viel knapper hätten Sie nicht planen dürfen. Sonst hätten wir uns erst in einem anderen Leben wiedergesehen."

Margot lächelte glücklich, als wäre ein verlorener Sohn heimgekehrt. Und, obwohl sie in ihrem Beruf absoluter Profi war, die von ihr abfallende Spannung förderte zwei Tränen auf ihre Wangen.

„Kommen Sie Anatoli, wir wollen uns nicht aufhalten. Sie hatten einen langen Tag. Wir fahren sofort nach Wiesbaden."

Sie schaute kurz zu Robert, rief ihm ein „Wirklich gut gemacht" zu und wollte mit Anatoli schon verschwinden, als sie sich noch einmal umdrehte: „Du hast ab heute ein weiteres Südafrika frei, Robert."

Außer den beiden verstand das niemand von den wenigen Personen auf dem Flur. Aber das war Robert egal. Er fand auch, dass er seinen Part gut organisiert hatte.

5.

Brockmann war nicht unzufrieden. Margot hatte durch Klaus Simons Aktivitäten einen der gesuchten Tschetschenen festnehmen können und jetzt auch noch Anatoli zur Flucht verholfen.

Von dessen Wissen würden sich auch andere Dienste ein Bild machen wollen. Aber er hatte ihn zuerst in seinem Beritt. Anatoli war im Gästehaus des BKA untergebracht. Er würde ihn nach allen Regeln der Kunst befragen lassen.

Allerdings hatte der BND mitgeholfen, Anatoli zu befreien, und früher hatte Anatoli auch wiederholt für den BND gearbeitet. Das sicherte auch dem BND ein gewisses Erstrecht an Anatoli und seinem Wissen zu. Aber wegen der Morde in dem Fall Karst und dem Mordversuch an Sabrina Eberle wollte Brockmann gegenüber dem BND zunächst eine Weitergabe Anatolis blockieren.

Brockmann war an diesem Mittwochmorgen noch früher als sonst in sein Büro gekommen. Er wollte gut vorbereitet sein, wenn sein Kollege Kohl vom BND anrief. Kohl war vor einem halben Jahr zum zweiten Stellvertreter des BND-Präsidenten aufgestiegen. Brockmann hatte davon mit Freude erfahren, denn Kohl war ein Mitstreiter und Wegbegleiter aus etlichen schwierigen Fällen in der Vergangenheit.

Kohl hatte seinen Anruf für 08:00 Uhr avisiert und Brockmann freute sich auf das Gespräch.

Brockmann las in der Akte, die Renate ihm zusammengestellt hatte. Karst „total", wie sie es genannt hatte. Alles zum Fall, alles zu den wirtschaftlichen Verhältnissen. Und sogar erste Erkenntnisse aus der Bundesbank lagen vor.

Der Mitarbeiter, der von Bundesbankpräsident Fröhlich mit den Recherchen zum Thema Zahlungsströme in und aus Karsts Firmenkonglomerat betraut worden war, hatte schon erste Ergebnisse geliefert. Größere Summen gingen unter anderem regelmäßig auf die Kanalinsel Jersey.

Brockmann war also recht gut drauf, als Kohl ihn ziemlich genau zur vereinbarten Zeit anrief. „Guten Morgen Herr Brockmann, lange nicht miteinander gesprochen."

„Guten Morgen, Herr Kohl. Ich freue mich, Ihre Stimme zu hören. Da werden sofort Erinnerungen an gute gemeinsame Zeiten wach. Wie geht es Ihnen?"

„Danke, mir geht es gut. Ich hoffe das Gleiche auch von Ihnen."

„Im Prinzip schon, aber wir leben hier in besonders unruhigen Zeiten. Einige Fälle haben es in sich. Der Fall, den Sie mit Ihrem Anruf gleich berühren werden, ganz besonders."

„Wie, Ihr Gast ist in einen Fall verwickelt, der auf Ihrem Tisch liegt?"

„Ja, das klingt unwahrscheinlich, ist aber so. Unser Gast ist in unser Blickfeld geraten, als wir durch Schweizer Kollegen auf einen Mordfall aufmerksam gemacht wurden, der eine sehr prominente deutsche Familie betrifft. Namen nenne ich am Telefon wie üblich nicht. Jedenfalls gab es diesen Mord in Graubünden, bei dem die Mörder vage identifiziert werden konnten. Den präziseren Identifizierungsschritt verdanken wir unserem Gast.

Im Zuge dieser Sache ist er von seinem ehemaligen Chef aufgesucht und zu einem Geschäft genötigt worden, das er für zu heiß hielt. Darum ist er geflohen. Wir müssen umgehend mehr wissen, denn wenn der Deutsche, der am anderen Ende der Indizienkette betroffen ist, wirklich überführt wird, dann kommt unsere Republik leicht ins Wanken."

„Aha." Kohl war nachdenklich. Brockmann kannte das von ihm. „Sie beginnen mit Ihren Verhören sicher schon heute, wie ich mal vermute."

„Ja, heute Mittag. Das ist unser Plan. Wir wollten unseren Gast nur noch ausschlafen lassen. Er hat anstrengende Tage hinter sich."

„Ich verstehe Ihre Ausführungen als Begründung für ein jus primae noctis. Aber Sie hätten sicher nichts dagegen, wenn ich Ihnen einen begabten jungen Mann schicke, der im Hintergrund zuhört?"

„Nein, wenn der Mann nur aus einem Nebenraum zuhört, bin ich einverstanden. Ich will das Verhör nur nicht durch andere Gesichter oder andere Themen stören."

Während er dies sagte, kam ihm der Gedanke, dass es gut sein könnte, mit Kohl überhaupt über den Fall zu sprechen. Kohl war unglaublich gut vernetzt und hatte sicher von Karst gehört, vielleicht auch von seinen neuen Geschäften. „Wir könnten uns natürlich auch zu den Dingen, die sich so ereignen, austauschen, wie wir es früher immer getan haben."

Er konnte Kohls Lächeln nicht sehen, als der antwortete: „Das ist ja ein Vorschlag, auf den ich nie gekommen wäre."

„Gut, wo soll es stattfinden? Bei Ihnen oder bei mir?"

„Bei Ihnen. Der Anlass ist durch Ihren Gast gegeben."

„Wann?"

„Ich komme morgen, also Donnerstagvormittag. Sagen wir gegen 11:00 Uhr? Meinen Mitarbeiter schicke ich Ihnen aber schon heute vorbei. Er heißt Lieber."

„Gut. Das passt."

„Also, dann bis morgen."

Brockmanns Stimmung war deutlich angehoben. Kohl war ein echter Aktivposten in seinem Leben. Er hatte ihn vor acht Jahren kennen gelernt und mit ihm einen sehr heiklen Fall gelöst. Damals war Brockmann zum BKA gewechselt und aufgestiegen. Danach hatten sie erneut in einer sehr kniffligen Sache erfolgreich zusammengearbeitet. Kohl war mit einiger Verzögerung zum ersten Direktor beim BND befördert worden, Brockmann war zuvor unter politisch äußerst brisanten Umständen ins Amt des BKA-Präsidenten gelangt.

Er hatte, wenn er daran dachte, immer das Gefühl, die Übernahme der Aufgabe sei nicht auf Dauer angelegt. Und doch war er jetzt schon drei Jahre im Amt. Mit etwas Glück konnte er die Pensionsgrenze unbeschadet erreichen.

Er musste unwillkürlich lächeln. Barbara hatte ihn letzthin damit aufgezogen, dass er immer noch im Amt sei, obwohl sie beide davon ausgegangen waren, dass er jederzeit auch als passendes Opfer dienen konnte, denn er gehörte keiner Partei an.

6.

Sabrina hatte Friedrich Taubert bereits in der Uniklinik Frankfurt kennengelernt. Er hatte sie gestern Abend zum ersten Mal besucht. Sie hatte sich abweisend verhalten. Taubert war gelassen geblieben. Er hatte nur ein paar Fragen gestellt, die die Stunden vor dem Attentat betrafen. Sabrina hatte zwar die Fahrt in den Vogelsbergkreis beschrieben, wegen des Anlasses aber geschwindelt. Ihren getöteten Fahrer hatte sie als Verwandten ihres Freundes geschildert und sich ansonsten als erschöpft bezeichnet, so dass Taubert nach wenigen Minuten gegangen war.

Heute, am Mittwoch, war Renate mitgekommen. Sie wollte sich ein eigenes Bild von Sabrina machen. Aber alles lief ganz anders als erwartet. Ein Rechtsanwalt wartete auf sie, als sie den Flur zu Sabrinas Zimmer betraten. „Mein Name ist Peter Schon, ich bin der Rechtsvertreter von Frau Eberle. Wieso wird meine Mandantin im Krankenhaus verhört und warum wird sie von der Polizei bewacht?“

„Gute Frage, Herr Schon. Warum lässt Frau Eberle nach dem Attentat auf sich solche Fragen an uns richten und ist nicht zufrieden, dass sie von der Polizei geschützt wird? Mein Name ist im übrigen Augustin und ich komme vom BKA.“

Rechtsanwalt Schon war nicht zu beeindrucken: „Meine Mandantin glaubt nicht an ein Attentat, sondern hat die Vermutung, dass sie Opfer einer Verwechselung geworden ist. Was also ist Ihr Verdacht, dass Sie solche Vorkehrungen treffen und heute schon wieder erscheinen, statt meiner Mandantin Zeit zur Erholung zu geben?"

„Herr Schon, wir glauben, dass Ihre Mandantin schneller tot sein wird, als Sie denken können. Es ist nach dem gestrigen Vorfall, der aus der Sicht der Attentäter misslungen ist, nur eine Frage von wenigen Tagen, bis Frau Eberle erneut von einem Attentat heimgesucht werden wird. Wollen Sie das riskieren?"

Taubert sagte dazu nichts. Renate führte die Konversation alleine mit Rechtsanwalt Schon. Sie war Juristin. Das war jetzt hilfreich.

Schon blieb hartnäckig: „Was hat meine Mandantin mit alledem zu tun? Wie soll sie in so etwas hineingeraten sein?"

„Mir drängt sich eine andere Frage auf, Herr Schon. Wie lange vertreten Sie Ihre Mandantin bereits? Ist das Ihr erster Fall?"

„Die Frage ist unzulässig. Sie fällt unter die Kategorie Vertrauensverhältnis zwischen Mandant und Anwalt und geht Sie nichts an."

„Keine Aufregung, Herr Schon. Wir wollen Ihr Vertrauensverhältnis zu Ihrer Mandantin nicht in Frage stellen, sondern Sie nur besser einschätzen können. Wenn das BKA in den Vorfall eingeschaltet ist, stellt man sich als Anwalt doch sicher die eine oder andere Frage. Und uns geht es ebenso. Wenn wir ins Krankenhaus kommen und ein Anwalt begrüßt uns, stellen wir uns auch die eine oder andere Frage. Zum Beispiel, weiß der Anwalt, wen er da vertritt, oder haben wir es mit einem Anwalt zu tun, der nur durch Zufall an das Mandat gelangt ist. Wie steht es damit?"

„Ich bin der Anwalt von Herrn Juri Oblonkow und seiner Familie. Genügt Ihnen diese Auskunft?"

„Vollständig, Herr Schon. Willkommen im Klub."

Renates abschließende Bemerkung war recht unjuristisch, aber ihr war danach, den Ansatz einer Drohung auszusprechen. „Und jetzt habe ich keine Zeit mehr für Sie. Ich muss mich um Frau Eberle kümmern."

„Frau Eberle wünscht aber keinen Besuch durch die Polizei."

„Das tut mir sehr leid. Aber sie ist Bestandteil unserer Ermittlungen in der besagten Schießerei gestern. Und wir werden Sie vernehmen. Jetzt und auch morgen. Sie können zwischen Kooperation und der Festnahme Ihrer Mandantin wählen, wenn sie die Ermittlungen behindert."

Rechtsanwalt Schon war nicht dahin gelangt, wohin er gewollt hatte, denn Renate hatte nichts von den umfangreichen Ermittlungen im Fall Karst und davon abgeleitet, im Fall Sabrina und Juri verlauten lassen. Daran war Rechtsanwalt Schon sicher primär interessiert gewesen. Renate hatte so getan, als wäre ihr Interesse allein aus dem Angriff auf Sabrina und ihren Fahrer gespeist. Nur die kleine Nachfrage nach der Dauer von Schons anwaltlicher Tätigkeit gab einen Hinweis, dass da mehr sein konnte.

Schon wollte die Sache anscheinend nicht eskalieren lassen. „Ich werde meiner Mandantin natürlich raten, zu kooperieren. Aber wir behalten uns vor, den Umfang und die Richtung Ihrer Befragung kritisch zu prüfen."

„Ganz wie es Ihnen beliebt, Herr Rechtsanwalt, nur steht bei dieser Befragung nicht Ihre Mandantin im Blickpunkt unseres Interesses, sondern allein die Attentäter sind in unserem Fokus. Deswegen werden wir die Befragung auch nur mit Frau Eberle alleine durchführen. Sie sind nicht dabei." Renate war im Ton entschlossen und in der Form unnahbar. Sie ließ Herrn Schon stehen, wandte sich Taubert zu, nickte in Richtung des Polizisten, der vor einem Zimmer auf dem Flur Wache hielt, und ging los.

Als sie bei dem Polizisten angekommen waren, zeigte Taubert seinen Ausweis und deutete auf Renate: „Das ist die Kollegin Kriminalrätin Augustin."

Der Uniformierte begrüßte beide, öffnete die Tür und gab den Blick auf Sabrina frei, die blass in ihrem Bett saß.

7.

Der Tschetschene, dessen Verfolgung Klaus Simon bemerkt und den Margot nach seiner Festnahme von Nürnberg nach Wiesbaden hatte verbringen lassen, blieb zum Kern des Problems schweigsam.

Er hatte zunächst wohl angenommen, es handle sich tatsächlich um eine Routinekontrolle. Da hatte er noch ein paar Angaben zur Person gemacht. Staro Tinkin war sein Name. Wohnhaft bei Moskau. Kraftfahrer von Beruf.

Als er aber verstanden hatte, dass die Maßnahmen speziell ihm selbst galten, hatte er auf stur gestellt. Er schwieg seither einfach. Sein Englisch war während der Vernehmung auch immer schlechter geworden, so dass Margot einen Dolmetscher einsetzen ließ.

Aus den Vernehmerteams des BKA saßen jetzt zwei Kollegen an ihm dran, die ihn in die Mangel nahmen. Am Nachmittag gab er eine erste Erklärung, warum es von ihm und einem weiteren Kollegen ein Foto aus einer Radarfalle bei Innsbruck gab. Er und sein Kumpel wären im Urlaub gewesen. „In welchen Land?"

„In der Schweiz."

„In welchem Ort?"

„In Pontresina."

Das war gelogen. Sie zeigten ihm das Foto von dem Kreisel, wo der Wagen aus Richtung Samedan kam. „Da haben wir einen Ausflug gemacht."

Wieso dann kurze Zeit später das Foto aus St. Moritz. Es handelte sich um den Zeitpunkt nach dem Mord an Simona Lorenzo, als sie deren Leiche ans Ufer des Silser Sees transportiert hatten.

„Da waren wir immer noch beim Ausflug."

Wieso sie am Silser See Station gemacht hatten? „Picknick."

„Es gab einen Zeugen."

„Na und? Die Schweiz ist ein freies Land."

„Das ist wahr. Aber nicht frei genug, um einfach Menschen zu ermorden." Der eine Vernehmer legte weitere Fotos auf den Tisch, die die Leiche von Simona Lorenzo zeigten.

Dem Tschetschenen wurde die Sache zu brenzlig. Er zuckte mit den Schultern und ließ sie wissen: „Damit habe ich nichts zu tun."

Seinen Partner wollte er auch nicht näher kennen. Er nannte keinen Namen. Ab da schwieg er beharrlich.

8.

Sabrina war renitent. Sie wollte ihren Besuch nicht empfangen. „Lassen Sie mich in Ruhe. Es geht mir noch nicht gut." Sie versuchte die Krankheit vorzuschieben, obwohl sie nach ärztlichem Befund in guter Verfassung war. Sie hatte keinen großen Blutverlust gehabt. Der Streifschuss war eine reine Glückssache gewesen. Jede andere Wendung war eher wahrscheinlich gewesen. Vermutlich hatte sich der Schütze gestört gefühlt. Die schnelle Flucht war nur so zu erklären, oder es hatte sich um einen Anfänger gehandelt. Dafür sprach nach Einschätzung des BKA gar nichts. Also war etwas anderes im Spiel. Renate hatte die Aufzeichnung, von der Taubert gestern in der Besprechung der Task-Force berichtet hatte, noch nicht gesehen.

Sie war nach dem Auftritt von Rechtsanwalt Schon innerlich auf aggressivem Level und ging Sabrina deshalb ziemlich frontal an.

„Sie haben unverschämtes Glück gehabt, dass wir jetzt miteinander reden können, Sabrina." Sie nannte sie einfach beim Vornamen. „Eigentlich hätten Sie auch eine Kugel im Kopf haben sollen. Das wissen Sie natürlich genau, nicht wahr?"

Sabrina schwieg.

„Sie kennen die Gepflogenheiten in der Branche Ihres Freundes mittlerweile sicher sehr genau. Also frage ich Sie ganz direkt: Haben Sie denjenigen erkannt, der auf Sie geschossen hat?"

„Nein, habe ich nicht."

„Na, könnte ja sein, dass Sie sich beim nächsten Mal gleich aus dem Auto fallen lassen, wenn der Mann wieder auftaucht. Aber ich denke, es wird ein anderer kommen. Der erste hier hat seinen Auftrag vermasselt. Der darf nicht wieder ran."

„Wieso hat der seinen Auftrag vermasselt?"

„Weil er gestört wurde." Sabrina war von der Stimme Tauberts völlig irritiert. Er hatte bisher noch nichts gesagt.

„Wieso das denn?"

„Der Fahrer des Kleinlasters hatte plötzlich um die vordere Ecke seines Wagens geschaut, weil er fürchtete, es könnte ein Kratzer an seinem Wagen sein, nachdem er Ihrem Wagen die Vorfahrt genommen hatte. Der Kopf des Mannes war dadurch plötzlich im Schussfeld Ihres Attentäters zu sehen. Das hat ihn wohl unsicher gemacht. Vielleicht dachte er, der andere könne ihn identifizieren. Jedenfalls sind die zwei nach dem einen Schuss auf Sie unerkannt geflüchtet."

Renate nahm sich vor, das Video nachträglich noch einmal anzusehen.

Sabrina schien das Ausmaß der Glücksumstände, die ihr das Leben gerettet hatten, zu überdenken. Dann fragte sie nach: „Sie meinen, wäre er nicht gestört worden, wäre er ausgestiegen und hätte ein weiteres Mal auf mich geschossen?"

„Davon können Sie sicher ausgehen. Nur, um seinen ungebetenen Zuschauer auch zu erledigen, um unerkannt zu bleiben, hätte er ihn verfolgen müssen. Dann wäre alles aus dem Ruder gelaufen. Also hat er seinen Auftrag abgebrochen. Aber er oder ein anderer wird die Sache zu Ende bringen. Das ist sicher."

Tauberts Worte hinterließen Eindruck. Sabrina verstand spätestens jetzt, dass sie eigentlich tot sein müsste und nur der Verrückte, der ihrem Auto den Weg versperrt hatte, ihr zugleich das Leben gerettet hatte.

Renate beobachtete Sabrina genau. Wenn sie jetzt kooperierte, weil die Angst um das eigene Leben obsiegte, wäre ihre Karriere als führender Kopf in Juris Drogenorganisation schlagartig beendet. Aber sie würde vielleicht am Leben bleiben. Renates Instinkt sagte ihr, dass Sabrina diesen Weg nicht gehen würde. Sie behielt Recht.

„Ich glaube das alles nicht. Das haben Sie sich ausgedacht. Ich will jetzt wieder schlafen, um mich zu erholen. Wenn Sie mich bitte alleine lassen würden."

Die Entscheidung war gefallen. Renate sagte wieder in hartem Ton: „Selbstverständlich werden wir Ihren Wunsch befolgen. Sie sollen ganz gesund werden. Und wir werden Sie weiter bewachen, solange Sie im Krankenhaus liegen. Und wir behalten uns vor, Sie erneut zu befragen. Bei uns in Wiesbaden. Sie erhalten dann eine schriftliche Einladung von uns. Und weichen Sie dem Termin bitte nicht aus. Vielleicht haben wir ja für Sie den einen oder anderen lebenserhaltenden Hinweis."

9.

Markus Lieber war ein Mann Anfang dreißig. Er sah gut aus. Renate war angenehm überrascht. Kollegen vom Geheimdienst waren oft eher unauffällig in ihrer äußeren Erscheinung. Beim BKA kursierte ein Scherz, der besagte, dass die Geheimdienste, nachdem Schlapphüte aus der Mode gekommen seien, nur noch so unscheinbare Typen einstellen würden, dass sie auch nicht auffielen, wenn sie nackt über die Straße gingen. Das war bei Markus Lieber anders.

Brockmann hatte Anweisung gegeben, dass Renate für ihn zuständig sein sollte, da sie die Task-Force leitete und damit auch Gewähr bot, alle Zusammenhänge des Falles im Blick zu haben.

Renate lud Markus Lieber zunächst in einen Besprechungsraum ein, um sich die Interessenlage des BND an dem Tschetschenen schildern zu lassen. Es war Mittwoch 14:30 Uhr.

Lieber rückte damit nur begrenzt raus. Irgendetwas mit Russland schien im Fokus des BND zu stehen, worüber Lieber nicht reden wollte oder durfte. Jedenfalls sagte er so viel, dass sie besonderes Interesse an den Veränderungen in der innerrussischen Machtkonstellation hätten. Darin spielten verschiedene Kräftegruppen in Moskau und St. Petersburg eine Rolle. Auch gäbe es europapolitische Aspekte, die sich erkennen ließen, denen man beim BND mit Misstrauen begegne, denn die russische Regierung versuche unverändert die Europäische Union zu destabilisieren. Das sei geopolitisch verständlich. Viele europäische Einzelstaaten seien für Russland die bessere Lösung als ein Staatenbund der Europäer. Aber eine derartige Politik Russlands sei eben nicht im Interesse Deutschlands.

Damit ließ es Lieber auch bewenden und äußerte offiziell seinen Wunsch, an den Vernehmungen Anatolis teilhaben zu können, aus einem Nebenraum natürlich. Anatoli sei für ihn eine Quelle von höchstem Interesse. Er schien nicht zu wissen, ob sein Anliegen von Kohl zu Brockmann und von dort präzise auf Renate weitergetragen worden war.

Renate war genau instruiert. Sie schilderte ihm kurz ihren Fall und erläuterte ihm dann die Umstände der Anwesenheit nicht nur Anatolis im Haus, sondern auch die des aufgegriffenen Tschetschenen, und begleitete ihn dann zum Vernehmungsbereich. Lieber trug einen Besucherausweis am Revers seines Sakkos.

Anatoli befand sich noch beim Mittagessen, so dass sie sich einen Augenblick in einen Nebenraum begaben, um bei dem Tschetschenen zuzuhören, dessen Vernehmung weiter andauerte. Ein Mitarbeiter des BKA saß in dem Nebenraum und zeichnete die Vernehmung als Video auf. Sie setzten sich dazu und schauten durch die einseitig verspiegelte Scheibe. Der Mitarbeiter nahm den Kopfhörer ab und schaltete den Ton auf laut.

Renate hatte eigentlich nicht viel Zeit, denn sie musste den Bericht über die erste Vernehmung von Sabrina Eberle verfassen und ihn an die Mitglieder der Task-Force und an Brockmann verschicken. Aber instinktiv wollte sie die Nähe zu Lieber noch etwas ausdehnen.

Das war ihr lange nicht passiert. Der Mann übte auf sie eine außergewöhnliche Ausstrahlung aus. Also hörte sie noch eine kleine Weile mit ihm dem schleppenden Verhör des Tschetschenen zu.

Nach wenigen Minuten wurde Lieber unruhig.

„Was ist?"

„Der Dolmetscher übersetzt nicht präzise."

„Wie ungenau ist er denn?"

„Ungenau ist nicht die richtige Beschreibung der Verhältnisse. Er coacht den Vernommenen unauffällig. Sie zeichnen die Vernehmung doch auf?"

„Ja, sicher. Geben Sie mir flink ein Beispiel, was er gerade gemacht hat."

„Nun, er hat dem Mann gesagt, dass er besser bei den Beschreibungen seines Freundes vage bleibt. Am besten aber weiter nichts sagt."

„Ich krieg die Krise. Sprechen Sie so gut Russisch, dass Sie das unterscheiden können?"

„Meine Mutter ist Russin. Russisch ist meine zweite Muttersprache."

Renate griff sich das vor ihr auf dem Tisch befindliche Mikrofon, das direkt in die Kopfhörer der Vernehmer führte: „Hier Kriminalrätin Augustin, bitte unterbrechen Sie das Verhör für einen Augenblick. Es hat sich ein neuer Aspekt ergeben."

Die zwei Männer waren Profis. Sie blickten sich nicht an und sie blickten nicht zur verspiegelten Seite des Vernehmungsraums, hinter dem sie Renate vermuten konnten. Sie unterbrachen das Verhör einfach mit dem Hinweis, sie müssten sich beraten, und verließen den Raum.

Renate machte Lieber mit den beiden Kollegen bekannt. Dann gab sie ihm das Wort.

„Ihr Dolmetscher lässt Ihre Bemühungen ins Leere laufen. Er coacht den Tschetschenen unauffällig."

Der eine Vernehmer verlangte Beispiele.

„Sie haben eben nach dem Begleiter in der Schweiz gefragt. Kann man die Aufzeichnung der letzten zwei, drei Minuten zeigen?"

Renate forderte den Kollegen, der für die Aufzeichnung verantwortlich war, auf, die letzte Sequenz noch einmal vorzuspielen.

Als das geschah, kommentierte Lieber die Worte des Dolmetschers in dieser Sequenz: „Sie haben nach dem Grund gefragt, warum er mit dem anderen Mann überhaupt in Urlaub gefahren ist. Der Dolmetscher übersetzt die Frage und fügt hinzu, dass er aber angegeben habe, von dem Mann nichts näher zu wissen, sich also besser weiter im Vagen halten sollte. Das ist nicht korrekt."

Die Vernehmer sahen sich an, schauten dann auf Renate und der eine sagte kurz und trocken: „Er ist im Moment der einzig Verfügbare, der Russisch spricht. Wir werden weiter unterbrechen müssen."

Renate stimmte zu. Die Vernehmer gingen zu dem Tschetschenen zurück und Renate rief Margot an, um zu erfahren, ob das Gespräch mit Anatoli bald los ginge. „Wir sind auf dem Weg ins Gästehaus. Wir sprechen dort mit ihm. Allein schon wegen der besseren Atmosphäre."

„Gut. Ich komme hinüber und sehe mir alles aus einem Nebenraum an. Ich bringe einen Kollegen vom BND mit, den Herr Brockmann mir avisiert hatte. Unser Kollege soll aber nicht in Erscheinung treten, um Ihre Gespräche nicht mit anderen Themen zu überlagern. Welcher Raum ist vorbereitet, so dass wir die Unterhaltung mit Anatoli mitverfolgen können?"

„Unser Treffen findet in G4 statt. Die Aufnahmen werden in G6 erfolgen. Dort können Sie sich alles ansehen und anhören."

„Übrigens, unser Kollege spricht muttersprachlich Russisch. Wir hatten eben bei dem Tschetschenen zugehört. Der Dolmetscher hat manipuliert. Die Vernehmer haben das Verhör daraufhin unterbrochen."

Margot war verstimmt: „Dem muss nachgegangen werden. Schleppen die Russen uns auch schon menschliche Viren ins Haus? Was war die Motivation des Mannes, so etwas zu versuchen? Ich will das genau wissen. Können wir uns nachher in unserer Runde dazu besprechen?"

„Ich setze es auf die Tagesordnung."

10.

Ueli Rütter war erleichtert, als er erfuhr, dass die Deutschen den einen der beiden Mörder Simona Lorenzis festgenommen hatten. Er hatte gerade mit seinem Chef gesprochen. Der wollte ein Auslieferungsersuchen an die Deutschen stellen. Rütter fand das gut. Bis er eine halbe Stunde später erfuhr, dass die Italiener auch schon von dem Tschetschenen wussten und ebenfalls ein Auslieferungsersuchen an die deutsche Seite gestellt hatten. Man würde sehen.

In der Sache des Attentäters von Wilhelm Hingsen war noch kein Fortschritt zu verzeichnen. Offenbar waren die Italiener der Überzeugung, dass der Mann sich noch in Italien aufhielt. Rütter konnte von ihnen aktuell nichts erfahren.

Er machte sich daran, seinen Fall schriftlich aufzuarbeiten. Er hoffte, ihn bald abschließen zu können. Schließlich wollte er noch mit Renate sprechen, um eventuelle neueste Informationen in seinem Bericht verarbeiten zu können.

Renate war wieder einmal nicht zu erreichen. Er schrieb ihr eine Email. Dann verließ er das Polizeigebäude in St. Moritz, um zu seinen Eltern zu fahren und den Mittwochabend mit ihnen zu verbringen.

Als er das Haus verlassen hatte, kam aus Wien per Fax die Meldung, dass Kurt Kaiser verschwunden war. Es wurde vermutet, dass er sich ins Ausland abgesetzt habe.

11.

Margots erstes Gespräch mit Anatoli dauerte zwei Stunden. Es war ertragreich. Mehr als sie im ersten Anlauf zu erfahren geglaubt hatte.

Dann baute sie eine Pause von einer Stunde ein, um zu dem auf 16:00 Uhr angesetzten Task-Force-Meeting mit Renate zu eilen und Anatoli noch etwas Erholungszeit zu gönnen. Er machte einen sehr abgespannten Eindruck.

Renates Runde war mehr als vollzählig: Friedrich Taubert, Rigo Flach, Margot und Renate.

Brockmann kam als Letzter dazu. „Ich will mich nur aktuell ins Bild setzen lassen. Gehen Sie so vor, Frau Augustin, als wäre ich nicht da."

Renate quittierte die Bemerkung Brockmanns mit einem nervösen Lächeln und startete mit ihrem Bericht über die Vernehmung von Sabrina Eberle im Uni-Krankenhaus Frankfurt. Taubert hatte dem nichts hinzuzufügen.

Rigo Flach hatte Neuigkeiten aus den Ermittlungen der Bundesbank, die er kurz zusammenfasste: „Karst bunkert Riesensummen Bares an mehreren Plätzen in der Welt, vor allem Dollars und Euro. In Jersey, Montenegro, Cayman Islands, Marokko und in Brasilien. In Russland sicherlich am meisten, aber darüber kann die Bundesbank nur spekulieren. Es sieht so aus, als ob er für den Notfall, dass alles den Bach runter geht, vorsorgt."

Renate gab das Wort an Margot weiter.

„Wir haben Anatoli bisher etwa zwei Stunden vernommen. Wir wissen jetzt schon, dass ein Mann namens Wronikow, der früher in der DDR Anantolis Chef war, für die Morde in der Schweiz verantwortlich zeichnet. Anatoli hat die Mörder bis zu seinem Haus verfolgt. Wir wissen außerdem, dass einer der beiden Männer Staro Tinkin heißt. Anatoli hatte die Namen beider Tschetschenen bei deren Einreise nach Russland von der Grenzpolizei erhalten, wo er einen Informanten hatte. Der Name stimmt mit dem überein, was der inhaftierte Tschetschene von sich aus angegeben hatte. Da wusste er noch nichts von den Fotos aus der Schweiz und Österreich. Jetzt versucht er sich in Schweigen, aber das wird ihm nichts helfen.

Interessant nur, dass Frau Augustin einen Gast vom BND hat, der der Vernehmung Tinkins zuhörte und dabei ein unerwartetes Coaching durch den Dolmetscher feststellte. Die Vernehmung ist unterbrochen. Wir suchen einen neuen Dolmetscher. Der alte sitzt noch im Haus und kann nicht erklären, warum er so vorgegangen ist. Wir gehen dem nach.

Zu Anatoli gibt es noch weitere Informationen: Erstens hatte Wronikow ihn aufgesucht und in eine Mitarbeit beim Transport von Drogen gezwungen, die heute in Moskau starten sollte. Wronikow wusste von Anatolis Arbeit für uns, schon in der Vergangenheit. Wohl auch von der für den BND. Hatte aber sein Wissen für sich behalten, um es in einem geeigneten Augenblick einsetzen zu können.

Dieser Augenblick war letzte Woche gekommen. Anatoli konnte dem Geschäft mit Wronikow nicht ausweichen, sagte ihm aber, dass er für die geplanten Transporte, es geht seiner Meinung nach um Drogen, an der Grenze in Polen Vorkehrungen treffen müsse.

Das hatte Wronikow akzeptiert, hatte ihn dabei aber observieren lassen. Durch den anderen Tschetschenen.

Wir hatten Klaus Simon ins Rennen geschickt, der Anatoli auf polnischer Seite unauffällig kontaktierte. Aber wohl nicht unauffällig genug. Denn ab da ist ihm dann der andere, dieser Tinkin gefolgt.

Anatoli war wegen der Observierung klar, dass er nicht mit seinen Trucks nach Moskau fahren würde, um die Drogen nach Westeuropa zu transportieren. Er wurde auch nach seiner Rückkehr nach Orel weiter beschattet und vermutete, dass Wronikow ihn nach dem ersten gelungenen Transport umbringen lassen würde.

Deshalb bekamen wir sein Notsignal und haben den Flug für ihn organisiert. Fakt ist jedenfalls, dass dieser Wronikow nicht der Lieferant für Karst sein wird, sondern für Sabrina und Juri. Also beliefert er die Konkurrenz.

Das deckt sich auch mit der Information über die neu angemieteten Lagerflächen, die Sabrina besichtigt hat im Vogelsbergkreis.

Jasmin hat mit Sabrina am Montag telefoniert, um sie davor zu warnen, weiterzumachen. Sie war davor eine knappe Woche in Russland. Wir sollten sie nach ihren Gesprächspartnern in Moskau befragen. Und nach der Zeit davor auch."

„Karst wird nicht befragt. Und Jasmin auch nicht! Alles was wir haben ist gut, aber es reicht noch nicht aus, bei seinen Beziehungen. Er wird da herauskommen, wenn wir nicht noch schwerwiegendere Dinge vorweisen können." Brockmanns Einwurf kam unerwartet scharf. Margot schaute ihn verwundert an. Er ging darauf nicht ein. „Frau Augustin, haben wir aus der Schweiz noch etwas?"

„Nein, von dort nicht wirklich, aber aus Österreich. Der Statthalter von Karst, dieser Kaiser, soll sich nach unbekannt abgesetzt haben. Ich frage mich wieso? Die Österreicher hatten ihn wohl vorgeladen, aber eine besonders heiße Spur schien er bisher noch nicht abzugeben.

In der Sache des französischen Attentäters, der Wilhelm Hingsen erschossen hat, wissen wir aus der Schweiz, dass die Italiener nichts an Informationen raus lassen. Sie glauben, der Mann sei noch in Italien, und suchen wohl intensiv nach ihm."

„Den müssen wir haben, Frau Augustin. Der muss seinen Auftraggeber preisgeben. Fragen Sie bei den Italienern, wie weit sie sind. In dieser Sache mit dem Dolmetscher will ich bis morgen früh mehr wissen. Ich danke Ihnen." Brockmann grüßte alle durch ein Nicken und verließ den Raum.

12.

Anatolis zweite Runde mit Margot wurde gleich spannend. Margot wollte wissen, wie und wann er den anderen Tschetschenen abgehängt hatte.

„Ganz am Schluss. Dauerhaft." Er hatte sich überlegt, besser nicht zu lügen. Er würde auf die Deutschen angewiesen sein auf dem Weg in eine andere Zukunft.

„Was meinen Sie damit? Dauerhaft?"

„Ich vermute, dass er meinen Wagen mit einem Sender ausgestattet hatte. Er erschien kurze Zeit bevor das Flugzeug landete auf dem Flugplatz und bedrohte mich mit einer Waffe. Ich war aber schneller."

Er schilderte nichts weiter. Margot konnte sich alles selber zusammenreimen. „Und wer waren die bewaffneten Horden, die beim Start der Maschine auftauchten und sofort schossen?"

„Das weiß ich nicht. Aber in dieser Region der Ukraine sind nach wie vor paramilitärische Einheiten zugange, die von irgendwelchen Oligarchen unterhalten werden. Wahrscheinlich hat der Tschetschene Wronikow benachrichtigt, dass ich flüchten wollte. Mit dem Flugzeug aus dem Raum Konotop. Da wird Wronikow auch noch alte Kontakte haben. Die hat er um einen Gefallen gebeten. Zum Glück zu spät. Gegen die wären wir nicht angekommen."

„Anderes Thema: Warum macht Wronikow diese Drogenschiene auf? Es gibt ein bestehendes Netz mit höchster staatlicher Unterstützung. Scheut er keine Feinde in Russland?"

„Ich wusste, dass Sie mir eine Frage in dieser Richtung stellen würden. Denn das habe ich mich auch gefragt, als er mich in seine Pläne teilweise einweihte und mir den Auftrag gab, diese Lieferungen nach Westeuropa zu organisieren. Verstehen Sie, von Drogen hab ich mich immer fern gehalten. Aber in meinem Geschäft erfährt man so allerlei.

Es muss eine Organisation geben, die die Geschäfte mit Westeuropa betreibt. Das ursprüngliche Ziel dieser Maßnahme war mit Sicherheit subversiver Natur. Der russische Auslandsgeheimdienst SWR wird da die Hand im Spiel gehabt haben. Drogen sind ein guter Hebel, um Teile von Gesellschaften instabil zu machen.

Nationalistische Bewegungen sind ein anderer Hebel. Beide zu fördern ist eine beliebte Variante, nicht nur der russischen Politik.

Die Amerikaner würden dieses Spiel auch gerne spielen, nur können sie nicht gegen ihr eigenes Wirtschaftsmodell Front machen. Das machen wir Russen geschickter: Anti-Kapitalismus, Nationalismus und Anti-Globalisierung sind eine hochgefährliche Melange gegen die westlichen Gesellschaften.

Die Euro-Krise tut das ihre dazu. Für viele Menschen in der EU wiegen die Differenzen in den Wertvorstellungen zwischen den Mitgliedsstaaten schwerer als die Vorteile. Die Politiker aller Länder versuchen diese Differenzen immer zu bagatellisieren. Man muss nur abwarten, bis geeignete Persönlichkeiten und Parteien in den Schlüsselländern der EU sich nach vorne wagen. Sie könnten den Prozess der Trennung vom gemeinsamen Projekt Europa beschleunigen."

Anatoli hatte ein ganzes Szenario entworfen.

Das war Margot zu viel, zu spekulativ. „Ich nehme das mal so zu Protokoll, wie sie es uns erläutert haben. Aber konkret: Warum lässt der SWR dann so eine Parallelorganisation zu?"

Anatoli musste passen. Er wusste keine Antwort.

13.

Brockmann rief Renate am Mittwoch nach der Task-Force-Sitzung gegen 18:30 Uhr zu sich. Sie hatte gerade noch mit Rütter und danach mit den italienischen Kollegen in Mailand gesprochen.

Mitten in ihre Arbeit an ihrem Sitzungsprotokoll kam Brockmanns Anruf. Renate war verwundert. Der Anruf störte sie auch deswegen, weil sie gleich noch einmal bei Margots Vernehmung von Anatoli zuhören wollte.

Sie hatte Markus Lieber zunächst für eine Stunde in einem Sitzungsraum untergebracht, wo er für die Zeit der Unterbrechung durch ihre Task-Force-Sitzung an eigenen Aufzeichnungen arbeiten wollte. Direkt nach dem Ende der Sitzung hatte sie ihn dann zur Fortsetzung der Vernehmung Anatolis begleitet und dort zurückgelassen, weil sie noch an dem Protokoll schreiben musste.

Durch Brockmanns Anruf wurde ihr jetzt alles zeitlich zu eng. Eigentlich hatte sie auch Markus Lieber näher unter die Lupe nehmen wollen. Der Mann hatte etwas, das ihn für sie interessant machte. Sie wollte trotz aller Arbeitsbelastung diesem Empfinden eine Chance einräumen. Es ging nicht. Brockmann hatte erste Priorität. Sie marschierte los.

„Frau Augustin, wir müssen über Ihren Fall sprechen. Wenn Sie sich alle Fakten zusammenlegen, was für ein Bild ergibt sich für Sie dann?"

Renate begriff augenblicklich, dass Brockmann von ihr grundsätzliche Beurteilungen wollte. Er schien an einer Linie zu stehen, an der er genau abwägen musste, ob er den nächsten Schritt machen sollte. Den Schritt über diese Linie hinweg.

„Ein völlig konfuses. Ein sehr reicher deutscher Industrieller, Karst, mischt im Drogengeschäft mit. Nach unserer Analyse tut er das, weil seine übrigen Geschäfte nicht mehr gut laufen. Zunächst nur mit seiner Logistik.

Er tut das mit Hilfe russischer Lieferanten. Auch beim Aufbau eines eigenen Netzes in Österreich wird er von russischer Seite beliefert und auch ansonsten massiv unterstützt.

Eine frühere Schulkameradin seiner Tochter, Sabrina Eberle, kommt in Kontakt mit einem ursprünglich ebenfalls für Karst arbeitenden Russen, Juri. Sie bestärkt Juri darin, sich von Karst zu trennen und eine eigene Organisation zu begründen, um an das große Geld zu kommen.

Sie trifft sich in Sils Maria, in der Schweiz, mit der Tochter Karsts, Jasmin. Während dieses Aufenthalts kommt es zu einem Mord an einer Abgesandten der italienischen Mafia, Simona Lorenzo, deren Leiche in Sils Maria am See abgelegt wird.

Das soll wohl ein Zeichen für die Mafia, aber auch für Jasmin sein, die daraufhin nach Moskau flüchtet. Vermutlich kommt sie dort in Kontakt mit den russischen Geschäftspartnern ihres Vaters. Sie bleibt eine Woche dort. Dann kehrt sie zurück.

In der Zwischenzeit ist ein Handlanger Karsts, der Privatdetektiv Wilhelm Hingsen, in der Schweiz festgenommen worden. Wenige Tage nach seiner Festnahme und Vernehmungen auch durch die italienische Polizei, in denen er Karsts Verstrickungen ins Drogengeschäft zugegeben hat, wird er von einem Attentäter in der Schweiz erschossen. Vermutlich um zu verhindern, dass er als Zeuge gegen Karst aussagen kann.

Als Mörder wird ein ehemaliger Fremdenlegionär, ein Franzose verdächtigt, der noch flüchtig ist.

Zwei Tage nach Jasmins Rückkehr aus Moskau wird Sabrina Eberle ebenfalls Opfer eines Attentats, kommt aber mit leichten Verletzungen davon, während ihr Fahrer erschossen wird.

Im Zuge unserer Ermittlungen gegen die Mörder von Simona Lorenzo wird eine unserer Quellen in Russland, Anatoli, zur Flucht gezwungen. Er ist bei uns in Sicherheit.

Einer der beiden Mörder von Simona Lorenzo wurde in Nürnberg festgenommen. Er sitzt seitdem bei uns in Haft.

Gegen ihn liegen Auslieferungsersuchen aus Italien und der Schweiz vor.

Karsts Versuch, seine Drogenorganisation weiter in Europa auszudehnen, wird von einem Österreicher namens Kurt Kaiser unterstützt, der seit vermutlich achtundvierzig Stunden verschwunden ist.

Nach Informationen der Bundesbank hortet Karst sehr große Summen Bargeld auf verschiedenen Konten im Ausland. So, als befürchte er das Ende seines Imperiums.

Und jetzt haben wir auch noch Besuch von Kollegen des BND im Haus, die ebenfalls an Anatoli interessiert sind."

Renate machte eine Pause und beobachtete Brockmann. „Eigentlich hätte ich Ihnen lieber die Frage nach der Auflösung des Puzzles gestellt."

Renates sarkastische Bemerkung am Ende ihrer Ausführungen brachte kein Lächeln in Brockmanns Gesicht.

„Sie haben die DEA nicht erwähnt, die auch an Karst dran ist."

Jetzt wurde Renate richtig hellhörig. Brockmann war ganz ernst. Wenn er die DEA hervorhob, musste das etwas bedeuten. „Stimmt, die DEA habe ich ausgelassen. Was ist mit ihr?"

„Nichts weiter, nur eben, dass wir auch mit ihnen in Kontakt waren."

„Also, so wie ich Sie kennen gelernt habe, machen Sie diese Anmerkung doch nicht nur, weil ich etwas ausgelassen habe."

Brockmann erwiderte nichts, sondern starrte vor sich hin.

Renate schwieg daraufhin ihrerseits. Nur, dass etwas im Busch war, schien ihr ab sofort sicher.

Brockmann schwieg noch immer und starrte weiter vor sich hin. Dann gab er sich einen Ruck, richtete sich auf und gab ihr einen unerwarteten Auftrag: „Es ist jetzt knapp 19:00 Uhr. Packen Sie ein paar Sachen zusammen und fliegen Sie um 21:00 Uhr für einen oder auch zwei Tage nach Mailand. Auf der US Air Base in Erbenheim wartet eine Maschine auf Sie. Die Amerikaner übernehmen Ihren Transport. Es geht zunächst nach Bergamo. Ich muss wissen, ob der Fremdenlegionär von der Mafia oder von Karst beauftragt wurde. Ich bin vor einer halben Stunde von meinem amerikanischen Kollegen aus Mailand informiert worden, dass sie, die Amerikaner, den Franzosen heute Nachmittag festgenommen haben. In Bergamo. Mit einem eigenen DEA-Team. Sie sind den Italienern zuvor gekommen. Aber die Italiener wissen davon. Sie werden den Franzosen in Kürze übernehmen wollen. Sie haben vielleicht vierundzwanzig Stunden. Bis dahin muss ich es wissen.

Klingt alles nach Mafia. Muss es aber nicht sein. Jedenfalls will ich Gewissheit. Ich will, dass die Vernehmung dieses Mannes sich ganz eindeutig auf eine einzige Frage konzentriert: Wer war der Auftraggeber. Und wenn dieser Mann seinen Auftrag von Karst bekommen hat, muss er unter schärfsten Sicherheitsvorkehrungen bleiben. Karst hat exzellente Verbindungen. Der Franzose könnte das bestens belegen. Beantragen Sie in diesem Fall die sofortige Auslieferung an uns! Bei strengster Bewachung."

Renates Eindruck von Brockmann war eindeutig. Er war aus irgendeinem Grund unter Druck geraten. Die plötzliche Unterstützung durch die DEA war offenbar ein Hoffnungsschimmer.

Renate verabschiedete sich von Brockmann und machte sich auf den Weg nach Italien.

Lieber hatte keine Chance. Nicht jetzt.

14.

Brockmann war am Mittwoch gegen 21:00 Uhr zu Hause. Er war alleine, denn seine Frau arbeitete während der Woche in Berlin im Innenministerium. Aber sie telefonierten regelmäßig am Abend miteinander. Nachdem er sich etwas zu essen gemacht hatte, rief er sie an: „Jetzt haben wir vor einigen Tagen über deine Bemerkung zur Dauer meines Verbleibs in meiner seit drei Jahren eingenommenen Rolle gelacht", sagte er leicht ominös, um eine präzise Beschreibung seiner Gedanken zu vermeiden, falls jemand das Telefonat mithörte, „und jetzt hat sich der Wind um hundertachtzig Grad gedreht. Jemand hat mich angerufen und mir zu verstehen gegeben, dass ich in der Sache, die ich am Samstagabend vor eineinhalb Wochen aufgedrängt bekommen habe, den vermutlich zu Beschuldigenden keinesfalls weiter ins Visier nehmen sollte. Es sei nicht in Deutschlands Interesse. Mit genau diesen Worten. Eine glatte Drohung." Er nannte Karsts Namen nicht, und auch nicht den seines Anrufers.

Zudem wollte er vermeiden, automatische Mitschnitte seines Gesprächs dadurch zu provozieren, dass Schlüsselwörter in Form von Namen oder Institutionen fielen.

Barbara war ganz still. Sie hatte immer mit derartigen Interventionen gerechnet. Seit ihr Vater vor Jahren in derselben Position wie Brockmann heute durch eine politische Intrige aus dem Amt gezwungen wurde, war sie immer von der Vorstellung begleitet, dass es ihrem Mann ähnlich ergehen könnte. „Kenne ich den Anrufer?"

„Ja."

„Gut?"

„Gut genug."

„Hat dein Verdächtiger die Intervention beauftragt?"

„Davon ist auszugehen. Es geht ja auch immer um unterstützende Mittel, die die Kasse des jeweiligen Vereins füllen." Brockmann vermied erneut, den Namen der Partei zu nennen, der der Anrufer angehörte.

„Und wie konkret ist die Forderung?"

„So sehr, dass ich annehmen muss, dass der Auftraggeber sich in die Enge getrieben sieht. Er rechnet mit seiner umgehenden Entlarvung, wenn ich alles richtig deute."

„Haben wir noch Zeit bis zum Wochenende?"

„Ich denke schon."

„Muss ich etwas unternehmen?"

„Nein, musst du nicht. Sieh nur zu, dass du pünktlich am Freitag nach Hause kommst."

„Ist versprochen."

„Bei dir ist aber nichts zu spüren?"

„Absolut gar nichts. Völlige Ruhe. Könnte auch abgestimmt sein. Weiß man ja nie."

„Na gut. Wir werden sehen. Jedenfalls freue ich mich auf dich."

„Ich freue mich auch auf dich und auf zu Hause."

Als sie ihr Gespräch beendet hatten, wanderte Brockmann in seinen Garten, wie er es so oft getan hatte, und ging einige Runden im Kreis. Hier hatte er viele schwere und viele gute Stunden verbracht. Manche hilfreiche Entscheidung war in diesem Garten gefällt worden. Sicher hatte er dort auch manchen Fehler begründet. Aber am Ende war sein Garten für ihn immer eine Quelle der Kraft gewesen. Er setzte sich auf einen Stuhl, der auf der kleinen Terrasse stand, und überdachte seine Erlebnisse.

Der Anruf aus Berlin war am Nachmittag gekommen. Vom Fraktionsvorsitzenden der Regierungspartei. Der Mann war zugleich stellvertretender Parteivorsitzender. Er hatte sich nicht lange mit verbindlichen Floskeln aufgehalten. Nach wenigen Worten der Einleitung hatte er das Gespräch sofort auf die Außenpolitik und die Untersuchungen, die das BKA gegen einen bekannten Industriellen führte, gelenkt. Der erste Vorwurf war schon brisant: Brockmann würde durch seine Handhabung in einem konkreten Fall die deutsch-russischen Beziehungen aufs Schwerste belasten. Es hätte einen Toten gegeben bei dem Versuch des BKA, einen russischen Schwerverbrecher in den Westen zu schmuggeln. Die russische Regierung habe von diesem Vorfall öffentlich noch nichts verlauten lassen, um die Lage nicht international aufzuwerten und damit zu erschweren.

Noch viel schwerer aber wiege der „unsägliche" Versuch, einen der angesehensten Bürger der Republik zu kriminalisieren. Einen

Bürger, der sich an ihn, Brockmann, gewandt habe, um Hilfe zu erbitten. Wenn er, Brockmann, nicht definitiv sagen könne, dass dem Verdächtigten Taten von strafbarem Charakter nachgewiesen worden seien, solle er sich in dieser Sache seine Position genau überlegen. Es gäbe kein Interesse der Regierung, die Persönlichkeit, von der hier die Rede sei, durch irrationale Ermittlungen zu beschmutzen und bei der Gelegenheit auch noch internationale Krisen auszulösen.

Sein Anrufer hatte auch seinerseits den Namen Karst nicht genannt.

„Klassisch", sagte Brockmann vor sich hin. „Klassisch", wiederholte er gleich noch einmal. „Diese Vorgehensweise ist klassisch. Aber jetzt erfahren wir endlich, wer alles die Hand aufgehalten hat. Aus welchem Anlass und in welche Kassen auch immer. Es muss ja auch noch nicht der letzte Anrufer gewesen sein." Brockmann grinste still vor sich hin und gewann seine alte Gelassenheit zurück. Er hatte mindestens ein Ass im Ärmel. Vielleicht morgen nach Kohls Besuch auch noch ein weiteres. Man würde sehen.

15.

Renate kam gegen 21:50 Uhr auf dem Flughafen Bergamo an. Die amerikanischen Agenten von der DEA hatten sie in Wiesbaden-Erbenheim auf ihrer Air Base am Gate in Empfang genommen, hatten ihr einen Parkplatz zugewiesen, ihre Waffe konfisziert, ihre kleine Reisetasche untersucht, von ihrem Ausweis eine Fotokopie gemacht und sie dann in einem Militärfahrzeug zu dem wartenden Flieger gefahren. Ein Mann, der sich nicht vorstellte, begleitete sie in die Maschine. Es war ein kleiner Jet, von dem die Amerikaner viele im Gebrauch hatten. Der Mann wies ihr einen Sitz zu und setzte sich auf die andere Seite des Ganges. Sie überlegte, ob er wohl seine Waffe behalten durfte. Ihre hatte er jedenfalls in seine Aktentasche gesteckt. So wusste sie, dass er ihre Pistole dabei hatte. Das ließ hoffen.

Nachdem sie gelandet waren, machte er ihr ein Zeichen und ging voran zum Ausstieg. Draußen wartete eine schwarze Limousine amerikanischer Bauart, in der ein anderer Mann saß. Ihr bisheriger Begleiter stieg vorne ein, sie musste sich auf die Rückbank zu dem anderen Unbekannten setzen.

Als sie losgefahren waren, sprach ihr Nachbar sie auf Deutsch an. „Herr Brockmann kennt mich schon länger und ich ihn auch. Ich sage Ihnen meinen Namen nicht, auch nicht meine Funktion. Ich bin nicht hier in Italien und habe auch nichts mit dem Gefangenen zu tun, der Ihnen gleich vorgeführt werden wird. Sie werden ihrerseits gut daran tun, sich von uns wieder zurückfliegen zu lassen. Denn morgen werden die Italiener den Gefangenen übernehmen. Sie haben nur diese eine Nacht. Die Maschine steht Ihnen bis morgen früh 09:00 Uhr zur Verfügung. Danach müssten Sie für Ihre Rückreise selber sorgen. Ich denke, Sie sollten nicht in den unappetitlichen Fall verwickelt sein, der sich Ihnen gleich zeigen wird. Das BKA sollte seine Möglichkeiten nutzen und wieder abtauchen. Wir haben den Mann schon ein wenig bearbeitet. Er hat in der uns interessierenden Sache schon gestanden. Jetzt haben Sie das Recht des nächsten Zugriffs. Bis zum Morgen. Wir holen Sie um 08:00 Uhr wieder ab. Sollten Sie vorher weg wollen, hier haben Sie ein mobile-phone, mit dem Sie mich direkt erreichen können. Alles klar?“ Renate nickte.

Sie hielten vor einem heruntergekommenen Bauerngehöft. Der Fahrer hupte zweimal. Dann fuhr er auf den Hof des Gehöfts und hielt vor der Innenseite der Ruine. Es war kaum noch hell.

Renate war angespannt, auch von der gesamten Situation, die die Amerikaner ihr seit der Landung boten. Ihr Nebenmann blieb sitzen. Sie stieg mit ihrer Tasche aus und verstaute das Handy, das ihr unbekannter Nachbar ihr zugesteckt hatte, in der Reisetasche.

Der andere vom Vordersitz stieg auch aus. Er griff in seine Aktentasche, holte ihre Pistole heraus und überreichte sie ihr. Dann zeigte er in Richtung auf den Eingang, wo sich ein anderer Amerikaner postiert hatte, dem er halb im Scherz zurief: „She is the one and only. She has got general permission. Until 0800. All services wanted have to be delivered."

Dann stieg er wieder in den Wagen und fuhr mit seinem Mitfahrer auf der Rückbank davon.

Sie befestigte die Pistole in dem Holster an ihrem Gürtel, schob sie etwas nach hinten und achtete darauf, dass das zu kurze Sakko wenigstens zum Teil die Waffe verdeckte. Dann ging sie festen Schrittes auf den Mann am Eingang zu.

Beim Näherkommen erkannte sie, wie jung der Mann noch war. Vielleicht Zwanzig. Eher weniger. Er machte eine einladende Bewegung in Richtung der Kellertreppe: „Welcome to Hadis", und ging voran. Sie bogen nach links ab in einen recht langen Gang, an dessen Ende der Mann erneut nach links abbog. Gleich darauf standen sie vor einer weiteren Tür, die von einem anderen Mann bewacht war, der auf ein Zeichen diese Tür öffnete.

Links vor ihr saß, auf einem Stuhl gefesselt, ein Mann mit zerschlagenem Gesicht. Er blutete heftig. Seine Hände waren auf dem Rücken an den Stuhl gefesselt. Vor ihm stand ein einfacher Holztisch. Dahinter ein weiterer Stuhl. Sonst war da nichts. Kein Wasser, kein Verbandszeug.

Renate rang um Fassung. Andererseits wusste sie, dass sie jetzt keine Schwäche zeigen durfte. Nicht gegenüber den beiden Folterern, nicht gegenüber dem Gefolterten. Hier waren alle Anwesenden von einer Sorte. Ein Mörder und seine Henker. Sie war völlig fehl am Platz, aber keiner durfte es merken.

Sie machte entschlossen zwei Schritte in das Verlies, stellte ihre Reisetasche neben das Stuhlbein des freien Stuhls, setzte sich, sah den blutenden Mann an und streckte ihre Beine unter den Tisch.

Sie fixierte den Mann, der sie aus seinem zerschlagenen, blutenden Gesicht musterte. Die Amerikaner hatten die Tür zu dem Gefängnis aufgelassen und hielten sich davor in leichter Distanz auf.

Renate verband diesen Umstand mit dem klaren Wissen, dass der Mann vor ihr hochgradig gefährlich war, auch wenn er sich aktuell in einer aussichtslosen Lage befand. Sie beugte sich etwas vor, um die Verletzungen genauer in Augenschein zu nehmen. Dann tat sie das Unerwartete: Sie entnahm ihrer Reisetasche ein Handy, machte damit zwei Fotos von Picots Gesicht und steckte das Handy wieder weg. Alles war sehr schnell abgelaufen. Die beiden Amerikaner waren zu verblüfft, um etwas einzuwenden, und schienen auch aus ihrer Befehlsschiene entsprechend instruiert. Sie wagten keinen Einspruch.

Picot hingegen hatte Renates Walther entdeckt, weil bei ihren Bewegungen das Sakko verrutscht war. „Quelle surprise. La Sûreté allemande?“

Renate wusste sofort, dass mit diesem Mann nicht zu spaßen war. Wer nach einer derartigen Behandlung durch seine Peiniger noch mit sachkundigem Blick eine Polizeiwaffe, die er nur einen Augenblick gesehen haben konnte, so genau zuordnete, war auch mit gefesselten Händen hochgradig gefährlich.

Sie bestätigte nichts, dementierte nichts, sondern sah sich den vor ihr sitzenden Killer nur an.

Ihr Schweigen machte ihn nervös. Er schien sich nicht sicher, ob sie ihn auf Französisch verstehen würde. Er rückte auf dem Stuhl hin und her. Sie sagte weiter nichts und musterte ihn unentwegt weiter.

Plötzlich sprach er sie in ganz passablem Deutsch, wenn auch mit der sprachlichen Färbung der grenznahen Lothringer, an:

„Was wollen denn Sie? Folter hatte ich schon. Wollen Sie mich auch noch schlagen?“

Renate sagte noch immer nichts.

Picot wurde nervöser. „Keine Folter? Keine Fragen?“

Das war für sie der Einstieg: „Haben Sie Antworten?“

Picot war perplex. Die Frau antwortete mit einer sehr angenehmen Stimme.

Die Amerikaner schauten verunsichert in den Keller. Was sprach die Frau auf Deutsch? Aber sie trauten sich wieder nicht etwas zu unternehmen. Der Befehl an sie musste stringent sein.

Picot begriff das auch sofort. „Haben Sie die Macht, mich zu befreien?“

„Möglich, es kommt aber drauf an.“

„Auf was?”

„Ist doch klar. Auf Ihre Antwort!“

„Was für eine Antwort?“

Renate überlegte ihren nächsten Schritt sehr genau. Diese eine Antwort, um derentwillen sie hier war, kam in den nächsten Minuten oder gar nicht.

Sie konnte mit den zwei Spießgesellen vor der Tür auch nicht die ganze Nacht zusammen bleiben. Das Verlies war zu unheimlich, zu weit abgelegen und zu illegal. Sie benötigte die richtige Antwort sofort. Dann musste sie zurück. Picot musste nach Deutschland oder wenigstens in die Schweiz gebracht werden, wenn er die richtige Antwort gab.

Da er von ihrer Mission nichts wusste, konnte seine Antwort nur richtig oder falsch sein. Wenn der Name Karst fiel, war sie auf eine Kooperation der Amerikaner angewiesen.

Sie würde es versuchen müssen. Also stellte sie die entscheidende Frage: „Wenn Sie eine Zukunft haben wollen, dann antworten Sie präzise: Das Attentat vom Berninapass, wer hatte Ihnen den Auftrag gegeben, diesen Mann im Auto zu töten?“

„Was bekomme ich für die Antwort?“

„Eine Passage nach Deutschland oder in die Schweiz.“

„Und die Amerikaner? Was ist mit denen?“

„Die werden mit mir zusammenarbeiten.“

„Niemals!“

„Haben Sie eine Alternative? Also, was ist Ihre Antwort?“

„Der Österreicher!“

„Welcher Österreicher?“

„Kurt Kaiser.“

„Und wer hat ihm den Befehl gegeben, Sie zu beauftragen?“

„Weiß ich nicht genau. Aber ich glaube, dass das dieser Deutsche war, Karst.“

„Von wem kennen Sie den Namen Karst?“

„Kaiser, letzte Woche, in Mailand.“

„Werden Sie das vor einem Gericht beschwören?“

„Wenn Sie mich hier rausholen, ja!“

Renate rief den einen der beiden Schergen herein und sagte ihm, dass sie jetzt seinen Chef anrufen wolle, der ihr ein entsprechendes Handy übergeben habe. Der Mann war misstrauisch und verlangte das Handy zu sehen. Sie zeigte es ihm und forderte ihn auf, die Nummer zu wählen, die als einzige gespeichert war. Er wollte es nicht tun und gab ihr das Gerät zurück. Sie wählte selbst. Die Stimme am anderen Ende der Leitung war die des Mannes ohne Namen. „Hallo?“

„Ich bin fertig hier. Sie können mich abholen.“

„So schnell? Wie haben Sie das denn gemacht?“

„Ich hab dem Mann eine Zukunft in Aussicht gestellt, die Sie eigentlich auch wollen sollten. Der Mann weiß Dinge, die für unsere gemeinsame Arbeit sehr vorteilhaft sein werden.“

„Wovon sprechen Sie?“

„Kann ich Ihnen nur sagen, wenn Sie hier sind, sonst werden wir hier wahrscheinlich sofort Besuch bekommen.“

„Bin in einer halben Stunde da.“ Die Leitung war unterbrochen.

16.

Ueli Rütter wurde aus seinen Träumen gerissen. Sein Handy klingelte um 01:00 Uhr in der Nacht. Die Stimme am anderen Ende der Leitung sagte: „Keine Namen! Erkennen Sie meine Stimme?"

Rütter überlegte einen Augenblick, ob das Klingeln Teil seines Traums war. Im nächsten Augenblick war er wach. „Ja! Was gibt es mitten in der Nacht?"

„Ich habe Ihr Paket vom Bernina. Setzen Sie sich augenblicklich ins Auto und kommen Sie mir entgegen. Wie lange brauchen Sie bis Édolo?"

„Etwa eineinhalb Stunden. Vielleicht auch zwei. Ja, eher zwei."

„Dann fahren Sie schnell. Ich warte am nördlichen Ausgang von Édolo. Flink. Eineinhalb Stunden wäre besser."

Rütter rannte ins Bad, zog sich dann schnell an, griff sich seine Waffe, seinen Dienstausweis und seinen Pass und verließ das Haus zehn Minuten später. Es war 01:15 Uhr und er fuhr erneut auf den Bernina Pass zu.

17.

Renate war auf dem Weg nach Édolo. Sie saß in einem Wagen des Unbekannten, der der Chef der ganzen Truppe von Agenten und ihren Handlangern in dem Kerker sein musste. Sie hatte ihn mit einem einzigen Argument überzeugt. Ihr Vorgehen beruhte auf einer Spekulation. Aber diese Spekulation ging auf: Der Mann musste Brockmanns Gesprächspartner bei der DEA sein. Der Chef der DEA in Europa.

Als er an dem verfallenen Bauernhof angelangt war, hatte sie ihn unter freiem Himmel empfangen. „Die Italiener werden ihn nicht bekommen! Brockmann ist sonst in größten Schwierigkeiten. Es kann ihn den Job kosten und der große Fisch an der Angel wird davonschwimmen. Das können Sie unmöglich wollen."

„Was für Schwierigkeiten?"

„Er hat es mir nicht gesagt. Aber es muss heftig sein. Ich kenne ihn schon einige Jahre. Aber so habe ich ihn noch nicht erlebt. Ich glaube, dass unser Fisch die Politik eingeschaltet hat. Ich musste mitten aus Vernehmungen heraus zu Ihnen fliegen. So wichtig ist der Franzose für uns. Und auch für Sie. Er hat den Zusammenhang zu Karst gestanden. Das muss er vor Gericht aussagen."

„Was ist Ihr Plan?"

„Ich bringe ihn in die Schweiz. Dann sind Sie und wir außen vor. Und in der Schweiz haben wir gute Zugriffsmöglichkeiten."

Der Unbekannte überlegte einen Augenblick. „Dahin, wo er den Mord begangen hat?"

„Genau dahin!"

„Was benötigen Sie?"

„Ein Auto und einen Bewacher. Ich habe einen Kontakt in der Schweiz. Der wird das Paket abholen. Dann kann Ihr Bewacher den Wagen wieder mit zurücknehmen."

Der Unbekannte zögerte wieder einen Moment. „Einverstanden!"

Damit hatte sie nicht gerechnet. Eher mit Verweigerung. Wenn der Mann ihrem Vorschlag so sang- und klanglos zustimmte, hatte entweder Brockmann ein so gutes Standing bei ihm, dass er die Probleme mit den Italienern auf sich nahm, oder er war wirklich an der Verurteilung Karsts interessiert. Sie konnte es nicht entscheiden. Nachfragen würde sie auf keinen Fall.

Der Unbekannte gab einige wenige Anweisungen. Ein weiteres Fahrzeug kam nach kurzer Zeit auf den Hof gefahren. Es war ein mittelgroßer Van einer italienischen Marke.

Picot wurde aus dem Keller geholt und in den Van geladen. Die zwei Schergen fesselten ihm dort auch noch die Füße. Die Hände waren auf den Rücken gebunden.

Renate sagte nur kurz „Wait!“ und überprüfte die Fesseln im Licht einer Taschenlampe. Dann ließ sie Picot in den Ladebereich des Van legen. Die Klappe wurde geschlossen. Der eine der beiden Folterer fuhr den Van. Renate verabschiedete sich von dem Unbekannten mit den Worten: „Sie haben etwas gut bei mir. Vielleicht gibt es ja ein anderes Mal.“

Der Unbekannte schaute sie an und erwiderte: „Wenn ich Mitarbeiter hätte, die sich so für mich einsetzten, wäre ich froh.“

Renate nahm wortlos zur Kenntnis, dass der Mann ihre Loyalität zu Brockmann belohnt hatte. Das war vielleicht der Schlüssel für sein Einlenken gewesen. Sicher war sie sich nicht. Sie nickte ihm zu. Dann rief sie Rütter an und stieg mitsamt ihrer Reisetasche in den Van. Zu ihrem düsteren Fahrer sagte sie „Direction Édolo. Let’s go.“ Es war 01:10 Uhr.

18.

Als sie am Nordrand von Édolo angelangt waren, ließ sie den Fahrer anhalten und am Straßenrand parken. Es war jetzt 02:35 Uhr. Von Rütter war nichts zu sehen. Sie mussten warten.

Nach einer knappen halben Stunde waren die Lichter eines Personenwagens in der Ferne zu sehen. Sie ließ ihren Fahrer das Standlicht einschalten. Als der andere Wagen näher kam, verlangsamte sich dessen Geschwindigkeit. Dann hielt er auf der anderen Straßenseite an.

Renate erkannte Schweizer Nummernschilder. Ein Mann stieg aus und überquerte die Fahrbahn. Er schaute durch das Seitenfenster des Van und erkannte den Fahrer. Daneben saß Renate. Der Fahrer ließ die Seitenscheibe herunter: „Frau Augustin?“

„Ja. Herr Rütter?“

„Ja, wo ist das Paket?“

„Hinten im Wagen.“

„Ich fahre mit dem Heck an die Rückseite, dann können wir umladen."

Rütter sprintete zu seinem Wagen und setzte seinen Gedanken in die Tat um.

Als sie Picot umgesetzt hatten, was wegen seiner Fesseln keine leichte Übung war, nahm sie sehr konzentriert ihre Reisetasche aus dem Van, machte dem Fahrer ein Handzeichen zum Abschied und wechselte in Rütters Fahrzeug.

VI. Kapitel

1.

Brockmann erwachte am Donnerstagmorgen nach einer Nacht ohne Erholung. Er hatte schlecht geträumt. Nachdem er zunächst nicht hatte einschlafen können, war er dann im Schlaf von den Fantasien gequält worden, dass Karst sich seiner entledigen würde, indem er genug Politiker und Journalisten aufzubieten wusste, um ihn zu neutralisieren.

Missgestimmt machte er sich sein Frühstück. Er fühlte sich machtlos. Die Maschinerie der politisch motivierten Hetzjagd kannte er durchaus aus nächster Nähe, wenn sie auch bisher nicht ihm selbst gegolten hatte. Er beschloss zu kämpfen. Seine Karten waren nicht wirklich schlecht. Aber ein Ass im Ärmel war auch nicht in Sicht, es sei denn, Renate Augustin brachte etwas Außerordentliches mit. Etwas wie ein Geständnis eines Mörders.

Er fuhr um 08:30 Uhr ins Büro. Heute würde Kohl ihn besuchen kommen. Zum ersten Mal nach langer Zeit würden sie sich treffen. Er freute sich, auch wenn seine Freude nicht ungetrübt war durch die politischen Vorgänge, die sich ihm in den Weg stellten.

Im Büro angekommen, erfuhr er als Erstes, dass von Renate eine Nachricht vorlag, wonach sie ihn bat, sie auf einer Schweizer Festnetzleitung anzurufen. Es handelte sich um eine private Nummer. Brockmann ließ den Besitzer des Anschlusses feststellen: Rütter, Karl. Dann rief er an.

„Rütter." Es war die Stimme eines Mannes, den Brockmann vage als über sechzig Jahre einschätzte.

„Brockmann. Kann ich bei Ihnen Frau Augustin erreichen?"

„Ja, sicher." Ein unverkennbarer Ton mit deutsch-schweizer Klangfärbung.

Dann war Renate am Apparat: „Hallo Herr Brockmann. Ich habe die Sache in die Schweiz gerettet. Es ist ein veritabler Volltreffer. Der Mann hat gestanden. Wir haben den Zusammenhang. Es ist der Österreicher Kaiser, der den Auftrag für unseren Verdächtigen vergeben hat. An den Franzosen Picot. Der hat das zugegeben. Ich habe ihn aus besonderen Gründen in die Schweiz umgeleitet. Die Lage war danach."

„Was für eine Lage?"

„Wir hätten den Mann vielleicht nie wieder gesehen. Er war schwer gezeichnet, als ich ihn traf. Wir haben hier vollen Zugang zu dem Mann. Und was immer bei Ihnen für Komplikationen vorliegen. Es ist vielleicht besser, er bleibt in der Schweiz. Davon weiß dann bis auf weiteres niemand."

Brockmann war überrascht von Renates kluger Einschätzung. Also hatte sie seine Situation begriffen, ohne sie im Detail zu kennen. Ganz schön aufmerksam beobachtet. Er konnte mit der von ihr getroffenen Lösung gut leben, sagte es aber nicht laut. Nur blieb für ihn die eine Frage offen, die er Renate stellen musste: „Aber einen direkten Beweis haben wir nicht?"

„Nein der Auftraggeber war halt der Österreicher. Aber es gibt Querverbindungen."

„Welche?"

„Der Mann weiß von anderen Verabredungen zwischen beiden Akteuren."

„Das ist zwar gut, im konkreten Fall aber zu wenig."

„Wenn Sie mich noch ein wenig machen lassen, kommt vielleicht noch etwas anderes ans Tageslicht."

„Was schwebt Ihnen vor?"

„Ich denke an die Vergangenheit. Ich sollte hier die Vernehmungen noch ein wenig führen, wenn unser Schweizer Kollege mich lässt. Ich denke so an zwei Tage. Der Mann erholt sich gerade etwas von seinen Blessuren. "

„Wie schlimm war es?"

„Katastrophal. Furchterregend. Ich habe Aufnahmen gemacht."

„Okay, ich gebe Ihnen zwei Tage. Heute ist Donnerstag. Am Samstag um zwölf will ich Sie sprechen. Hier bei mir. Ist das klar?"

„Ja, glasklar."

Brockmann unterbrach die Verbindung.

2.

Margot hatte genug erfahren. Fürs Erste. Sie wollte mit Brockmann sprechen, um das weitere Vorgehen zu klären. Es war Donnerstag 10:00 Uhr, als sie ihn anrief. „Anatoli hat viel zu berichten gehabt. Einiges davon war allerdings auch sehr heftig. Ich würde gerne eine Pause mit ihm einlegen und überlegen, wie wir mit ihm weitermachen. Es hatte sich ja alles etwas plötzlich entwickelt in den letzten Tagen."

„Ja, verstehe. Tun Sie das zunächst einmal, Margot. Im Gegenzug hätte ich Sie gerne mal für einige Minuten bei mir mit den Ergebnissen Ihrer Vernehmungen gesprochen."

Damit hatte Margot nicht gerechnet. Aber Brockmanns Wunsch war für sie bindend. Also griff sie sich ihre Aufzeichnungen und sagte dem Mitarbeiter, der für die Bildmitschnitte zuständig war, dass es sein könnte, dass Brockmann auf bestimmte Sequenzen zugreifen möchte.

Dann marschierte sie über die Gänge des BKA und war bald darauf in Brockmanns Vorzimmer. Sie wurde direkt zu ihm vorgelassen.

„Hallo Margot, nehmen Sie Platz." Brockmann lud sie mit einer flüchtigen Handbewegung ein, sich an den Besuchertisch zu setzen.

„Sagen Sie mir zunächst einmal, was Ihre wichtigsten Ergebnisse sind."

„Am wichtigsten scheint mir die Bestätigung der alternativen Drogenorganisation über diesen Wronikow. Sie ist das Konkurrenzprojekt zu der staatlich aufgezogenen Drogenschiene nach Westeuropa, die Karst beliefert. Die hat Anatoli als politisch motivierte Maßnahme bezeichnet.

Wieso allerdings dann eine konkurrierende Organisation möglich werden konnte, dazu hat Anatoli keine durchgreifende Erklärung."

„Hat er Ihnen erzählt, dass er einen Mann umgebracht hat?"

„Ja, hat er. Der Mann hat ihn für Wronikow beschatten müssen. Er vermutet, dass er sogar einen Sender an seinem Wagen installiert hatte. Jedenfalls hat er ausgesagt, dass der Mann kurz nach ihm auf dem Flugplatz eingetroffen sei, der als Treffpunkt mit dem BND ausgemacht war. Dort sei der Mann mit einer Pistole im Anschlag auf seinen Wagen zugegangen. Anatoli habe aber als Erster geschossen und so sein Überleben sichern können."

„Weiß er, wer der Tote war?"

„Er glaubt, dass es einer der beiden Männer war, die in Folge des Mordes in der Schweiz auf der Flucht waren. Ich hatte Anatoli auf die beiden angesetzt, als sie von der Ukraine nach Russland weiter flüchteten. Der inhaftierte Tschetschene und der Tote sind Wronikows Männer. Da schließt sich dieser Kreis. Aber ganz sicher ist sich Anatoli wegen der Identität des Toten nicht."

„Sind sonst noch Leute durch ihn umgekommen?"

„Nein, darüber hat er nichts ausgesagt. Wieso, sind sonst noch Dinge bekannt geworden?"

„Nein, noch nicht. Aber irgendwer wusste schon von der Schießerei auf dem Flugfeld in der Ukraine und hat mir vorgeworfen, wir würden die Beziehungen zu Russland belasten, denn der Getötete sei Russe."

„Wer wusste davon?"

„Wenn ich Ihnen das sage, fallen Sie von meinem Gästestuhl."

Brockmann neigte zum ersten Mal zum Anflug eines Scherzes und war doch unverändert ernst.

„Gut, Sie haben mich gewarnt. Wer war es?“, fragte Margot leicht sarkastisch zurück, während sie seinen ernsten Gesichtsausdruck registrierte.

„Rüdiger Stock.“

„Kann nicht wahr sein! Der Vorsitzende der Regierungsfraktion wirft Ihnen so etwas vor? Woher konnte er das erfahren? Sie sind der Erste, der das Vernehmungsergebnis von mir erzählt bekommt.“

„Wer hat sonst noch an den Vernehmungen teilgenommen?“

„Neben unseren Vernehmern, die immer bereit waren mich abzulösen wenn es nötig gewesen wäre, haben nur der Techniker und der Gast vom BND zugehört, den Frau Augustin mitgebracht hatte. Ich glaube, sein Name ist Lieber.“

Brockmann war augenblicklich alarmiert. „Ist der Mann noch auf unserem Gelände? Und wenn ja, wo hält er sich aktuell auf?“

„Kann ich alles nicht beantworten. Die Betreuung hatte Frau Augustin in Händen. Wo ist sie überhaupt. Ich habe sie heute noch gar nicht gesehen?“

„Ich musste sie gestern mit einer anderen Sache beauftragen, die absolute Priorität hatte. Ich werde deswegen heute um 16:00 Uhr die Task-Force-Sitzung leiten. Sie bitte ich, mir bis dahin Antworten auf die eben gestellten Fragen zu liefern. Allem voran aber: Wo ist der BND Mann aktuell?

Und danach stellen Sie mir ein Dossier über Rüdiger Stock zusammen. Das bringen Sie mir dann auch sofort. Ich habe gleich einen Gast, auf den ich mich vorbereiten muss.

Dass Ihre Zuarbeit unter strengstem Stillschweigen gegen jedermann ablaufen muss, brauche ich Ihnen sicher nicht zu sagen.“ Brockmann lächelte sie einfach an.

Margot hatte ihn schon vorher verstanden. Sie hatten schon

viele knifflige Fälle gemeinsam gelöst. Sie lächelte schmal zurück. Auf sie konnte Brockmann sich verlassen.

3.

Kohl war pünktlich. Brockmann hatte ihn in das Gästehaus des BKA geleiten lassen, in dem es einen Besprechungsraum mit fast schon exklusiver Möblierung gab. Im Nebenraum war für zwei Personen gedeckt. Brockmann wollte später mit Kohl dort unter vier Augen essen.

Kurz vor 11:00 Uhr hatte Margot angerufen und berichtet, dass Lieber nicht mehr auf dem Gelände des BKA sei. Er habe sich gestern um 20:00 Uhr ordnungsgemäß abgemeldet. Das Kurzdossier zu Rüdiger Stock hatte sie ihm als Email geschickt.

Brockmann wunderte sich über die vorzeitige Abreise von Lieber und nahm sich vor, Renate deswegen zu befragen. Vor allem aber würde Kohl mehr dazu sagen können. Die Email zu Rüdiger Stock las er in großer Eile. Dann wurde Kohls Eintreffen gemeldet.

Kohl hatte volles, silbern-weißes Haar. Es stand ihm gut und machte ihn nicht älter. Aber seine Augen blickten ernster als jemals zuvor. Sein Gesicht war etwas schmaler geworden gegenüber dem letzten Treffen vor über drei Jahren. Brockmann nahm alle ersten Eindrücke in sich auf, während er ihn herzlich begrüßte.

Auch Kohl schien sich über ihr Wiedersehen zu freuen. Als hätte nicht diese Zeitspanne zwischen dem heutigen und dem letzten Treffen gelegen, flachste er in gewohnter Manier: „Sie sehen gut aus. Ihr Job scheint Ihnen zu bekommen. Nur dass Sie etwas zugenommen haben. Aber das ist in unseren Berufen ja nicht ungewöhnlich. Der Schreibtisch ist halt das dominierende Zentrum unseres Tuns." Während er das sagte, lächelte er Brockmann gewinnend an.

„Aber Sie haben abgenommen. Wie haben Sie das gemacht?“

„Ganz einfach. Ich bekam zu irgendeinem ungünstigen Zeitpunkt vor etwa einem Jahr Herzprobleme und mein Arzt prognostizierte mir zwei Alternativen: Abnehmen und etwas Sport treiben oder weiterleben wie bisher und einen Herzinfarkt bekommen. Da habe ich die erste Alternative gewählt. Einen Herzinfarkt kann man in unserem Beruf auch aus anderen Gründen bekommen. Aber es muss ja nicht einfach durch Übergewicht und Bewegungsmangel geschehen.“ Kohl begleitete seine Worte mit einem kleinen Lächeln. Aber seine Augen lächelten auch diesmal nicht mit.

Brockmann nahm auch das wahr, ließ sich aber nichts anmerken.

„Das sollte ich auch anstreben. Aber wie Sie schon gesagt haben, der Schreibtisch ist das Zentrum meines Lebens. Und abends bin ich fast immer zu müde, um noch Sport zu treiben.“ Brockmann bat Kohl, sich zu setzen.

Sie nahmen in den zwei Sesseln vor dem Glastisch Platz, auf dem kalte Getränke aufgereiht waren. Ein Mitarbeiter bot Kaffee und Tee an. Kohl wählte Tee und ein Mineralwasser. Brockmann entschied sich ebenso.

„Sie haben es ja recht angenehm hier“, begann Kohl den Smalltalk fortzusetzen.

„Ja, das stimmt. Einer meiner Vorgänger hatte die glorreiche Idee, für besondere Fälle ein anderes Ambiente vorzuhalten, als das einer Polizeibehörde. Davon profitieren wir heute.“

„Und Ihre Frau arbeitet unverändert in Berlin, so dass Sie nur an den Wochenenden zusammenkommen?“

„Ja, der Wechsel nach Berlin war damals eine gute Lösung, gemessen an der Alternative Washington, wo sie vorher gearbeitet hatte. Aber in der Zwischenzeit ist es schon eine Belastung, immer an den Rückflug nach Berlin zu denken, während wir noch mit unseren eigenen Dingen beschäftigt sind.“

„Na ja, so sehr lange müssen Sie diesen Zustand nicht zwingend aufrecht erhalten, es sei denn, Sie wollen über die Pensionierungsgrenze hinaus im Amt bleiben."

Das war eine zutreffende Feststellung, die aber zugleich auch als Frage gemeint sein konnte.

„Das wird sich zeigen", wich Brockmann zunächst aus. „Aber Sie haben schon recht. In Zukunft könnten wir uns die Dinge besser einteilen. Wir werden sehen. Und bei Ihnen? Werden Sie länger im Dienst bleiben wollen?"

„Auf keinen Fall. Alles ist so verschachtelt geworden im politischen Umfeld, dass ich nicht sehe, was mich motivieren könnte, über die Regelzeit hinaus dabei zu bleiben."

„Wie lange dauert es, bis Sie in den Ruhestand gehen können?"

„In gut einem Jahr ist es so weit. Manchmal habe ich das Gefühl, die Jungen stehen schon in den Startlöchern und können meinen Abgang nur noch mit Mühe abwarten."

Das gab Brockmann die Gelegenheit, vom Persönlichen ins Dienstliche überzuwechseln: „Aber der Herr Lieber gehört nicht zu denen? Oder?"

„Wie kommen Sie darauf?"

„Nun, Sie hatten ihn mir sehr positiv geschildert, als begabten jungen Mann."

„Herr Brockmann, Sie haben fast identische Erfahrungen wie ich, was die Frage betrifft, ob wir irgendjemandem in unserem Umfeld definitiv vertrauen können. Ich jedenfalls vertraue niemandem im BND. Nicht denen, die mir unterstellt sind, und den übrigen auch nicht." Kohl meinte damit wohl seine beiden Vorgesetzten, sprach es aber nicht aus.

Brockmann verstand diese Haltung. Beide hatten in der Vergangenheit sehr unliebsame Erfahrungen mit Leuten aus dem eigenen Arbeitsumfeld gemacht, die sicher Anlass für permanente Skepsis waren. Nur beantwortete das nicht Brockmanns Frage.

„Alles klar, aber ich habe aus einem anderen Grund gefragt. Sie haben mir diesen Herrn Lieber geschickt, der ab gestern Mittag der Vernehmung der russischen Quelle Anatoli beigewohnt hat. Ich hatte ihm zwar eine Mitarbeiterin zur Betreuung zugeordnet, nur konnte sie nicht die ganze Zeit an Liebers Seite bleiben. Vorhin erfahre ich, dass sich Lieber gestern Abend um 20:00 Uhr abgemeldet und dann unser Haus verlassen hat. Ist Ihnen davon etwas bekannt? Hat er sich bei Ihnen gemeldet wegen Anatoli?"

„Nein, hat er nicht. Ich dachte, er wäre noch bei Ihnen."

„Wieso geht er einfach fort? Was war denn sein genauer Auftrag?"

„Er sollte der Quelle zuhören, um festzustellen, ob bereits bei Ihren Vernehmungen etwas Brauchbares herauskommen würde. Sonst nichts. Wir wollten ihn sicher zu anderen Komplexen befragen als Sie, aber es hätten sich ja aus anderen Zusammenhängen Verbindungen ergeben können, die für uns interessant sein könnten. Ob das so war, kann ich aber nicht sagen, da ich ihn bisher nicht gesprochen habe."

„Können Sie seinen aktuellen Standort und gegebenenfalls seine Einschätzung des Gehörten in Erfahrung bringen?"

„Ja, das kann ich machen. Nur wüsste ich gerne, was hinter Ihrer Frage steckt. Oder irre ich mich? Sie fragen doch aus einem bestimmten Grund?"

„Ja, das tue ich. Alles hängt mit dem Fall zusammen, über den ich am gestrigen Tag am Telefon nicht viel berichten wollte. Deswegen auch mein Wunsch, Sie hier zu sehen und in der Abgeschiedenheit unseres Gästebereichs die Dinge anzusprechen, von denen Sie sowieso erfahren sollten.

Wer Sebastian Karst ist, wissen Sie?"

„Ja, ziemlich genau."

„Um ihn geht es in meinem Fall. Er ist in üble Machenschaften verstrickt. Nach unseren Ermittlungen sowie diversen Analysen gehen seine angestammten Geschäfte nicht mehr so gut wie früher. Er ist ins Drogengeschäft eingestiegen. Mit staatlichem russischem Support. Damit scheint er alles in allem viele Millionen zu machen. Er scheffelt das Geld auf verschiedenen Konten im Ausland und steht im Verdacht, Wettbewerber und Mitwisser beseitigen zu lassen.

Ich bin ihm seit einigen Wochen auf der Spur. Er hat den Stein selbst ins Rollen gebracht. Weil er und seine Frau wohl um das Leben ihrer Tochter fürchteten, haben Sie mich an einem Samstagabend vor zwei Wochen zu sich gerufen. Ein Wettbewerber, der mit einer Schulkameradin der Tochter von Karst zusammen lebt, setzt ihm heftig zu. Darin wird er von einer anderen kriminellen Organisation aus Russland unterstützt.

Anatoli ist geflohen, weil sein früherer Chef beim Militär, ein General Wronikow, ihn für den Drogentransport verpflichten wollte. Gestern also haben wir begonnen, Anatoli zu vernehmen. Und schon am Nachmittag bekomme ich einen Drohanruf aus der Mitte der Regierungspartei, der Karst entlasten soll. Man wirft mir vor, dass ich die guten Beziehungen zu Russland aufs Spiel setze, weil ich einem vermeintlichen russischen Mörder zur Flucht verholfen habe. Anatoli wurde verfolgt, als Ihre Leute ihn ausfliegen wollten, und hat seinen Verfolger erschossen.

Niemand, außer den bei der Vernehmung Anwesenden, wusste davon. Ich habe es durch den Anrufer erfahren. Danach erst von meinen Mitarbeitern. Kann Lieber da eine Rolle gespielt haben?"

Kohl war betroffen. „Das klingt nicht gut. Ich hoffe, dass sich der Verdacht nicht bestätigt. Aber wir werden es hoffentlich gleich erfahren." Kohl griff zu seinem Smartphone und wählte eine abgespeicherte Nummer und stellte den Lautsprecher an. Der andere Teilnehmer hob zunächst nicht ab. Schließlich meldete sich eine Stimme: „Vermittlung. Was kann ich für Sie tun?"

„Können Sie mir eine Auskunft über eine Telefonnummer aus den USA geben?"

„Nein, bedaure, wir bearbeiten nur Anfragen in Europa."

„Danke für die Auskunft." Kohl unterbrach das Telefonat, behielt aber das Gerät in der Hand. Gleich darauf klingelte sein Smartphone. „Kohl!"

„Lieber hier."

„Wo sind Sie, Herr Lieber?"

„Noch in Wiesbaden."

„Noch im BKA?" Lieber zögerte einen Augenblick zu lange mit der Antwort. Dann kam ein „Nicht mehr" aus seinem Mund.

„Ja, wo sind Sie denn nun genau? Ich dachte, Sie arbeiten noch an Ihrem Auftrag."

„Hätte ich gerne, aber die Sache entwickelte sich in eine uninteressante Richtung. Da habe ich mich entschieden, keine Zeit mehr auf die Berichte des Mannes zu verschwenden."

„Das ist sehr schade, denn mir liegt hier gerade eine Information vor, die Sie sicher gerne mitgenommen hätten."

„Was ist das für eine Information?"

„Lassen Sie uns das unter vier Augen besprechen. Ich werde selber gleich in Wiesbaden sein. Treffen wir uns im BKA, wo ich einen Termin habe. Wie lange werden Sie benötigen, bis Sie dort sind?"

„Etwa eine halbe Stunde."

„Gut, wir sehen uns dann bei den Vernehmungsräumen. Sie kennen den Weg ja. Ich lasse Sie an der Pforte anmelden, damit Sie wieder Zutritt haben."

Kohl hatte gelogen, um Brockmanns Namen außen vor zu lassen. Wenn Lieber an der Intrige gegen Brockmann beteiligt war, konnte es sein, dass er auch dessen Namen sofort mit allem in Verbindung brachte. Das sollte nicht geschehen.

Brockmann steuerte ein anderes Thema an: „Was kann Rüdiger Stock für Gründe haben, eine derartige Intervention gegenüber dem BKA zu starten?"

„Ich werde den Verdacht nicht los, dass Geld und Macht das

unschlagbare Motivationspaar für fast alle Menschen darstellen. Geschickt eingesetzt, finden beide immer wieder den Weg zueinander. Das wird auch hier so sein."

Brockmann erinnerte sich bei diesen Worten an seine Unterhaltung mit Sigbert Fröhlich. Hatte der nicht bereits vor den möglichen Konsequenzen auch für die Parteienfinanzierung gewarnt, falls Karst mit seinen Geschäften ins Licht der Öffentlichkeit gezerrt würde? Da konnte der Hund auch schon mal begraben liegen. Es musste sich nicht einmal um persönliche Bereicherung handeln. Man würde sehen.

Jetzt war erst einmal der Agent Lieber zu befragen. Brockmann schaute auf seine Uhr. „Ich gebe mal der Pforte den Namen durch und lasse Herrn Lieber dort durch einen Mitarbeiter abholen und in den Vernehmungsbereich führen." Er rief Margot an und gab ihr den Auftrag, Klaus Simon an die Pforte zu schicken, um Lieber zu eskortieren.

Dann sagte er zu Kohl: „Jetzt müssen wir das Essen etwas verschieben." Kohl zuckte nur mit den Schultern und murmelte: „Bevor ich hier keine Klarheit habe, schmeckt es mir sowieso nicht." Dann gingen sie los.

4.

Renate hatte am Donnerstag ausgeschlafen. Sie hatte bei den Rütters Unterkunft erhalten, denn mitten in der Nacht von Mittwoch auf Donnerstag, als sie mit Ueli Rütter den Gefangenen über die Grenze von Italien in die Schweiz brachte, gab es kein Hotel, in das sie sich hätte einchecken können. Auch war sie vom Ablauf des vergangenen Tages völlig zerschlagen. Die Anstrengungen der letzten zwei Wochen waren ohnehin noch nicht wieder durch eine Erholungsphase ausgeglichen worden. So war sie über Rütters Angebot, im Haus seiner Eltern unterzukommen, sehr froh.

Später hatte sie mit Brockmann telefoniert, der sie anrief, weil sie ihm eine Nachricht hinterlassen hatte.

Jetzt, am frühen Donnerstagabend, saß sie mit Ueli Rütter im Polizeigebäude in St. Moritz. Sie hatten das anstehende Verhör vorbereitet und den ersten Teil so geplant, dass Renate alleine zu Picot gehen sollte. Andere Themen wollte Rütter später ansprechen.

Picot schien sich nach der Entwicklung der letzten vierundzwanzig Stunden auf einem Höhenflug zu befinden. Er war bester Laune, als Renate ihn in dem Vernehmungsraum aufsuchte. Seine Verletzungen aus der Vernehmung durch die Amerikaner begannen zu heilen, doch sein Gesicht war immer noch geschwollen. Er hatte einen Kaffee vor sich, eine Tafel Schokolade lag ebenfalls auf dem Tisch und er grinste Renate ziemlich frech ins Gesicht.

„Fühlen Sie sich gut?", war ihre erste Frage.

„Logisch!"

„Dann lassen Sie uns mal über einige harte Fakten reden. Wie genau sind Sie an den Auftrag von Karst gelangt?" Renate stellte die Behauptung einfach in den Raum, obwohl Picot das so ja gar nicht bestätigt hatte.

„Hab ich Ihnen doch gesagt. Der Österreicher hat mich kontaktiert, Kurt Kaiser."

„Über welchen Kanal hat er Sie kontaktiert?"

„Er verabredete sich mit mir zum Espresso in Milano."

„Wann geschah das? Welcher Tag, um welche Uhrzeit, an welchem Ort?"

„Mitten in der Stadt. In der Nähe der Kathedrale. Es ist da immer so schön voller Menschen, man fällt nicht auf und die Bar liegt günstig. Man kann direkt in die U-Bahn oder auf den anderen Seiten wieder heraus laufen, wenn das nötig ist."

„Welchen Namen hat die Bar?"

„Gino's."

„Welche Uhrzeit? Welcher Tag?"

„Donnerstag letzter Woche. Gegen 14:00 Uhr."

Die Erklärung passte jedenfalls ins Bild. Hingsen war Samstag am frühen Abend erschossen worden. „Und wie ist Ihnen der präzise Ort der Aktion bekannt gegeben worden? Wie konnten Sie wissen, wo entlang der Mann gefahren wird, so dass Sie Zeit hatten, sich vorzubereiten?"

„Ganz einfach. Ich wusste durch Kaiser, wo das Ziel untergebracht war. Es gab nur zwei Möglichkeiten: Entweder die Italiener würden ihn nach Milano transportieren oder die Schweizer würden ihn wieder nach St. Moritz zurückbringen, wo ja der Mord an der Italienerin passiert war. Davon wusste ich durch Kaiser.

Er hat mich beauftragt, meine Kontakte zur Mafia zu nutzen, um denen zu signalisieren, dass Karst nichts mit dem Mord zu tun hatte, aber die Sache mit der Italienerin rächen würde, weil sich der Coup gegen ihn richtete. Karsts erste Maßnahme sei mein Auftrag, dann kämen die Tschetschenen dran, die den Mord begangen hatten. Über weitere Schritte Karsts weiß ich nichts.

Als mein Kontakt von der Mafia mir das abgekauft hatte, erfuhr ich über eine Quelle in der Polizei in Tirano, dass der Schweizer Kommissar mein Ziel an jenem Samstag nach St. Moritz mitnehmen wollte.

Ich kenne mich im Poschiavo-Tal aus. Den Ort der Vollstreckung hatte ich mir längst ausgewählt. Das Fahrzeug und die Abfahrtzeit waren mir durch die Quelle per Handy genannt. So musste ich nur noch warten. Das einzige Problem wäre gewesen, wenn der Mann erst in der Dunkelheit transportiert worden wäre. Aber das war zum Glück nicht der Fall."

Renate war von der Kälte in Picots Bericht abgestoßen, blieb aber äußerlich gelassen.

„Seit wann sind Sie mit Kaiser in Kontakt gewesen? Haben Sie schon früher für ihn gearbeitet?"

„Ja, vor zwei Jahren. In Deutschland."

„Was war da das Ziel gewesen?"

„Ein Gewerkschaftsfunktionär. Der wollte die Transporte von Kaisers Kollegen an die Presse geben."

„Wer ist Kaisers Kollege?"

„Na, dieser Karst."

„Hat der Sie persönlich beauftragt oder woher wissen Sie, dass Karst hinter der Sache steckte?"

„Nein, der Auftrag kam von Kaiser, aber der hat mir die Sachlage erklärt. Ich mache nämlich nichts gegen Gewerkschaftler. Mein Vater war bei der Gewerkschaft. Aber hier lag die Sache anders. Der Mann wollte Geld erpressen."

„Was hat Kaiser Ihnen erklärt?" Die Wendung im Gespräch kam Renate seltsam vor. Wieso sollte der Auftraggeber für einen Mord dem Mörder Erklärungen geben, damit er vor seiner Tat nicht zurückschreckt?

„Kaiser hat mir zu verstehen gegeben, dass Karst in Zukunft weitere Aufträge für mich haben würde. Ich habe damals am Anfang gestanden. Nach der Legion, meine ich. Das Geschäft lief noch nicht so recht. Wenn ich ablehnen würde, wäre ich raus. Also war die Alternative: der Erpresser oder meine Aufträge. Da war es dann entschieden."

„Und, haben Sie noch weitere Aufträge von Karst bekommen?"

„Ja, einen."

„Welchen?"

„Kann ich Ihnen erst sagen, wenn Sie mir ein Geschäft anbieten. So wie mit der Befreiung aus der Hand der Amerikaner."

„Wieso glauben Sie, dass ich Ihnen noch ein weiteres Angebot mache. Das erste ist von Ihnen auch noch nicht erfüllt. Sie müssen Ihre Aussagen noch vor einem Richter wiederholen. Also, was war das für ein Auftrag?"

„Nein, Madame, so wird es nicht laufen. Ich habe keine Chance mehr auf einen Deal, wenn ich ihn nicht jetzt aushandele. Denn das, was ich Ihnen noch gestehen könnte, würde meine Zukunft endgültig zerstören. Also, überlegen Sie gut, wie Sie weiter mit mir verfahren wollen. Ich habe die Information, die Sie vermutlich erhoffen. Eine Beauftragung von Karst persönlich. Das benötigen Sie doch unbedingt? Oder? Alles andere ist doch nicht gut genug? Mein letzter Auftrag ist mein letztes Ass im Ärmel. Wählen Sie! Ich werde es ohne einen Deal nicht ausspielen."

Renate fand seine Argumente zwingend. Ihre immer wiederkehrenden Fragen nach Karst hatten die Schwachstelle offen gelegt. Aber was hätte sie unter dem Zeitdruck auch sonst tun sollen? Umwege hätten den cleveren Killer auch nicht ablenken können.

„Sagen Sie, was Sie anzubieten haben. Dann werde ich entscheiden."

„Sie werden Kaiser suchen, aber nicht finden. Das ist der wahre Grund, warum mich die Amerikaner überhaupt gefasst haben. Ich wäre sonst schon längst aus Italien fort gewesen. Also, was können Sie anbieten?"

„Wie, Sie haben Kaiser auch getötet? Das glaube ich Ihnen nicht."

„Ihr Problem. Aber wenn Sie ihn suchen, wird er nicht zu finden sein."

„Das würde bedeuten, dass Sie noch einen weiteren Mord auf dem Kerbholz haben."

„Madame, was glauben Sie, worum ich hier kämpfe? Ihre Erfolge gegen einen Deal für mich. Ganz einfach. Wenn Sie Kaiser wollen, kommen Sie an mir nicht vorbei."

„Sie wissen schon, dass wir hier in der Schweiz sind? Oder? Da kann ich nicht einfach Zusagen machen, ohne die Möglichkeiten der Schweiz und die Bereitschaft, solche Möglichkeiten auch zu nutzen, abzuprüfen."

„Jetzt werden Sie mal nicht so vorsichtig. Sie haben die Amerikaner ja auch beeinflusst. Da werden die Deutschen wohl auch mit der Schweiz noch ein Arrangement finden, das mir entgegenkommt."

Renate musste zugeben, dass der Kerl gerissen war. Theoretisch war alles richtig, was er da sagte. Nur hatte sie bei den Amerikanern einen Erfolg verbucht, ohne wirklich zu verstehen, was ihre wahren Beweggründe waren. Sie glaubte eher, dass das Thema noch nicht abgeschlossen war. Sie würde es mit Brockmann besprechen müssen.

Picots Zukunft aber würde sie nun mit den Schweizern absprechen müssen. Das war ein ganz anderes Thema als die Amerikaner. Da würde es möglicherweise Animositäten geben können, wenn sie es falsch anfing. Das begann schon mit den nächsten Sätzen, die sie jetzt sagen würde. Denn Rütter hörte das ganze Gespräch mit Picot mit.

„Sie sind doch ein sehr nüchtern denkender Mensch. Was glauben Sie, ist mit der Schweiz möglich, so dass es Ihren Vorstellungen entspricht?"

„Ich will eine neue Identität."

„Unmöglich." Renates Ausruf kam ganz spontan, obwohl sie sich sonst gut unter Kontrolle hatte.

„Das oder gar nichts. Sie haben es in der Hand."

5.

Kohl war mit Lieber allein. Brockmann hatte sich zurückgezogen, um den anstehenden Part Kohl zu überlassen und alles aus einem anderen Raum zu beobachten.

„Berichten Sie von Ihren Ergebnissen, Herr Lieber."

Lieber war verunsichert: „Warum sind Sie überhaupt in Wiesbaden, Herr Kohl. Da hätte ich doch gar nicht fahren müssen?"

„Herr Lieber, meine Frage zuerst. Was haben Sie herausgefunden?"

„Der russische Agent hat kalte Füße bekommen und sich abgesetzt. Dabei hat er einen anderen Russen getötet."

„Wo geschah die Tötung?"

„In Konotop, in der Ukraine."

„Was hat der andere Russe in der Ukraine gemacht?"

„Er hatte nach Aussage des Agenten den Auftrag, ihn zu beschatten."

„Warum musste der Agent ihn dann töten?"

„Er hat ausgesagt, dass der andere ihn bedroht hat."

„Warum sollte er das denn versucht haben?"

„Der Agent hat behauptet, dass der Verfolger einen Sender an seinem Wagen angebracht hatte, um ihn nicht zu verlieren."

„Für wen war der Agent denn so wichtig, dass er ihn töten lassen wollte?"

„Der Agent gab einen Hinweis auf Drogengeschäfte der Russen."

„Welcher Russen?"

„Offenbar ein Konkurrent der offiziellen Schiene des SWR, die auch nach Deutschland liefert."

„Und was war Ihr Interesse, diese Tatsachen Rüdiger Stock zu übermitteln?" Kohl war nach seiner fast schon einschläfernd monotonen Befragung direkt auf sein Ziel losgegangen.

Lieber konnte nicht wissen, woher Kohl diese Informationen hatte. Im schlimmsten Fall von Rüdiger Stock direkt. Welch eine prekäre Lage. Er kam ins Stottern. „Ich war, ich dachte, ich ..."

„Was ... ich, ich, ich? Wie kommen Sie dazu, eine Information aus streng vertraulichen Vernehmungen an jemanden außerhalb unseres Dienstes weiterzugeben?"

Lieber hatte keine Erklärung.

„Herr Lieber, Sie haben jetzt nur noch wenige Sekunden Zeit, um mir eine Erklärung zu liefern, die ich wenigstens menschlich nachvollziehen kann. Juristisch haben Sie sich völlig in die Nesseln gesetzt. Das ist Ihnen hoffentlich klar?"

Lieber nickte stumm.

„Warum also?"

„Ich musste es machen. Stock hat meiner Mutter geholfen bei der Übersiedlung, damals, als wir nach Deutschland kamen. Er ist der Bundestagsabgeordnete in dem Landkreis, in dem ich aufgewachsen bin. Er hat mich auch zum BND empfohlen. Wir stehen tief in seiner Schuld.

Er hat mich vor einigen Tagen benachrichtigt, dass er in einer Sache von höchster Bedeutung für unser Land auf meine Hilfe angewiesen sei und auf mich zähle. Dann haben wir uns in Berlin getroffen und er hat von mir verlangt, dass ich ihm Informationen liefern sollte." Lieber schwieg wieder.

Kohl war sich instinktiv sicher, dass da mehr war, als Lieber bisher gesagt hatte. „Herr Lieber, Sie haben sich mit dieser Pflichtverletzung Ihre gesamte Karriere ruiniert. Verstehen Sie? Wenn Sie noch irgendwie die Kurve kriegen wollen, um sich eine berufliche Perspektive zu sichern, dann kommen Sie endlich mit dem Schlüssel für mein Verständnis raus, oder es ist vorbei. Ich lasse Sie dann nämlich gleich hier festnehmen und inhaftieren, bis eine Spezialeinheit unserer ‚Revisoren' Sie hier abholt. Was ist also der wahre Grund für Ihr Handeln?"

„Er ist mein Stiefvater."

„Wer ist ihr Stiefvater?"

„Rüdiger Stock."

„Wieso tragen Sie nicht seinen Namen?"

„Er hat meine Mutter damals geheiratet. Sie war jung, geschieden, gut aussehend, aber eine Russlanddeutsche. Mein Vater heißt Lieber. Er hat die Scheidung betrieben, weil er immer andere Frauenbekanntschaften hatte. Er ist in Russland geblieben. Meine Mutter ist mit mir ausgereist, als ich noch klein war.

Stock wollte meine Mutter, nicht mich. Darum habe ich den Namen meines Vaters behalten. Um sein schlechtes Gewissen zu beruhigen, hat er mich nach dem Studium zum BND gebracht. Jetzt kennen Sie die Zusammenhänge."

„Welche Information wollte er ganz genau von Ihnen?"

„Er wollte wissen, was die Leute vom BKA so für Projekte laufen haben. Da konnte ich ihm nur mit dem weiterhelfen, was ich beobachtet habe. Das war der Agent Anatoli. Dessen Geschichte habe ich ihm berichtet. Er wollte auch noch wissen, ob von einem Karst die Rede gewesen wäre. War es aber nicht."

„Er hat Sie nach Karst gefragt?"

„Ja. Ich kenne den Mann nicht, habe aber von ihm gehört."

„Was wissen Sie von ihm?"

„Ich glaube, er hat meinem Stiefvater beim Neubau seiner Villa finanziell unter die Arme gegriffen. Jetzt muss der Mann in Schwierigkeiten sein. Stock will ihm helfen oder muss es tun, weil der andere die ‚Zinsen' für seine finanziellen Hilfestellungen einfordert."

„Also, Herr Lieber, wenn Sie sehr viel Glück haben, dann kommen Sie aus dieser Sackgasse noch einmal mit einem blauen Auge heraus. Ich wiederhole: Wenn Sie Glück haben!"

„Was muss ich tun, um Glück zu haben?"

„Sie werden all das, was Sie mir soeben recht umständlich erläutert haben, fein säuberlich und vollständig ins Protokoll des BKA diktieren. Dann, wenn ich das Protokoll gelesen habe und es absegne, werden Sie einfach nach Berlin zurückreisen und sich ganz unauffällig verhalten. Stock darf nichts von Ihrem Geständnis erfahren. Wahrscheinlich werden Sie wegen dieses Vorfalls nie mehr befragt werden. Wie gesagt, wenn Sie Glück haben und alles so befolgen, wie ich es Ihnen beschrieben habe. Warten Sie hier. Gleich kommt ein Mitarbeiter des BKA und Sie werden ihm alles in die Feder diktieren."

Kohl erhob sich und verließ grußlos den Raum.

6.

Renate versuchte Brockmann zu erreichen. Es war schon Donnerstag nach 19:00 Uhr. Brockmann war im Auto. Aber sein Büro war noch besetzt. Es war also etwas im Busch. Sie hatte es im Gefühl gehabt. Frau Michel stellte sie durch.

„Ja, bitte?“, Brockmann nannte seinen Namen nicht!

„Hier ist Renate.“ Sie wartete, ob er sie unter ihrem Vornamen erkennen würde.

Brockmann wusste genau, wer mit ihm telefonierte. „Sprechen Sie, Renate. Sind Sie vorangekommen?“

„Ja, recht gut sogar. Nur stehe ich an einer Wegscheide, weil das Ergebnis nur geliefert werden wird, wenn ich auch liefern kann. Wir sollten schauen, dass wir uns auf einer sicheren Leitung besprechen.“

Brockmann zögerte einen Augenblick. Dann erwiderte er: „Frau Michel wird sich Ihre Nummer notieren und ich rufe Sie in wenigen Minuten zurück.“

So geschah es.

7.

Kohl hatte Brockmann kurz nach dem verspäteten Mittagessen verlassen. Ihre Besprechung zum Thema Karst war umfassend gewesen. Der wichtigste Erkenntnisgewinn für Brockmann war Kohls Hinweis darauf, dass tatsächlich unter der Oberfläche im Kreml ein Machtkampf zwischen zwei rivalisierenden Interessengruppen an Russlands Spitze stattfand. Auch der SWR sei davon betroffen.

Schlagartig wurde ihm die unangefochtene Existenz Wronikows und seiner Drogenaktivitäten erklärlich. Und die dreiste Behauptung Stocks, das BKA gefährde die russisch-deutschen Beziehungen. Stock war mit Wronikows Seite im Bunde.

Aktuell musste Stock Karst helfen, der ihn materiell unterstützt hatte, obwohl Karst ansonsten von Wronikow in seinen Geschäften angegriffen wurde. Stock spielte ein doppeltes Spiel. Brockmann würde es nicht vergessen!

Indem sie schließlich ihr Gespräch mit einer Tour d'horizont enden ließen, hatten sie eine alte Übung wieder aufleben lassen.

Derweil war Kohl auf dem Rückweg nach Berlin. Sie hatten eine Arbeitsteilung vereinbart, die für Kohl unter anderem die Aufgabe beinhaltete, seinerseits zum Komplex der Verbindungen Karst-SWR Nachforschungen anzustellen. Er wusste, wie er es angehen würde. Und er wollte ein paar gute Kontakte zu ausländischen Korrespondenten aus den USA und aus Großbritannien nutzen, um Brockmann aus seiner Zwickmühle zu befreien.

8.

Renate hatte von Brockmann telefonisch grünes Licht bekommen: Wenn die Schweizer ihr Wort hielten, dann konnte der fragwürdige Deal mit Picot laufen. Picot würde eine neue Identität bekommen, nachdem er in einem Prozess ausgesagt haben würde, der in Deutschland oder in der Schweiz stattfinden sollte.

Danach würde er noch für einige Jahre im Gefängnis bleiben, bis Gras über die Sache gewachsen sein würde. Irgendwann, anlässlich einer Verlegung von einem Gefängnis in ein anderes, würde sich seine Spur verlieren. So war es geplant. Picot hatte eingewilligt, denn er hatte begriffen, dass darin seine einzige Chance lag, noch einmal frei zu kommen.

Derweil spitzte sich die Lage für Brockmann zu.

Am Freitagmorgen waren in zwei Boulevardzeitungen ähnlich lautende Artikel erschienen, die dem Präsidenten des BKA vorwarfen, seinen Aufgaben nicht gerecht zu werden. Bei Ermittlungen gegen wichtige Persönlichkeiten der Wirtschaft habe sich das BKA dahingehend verrannt, dass seine Mitarbeiter die deutsch-russischen Beziehungen beschädigten. Ein zu hoher Preis, wenn man bedenke, wie viel Mühe es gekostet habe, die Beziehungen nach dem Ukraine-Debakel wieder in halbwegs geordnete Bahnen zu lenken.

Brockmanns Name kam in den Artikeln nicht vor, aber es war klar, dass nichts von allem an Brockmann vorbei geschehen sein konnte. Er war zum Abschuss freigegeben, wenn sich nicht aus dem BKA eine Rückzugslinie aufzeigen ließ.

Oder aber das BKA wagte die Konfrontation mit der Wirtschaft und der vorinformierten Presse. Dann mussten zwingende Beweise vorliegen. Karst trieb Brockmann jetzt vor sich her. Er wollte eine Entscheidung.

Als Folge dieser Kampagne war Brockmann schon für Freitagnachmittag nach Berlin beordert, um dem zuständigen Staatssekretär im Innenministerium Bericht zu erstatten. Es wurde ein kurzes Gespräch. Beide hätten es auch im Rahmen einer Videokonferenz führen können. Aber der Minister hatte es so angeordnet, wie der Staatssekretär beiläufig erläuterte. Der Staatssekretär hatte offenbar eine klare Weisung. Er war jung und zukunftsgerichtet. Brockmann kannte diesen Typ des smarten Aufsteigers.

Brockmann sollte seine Beweislage im Fall Karst lückenlos darlegen, damit das Ministerium zu einer Einschätzung gelangen könne, ob das BKA sich einer Hetzjagd gegen einen hochverdienten Unternehmer schuldig mache oder mit belastbaren Beweisen aufwarten könne. Die Wirtschaft sei beunruhigt über das BKA.

Brockmann sagte wahrheitsgemäß, dass die Indizien gegen Karst sprächen, finale Beweise aber bis jetzt nicht vorlägen. Der Staatssekretär fragte zurück, welches die stärksten Beweise seien.

Brockmann antwortete, dass es ihm aus ermittlungstechnischen Gründen unmöglich sei, alle Karten auf den Tisch zu legen. Wenn sich aber die Verdachtsmomente erhärten ließen, sei eine Anklage wegen Drogenhandels und Mord nicht auszuschließen.

Der Staatsekretär versuchte Brockmanns Argumentation ins Lächerliche zu drehen: „Soll ich Ihnen glauben, dass Herr Karst gelegentlich ein Mordkomplott betreibt und in der übrigen Zeit an irgend einer Ecke in Frankfurt mit Drogen dealt? Das glauben Sie doch selber nicht, Herr Brockmann. So wie das aussieht, was

Sie mir hier berichten, wird es besser sein, Sie stellen die Untersuchungen umgehend ein. Der Minister will Ihre erfolgreiche Karriere nicht mit einem derartigen Reinfall beendet sehen."

„Sind wir schon so weit, dass der Minister das Ende meiner Aufgabe ins Auge fasst?"

„Wenn nicht unmittelbar harte Beweise auf den Tisch kommen, kann er Sie nicht mehr lange halten. Die Presse sieht das ebenso. Sie werden es morgen in den Zeitungen lesen können."

Als Brockmann wieder in Frankfurt landete, war er in einer seltsam gelassenen Stimmung. Er war sich völlig bewusst, dass sich das Zeitfenster für ihn binnen weniger Tage schließen würde. Dann wäre er aus dem Amt entfernt.

Aber er hatte Vorkehrungen getroffen. Zuerst mit Kohl, der ihm im Übrigen die voraussichtliche weitere politische Entwicklung im Fall Karst schon so skizziert hatte. Dann in dem Telefonat mit Renate am Donnerstagabend, die sich als engagierte und vor allem mutige Mitarbeiterin erwies. Ihre Vorschläge deckten auch schon die Eventualitäten mit ab, die sich für ihn seit heute zwingend ergaben. Vor allem aber auch jene, die sich für den Fall ergeben würden, dass man ihn aus dem Amt drängte. Dann würde die Ahndung der Verbrechen Karsts von seinem Nachfolger betrieben - oder unterlassen werden. Brockmann würde darauf keinen Einfluss mehr haben, denn das BKA würde nicht mehr in seinen Händen sein. Dennoch war Brockmann nicht unruhig. Er war eher von einer gewissen Neugier getrieben, ob es ihm gelingen würde, der Kampagne gegen ihn zuvorzukommen.

Als er zu Hause ankam, war Barbara schon da. Sie hatten darauf verzichtet, einen gemeinsamen Flug aus Berlin zu organisieren. Zum einen war sich Brockmann nicht sicher gewesen, wie lange sein Gespräch dauern würde. Zum anderen wollte er öffentlich Abstand zu seiner Frau halten, um zu demonstrieren, dass es hier um ihn ging und nicht um Barbara. Wenn ihm Pressevertreter auf dem Flughafen auflauerten, wäre Barbara nicht auch noch neben ihm auf den Fotos zu sehen. Aber zu seiner Verwunderung war keine Presse am Flughafen. Der Meinungsbildungsprozess in der Regierung war wohl noch nicht abgeschlossen. Die Vorsichtigen überlegten also noch, wie man mit ihm umgehen sollte. Er hatte sicher nur noch dieses Wochenende Zeit, um alles in geeignete Bahnen zu lenken.

Barbara war besorgt. Sie umarmte ihn lange ganz still. Ihr erster Satz war: „Es ist schon fast wieder das Gefühl wie zur Amtszeit meines Vaters. Diese böse Vorahnung. Dieses sich schon zur Gewissheit verdichtende Gefühl der Ohnmacht gegen die üblen Machenschaften der Politik. Nicht was Recht ist wird hier gefragt, wird zum Gradmesser des Handelns, sondern allein was gewollt ist. Wenn dein Rücktritt der Königsweg ist, um Karst abzusichern, wirst du fallen."

Brockmann nickte nur. Er hatte alles gut überlegt. Es würde jetzt an Renate hängen. Wenn sie Erfolg hatte, würde er sein Zeitfenster zu seinen Gunsten ausdehnen können. Um maximal zwei Tage. Wäre ihr kein Erfolg beschieden, wäre Karst wohl nicht mehr zu belangen.

Öffentlich würde diese kurze Zwischenphase der Attacke gegen ihn mit formalen Diskussionen gefüllt werden: ob er, Brockmann, nicht besser die Interessen Karsts hätte wahren können und müssen. Aber länger als zwei Tage würde sich das nicht hinziehen. Dann hatte er entweder das, was er benötigte, um seine Zukunft zu sichern, oder er war aus dem Amt. Zu welchen Bedingungen auch immer.

Er löste sich aus Barbaras Umarmung. „Ich habe noch ein Eisen im Feuer. Schauen wir mal."

9.

Renate fuhr mit Rütter zurück nach Italien. Es war eine weitere Nacht- und Nebelaktion. Und alles stand auf dem Spiel: Der

Ausgang des Falles Karst, Brockmanns Zukunft und vor allem ihre eigene Karriere. Sie machte sich da keine Illusionen.

Durch den Aufrag, nach Italien zu fliegen und Picot dort zu vernehmen, war sie in ein gefährliches Fahrwasser geraten. So sehr wie Brockmanns Entscheidung, sie damit zu beauftragen, aus der Sache heraus richtig war, so sehr war sie jetzt in den Fall auch durch seine politische Dimension involviert. Sie musste die Sache zum Erfolg bringen.

Sie fuhren in Rütters Privatwagen durch die mondhelle Nacht, Richtung Bergamo. Picot saß in Handschellen auf dem Rücksitz. Bewacht von Rütter. Sie hatten überlegt, ob es zwingend war, ihn mitzunehmen. Ohne ihn hätte die ganze Sache weniger Risiko mit sich gebracht. Aber das ging nicht. Er allein kannte die Stelle genau, an der Kaiser zu finden war. Rütter und sie hatten dann noch diskutiert, ob sie italienische Unterstützung anfordern sollten. Dann würde ihnen Picot weggenommen werden. Sie hatten keine Lösung gefunden, ohne dass alle Welt davon erfahren hätte. Das sollte nicht geschehen.

Gegen 02:00 Uhr erreichten sie über die Staatsstraße 42 die Ortschaft Casazza und bogen auf Picots Anweisung bald darauf nach links zu einem Ort namens Molini ab. Ein Nest von wenigen Häusern.

Über einen Feldweg fuhren sie zu einem verlassenen Gehöft. Renate hielt den Wagen an, ließ den Motor aber laufen.

„Wo genau?“, fragte Rütter.

Picot schien zu grinsen. Es war bei dem schwachen Mondlicht nicht genau auszumachen, denn eine leichte Bewölkung war aufgezogen. Aber irgendwie war Picot ein Typ zum Fürchten, fand Renate, als sie ihn im Rückspiegel betrachtete.

„Wir müssen aussteigen. Es ist da vorne am Brunnen.“ Picot deutete mit dem Kopf in Richtung eines Steinhaufens, der ehemals ein Brunnen gewesen sein mochte.

Renate überlegte nur kurz, fuhr den Wagen dann noch etwas

in Richtung des Steinhaufens, wendete und hielt kurz davor an, so dass sie mit der Fahrzeugfront gegen das unbewohnte Gebäude und die Ausfahrt zum Stehen kam.

Rütter fragte nochmal nach: „Wo genau?"

„Im Brunnen."

„Ist da Wasser drin?"

„Nein. Der muss trocken sein."

Rütter stieg zuerst aus, ließ Picot aber im Wagen. Renate folgte zögerlich, nachdem sie ihre Waffe entsichert hatte. Es war gespenstisch still.

Rütter war vor ihr am Brunnen. Er leuchtete hinein. Renate sah jetzt auch hinein und entdeckte den Leichnam eines Mannes, der verkrümmt am Grund des Brunnenschachtes lag. Leichter Verwesungsgeruch stieg auf. Sie würden ihn unter diesen Umständen nicht bergen können, was aber unbedingt nötig war. Sie ahnte, dass Rütter keine andere Einschätzung hatte als sie selber.

Als sie wieder auf den Wagen zugingen, bemerkte Rütter eine Bewegung aus Richtung des Bauernhauses. Er schob Renate blitzartig voran in den Fond des Wagens und sprang selber hinter das Steuer, als der erste Schuss fiel. Er schlug in seine Autotür ein. Picot warf sich zum Schutz auf die Seite. Direkt auf Renates Schoß, die ihn angewidert wegstieß.

Aus einem anderen Teil des Gebäudes lösten sich zwei Schatten und kamen gebückt auf sie zugelaufen. Sie hielten Gegenstände in ihren Händen, die Renate für Waffen hielt. Sie schoss zweimal auf die Angreifer, woraufhin sich beide in das Gebäude zurückzogen. Ein dritter Angreifer hatte hinter einer kleinen Mauer Position bezogen.

Rütter versuchte den Wagen zu starten und aus dem Gelände auszubrechen, als ein weiteres Fahrzeug in die Ausfahrt des Bauernhofes fuhr und ihnen den Weg versperrte.

Renate sah den Wagen und erkannte, dass das Modell zu groß war für italienische Polizeifahrzeuge. Aus dem Wagen wurde sofort auf die Personen im Haus geschossen. Der Mann hinter der Mauer rannte daraufhin in gebückter Haltung davon. Offenbar in der Hoffnung, sich im toten Winkel zu befinden. Er brach nach wenigen Metern zusammen. Wie sich später herausstellte, war er am Bein getroffen. Die zwei anderen riefen etwas auf Italienisch, das Renate nicht verstand.

Eine Person aus dem großen Fahrzeug rief etwas zurück. Es war Italienisch mit leicht amerikanischem Akzent. Dann bewegten sich die zwei Gestalten aus dem Haus mit erhobenen Händen auf das große Auto zu. Männer in schwarzer Kleidung sprangen heraus und zwangen die zwei auf den Boden, wo sie sie fesselten. Schließlich liefen sie zu dem Verletzten, hoben ihn hoch, schleppten ihn zu den anderen, legten ihm ebenfalls Fesseln an und ließen ihn zunächst liegen.

Jetzt erst löste sich aus dem Wagen eine weitere Gestalt, die Renate von der Silhouette her identifizieren konnte. Der Amerikaner! Er bewegte sich mit erhobenen Händen auf Rütters Auto zu und blieb etwa zwei Meter davor stehen. „Wenn Sie mich erschießen, ist niemandem geholfen, Frau Augustin."

10.

Brockmann hatte seine Karten ausgespielt. Er saß im Garten seines Hauses und schaute in die Wolken. Es war Samstag. Er hatte nicht wirklich gut geschlafen. Barbara wohl auch nicht. Sie war jedenfalls vor ihm aufgestanden und hatte in der Küche begonnen ein Frühstück vorzubereiten.

Als er sich schließlich auch aus dem Bett in Richtung Bad bewegte , merkte er an sich eine gewisse Abgespanntheit, die er so bisher nicht kannte. Waren das Anzeichen des heraufziehenden Alters? Er wischte die Gedanken weg und murmelte „Jetzt nicht" vor sich hin, weil er so etwas jetzt nicht gebrauchen konnte.

Sie frühstückten auf der Terrasse.

Gegen 10:00 Uhr kam ein Anruf und eine Brockmann nicht bekannte männliche Stimme sagte mit leichtem Schweizer Akzent: „Für Sie sind zwei Pakete angekommen. Die liegen zur Abholung bereit."

Brockmanns Antwort war ebenfalls kurz: „Danke, dann geht alles seinen gewohnten Gang."

Barbara sah die Befriedigung in den Augen ihres Mannes. Er würde seine Pläne umsetzen können.

Brockmann ging in sein Arbeitszimmer und griff sich ein altes Handy, das er erst an eine Stromquelle anschließen musste, da seine Batterie völlig erlahmt war. Er wählte eine Nummer aus dem Speicher. Auf der anderen Seite der Leitung fragte eine Stimme: „Ja?"

Brockmanns Antwort war: „Bingo."

Damit war die Verbindung wieder unterbrochen. Als Brockmann wieder in den Garten kam, zeigte seine Frau ihm die Aufmachung der großen Tageszeitungen. Es sah danach nicht sehr rosig für ihn aus.

Brockmanns Antwort war ganz einfach: „Wir sind schon etwas weiter. Jetzt wird es für die anderen ungemütlich."

Barbara war skeptisch. Als ihr Vater vor Jahren in einer ähnlichen Situation gewesen war wie ihr Mann jetzt, hatten sich so viele üble Erfahrungen ergeben, dass das Muster daraus sich tief in ihr Gedächtnis und ihre Seele gebrannt hatte. All diese Empfindungen waren jetzt wieder präsent, als wäre alles gerade eben erst geschehen. Nur, jetzt war ihr Mann in der Situation, die ihr Vater damals durchlitten hatte.

Die Politik würde ihn zur Strecke bringen, wenn es beschlossen war. Er schien ihr zu positiv gestimmt. Als sie von diesen Erinnerungen und den dazugehörigen Gefühlen übermannt wurde, klingelte das Telefon. Es war ihr offizieller Telefonanschluss. Sie hatte eine böse Vorahnung.

Brockmann hob ab und hörte die Stimme des Staatsekretärs: „Guten Morgen, Herr Brockmann, ich störe nur ungerne Ihre Ruhe am Wochenende, aber der Minister bittet Sie für morgen um 11:00 Uhr zum Gespräch nach Berlin. Es duldet keinen Aufschub. Guten Flug."

Wieder einmal kamen Direktiven von den politisch Mächtigen, die ihre Rolle so spielten, als würden sie ewig darin verbleiben. Brockmann empfand Grimm. Zugleich erwachte in ihm ein Gefühl, sich zu rächen.

Diese hohlen Typen, die immer nur das taten, was abgesichert war, was „man" für Konsens hielt, die aalglatt durch alle Strömungen der Zeit glitten, alle Hindernisse überwanden, um dabei am Drücker bleiben zu können.

Oben zu bleiben war ihr Credo. Hauptsache oben!

Wege, Mittel, Recht, Unrecht: Alles egal!

Moral, Prinzipien? Ballast. Dummheit schon.

Nur eines galt ihnen: Oben bleiben!

Brockmann schaute auf seinen Berufsweg zurück. Er hatte sich anfangs manche politische Fehleinschätzung geleistet. War letztlich wegen guter Qualitäten seiner Arbeit aufgestiegen. Aber wohl auch, weil er für nützlich gehalten wurde. Aber das passte gerade noch, denn er war ja nicht ganz oben.

Schließlich, als er eher zufällig nach ganz oben befördert wurde, weil er das Alibi für die Notwendigkeit der Kurskorrektur der falsch gelaufenen Regierungspolitik lieferte, war er eine Notlösung, die toleriert wurde. Er hatte sich in der Position behauptet. Bis jetzt. Nun war die Stunde der Wahrheit gekommen.

Fachlich gehörte er zwar an die Spitze des BKA. Aber seine innere Unabhängigkeit, seine Geradlinigkeit passten nicht in das Raster charakterlicher Voraussetzungen, das auf eine grundsätzliche Flexibilität baut, wenn es um die Beurteilung eines Kandidaten für höchste Aufgaben in der politischen Arena geht. Er wusste, die Regierungspartei würde gegebenenfalls die Gelegenheit nutzen, ihn zu eliminieren, um Karst als ihren finanziellen Förderer zu verschonen.

Es sei denn, der morgige Termin würde so ausgehen, dass nur die Entscheidung über seine vorläufige Suspendierung verlautbart würde. Dann wäre alles noch im grünen Bereich. Für ihn, Brockmann.

Nicht aber für die Regierung, auch nicht für Karst. Denn danach würde der Tag der Abrechnung kommen: Montag oder Dienstag würde es geschehen.

Brockmann rief im BKA an, ließ sich und einem Bodyguard je ein Flugticket für Sonntag um 09:00 Uhr nach Berlin buchen und die Sicherungsgruppe in Berlin von seiner bevorstehenden Anreise informieren, damit sie ihn morgen abholten.

11.

Renate hatte Räto Ronelli kennen gelernt. Schon am Donnerstag, dem ersten Tag der Vernehmung von Robert Picot, waren sie sich begegnet. Ronelli war von Chur herüber gekommen, um den von Renate „angeschleppten Schatz" zu begutachten. Er hatte es genauso formuliert: „Was haben Sie uns da denn für einen Schatz angeschleppt?"

Renate war gelassen geblieben. „Den Schatz hätten Sie doch gerne selber geborgen. Oder irre ich mich? Jetzt ist Ihr Killer in Ihren Händen. Es muss ja niemand erfahren, dass eine schwache Frau ihn zu Ihnen gebracht hat."

„Gut gebrüllt, Löwin", war seine Antwort gewesen. Er hatte Renate sofort akzeptiert. Das hatte den Weg für den Kompromiss geöffnet, dessen es bedurft hatte, um Picots Forderungen zu realisieren.

Brockmann hatte in dem Telefonat mit Renate zugestimmt, dass die Schweizer Picot behalten sollten. Es wurde zu einem Teil seines Plans, Picot dort zu lassen, wo die internationale Presse von seiner Festnahme nichts wissen konnte. Bis auf jene Journalisten, die davon erfahren sollten.

Alles würde am Montag mit der Meldung beginnen, dass in Italien die Leiche eines Österreichers gefunden worden sei, der als Pate im Wiener Drogenmilieu galt. Wer ihn getötet hatte, würde für einen Tag im Dunkeln bleiben, bis am Dienstag die Schweizer Polizei melden würde, dass ein von ihr festgenommener Killer den Mord an Kaiser gestanden hatte.

Renate war zufrieden mit ihrer Arbeit. Sie musste nur noch aus St. Moritz verschwinden, bevor der internationale Presserummel losgetreten wurde.

Sie verabschiedete sich am Sonntagmittag von Rütter und seinen Eltern, die sie sehr herzlich aufgenommen hatten. Seinetwegen fuhr sie nicht gerne fort. Sie fand Rütter gut, aber der Fall hatte Vorrang. Danach würden sie sich vielleicht wiedersehen.

Ronelli nahm sie mit dem Auto bis nach Chur mit. Von dort fuhr sie mit der Bahn nach Hause, was ihr einen ganzen Tag zum Ausspannen verschaffen würde. Sie war glücklich über diesen Umstand. Jetzt waren es zwei Wochen, dass sie nicht mehr hatte ausspannen können. Sie hatte sich eine Pause verdient.

12.

Brockmann kam am Sonntag pünktlich im Innenministerium an. Der Minister hatte seinen Staatssekretär bei sich. Brockmann dachte für sich, dass er einen Zeugen vergessen hatte. Nur gab es dafür keinen geeigneten Vorwand. So war er allein mit den zwei Politikern.

„Was hat Sie eigentlich geritten, den Unternehmer Karst ins Visier zu nehmen, Herr Brockmann?“ Der Innenminister begann es ganz grundsätzlich.

„Nichts! Überhaupt nichts. Seine Frau hat mich von selbst

angerufen, an einem Samstagabend vor zwei Wochen gegen 19:00 Uhr, und hat mich um Hilfe gebeten wegen ihrer Tochter, die nach ihren Aussagen verschwunden war. Damit hat alles begonnen."

Der Minister schaute ihn überrascht an, dann den Staatssekretär, dann wieder Brockmann. „Davon weiß ich ja gar nichts."

„Sie sind der Erste, der danach fragt."

„Wie meinen Sie das?"

„Mir scheint, alle, die mich in dieser Sache bisher angesprochen haben, hatten ihr Urteil schon gefällt. Auf die Fakten kam es nicht mehr an. Bis auf die Frage, ob es erdrückende Beweise gäbe."

„Und? Gibt es die?"

„Es könnte sich in Kürze eine Situation einstellen, die genau das liefert. Die entscheidenden Fakten."

„In welche Richtung?" Der Minister war vorsichtig, während der Staatssekretär gerne etwas gesagt hätte, aber dazu keine Gelegenheit erhielt.

„Genau an der Linie entlang, die ich dem Herrn Staatssekretär schon vorgestern geschildert hatte: Drogenhandel und Mord!"

„Das sind doch alles Hirngespinste." Den Staatssekretär hielt es nicht länger zurück. Er schien zu fürchten, dass ihm die beauftragten Felle wegschwimmen könnten. „Es sind schon wieder zwei Tage vergangen und Sie haben immer noch nichts vorzuweisen. Das ist die Wahrheit. Und jetzt wollen Sie uns mit diesen Aussichten auf neue Beweise hinhalten und Zeit gewinnen, während die Familie Karst immer weiter in Verruf gerät. Das kann nicht sein!" Es war eine klassische Politikerformulierung. Der Staatssekretär als Retter der Ehre der Familie Karst.

Brockmann dachte: Guter Versuch! Aber nicht gut genug. „Wie Sie sich sicher erinnern werden, sind die Untersuchungen des BKA in völliger Verschwiegenheit abgelaufen. Erst ein Anruf des Herrn Fraktionsvorsitzenden Stock bei mir hat in der Folge zu mehr Öffentlichkeit geführt. Denn kurz darauf kam das Gespräch mit Ihnen zustande“, er schaute den Staatssekretär an, „und dabei haben Sie mir schon angekündigt, dass über den Fall am nächsten Tag in der Presse geschrieben würde. Das BKA hatte auch da noch nichts an die Presse gegeben.“

„Ja, aber der Bundesbankpräsident ist doch von Ihnen um Amtshilfe gebeten worden?“ Der Minister zog das Gespräch wieder an sich.

Brockmann lernte, dass die Parteisolidarität offensichtlich über der amtlichen Verschwiegenheit rangierte. Fröhlich hatte geplaudert. Jetzt stand er dumm da, wenn es öffentlich würde.

Brockmann spielte es sofort aus: „Das weiß auch niemand. Nur er und ich waren im Raum.“

Dem Minister war sofort klar, dass er einen Fehler gemacht hatte.

Aber Brockmann wollte ihn aus dem Dilemma nicht befreien: „Das Amtshilfeersuchen hatte dann zur Konsequenz, dass harte Fakten im Bereich der Zahlungsströme der Firmen Karsts an den Tag kamen.“

„Welche?“ Der Minister war auf der Spur. Brockmann fühlte seine Chance heraufziehen.

„Karsts Firmen bunkern auf sechs Konten, von den Britischen Kanalinseln bis zu den Caimans – von Russland ganz zu schweigen – Millionenbeträge mit stark wachsender Tendenz.“

„Das ist doch alles kalter Kaffee.“ Den Staatssekretär hielt es nicht mehr auf seinem Sitz. „Was wissen Sie denn, welche Dispositionen das Firmenkonglomerat Karsts gerade zu treffen hat. Wie können Sie sich anmaßen, die wirtschaftliche Zweckmäßigkeit der Kontenbewegungen beurteilen zu wollen?“

Der Minister war ungehalten über diese Démarche. Er schien nicht überzeugt von dem, was hier eigentlich abgehen sollte, und gebot dem Staatssekretär, ihm nicht ins Wort zu fallen.

Der Staatssekretär beging daraufhin den Fehler aller Fehler: Er widersprach dem Minister im Beisein eines Dritten!

Daraufhin zog der Minister die Reißleine und wies den Staatssekretär an, ihn mit Brockmann alleine zu lassen.

Der Staatssekretär verließ verkniffen den Raum.

Brockmann schwieg.

Der Minister auch.

Nach einer Weile des Nachdenkens richtete er einen abschließenden Gedanken an Brockmann: „Wie groß ist die Wahrscheinlichkeit, dass Karst stürzt?"

„Wenn es zu den Beweisen über Kapitalverbrechen kommt, dann wird Karsts Kartenhaus vollständig zusammenstürzen. Die Geldhortung ist ein eindeutiger Hinweis, dass er damit rechnet, dass alles auch schief gehen kann."

„Herr Brockmann, Sie sind ja politisch nicht unerfahren. Und Ihre Sacharbeit habe ich immer geschätzt. Aber Sie stehen in meiner Partei und in weiten Kreisen der Regierung unter dem Vorwurf, Karst um Ihrer eigenen Karriere willen opfern zu wollen. Ich kann Sie in dieser Sache folglich nicht unterstützen, auch wenn ich erhebliche Zweifel bezüglich der Vorwürfe habe. Deshalb muss ich Ihnen die Zuständigkeit für diesen Fall entziehen, was faktisch bedeutet, dass ich Sie bis auf Weiteres beurlaube. Mit Ihrer Versetzung in den einstweiligen Ruhestand müssen Sie gegebenenfalls rechnen." Der Minister erhob sich. Das Gespräch war beendet.

Als Brockmann am Fahrstuhl stand, konnte er hören, wie der Minister und sein Staatssekretär in dem gemeinsamen Vorzimmer heftig stritten. Brockmann war angestrengt, aber nicht unzufrieden mit dem Verlauf des Gesprächs. Die beiden nächsten Tage würden zeigen, ob er politisch so erfahren war, wie der Minister geruht hatte zu behaupten. Er lächelte im Fahrstuhl still vor sich hin.

VII. Kapitel

1.

Montag fuhr Brockmann gegen 09:00 Uhr in sein Büro. Als Erstes informierte er Frau Michel, seine Sekretärin, über das Ergebnis seines Gesprächs in Berlin. Frau Michel brummte missmutig: „Den Fall kenne ich doch von früher schon einmal. Wie wird es diesmal ausgehen?"

Brockmann zuckte nur mit den Schultern. Dann teilte er seinem Stellvertreter die vom Minister ausgesprochene Beurlaubung mit, der aber von allem schon wusste, weil es bereits in den Zeitungen stand. Anders als vom Minister ausgesprochen, wurde dort bereits behauptet, Brockmanns Versetzung in den einstweiligen Ruhestand stünde unmittelbar bevor.

Brockmann räumte schließlich einige ihm wichtige persönliche Sachen zusammen und verließ sein Büro wieder gegen 10:00 Uhr. Auf dem Heimweg hielt er an einer Zeitungsbude an und versorgte sich mit mehreren internationalen Zeitungen. Vornehmlich waren es amerikanische und britische Blätter. Er warf sie auf den Beifahrersitz und fuhr nach Hause, um ein zweites Frühstück einzunehmen. Sein Personenschutz war immer im Wagen hinter ihm.

Barbara war gestern Abend erst mit der letzten Maschine nach Berlin geflogen. Sie hatte ihn eigentlich nicht alleine lassen und lieber in Mainz bleiben wollen. Aber das Pflichtgefühl obsiegte. Brockmann war es aus optischen Gründen auch lieber so gewesen.

Zu Hause machte er sich genüsslich ein Marmeladenbrot und brühte sich einen frischen Tee. Dann setzte er sich wieder auf die Terrasse, um die Zeitungen durchzublättern.

Es war so gekommen, wie er gehofft hatte. Zwei amerikanische und zwei britische Zeitungen meldeten in ihrem internationalen

Teil, dass in Italien eine Leiche gefunden worden sei, die man als einen seit einer Woche verschwundenen österreichischen Drogenbaron identifiziert habe.

Brockmann war nicht unzufrieden. Jetzt waren die Schweizer an der Reihe. Er streckte sich wohlig in seinem Sessel und reckte spontan die Arme in die Höhe, als er von einem Schlag am Oberarm getroffen wurde. Er rutschte vom Sessel auf den Boden, hörte noch Stimmen und wurde ohnmächtig.

2.

Die Nachricht von der Attacke auf den Präsidenten des BKA verbreitete sich schneller als die von seiner möglichen Versetzung in den vorzeitigen Ruhestand. Denn Brockmann hatte überlebt.

Er war von seinen Bodyguards sofort in die Notaufnahme der Mainzer Uniklinik gefahren worden. Das Projektil hatte den rechten Oberarm unmittelbar unterhalb der Schulter getroffen, war davon aus seiner Bahn gelenkt worden und in die Wand seines Hauses eingeschlagen. Knochen und Muskeln waren stark in Mitleidenschaft gezogen, Gefäße zerrissen. Der Blutverlust war hoch. Aber die schnell verfügbare medizinische Hilfe war entscheidend für sein Überleben.

Die Rekonstruktion der Geschehnisse ergab später, dass Brockmann auf der Terrasse seines Hauses so gesessen hatte, wie er es sonst auch mit Barbara tat. Leicht seitlich zum gegenüberliegenden Grundstück, so dass vermutet wurde, dass Brockmann, durch das ruckartige Strecken nach hinten und das gleichzeitige Recken seiner Arme in die Höhe, das eigentliche Ziel des Attentäters, seinen Kopf, unabsichtlich geschützt hatte.

Der Aufschrei in den Medien war einhellig und die Tat wurde ebenso einhellig verurteilt. Der Mörder war unmittelbar nach der Tat gefasst worden. Durch einen ganz profanen Umstand. Sein

Fluchtfahrzeug sprang nicht an und er musste zu Fuß flüchten. Aus herbeieilenden Streifenwagen beobachtet, wurde er nach einem kurzen Feuergefecht festgenommen. Ein Ukrainer.

Brockmann bekam von alledem nicht viel mit. Barbara war sofort aus Berlin zurückgekehrt. Er musste mindestens für zwei Wochen im Krankenhaus bleiben.

Die Bekundungen von Sympathie und Anteilnahme aus Politik und Gesellschaft über die Medien waren zahlreich. Brockmann kümmerte alles recht wenig, denn er konnte sich nur noch an den Augenblick des Getroffenwerdens erinnern. Danach gab es einen Filmriss von einiger Länge. Er erinnerte sich schließlich daran, dass er im Krankenhaus aufgewacht war und Barbara an seinem Bett saß.

Dass ein Bodyguard gerade durch den Garten gegangen war und den Schuss aus nächster Nähe mitbekommen hatte, wusste er nicht mehr.

3.

In der Zwischenzeit nahmen die übrigen Dinge im Fall Karst ihren Lauf.

An dem Dienstag nach dem Attentat gab die Schweizer Polizei in Graubünden eine Pressekonferenz, auf der die Festnahme eines französischen Berufskillers bekanntgegeben wurde. Der Mann gestand unter anderem den Mord an Kurt Kaiser aus Wien. Die italienische Polizei bestätigte indirekt den von Picot gestandenen Mord, weil sie die Leiche Kurt Kaisers aus einem Brunnen im Hinterland von Bergamo geborgen hatte.

Die entscheidende Schlagzeile kam dann erst am Mittwoch. In einem Kommuniqué gab die Polizei in Chur bekannt, dass sie das deutsche Bundeskriminalamt in die Ermittlungen eingebunden hätte, denn die Spuren der Auftragserteilung für den Mord an

Kurt Kaiser führten nach Deutschland. Der Mörder hatte seinen Auftraggeber preisgegeben.

Sebastian Karst wurde am Donnerstag von Mitarbeitern des BKA festgenommen und verhört. Später am Tag wurde er der Bundesanwaltschaft übergeben. Er blieb in Haft.

Am Freitag gab es in der Uniklinik Mainz ein großes Stelldichein der Presse, denn der Bundesinnenminister besuchte Brockmann im Krankenhaus. Auf der kurzen Pressekonferenz im Anschluss an seinen Besuch gab der Minister zu verstehen, dass es niemals Zweifel an der sachgerechten Behandlung des Falles Karst durch das BKA gegeben habe. Brockmann und er seien sich darin völlig einig. Auf Nachfrage beeilte sich der Minister zu versichern, dass die in der Presse verbreiteten Anschuldigungen gegen Brockmanns Amtsführung von interessierten Kreisen aus Wirtschaft und Politik gezielt gestreut worden seien und er glaube, dass dies auch zu politischen Konsequenzen führen werde. Näheres wolle er aber nicht sagen, bevor das Kabinett sich dazu nicht beraten hätte.

Am Tag darauf musste der Staatssekretär im Innenministerium seinen Stuhl räumen. Aus Regierungskreisen verlautete, der Posten bliebe bis auf weiteres unbesetzt.

Für Eingeweihte sah es allerdings aus wie eine Rüge für den Minister, der erst so zögerlich gegen Brockmann vorgegangen war, um ihn dann vor aller Welt als die Person darstellen zu müssen, der die Bundesregierung voll vertraute.

Während diese Dinge in Berlin und anderswo sich ereigneten, lag Brockmann in seinem Bett und dachte über seine Zukunft nach. Der Arm schmerzte ihn beträchtlich, trotz der Infusionen, und er dachte erstmals daran, nicht mehr ins Büro zurückzukehren.

Da war nur noch eine Sache: Karst hatte vermutlich schon vor dem Wochenende gewusst, dass Picot in Schweizer Polizeigewahrsam war. Er musste damit rechnen, dass er gegen ihn aussagen würde. Ein Deal gegen eine entsprechende Aussage! Das konnte Karst sich besser als jeder andere vorstellen. Er kannte sich mit Geschäften aus. Wenn es so ablaufen würde, käme er nicht mehr so ohne weiteres davon. Das musste ihm klar gewesen sein. Er würde mit seiner Festnahme auch seine Handlungsfreiheit verlieren!

Brockmann, der ihn Schritt für Schritt in diese Situation gebracht hatte, sollte unbedingt dafür büßen. Deshalb der Ukrainer!

Für Brockmann war die Sache mit Karsts Festnahme zunächst abgehakt. Für ihn bekam ein anderer Gedanke erste Priorität: Wieso hatte sein Kollege Rick in der entscheidenden Nacht bei Casazza auftauchen können? Er, Brockmann, hatte ihn nicht über Renates nächtliche Rückkehr nach Italien informiert. Ein unguter Gedanke kam in ihm hoch, den er sofort wieder verscheuchte. Er wollte sich von den Fakten leiten lassen. Er würde Renate fragen, ob sie mit Rick in Kontakt gestanden hatte.

Er plante seine Rückkehr ins Amt für die dritte Woche nach dem Attentat. Barbara war nicht einverstanden. Aber Brockmann setzte sich durch.

4.

Brockmanns Rückkehr ins BKA war gemessen an der Zurückhaltung, die das Personal des BKA für gewöhnlich an den Tag legte, triumphal. Seine Mitarbeiter standen auf den Gängen und klatschten. Es ging ihm unter die Haut. Auch deswegen, weil der Minister, der von Brockmanns Absicht wusste, sich für den Nachmittag des nächsten Tages schon zum Besuch angemeldet hatte.

Brockmann war der Gedanke an den Besuch nicht geheuer. Es konnte nur Veränderung bedeuten. Wollte der Minister ihn nach überstandener Attacke doch noch in den Ruhestand verabschieden? Ein Lob von höchster Stelle mit auf den Weg und dann ab aufs Altenteil? Das positive Zeichen bestand allerdings darin, dass der Minister nach Wiesbaden kommen würde und ihn nicht nach Berlin eingeladen hatte.

Brockmann wollte jedenfalls so schnell wie möglich in den Arbeitsalltag zurück, denn er hatte sich in den letzten Tagen seines Krankenhausaufenthaltes alles, was er auf jeden Fall tun wollte, genau überlegt.

Zuerst bestellte er sich Margot ins Büro. Als sie ihn sah, wurde sie blass. Brockmann saß hinter seinem Schreibtisch mit einem geschienten und gegipsten Schulter- und Oberarmbereich. Das Oberhemd hatte keinen rechten Ärmel. Es sah zum Erbarmen aus. „Chef, das sieht aber gar nicht gut aus. Hätten Sie nicht doch noch etwas warten können?"

„Margot, ich bin nicht sicher, was sonst noch auf mich zukommt. Die Dinge, die ich jetzt noch regeln kann, werde ich zügig voranbringen. Ich habe kein so gutes Gefühl. Also, was ist bei Ihnen an verwertbaren Fakten im Fall Karst hinzugekommen?"

„In unseren Ermittlungen gibt es nichts Neues, außer dass der Tschetschene, der an dem Mord in St. Moritz beteiligt war und der uns durch Klaus Simon ins Netz gegangen ist, letzte Woche gestanden hat. Er hat zwar alles seinem Kollegen angehängt. Aber wir wissen jetzt mit Bestimmtheit, dass dieser Wronikow sein eigenes Spiel treibt. Er gehört nicht zum Regierungslager, obwohl er früher General der Armee war. Das kann ein Hinweis auf Machtkämpfe unter Russlands Führungseliten sein. Ich wäre auf die Einschätzung des BND gespannt.

Schließlich noch ein Wort zu Anatoli: Dessen ganzes Unternehmen hat Wronikow übernommen. Er hat es einfach gekauft. Mit Mann und Maus und allen Trucks. Vom Staat, der alles nach Anatolis Flucht zu uns beschlagnahmt hatte. Zu sehr günstigen Konditionen, wie vermutet wird. Die fahren jetzt eine andere Route als die von Anatoli vorbereitete, aber wir haben sie im Blick."

Brockmann nahm auch diese Information auf. Es war nicht das, was er erhofft hatte, aber andererseits auch keine unwichtige Meldung. Von Kohl wusste er ein wenig mehr. Durch Margots Ergebnis wurde Kohls Aussage, dass es Rivalitätskämpfe unter Russlands Eliten gab, gestützt.

Nach Margot rief er Renate zu sich. Sie war ebenfalls erschrocken über sein Erscheinungsbild. Er hielt sich mit nichts auf: „Sie haben Ihre Sache sehr gut gemacht, Frau Augustin. Kompliment. Es würde vermutlich auch im Falle meines Todes für eine Verurteilung gereicht haben. Aber so ist es besser. Ist aus Sicht der Task-Force noch etwas an Fakten hinzugekommen, das uns in die Karten spielt?"

„Allem voran Folgendes: So wie es aussieht, ist Ihr Attentäter von Moskau aus beauftragt. Das ist Karsts Werk. Sie arbeiten einige Aufträge für ihn ab. So auch das Attentat auf Sie. Aber wir haben nur schwache Evidenz durch ein abgehörtes Telefonat. Ich meine trotzdem, es sollte reichen. Diese zusätzliche Beweislage stärkt eine Anklage Karsts vor Gericht.

Der Mord an Kaiser wird ihm sowieso anzulasten sein, den er auch aus dem Weg haben wollte, damit er nicht gegen ihn aussagen kann.

Picot sitzt in der Schweiz in einem Hochsicherheitstrakt. Er sollte bis zur Zeugenaussage überleben. Aber ich habe alles auch schriftlich. Karst hatte den Auftrag an Picot schon vergeben, während seine Tochter noch in Moskau war. Er wollte nicht auf Moskauer Hilfestellung warten, war sich wohl auch nicht sicher, wie Moskau sich letztlich entscheiden würde. Also handelte er sofort.

Picot hat er persönlich kontaktiert. In Frankreich. Er kannte seinen Namen durch einen Schulfreund, der auch in der Fremdenlegion war. Den Mann haben wir ebenfalls festnehmen lassen. Alle seine Aussagen sind protokolliert. Er hat das Gespräch vermittelt. Karst muss also ziemlich in die Enge getrieben sein.

Sein Geschäftsführer Eberle ist zurück aus Moskau. Er hat seinen Job dort gegen einen in Deutschland tauschen müssen. Was das bedeutet, können wir nur ahnen. Denn er wird sicher nichts aussagen, wenn wir ihn verhören. Aber wie es aussieht, hat er wohl aus seiner Stellung bei Karst heraus falsch gespielt und für seine Tochter Sabrina Informationen durchgestochen, die ihre Position unterstützt haben.

Sabrina Eberle geht nicht mehr aus dem Anwesen Juris heraus. Sie hat jetzt wohl doch Angst bekommen. Denn der Attentäter auf ihren Fahrer und sie selbst kam von der Mafia. Taubert hat ihn zu guter Letzt identifizieren können. Die Mafia nimmt den Mord an Simona Lorenzo also persönlich.

Die letzte Meldung betrifft den Übersetzer, den der BND-Mann Lieber als Coach des Tschetschenen entlarvt hatte. Der ist unbeleckt, aber strohdumm. Er hatte geglaubt, dem Tschetschenen helfen zu müssen, weil der ihm so verloren vorgekommen war. Er selbst ist in der Familie mit Tschetschenen verwandt. Er wird bei uns keinen Job mehr bekommen."

„Gute Arbeit, Frau Augustin. Diese Aussagen können wir auch sehr gut in dem Zusammenhang mit dem Vorwurf gegen das BKA verwerten, wir setzten die deutsch-russischen Beziehungen aufs Spiel."

Brockmann machte eine Pause und sah Renate prüfend an. Renate wusste mit seinem Schweigen nichts anzufangen. Schließlich kam von ihm die eine Frage, auf die Renate nicht gefasst war: „Wie kam die DEA in jener Nacht auf den Bauernhof bei Casazza? Hatten Sie die DEA eingeweiht?"

„Nein, natürlich nicht! Ich dachte, Sie hätten Ihrem Kontakt bei der DEA einen Tipp gegeben. Ohne ihn hätten wir es vermutlich nicht geschafft. Es waren Picots Leute, die uns auflauerten. Sozusagen sein letztes Ass im Ärmel. Die wollten ihn da raushauen. Ihr Freund von der DEA hat das verhindert."

Brockmann saß schweigend da und Renate begann ganz langsam zu verstehen, was die Konsequenz aus Brockmanns Frage war: Wenn sie ihn beide nicht informiert hatten, musste Brockmanns Kontakt irgendwie anders an die Information ihres nächtlichen Ausflugs nach Casazza gekommen sein. Davon wussten nur sie und Rütter.

Und Ronelli!

Als sie das soweit begriffen hatte, schwieg sie ebenfalls augenblicklich. Die weiteren Konsequenzen aus diesem Befund waren unsäglich: Der DEA-Mann hatte sie bespitzelt, sie gerettet und dabei eigene Interessen verfolgt. Nur welche? Ihre und Brockmanns Ziele waren doch erreicht.

Nachdem sie so eine kleine Weile einander schweigend gegenüber gesessen hatten, kam von Brockmann eine einzige glasklare Anweisung: „Zu niemandem darüber ein Wort! Verstehen Sie? Zu niemandem! Zu keiner Zeit! Nicht heute und nicht in fünfzig Jahren! Niemals!"

Als Renate sein Büro verlassen hatte, blieb Brockmann in doppeltem Sinn verwundet zurück. Nicht nur, dass seine Gesundheit durch den Ukrainer schwer angeschlagen war, Rick hatte sein eigenes Spiel gespielt und der Grund dafür lag nicht auf der gemeinsamen Linie ihrer langjährigen Bekanntschaft. Rick hatte Brockmann benutzt.

Epilog

1.

Der Minister erschien am Nachmittag des nächsten Tages pünktlich. Er war angesichts der Halterung für Brockmanns rechten Arm eher erschrocken. Brockmann, der sich wieder etwas erholt hatte, ging den Minister locker an: „Machen Sie sich nichts aus meinem Aussehen. Alle anderen sind auch erschrocken. Es geht alles vorüber."

Der Minister fasste sich augenblicklich, denn Brockmanns Formulierung gab ihm ein Stichwort. „Das stimmt, Herr Brockmann, alles geht vorüber. Diese Tatsache führt mich direkt zu dem Grund meines Besuches. Was sagen denn die Ärzte zu Ihrer Gesundheit?"

Brockmann hörte alle Alarmglocken läuten. Was wollte der Minister ihm jetzt verkaufen? War das der Auftakt zu seiner Entfernung aus dem Amt? Also erzählte er nur die halbe Wahrheit: „Ich werde wieder ganz gesund werden. Ich muss mich allerdings noch etwas schonen."

Der Arzt hingegen hatte ihn mit der Möglichkeit vertraut gemacht, dass sein rechter Arm dauerhaft steif bleiben könnte. Das würde man aber erst in drei Wochen wissen, wenn Brockmanns Krankengymnastik beginnen würde.

Davon wusste der Minister aber nichts. „Es würde mich sehr für Sie freuen. Denn wir", er sprach im pluralis majestatis und meinte damit wohl die gesamte Regierung, aber Brockmann war sich nicht sicher, „sind zu der Überzeugung gekommen, dass wir Ihre außerordentliche Qualifikation als langjähriger Chef des BKA für höher angesiedelte Aufgaben benötigen. Das Kabinett ist der Meinung, dass niemand besser als Sie die Aufgabe erfolgreich gestalten kann, die neue Struktur der deutschen Dienste zu entwerfen. Sie wissen um die Verwerfungen, die es in der Vergangenheit durch den Zuständigkeitswirrwarr immer wieder gegeben hat. Wir möchten Sie mit der Leitung dieser Kommission beauftragen. Trauen Sie sich diese Aufgabe zu?“

Brockmann war sprachlos. Also doch! Sie versuchten ihn aus dem Amt zu manövrieren. Angesichts der geplatzten Kampagne gegen ihn konnten sie es nur auf dem Weg der wertschätzenden Beförderung tun.

Die Ausstattung der für ihn vorgesehenen Aufgabe war ein entscheidender Gradmesser für die Absichten der Regierung. War sie eher eng gehalten, würde es auf eine einfache Abschiebung hinauslaufen. War sie verhandelbar, wollte die Regierung keine öffentliche Diskussion ihrer fehlenden Dankbarkeit.

Brockmann wollte die Tendenz testen: „In welcher Rolle soll diese Aufgabe denn übernommen werden? Wie ist sie ausgestattet? Welche Kompetenzen sind ihr zugeordnet?“

„Nun, wir wollen ja alle den Erfolg der Reform. Es wird der Posten des Staatssekretärs im Innenministerium sein, den Sie dann einnehmen würden. Dessen Aufgabe wäre ganz ausschließlich die Leitung der Kommission. Damit wären Sie vom Alltagsgeschäft befreit und könnten sich ganz auf die Reform konzentrieren. Eine Kollision mit der Tätigkeit Ihrer Frau im Ministerium wäre auch nicht gegeben. Was sagen Sie? Nehmen Sie an? Wir würden Sie ausdrücklich darum bitten ... und, ich benötige Ihre Entscheidung sofort. Wir können die Sache nicht länger aufschieben.“

Brockmann war drauf und dran, dem Minister den Vorschlag vor die Füße zu werfen. Ein ähnliches Erlebnis hatte er vor vielen Jahren einmal im Landespolizeidienst von Rheinland-Pfalz gehabt. Der Kelch war zum Glück an ihm vorbei gegangen.

Aber jetzt? Diese Abschiebung auf ein fein herausgeputztes Abstellgleis? Die Vorschläge dieser Kommission würden niemanden binden. Die Regierung konnte damit machen, was immer der politische Zeitgeist verlangte.

Andererseits hatte er sein Schwächegefühl kurz vor dem Attentat in Erinnerung behalten. Und der Krankenhausaufenthalt hatte ein Übriges zu seiner Selbstbeurteilung beigetragen. Man musste wissen, wann es Zeit war aufzuhören.

Er war hin- und hergerissen. Aber es war auch klar, dass er bei einer Ablehnung des Angebots die nächste Krise nicht mehr überstehen würde. Sie wollten einen anderen an der Spitze des BKA.

„Ihr Angebot interessiert mich", hörte er sich sagen. Er sagte den Satz aus Kalkül. Nicht aus Neigung.

2.

Brockmann erhielt einen großen Abschied im BKA. Der Minister war anwesend und hielt eine angemessene Rede.

Brockmanns Worte waren sehr persönlich. Die Betroffenheit der Mitarbeiter, die Brockmanns Abschied eher als Zäsur empfanden, war deutlich zu spüren. Er war anders als viele seiner Vorgänger. Das hatten die Mitarbeiter schätzen gelernt.

Barbara war berührt von diesem Ausdruck der Wertschätzung, die ihrem Mann aus großen Teilen der Belegschaft entgegengebracht wurde. In einem Amt wie seinem war das eher unüblich. Aber sie blickte nach vorn. Jetzt hatten sie die Möglichkeit, in Berlin zusammenzuleben.

3.

Brockmann war schon zwei Monate aus dem Dienst des BKA ausgeschieden, als Sabrina und drei Bewacher, die sie vor einer erneuten Attacke der Mafia beschützen sollten, von einer Bombe zerrissen wurden. Seltsamerweise geschah der Mord auf dem Bauernhof im Gebiet des Vogelsbergs, den Sabrina auch vor dem ersten Attentat aufgesucht hatte. Die Bombe war kurz hinter dem Einfahrtstor versteckt und mit einem Bewegungszünder versehen, der alles zur Explosion brachte, als das Auto gerade das Tor passiert hatte und sie sich in Sicherheit wähnen konnte.

Tauberts Leute hatten den Anschlag nicht verhindern können. Mit allen juristischen Mitteln hatte sich Sabrina einer Einvernahme durch das BKA widersetzt und hatte nur noch sehr selten Juris Anwesen verlassen. Die Ermittler des BKA hatten ohne weitere Informationen, aber mit der Gewissheit gelebt, dass es wieder einen Tötungsversuch gegen Sabrina geben würde.

Nach Monaten der völligen Ruhe schien sie geglaubt zu haben, dass sie sich unauffällig aus Juris Gebäudekomplex zurück in das Alltagsgeschäft begeben könnte. Sie hatte dafür eine selten benutzte, rückwärtige Ausfahrt seines Anwesens gewählt. Es war ein tödlicher Irrtum.

Für die Mafia war es die Begleichung einer offen gebliebenen Rechnung. Jetzt erst war Simona Lorenzis Tod gesühnt.

4.

Das Gerichtsverfahren gegen Sebastian Karst wurde ein Jahr nach Brockmanns Wechsel ins Innenministerium eröffnet. Der Prozess dauerte ein halbes Jahr. Am Ende wurde Karst wegen Mordes zu lebenslanger Haft verurteilt. Die Aussage von Robert Picot und die Indizien aus den Ermittlungen des BKA sowie der Schweizer und der italienischen Polizei führten darüber hinaus zur Zerschlagung großer Teile des Konzerns, soweit sie sich in der westlichen Hemisphäre befanden.

Die Unternehmensteile auf russischem Territorium blieben unangetastet im Eigentum der Familie. Jasmin Karst zog kurz vor

Beginn des Prozesses gegen ihren Vater nach Russland. Beträchtliche Teile des Geldvermögens von internationalen Konten konnte sie nach Russland transferieren.

Die innerrussischen Rivalitäten zwischen Wronikow und der alten Gruppierung, die auf Karst gesetzt hatte, schwelten weiter vor sich hin, wodurch die geschäftlichen Aktivitäten beider Seiten gelähmt wurden. Sie verloren beide an Einfluss in ihren Absatzgebieten. Der Markt in Westeuropa war bis auf weiteres wieder weitgehend in Händen der Mafia.

5.

Brockmann saß auf der Terrasse des Clubhauses eines großen Berliner Segelclubs am Wannsee. Der Abschluss seiner Aufgabe als Vorsitzender der Kommission zur Reform der deutschen Dienste stand bevor. Etwa eineinhalb Jahre waren seit seinem Wechsel ins Innenministerium vergangen. Für den heutigen Tag hatte Brockmann sich die Klärung eines letzten Aspektes aus dem Fall Karst vorgenommen.

Es war ein besonders schöner Spätsommertag. Während er einer Regatta von 470er Seglern zusah, trat Rick aus dem Clubhaus heraus an seinen Tisch. Brockmann hatte Rick seit der letzten Begegnung in Ramstein nicht wiedergesehen.

Brockmann, der grünen Tee trank und ein Stück Sachertorte aß, das er mit der Gabel in der rechten Hand problemlos zum Mund geführt hatte, ließ die Gabel auf den Teller sinken und musterte Rick wortlos. Der setzte sich neben ihn, so dass auch er auf den Wannsee schauen konnte. Anscheinend interessierten ihn die Segler ebenfalls.

Ein Ober kam und fragte nach Ricks Wünschen. „Einen Latte Macchiato und auch ein Stück Kuchen, wenn es Obstkuchen gibt."

Der Ober verschwand und kam nach einer kleinen Weile mit

einem Stück Pflaumenkuchen und dem Latte Macchiato zurück an den Tisch. Sie hatten immer noch kein Wort geredet.

Als Rick sich von der Regatta ab- und seinem Kuchen zuwandte, fragte Brockmann mit kalter Stimme: „Warum, Rick. Warum?"

Rick schien nicht die Absicht zu haben, ihm mit irgendeiner Art von Geständnis entgegen zu kommen: „Was meinen Sie genau mit Ihrer Frage, Manfred? Warum ich Ihnen Zugang zu Picot gewährt habe? Oder wollen Sie sich bedanken, weil ich Ihre tüchtige, aber zu unvorsichtige Mitarbeiterin nebst ihrem Schweizer Kollegen aus einer akuten Bedrohung gerettet habe?"

„Sie wissen genau was ich meine. Sie haben auf eigene Rechnung gehandelt. Das war eine Aktion, in der Sie die Interessen der Mafia befördert haben. Die wollte vordringlich, dass Karst vom Markt verschwindet. Über die Rivalitäten zwischen seinen Lieferanten in Moskau und der anderen Gruppe der Tschetschenen von General Wronikow sowie die sich daraus ergebenden Friktionen werden Sie sie auch eingeweiht haben. Was haben Sie dafür als Gegenwert erhalten?"

„Selbst wenn Ihre Hypothesen zuträfen, Ihre gesamte Aktion gegen Karst war doch erfolgreich. Was also stört Sie?"

„Mich stört, dass Sie der Mafia zuarbeiten!"

„Manchmal muss man auch etwas geben, um ein anderes Mal wieder etwas zu erhalten."

„Ich glaube, Sie haben sich Ihr eigenes Modell gestrickt. Als ich Ihnen in Ramstein berichtete, dass sich eine konkurrierende russische Gruppe in Moskau etabliert hatte, waren Ihre Karten so gut gemischt, dass Sie der Mafia ein Geschäft anbieten konnten, das alle wichtigen Asse beinhaltete: Sie kannten die harten Fakten, wussten, dass die Mafia Karst loswerden wollte, und hatten einen Spieler an der Hand, der die Sache für die Mafia unbewusst betreiben würde: Manfred Brockmann.

Später mussten Sie nur noch Robert Picot auftreiben. Dann würde ich ihn vernehmen und wenn möglich ausliefern lassen, um

Karst vor Gericht bringen zu können. Niemand wusste, wo Picot sich nach dem Mord an Kaiser aufhielt. Nur die Mafia. Sie hat ihr Land im Griff. Da haben Sie einen Deal angeboten und sind zum Partner der Mafia avanciert. Glückwunsch!

Und ich habe mein Ziel weiter verfolgt, Karst zur Strecke gebracht, damit zugleich die logistische Schiene der Russen beschädigt, während die Mafia hier aufgeräumt und die alte Rolle auf dem Drogenmarkt wieder eingenommen hat. Stärker denn je.

Nur, dass die Russen mich derweil als Bedrohung sahen und Karsts Idee, mich zu beseitigen, angemessen fanden, hatten Sie wohl nicht berücksichtigt, oder?"

„Zugegeben, das kam in meinem Plan nicht vor. Aber Sie haben ja alles gut überstanden, wie ich sehen kann. Sie sind ein erfolgreicher Jäger und sind deshalb auch noch aufgestiegen. Dazu gratuliere ich." Rick sagte den Satz ohne Ironie. Er meinte es ernst.

Für Brockmann schien das die Erklärung des Rätsels zu sein. Rick war Chef der DEA in Europa geblieben, aber ohne weitere Beförderungschancen. In dieser Lage hatte er die Gunst der Stunde ergriffen und für sich selber gesorgt. Rick hatte das Verbotene getan. Aber er würde nichts zugeben.

Auch musste Brockmann sich im Stillen eingestehen, dass es keinen Weg geben würde, Rick etwas nachzuweisen. Er dachte an Ricks Frau Sina und dessen zwei Kinder. Sie wussten vermutlich alle zusammen überhaupt nichts von Ricks wahrem Job. Brockmann beschloss, die Sache auf sich beruhen zu lassen.

Sie saßen wieder schweigend nebeneinander.

Dann kam von Rick noch eine Frage: „Und was machen Sie nach dem Ende des Projekts, das Sie leiten?"

„Ich habe nichts Besonderes geplant. Vielleicht mache ich mit Barbara einen langen Urlaub in Italien." Er sagte es so dahin, denn er hatte wirklich noch keine Pläne.

„Dann besuchen Sie uns doch mal in unserem Haus in Como. Ich werde in einem Jahr aus der DEA ausscheiden und mit meiner

Frau in Europa leben. Die Kinder gehen dann schon auf die Universität und wohnen bei Sinas Eltern."

Brockmann begriff, dass seine Interpretation der ihm bekannten Fakten, Rick könnte sich ein privates Geschäft mit der Mafia geleistet haben, vielleicht viel zu kurz griff. Denn Rick würde die Tatsache, dass ihm ein Haus in Como gehörte, niemals auch nur aus Versehen preisgegeben haben, wenn die DEA sein Handeln nicht absicherte.

Die finale Antwort auf Brockmanns Zweifel an Ricks Loyalität ihm gegenüber und vor allem gegenüber der DEA gestaltete sich noch viel profaner als zunächst vermutet:

Die Amerikaner setzten die Mafia für ihre Zwecke ein. Es musste ein Geschäft auf Gegenseitigkeit sein. Nicht erst jetzt begonnen, sondern schon seit der Zeit am Ende des zweiten Weltkrieges begründet, als die USA Truppen in Sizilien landeten und mit Unterstützung der Mafia den Feldzug gegen Deutschland und Mussolinis letzte Bataillone zu beschleunigen versuchten. Seither war dieses Agreement vermutlich immer wieder reaktiviert und fortgeführt worden, wenn sich dafür Gelegenheiten boten.

Brockmann erkannte die Handschrift einer Großmacht, der im globalen Wettstreit um die Vorherrschaft in der Welt alle Mittel recht waren, um Sieger zu bleiben. Jeden Tag aufs Neue.

Als Folge dieser Erkenntnis würde er den unter seiner Leitung herangereiften Vorschlag der Kommission für eine Reform der Deutschen Dienste noch einmal in allen Details überdenken.

Brockmann war mit dem Thema noch längst nicht fertig.